Le secret enfoui

DÉJÀ PARUS DU MÊME AUTEUR

DANS LA SÉRIE *LES SECRETS DE HOME VALLEY*

Ciel de feu
Le mystère de Home Valley
L'inconnu de Home Valley

Autres publications

Je ne t'ai pas oublié
L'œuvre du mal
Menacée
Le saut du diable
Mortel mensonge
Intention mortelle
Les portes du mal
Neige mortelle

DANS LA SÉRIE *COLD CREEK*

L'étau du passé

KAREN HARPER

Le secret enfoui

BestSellers

Collection : BEST-SELLERS

Titre original : FORBIDDEN GROUND

Publié par MIRA®

Traduction française de SYLVIE NEAUREPY

HARLEQUIN
83-85, boulevard Vincent-Auriol, 75646 PARIS CEDEX 13.

Service Lectrices — Tél. : 01 45 82 47 47

www.harlequin.fr

ISBN 978-2-2803-4247-6 — ISSN 1248-511X

Merci à mes amis, et merci à tout le personnel
de l'Ohioana Library pour leur soutien
infaillible aux auteurs de l'Ohio.
Et, comme toujours, à Don.

1

— Je crois avoir deviné ce que c'est, ta surprise, dit Kate Lockwood à sa sœur cadette. Tu n'es pas la seule, dans cette famille, à pouvoir résoudre une énigme. Soit tu vas enfin accepter de te confier à ta propre sœur, qui se trouve aussi être ton témoin, l'endroit où tu passeras ta lune de miel, soit tu vas m'annoncer que tu as demandé à l'inspecteur Reingold de te conduire à l'autel. Après tout, tu lui dois une fière chandelle, non ? Je penche pour la deuxième hypothèse.

Kate se pencha par-dessus la table de restaurant et ajouta :

— A moins que tu n'aies tout simplement le trac ?

— Je vais t'expliquer, répondit Tess d'un air sombre. Je n'ai pas le choix. A vrai dire, j'ai préféré te l'annoncer dans un lieu public pour éviter que tu craques.

— Quoi ? Tu ne vas pas me dire que tu as changé d'avis ! Après toutes les épreuves que Gabe et toi avez traversées ensemble !

— Mais non, bien sûr que non… Je suis folle de lui, et on a tout planifié pour avoir une vie harmonieuse.

Les sœurs Lockwood étaient installées dans le fond du restaurant Little Italy, à Cold Creek, leur ville natale. C'était un après-midi pluvieux de juin, quatre jours avant la date du mariage de Tess avec Gabe McCord, shérif du comté de Falls. Kate, qui venait de passer une année à vivre et à travailler en Grande-Bretagne, était arrivée la veille en avion. Le nom et le décor européens de ce restaurant installé au beau milieu de l'Ohio rural, à la limite des Appalaches, l'amusaient décidément beaucoup.

Si la famille Lockwood avait des origines modestes, Kate évoluait à présent dans un milieu universitaire cosmopolite. Passionnée par son travail de chercheuse en anthropologie, elle avait un projet de livre en cours et se réjouissait de reprendre bientôt l'enseignement. Elle était l'une des plus jeunes universitaires des Etats-Unis, et en éprouvait une certaine fierté, sans pour autant se reposer sur ses lauriers. Des études brillantes sur la côte Est, pendant lesquelles elle avait intégré le prestigieux club Phi Beta Kappa[1], lui avaient ouvert les portes des universités européennes pour ses recherches sur la civilisation celte.

Elle espérait que ce retour au pays, pour le mariage de sa sœur, lui donnerait l'occasion d'approfondir une de ses théories, à savoir que les Celtes auraient eu des liens avec la mystérieuse civilisation précolombienne des Adenas, qui avait laissé de nombreux tertres funéraires dans la région. Ces monticules coniques, sur lesquels elle avait joué, enfant, pouvaient abriter des squelettes et des objets rituels susceptibles de confirmer son hypothèse, et lui permettre de se faire un nom dans le milieu de la recherche. Cette perspective l'excitait au point de lui donner des crampes d'estomac — mais, pour l'instant, la priorité, c'était de rassurer sa sœur.

— Je voulais t'en parler avant que tu ne l'apprennes de quelqu'un d'autre, poursuivit Tess. Char est déjà au courant.

Char, la sœur du milieu, n'était pas encore arrivée à Cold Creek. Kate avait trente ans, Charlene vingt-six et Tess vingt-quatre. C'était un peu troublant pour Kate de constater à quel point sa cadette était amoureuse, alors qu'elle-même n'avait jamais vraiment éprouvé le besoin

1. Le club Phi Beta Kappa regroupe des étudiants très brillants élus au cours de leur troisième ou quatrième année universitaire.

d'un compagnon. Il y avait bien Carson Cantrell, son mentor à l'université, mais elle était partie à l'étranger avant que leur relation ne prenne un tour officiel. De fait, les aînées des sœurs Lockwood n'étaient mariées qu'à leur carrière. Charlene, qui travaillait comme assistante sociale au Nouveau-Mexique, chez les Indiens navajo, comprenait parfaitement le dévouement de Kate envers ses recherches.

En tant qu'aînée, Kate se sentait responsable des deux autres. Il en était ainsi depuis que leur père les avait abandonnées, des années auparavant. Entre-temps, leur mère était morte. Elle n'assisterait donc pas à ce joyeux événement… théoriquement joyeux, en tout cas, vu que Tess semblait sur le point de fondre en larmes. Kate écarta le panier à pain et posa les mains sur les poings serrés de sa sœur.

— Je ferais mieux de me jeter à l'eau, dit Tess. C'est ce que m'a conseillé Gabe.

— Ma chérie… est-ce que tu es enceinte ? Si c'est le cas, ça ne se voit pas du tout, et tu ne serais certainement pas la première à…

— Non, non. Ecoute, Kate… J'ai demandé à papa de me conduire à l'autel, le jour du mariage.

— Quoi ? s'exclama Kate. *Papa ?* Tu veux dire… notre père ?

Question ridicule, bien sûr, mais elle espérait qu'elle avait mal entendu ou que c'était une mauvaise blague. Elle lâcha les mains de sa sœur et s'adossa à la banquette avec l'impression d'avoir reçu une gifle. Le professeur Kathryn Lockwood avait toujours réponse à tout, mais en l'occurrence, elle demeura sans voix.

Ce silence ne dura qu'un instant.

— Tess, tu es sérieuse ? Tu parles bien du père qui nous a abandonnées alors qu'on avait désespérément besoin de lui après ton enlèvement ? Celui a accusé notre mère d'être responsable de ta disparition ? Celui qui… bon sang… a trompé notre mère avec ta *future belle-mère…* qui sera présente demain soir et le jour de la cérémonie ? C'est ce type-là qui va apparaître sur toutes les photos de mariage qu'on va garder pendant des décennies ? Heureusement que tu n'as pas attendu qu'il déboule pour nous en parler ! « Oh ! Kate et Char, regardez qui est là, quelle surprise ! »

Autour d'elles, quelques clients levaient la tête. Le serveur, qui arrivait avec leurs salades, fit brusquement demi-tour en direction de la cuisine. Kate cala ses coudes sur la table et se prit la tête entre les mains.

— Comme je te l'ai dit, reprit Tess d'une voix mal assurée, Char est déjà au courant. Elle était surprise, elle aussi, mais elle accepte ma décision. Je me suis réconciliée avec papa par téléphone, ces derniers mois. Il sait qu'il a fait beaucoup d'erreurs, et il le regrette vraiment. Il s'est reconstruit une vie dans l'Oregon avec sa nouvelle femme, Gwen. Je lui ai parlé, elle a l'air très sympa et compréhensive.

— Pas comme moi, tu veux dire ? lança Kate en serrant les poings pour se retenir de taper sur la table. J'espère qu'elle n'a pas peur qu'il la trompe puis qu'il les abandonne, elle et ses enfants… Parce qu'ils ont bien des enfants, hein ? Ils seront là au mariage ?

— Oui. Deux fils, Josh et Jerod. Ils ont cinq et sept ans. Papa veut qu'ils voient l'endroit où il a grandi et qu'ils nous rencontrent. Je sais à quel point tu as souffert de son comportement, Kate, sans doute plus que nous… mais c'est mon mariage, et je veux que mon père me conduise à l'autel. Tu n'as pas envie de te rabibocher avec lui, toi aussi ? De le revoir ?

Kate faillit répondre qu'elle préférerait voir un zombie préhistorique ressortir de son tombeau, mais elle réussit à se retenir.

— Ce n'est pas un simple invité parmi d'autres, dit-elle. Il va se trouver en permanence au centre de l'attention.

— Tu as peur que les gens du coin se remettent à ragoter sur les Lockwood ?

— Oh ! ça, je m'en fiche pas mal. Et Gabe, il en dit quoi, de tout ça ?

— Il me comprend, et on en a parlé à sa mère. Maintenant, j'ai envie que toi aussi tu me comprennes, comme ma future belle-mère. Ça compte beaucoup pour moi, tu sais. Depuis que maman n'est plus là, je te considère comme le chef de notre famille.

— Jusqu'à ce que Jack Lockwood débarque avec sa smala, soupira Kate. Bon, je te l'accorde, je suis curieuse de savoir ce qu'il est devenu… mais je suis curieuse de tout, moi.

— En particulier de ce qu'il pourrait y avoir dans certains tombeaux préhistoriques de la région, pas vrai ?

— N'essaie pas de changer de sujet, Tess. Par égard pour toi, je respecterai tes désirs et le choix de tes invités. Mais ne me demande pas de passer l'éponge. J'en suis incapable. Ça ne m'empêchera pas d'être polie avec lui et avec sa famille. De toute façon, puisqu'il y aura nos cousins de cette sinistre secte religieuse, pourquoi ne pas convier aussi le spectre de notre enfance perdue ?

Tess poussa un soupir de soulagement.

— Une fois que tu auras rencontré le témoin de Gabe, dit-elle d'une voix câline, tu ne penseras plus du tout à papa. Grand, séduisant, la voix grave… Un vrai Viking, dommage que tu ne les étudies pas. Il s'appelle Grant Mason.

— Je me souviens vaguement de lui ; on était à l'école ensemble. Sauf qu'il a quelques années de plus que moi. Ils sont restés bons amis, avec Gabe, pendant tout ce temps ?

— Ils ne se sont jamais perdus de vue, même quand Gabe s'est engagé dans l'armée et que Grant faisait ses études à l'université. Ni quand Grant est parti travailler dans les forêts du Canada pour apprendre le métier du bois, avant de reprendre la scierie de son père. Il a une maison magnifique avec une vue à couper le souffle ; tu la verras à la réception de ce soir. Dommage que Char ne puisse pas être là.

Au moins, pensa Kate, Jack Lockwood, leur père, ne serait pas présent ce soir pour lui gâcher son plaisir. Elle était non seulement curieuse de rencontrer Grant Mason, mais aussi très impatiente d'examiner un lieu de sépulture adena qu'elle avait repéré sur une carte ancienne, dans les archives de l'université, quand elle était revenue aux Etats-Unis lors du dernier Noël. Ce tumulus, surnommé le « Mason Mound », ne se trouvait qu'à une vingtaine de mètres de la maison de Grant, et cette proximité excitait Kate encore plus que l'excellente réputation de son propriétaire.

Le traiteur que Grant avait engagé pour la soirée s'était accaparé non seulement la cuisine, mais aussi le séjour, où il avait installé un buffet et un bar. Grant alla donc s'installer tout au fond du séjour, dans son fauteuil préféré, devant l'immense baie vitrée qui donnait sur les bois, à l'arrière de la maison.

Les invités de la réception qu'il donnait en l'honneur de son meilleur ami, Gabe, et de sa fiancée, Tess, ne tarderaient pas à arriver. Dix-huit personnes, un nombre agréable pour ce genre de soirée où on boit et grignote en discutant à bâtons rompus. Il avait mis des bouteilles de champagne au frais pour porter des toasts aux futurs mariés.

Gabe et Grant étaient inséparables depuis le premier jour de l'école primaire, où une institutrice avait placé les élèves selon l'ordre alphabétique des prénoms. Grant s'était marié le premier. Avec Lacey, sa petite amie du lycée, la chef des pom-pom girls, la reine du bal de fin d'études. Quel manque d'originalité — et quel désastre !

Au bout de quatre ans de mariage, elle lui avait annoncé qu'elle en avait assez de ce « bled paumé », alors que Grant prévoyait d'y faire sa vie en reprenant la scierie qui appartenait à sa famille depuis trois générations. Il frayait avec des gens influents de Colombus et de Washington, faisait pression sur les élus pour promulguer des lois écologiques, exigeait que ses bûcherons replantent deux fois plus d'arbres qu'ils n'en coupaient : bref, il était loin d'être un « plouc » qui s'enterre dans sa campagne. Mais Lacey aimait les restaurants chic, les boutiques d'objets importés, les destinations exotiques. Sans doute rêvait-elle d'être une aventurière qui parcourt le monde, comme la sœur aînée de Tess.

C'était Lacey qui avait demandé le divorce, mais Grant ne s'y était pas opposé. Il savait, au fond, qu'il se trouverait beaucoup mieux sans elle. Elle répétait sans cesse qu'elle était trop jeune pour sacrifier sa liberté à des enfants, tandis que Grant rêvait de fonder une famille. Evidemment, lui aussi avait ses contradictions. Au travail, il portait des pantalons adaptés et des chaussures de sécurité, et s'intégrait parfaitement aux bûcherons et aux élagueurs, mais dans son temps libre il aimait le confort, les beaux vêtements… et les femmes un peu glamour.

Il aimait aussi cette époque de l'année, celle où les jours rallongeaient. Non seulement les journées de travail à la scierie étaient plus productives, mais le soir, en rentrant, il pouvait encore aller courir sur le sentier qui traversait ses dix hectares de forêt, ou simplement profiter de la vue en dînant devant la baie vitrée. De temps en temps, il grimpait même dans la cabane que son père et son grand-père leur avaient construit, à lui et à son frère Brad, tout en haut d'un érable centenaire, pour embrasser du regard la cime des arbres et, à l'horizon, la silhouette bleutée des contreforts des Appalaches.

Ce point de vue exceptionnel était situé juste au-dessus d'un petit monticule conique qui datait de l'époque des Indiens préhistoriques, et que les gens d'ici appelaient le Mason Mound. Des décennies auparavant, quand il avait douze ans et Brad dix, ils avaient bravé l'interdit, avec leurs copains Todd et Paul ; à l'ombre de l'érable géant qui abritait la cabane et protégeait le tumulus, ils avaient fait des découvertes aussi merveilleuses qu'horribles…

Le tintement de la sonnette coupa court à ses souvenirs. Il regarda sa montre. Quelqu'un était en avance : sans doute Gabe et Tess voulaient-ils arriver les premiers pour accueillir les autres. Tess serait accompagnée de sa sœur aînée, Kathryn, son témoin, la femme que Grant était chargé d'accompagner pendant le mariage. Il se rappelait à peine à quoi elle ressemblait quand il l'avait croisée, des années auparavant. Il se dirigea vers l'entrée. En passant devant la cuisine, il sentit des effluves appétissants et entendit tinter des verres et de la porcelaine.

Il ouvrit la porte et, à sa grande stupéfaction, se trouva nez à nez avec Brad.

Son frère vivait à soixante-dix kilomètres de chez lui, et ne s'était pas annoncé. Il avait l'air d'avoir déjà commencé à faire la fête ; à vrai dire, il avait une mine de déterré. La vie de patachon qu'il menait commençait à laisser des traces.

— Brad, est-ce que tout va bien ? Tu aurais dû m'appeler !

— Pour que tu m'engueules parce que je n'ai pas encore déposé le bilan de mon usine ? La Fabrique de papier de Lancaster, gérée par son illustre créateur, Bradley Mason, petit frère de l'illustrissime Grant Mason, de la scierie Mason à Cold Creek… Si tu veux savoir, Grant, j'ai licencié mes derniers gars aujourd'hui. J'ai fermé l'usine. L'Amérique n'a plus besoin de papier, figure-toi. C'est l'hécatombe de l'analogique, et ma pauvre petite fabrique n'est qu'une victime parmi les autres.

En entrant dans la maison, Brad se cogna l'épaule contre l'encadrement de la porte. Il sentait l'alcool à cinq mètres. Avait-il fait soixante-dix kilomètres en voiture dans cet état-là ?

— J'espère que tu n'as pas commencé à boire avant de partir, grommela Grant.

— Rassure-toi, frérot, je me suis soûlé ici, dans mon bar préféré de cette fascinante métropole.

Qu'il ait bu ou non, Brad lui faisait toujours l'effet d'une version légèrement plus jeune de lui-même. Les cheveux blonds de son frère avaient foncé au fil des années, tandis que Grant, qui passait beaucoup de temps au grand air, les avait gardés clairs. Brad était légèrement plus petit que lui. Mais ils avaient tous deux des traits semblables, les yeux bleu pâle de leur père, et la carrure des bûcherons dont ils descendaient, même si Grant avait perdu un peu de sa corpulence à force de rester assis derrière un bureau.

— Ah, la bonne vieille demeure familiale..., soupira Brad en regardant autour de lui. Entièrement remise à neuf par le seigneur des lieux, qui n'a pas lésiné sur la dépense. Ecoute, Grant, il faut que tu me dégottes un boulot. Un petit truc temporaire, n'importe quoi, dans l'usine que papa et grand-père nous ont léguée.

— Et dont je suis désormais le seul propriétaire, répondit Grant en refermant la porte d'entrée. Parce que j'ai racheté tes parts et suis resté à Cold Creek, alors que toi, tu ne pensais qu'à partir.

— N'empêche que je connais encore toutes les ficelles. Un petit boulot à la scierie m'ira très bien pour l'instant. Contremaître, ou un truc de ce...

— Tu sais très bien que j'ai déjà un contremaître. C'est Todd. Les arbres, c'est toute sa vie.

— Ce bon vieux Todd... Le Tarzan des temps modernes, celui qui grimpe aux arbres le week-end et les débite la semaine pour en faire des meubles design...

Brad s'assit brusquement sur l'accoudoir du canapé en cuir. Il tenta de lancer le cri de Tarzan, s'étrangla à moitié et se mit à tousser.

Malgré son exaspération, Grant sentit son cœur se serrer, comme toujours en présence de son petit frère.

— Hé, s'exclama Brad, mais ça sent la fête, ici ! Avec un bar et tout ! J'arrive au bon moment, hein ? Le temps d'aller faire un brin de toilette dans mon ancienne chambre... Mes affaires sont dans la voiture, je vais t'emprunter quelques frusques, comme dans le bon vieux temps. On fête quoi, déjà ?

— Le mariage de Gabe McCord et de Tess Lockwood, qui va avoir lieu dans quelques jours.

— Todd vient ?

— Oui. Paul aussi, d'ailleurs.

Outre Gabe McCord, Todd McCollum et Paul Kettering avaient été les meilleurs amis des frères Mason dans leur jeunesse. Gabe n'était pas à Cold Creek ce fameux été où les quatre autres avaient fait leur pacte de silence au sujet de ce que Grant appelait, mentalement, « l'antre de la mort ».

— Jace Miller, le suppléant de Gabe, vient avec sa femme, reprit Grant en essayant de garder son calme. Ainsi qu'un inspecteur du Bureau d'investigations criminelles. S'ils se rendent compte que tu es venu en voiture, dans l'état où tu es, ça risque de jeter un froid. Il y aura aussi la mère de Gabe, qui arrive de Floride, et une des sœurs de Tess…

— Ça va, j'ai compris. Il ne s'agit pas que je fasse honte au seigneur des lieux… Je parie que tu ne m'hébergerais même pas quelques jours, hein ?

Sa voix se fit plus aiguë, et il se leva en chancelant.

— Je ne vais pas te supplier, mais il me faut un boulot le temps de retomber sur mes pattes, ou alors un investissement pour lancer un nouveau projet… Mais si personne ne m'aide…

— Je veux bien t'héberger un moment, mais je ne peux pas sortir de capital en ce moment, du moins pas assez pour créer une nouvelle boîte ou sauver ton usine. L'ère du numérique m'aurait fait couler, moi aussi, si je n'avais pas diversifié nos activités en investissant dans les engrais verts et les chalets en rondins, et concentré nos ventes sur le secteur du…

— C'est bon, dit Brad en levant les mains. Je le connais par cœur, ton sermon.

Il eut l'air subitement dessoûlé, et sa voix devint dure et froide.

— Ecoute, Grant… Il ne me reste qu'un seul atout financier sérieux, et je vais bientôt être assez désespéré pour envisager de le vendre. Si rare, précieux et mystérieux soit-il. Je me demande combien ça vaut, un truc pareil. Ça doit être presque inestimable…

— Brad ! s'exclama Grant en se retournant vivement. On a tous les quatre juré de ne pas le faire ! De ne jamais en parler à personne ! Si seulement on pouvait les remettre où ils étaient, et oublier tout ce qu'on a vu et ce qu'on a fait !

— Le problème, frérot, c'est que j'ai vraiment besoin de fric en ce moment. Ça se vend combien, à ton avis, une grosse pointe de flèche comme ça ?

— Parle moins fort, s'il te plaît. Il y a des gens qui travaillent en cuisine. Brad, si tu te fais prendre, tu t'exposes à une énorme amende, peut-être même à de la prison, tu le sais !

— Ouais… et imagine que j'aille raconter comment je l'ai eu, hein ? Mais rassure-toi, je parlais de le vendre sur le marché noir. Qu'est-ce qu'il disait, papa ? « Il faut laisser les morts le rester. » Eh bien, ma papeterie est morte, mais moi, je dois trouver un moyen de gagner ma vie.

— On en reparlera. Dans l'immédiat, je vais essayer de te trouver quelque chose à faire à la scierie, le temps que tu te retournes.

— Quelque chose à faire ? Balayer le parking ? Conduire un chariot élévateur ? Au fait, est-ce que Gabe a coincé ce fameux gang de voleurs de bois ? Ces salauds qui piquent du bon bois dans le stock des autres, ils ne viendraient pas te proposer de le racheter sous le manteau, par hasard ?

— Sûrement pas, et je ne te permets pas d'insinuer le contraire, même si tu es ivre mort. Ecoute, je viens d'entendre une voiture arriver. Je vais te faire monter quelque chose à manger et une boisson non alcoolisée, et on se voit demain matin. Pour l'instant, je dois accueillir mes invités.

Il prit le bras de son frère pour le faire avancer vers la cage d'escalier.

— Ça ira, pour monter ?

Son frère se dégagea d'un geste.

— La seule aide dont j'ai besoin, c'est d'un boulot dans l'entreprise familiale, le temps de trouver quelqu'un pour acheter mes rouleaux et mes séchoirs, et ce gros bâtiment vide qui ne sert plus à rien. Allez, va ouvrir à tes invités. Ne reste pas là à me regarder comme si j'étais un zombie sorti du tombeau…

Il eut un petit rire qui ressemblait à un grognement.

— Tu te rappelles ce vieux film avec Boris Karloff qui joue une momie meurtrière qui ressort de sa tombe ? Sauf que moi, mon vieux, je suis encore capable de réfléchir et de faire des projets. Je ne suis pas un zombie. Ma vie est peut-être en miettes, mais pas mon crâne !

Grant sentit son ventre se nouer en entendant ces derniers mots, qui réveillaient en lui un vieux souvenir, mais il s'obligea à le chasser de ses pensées, et se pressa vers la porte d'entrée.

2

Kate était épatée par la maison de Grant Mason et son environnement. Un jardin paysager, une allée courbe et les bois alentour formaient un écrin autour de la grande construction de bois, de pierre et de verre. Juste avant d'arriver, leur voiture avait surpris une biche et son faon, qui avaient pris aussitôt la fuite. Comme eux, la maison semblait avoir surgi des bois et pouvoir s'y fondre à tout instant.

Elle avait espéré apercevoir le tumulus depuis l'intérieur de la maison, mais la nuit tombait déjà. Par ailleurs, elle avait enfilé pour l'occasion sa seule paire de chaussures à talons vraiment hauts ; évidemment, elle serait prête à traverser les bois pieds nus, dans l'obscurité, si jamais Grant proposait de lui montrer le site. Comme la plupart des tombeaux adenas de la région, il était sans doute enseveli sous la végétation, tout comme les morts étaient enfouis sous les siècles écoulés. Elle recommençait à être obsédée par le mystère des Celtes et des Adenas, mais leur étude, et celle de leur incroyable culte de la mort, exigeaient autant de passion que de raison.

— Kate ? Allô ?

La voix de Tess coupa le cours de ses pensées. Sa sœur, assise à l'avant, pivota vers elle comme pour vérifier si elle était encore là.

— Je viens de te demander ce que tu pensais de cet endroit…

Gabe fit le tour de la voiture pour ouvrir leurs portières.

— C'est magnifique, dit Kate.

— Et attends ! Tu n'as pas encore vu le propriétaire.

— Tess, gronda Gabe, ne fais pas ton entremetteuse. Kate, je suis désolé que ton ami de l'université n'ait pas pu se libérer, il aurait été le bienvenu.

— Carson avait prévu depuis plus d'un an de participer à cette conférence au Smithsonian, expliqua-t-elle en descendant de voiture. C'est une invitation très prestigieuse, et le sujet lui correspond complètement : les premières civilisations indigènes des Amériques. Mais j'ai bon espoir de réussir à le faire venir bientôt à Cold Creek. Il sait beaucoup de choses sur les tumulus de la région. Peut-être qu'on vous rendra visite, une fois que vous serez revenus de votre mystérieuse lune de miel et que vous serez bien installés dans votre nouveau domicile.

Gabe avait vendu sa maison. Celle de Tess, l'ancienne maison de famille que leur mère lui avait léguée, était toujours à vendre. Les futurs mariés avaient acheté une propriété à la lisière du centre-ville de Cold Creek, qu'ils rénovaient tout en lui ajoutant trois nouvelles pièces pour la crèche que Tess avait prévu d'ouvrir en septembre. Puisque l'ancienne maison des Lockwood n'était pas vendue, Kate y logeait avec Tess. Gabe surveillait les travaux sur la nouvelle maison, quand il n'était pas occupé à coincer des cultivateurs de cannabis ou, comme ces derniers temps, à essayer de démanteler le réseau de voleurs de bois qui sévissait dans la région. Il disait néanmoins que c'étaient des vacances, comparé à la traque du kidnappeur meurtrier qu'il venait de mener.

Gabe sonna à la porte, et un homme grand et élancé vint leur ouvrir. Tess ne s'était pas trompée, se dit Kate. Grant Mason paraissait à la fois dynamique et solide comme un roc. Il lui sourit, révélant des dents blanches qui contrastaient avec sa peau bronzée, et lui tendit la main. Quel plaisir de voir un homme bien rasé, pour une fois ! Elle n'avait jamais aimé ces petites barbiches qui fleurissaient partout de nos jours. Gabe était obligé de se raser de près pour son travail, mais en ce qui concernait Grant, c'était manifestement un choix.

Sa main était grande et chaude. Au moment où ils entraient ensemble dans la maison, il la posa légèrement au creux de son dos. Elle sentit subitement une bouffée d'euphorie monter en elle. Le projet de convaincre cet homme de lui montrer le tumulus sur sa propriété venait de passer de la catégorie du travail à celle du plaisir.

Grant, pour sa part, se sentait stupide d'avoir imaginé la sœur aînée de Tess comme un rat de bibliothèque, cachée derrière ses lunettes et refusant tout maquillage. Kathryn Lockwood était vraiment une belle femme. Il aurait dû s'en douter, vu qu'après tout Tess était très jolie. Mais, alors que sa cadette était filiforme, Kate avait tout ce qu'il fallait, là où il fallait. Ses cheveux châtains bouclés, coupés aux épaules, brillaient de reflets auburn qui rappelaient les rayons du soleil couchant entre les arbres. Ses yeux étaient noisette aux éclats ambrés, avec de longs cils ; ses lèvres rouges et généreuses formèrent une moue tandis qu'elle l'inspectait du regard. Elle portait une robe bleu cobalt assez près du corps. Grant eut subitement l'impression que ce mariage pouvait offrir bien plus que le bonheur de son meilleur ami et de sa promise.

— J'adore votre maison…, fit remarquer Kate d'une voix chaleureuse.

Il la remercia, puis il dut s'éloigner pour accueillir les nouveaux invités qui arrivaient. C'était à se demander qui gardait un œil sur la région, puisque le seul suppléant du shérif, Jace Miller, venait d'arriver avec sa femme, et que Victor Reingold, du BCI — « Bureau of Criminel Investigations » —, celui qui avait aidé à résoudre l'affaire des enlèvements d'enfants, s'avançait également pour lui serrer la main.

Todd McCollum et sa femme, Amber, arrivaient eux aussi. Grant taquina son contremaître en lui disant qu'il ne le reconnaissait pas, dans ses habits du dimanche. Todd était son bras droit à la scierie. Grant était presque tenté d'aller chercher son frère pour qu'il voie tous ses vieux amis, même si Brad avait manifesté des velléités de s'emparer du poste de Todd, mais il décida que ce n'était pas une bonne idée.

Leur dernier copain d'enfance, Paul Kettering, créa la surprise en débarquant avec un de ses fantastiques troncs d'arbre sculptés en guise de cadeau de mariage. Il fit entrer la sculpture en chêne massif dans l'entrée sur un chariot à roulettes. Tout le monde vint s'attrouper autour de l'œuvre. Tess tapait des mains, excitée comme une enfant. Nadine, la femme de Paul, rayonnait de fierté comme si c'était elle qui avait réalisé cette pièce en ronde-bosse, haute d'un mètre.

— Je me voyais mal la trimballer jusqu'à la cérémonie devant la chute d'eau, expliqua Paul à Gabe et à Tess. Je la livrerai chez vous à votre retour de lune de miel, d'accord ? J'ai sculpté des fées, en me disant que ce serait pas mal pour ta crèche, Tess…

De fait, Tess avait les larmes aux yeux à la vue de ces êtres ailés qui ressemblaient à de petites filles en robe de fête, à moitié cachées derrière des frondaisons.

— C'est magnifique, dit-elle. Tu vois, Kate, Paul est vraiment doué. Quand les gars de Grant coupent des arbres, ils lui laissent choisir quelques troncs, et il les transforme en gnomes, en lutins ou en fées. Quel don merveilleux !

— C'est magnifique, en effet, déclara Kate. Vous acceptez des commandes, Paul ?

— Du moment qu'elles collent avec le style Kettering.

Sa femme, la corpulente Nadine, s'interposa.

— En ces temps de crise, pour vivre de son art, il faut avoir la vocation, et ça demande parfois de gros sacrifices. Alors, Kate, si vous connaissez des gens susceptibles de s'intéresser au travail de Paul, n'hésitez pas à leur en parler. Je vous donnerai une carte de visite, tout à l'heure. Les gens de la ville ne font pas toujours l'effort de s'aventurer au fin fond de l'Ohio pour découvrir un artiste exceptionnel, et ce n'est pas facile d'envoyer des troncs d'arbres à des expositions ! Heureusement, Paul a un site internet, mais je trouve qu'il ne vend pas ses pièces assez cher.

Grant était soulagé. Les invités étaient tous arrivés, et semblaient se mêler les uns aux autres sans problème. En dépit du haut plafond de la grande pièce, le volume sonore s'élevait de plus en plus. Il proposa à Gabe et à Tess d'attaquer le buffet, et les autres suivirent leur exemple. Pendant que chacun se servait, il remarqua que Kate ne cessait de regarder par la grande baie vitrée qui donnait sur les bois, à l'arrière. Avec la nuit, celle-ci s'était transformée en immense miroir qui reflétait les convives.

Après bien des mondanités, le dessert et un toast au champagne en l'honneur des mariés, Grant réussit enfin à se retrouver seul dans un coin avec Kate. Celle-ci continuait à lancer des regards obliques vers la fenêtre.

— Je serais curieuse de voir le Mason Mound à la lumière du jour, lui confia-t-elle quand il s'approcha.

— Ah… Gabe vous en a parlé ? Il est presque enfoui sous la végétation. Des buissons au sommet, des ronces à la base et, tout autour, des érables géants, dont un qui abrite ma cabane d'enfance.

— Quelle chance ! J'adore entendre les gens raconter leur passé. Il me semble que le tumulus n'a jamais été fouillé, non ?

Grant regarda le verre dans sa main. Quelque chose lui montait à la tête, soit le champagne, soit cette femme belle et intelligente… Que pouvait-il lui répondre sans trop se compromettre ?

— Mon père et mon grand-père disaient tous les deux qu'il faut laisser les morts en paix.

— La plupart des monticules de cette région sont des sépultures, en effet.

— Celui-là ne fait que sept ou huit mètres de haut, donc le caveau ne doit pas être très grand.

— Voilà sans doute pourquoi personne ne s'y est intéressé. Je l'ai repéré par hasard sur une vieille carte. Mais à vrai dire, les petites tombes sont souvent les plus riches et les plus intéressantes.

Grant ne trouva rien à répondre. Il perdait un peu les pédales, tiraillé entre le désir de se rapprocher d'elle et celui de fuir ses questions gênantes.

— Plus riches et plus intéressantes ? répéta-t-il, un peu sottement.

A l'autre bout de la pièce, des rires fusaient. Grant se rendit compte qu'ils s'étaient mis à chuchoter, tous les deux.

— Oui, répondit Kate. Parce que si des dépouilles ou des objets y sont enterrés, ils sont plus faciles à récupérer. Dans les grands tombeaux, les sépultures sont souvent empilées les unes sur les autres sur des structures de bois, mais au fil des siècles, ces structures se sont effondrées et ont écrasé leur contenu. Tess et Gabe vous ont dit, peut-être, que je suis fascinée par les Adenas, et que je cherche des éléments qui permettraient de les relier à ma spécialité principale, les Celtes du Nord de l'Europe ?

— Tess m'en a parlé, oui. Pour ma part, je considère qu'il ne faut pas profaner cette tombe, qui est de toute façon située sur une propriété privée. En revanche, je me ferais un plaisir de vous le montrer de l'extérieur, si vous voulez. Peut-être une fois que le mariage sera passé, et que vous serez moins occupée ? Je sais que votre deuxième sœur arrive demain. Et n'hésitez pas à passer à la scierie, si vous avez envie d'une visite guidée.

Kate mit la tête sur le côté. Ses boucles frôlèrent son épaule nue, et son regard sembla le sonder. Sentait-elle sa réticence à lui faire visiter le tumulus ? La vérité, c'était que plusieurs personnes y avaient déjà pénétré. D'abord son grand-père, en 1939, puis Grant, Brad, Todd et Paul, des décennies plus tard. Mais cela, il ne le lui dirait jamais. Le problème, c'était qu'elle paraissait capable de lui arracher n'importe quel secret, si elle le voulait vraiment. Ce qui faisait de cette femme non seulement une tentation, mais aussi un danger ambulant. La dernière chose dont il avait besoin, c'était qu'elle se mette en tête d'examiner ce monticule de tout près.

Assise entre Tess et la mère de Gabe, dans le salon de thé Miss Marple, autre lieu surprenant du nouveau centre-ville où avait lieu le déjeuner réservé aux proches de la mariée, Kate s'étonna de la vitesse à laquelle s'enchaînaient les événements. Le mariage de sa sœur serait certainement merveilleux ; le seul point noir était la présence de leur père et de sa nouvelle famille.

Combien de nuits s'était-elle endormie en pleurant, après le départ de son père ? Sa mère avait fini par retrouver un travail et un appartement à Jackson, dans l'Etat du Michigan, mais Kate avait eu le temps de craindre qu'elles ne meurent de faim, toutes les quatre, en dépit des chèques que leur père envoyait tous les mois. Plus tard, quand elle avait appris que Jack Lockwood avait trompé leur mère avec la femme du shérif — c'est-à-dire la mère de Gabe, puisque le père de Gabe était shérif, lui aussi —, sa peine s'était muée en haine impitoyable.

En tant qu'adulte, elle comprenait, évidemment, qu'il y ait toujours deux points de vue dans les histoires d'amour et de séparation. Le shérif Rod McCord était souvent absent, sa femme devait en souffrir. Sans doute était-elle la principale responsable de la liaison secrète et du divorce qui en avait résulté. N'empêche que Kate reprochait à son père de les avoir abandonnées à un moment où elles avaient terriblement besoin de resserrer les liens familiaux, juste après l'enlèvement et le retour de Tess. A présent, elle serait obligée de rester polie, comme elle l'avait promis à sa sœur. En tout état de cause, elle ne pouvait en vouloir à sa nouvelle femme et à leurs enfants pour les agissements de son père.

Char éclata de rire à cause de quelque chose que Tess venait de lui dire à l'oreille. Kate était soulagée qu'elle soit arrivée sans encombre. En revanche, son teint très hâlé l'inquiétait un peu. Il fallait absolument qu'elle la persuade de porter un chapeau et des manches longues. Char était aussi pétillante que Kate était sérieuse. A cet instant précis, assise de l'autre côté de Tess, elle gloussait comme une gamine. Les deux cadettes avaient toujours été très proches, tandis que Kate avait parfois l'impression d'être leur seconde mère.

Char se pencha par-dessus Tess pour parler à Kate.

— Tu ne trouves pas ça dingue, toi, qu'on ait deux demi-frères ? Je sais bien que c'est le sperme qui détermine le sexe de l'enfant, mais puisque papa a eu trois filles avec maman, puis deux garçons avec la suivante, on est obligées de se demander si la mère n'y est pas pour quelque chose !

— Char, dit Tess, on garde cette discussion pour mon enterrement de vie de jeune fille, tout à l'heure ? Parce que moi, je veux un garçon *et* une fille, et j'ai entendu dire qu'il y a des moyens de renforcer ses chances en calculant le meilleur moment du mois pour…

Tandis que les autres éclataient de rire, Kate se contenta de sourire. Elle n'arrivait pas encore à croire qu'elle avait deux jeunes demi-frères. Restait à espérer qu'ils mèneraient des existences plus droites que celle de leur père.

De retour à la vieille maison familiale, où elles allaient loger jusqu'au mariage, les trois sœurs s'installèrent autour de la table de la cuisine avec des verres de Chardonnay. La conversation se tourna tout naturellement vers Sarah McCord, la mère de Gabe.

— C'est encore une belle femme, fit remarquer Char.

J'ai l'impression qu'elle est assez protectrice envers Gabe, et c'est peut-être aussi bien qu'elle vive en Floride. Personne n'a envie d'avoir sa belle-mère dans les pattes en permanence.

— Ça ne me dérangerait pas du tout qu'elle vive plus près de chez nous, protesta Tess. Je compte avoir besoin d'une baby-sitter assez rapidement.

— C'est vrai que tu as l'air d'y penser beaucoup, répliqua Kate en souriant. Tu ne veux pas attendre d'avoir rodé un peu ta crèche, avant de faire tes propres lilliputiens ? Au fait, vous avez remarqué à quel point Vic Reingold est aux petits soins avec la mère de Gabe ? J'ai entendu dire qu'il allait la chercher chez Gabe pour le dîner de répétition et la cérémonie de mariage, et qu'il doit l'emmener à l'aéroport, après votre départ, pour une destination top secret.

— Gabe m'a simplement dit que j'aurais besoin d'un passeport et de quelques vêtements chauds.

— Ah ah ! s'exclama Char en levant son verre de vin. Antarctique, nous voici !

— Au fait, dit Tess en trinquant avec ses sœurs, Grant m'a dit que son frère Brad était de retour dans le coin, et je lui ai proposé de l'inviter au mariage. Il a l'air de traverser une période difficile, ses affaires ne vont pas très bien… Qu'est-ce que ça peut faire, une personne de plus, quand on a déjà invité la moitié de la ville à la cérémonie et à la réception ?

— La moitié de la *vieille ville*, tu veux dire, rectifia Kate. Je commence à percevoir clairement le fossé social dont tu m'as parlé au téléphone. Comme d'habitude, il y a les nantis d'un côté, les pauvres de l'autre. Exactement comme chez les Adenas… On pense maintenant qu'ils incinéraient les morts des classes populaires, et que seuls les privilégiés ou les chamans bénéficiaient d'enterrements rituels, ainsi que quelques esclaves sacrifiés pour les servir dans l'autre monde, de même que…

— Kate ! s'écria Char en lui lançant une serviette en

papier roulée en boule. Défense de parler d'enterrements de quelque époque que ce soit, d'accord ?

— Pardon, soupira Kate.

Un coup frappé à la porte les fit sursauter.

— C'est peut-être Gabe, dit Tess.

Elle se leva d'un bond et alla regarder par la porte-moustiquaire.

— C'est Gracie, chuchota-t-elle en se retournant vers ses sœurs. Salut, Gracie ! Et... euh... bonjour, l'Etoile Lumineuse ! Lee est avec vous ?

— Il n'a pas pu venir, dit Grace. Il avait une tâche à accomplir.

Kate et Char s'avancèrent elles aussi vers la porte. Elles n'avaient pas vu Grace, la femme de leur cousin Lee, depuis très longtemps.

— Salut, Grace ! dit Kate. Tu ne veux pas entrer ? Ton ami est le bienvenu, lui aussi.

Grace se contenta de secouer négativement la tête, et les trois sœurs finirent par la rejoindre dehors.

Kate était surprise par l'homme qui accompagnait Grace. Elle avait entendu parler, bien sûr, du gourou de l'étrange secte religieuse Hear Ye, mais c'était la première fois qu'elle le croisait depuis des années. Elle se rappelait à peine l'homme qui avait été Brice Monson et qui se faisait maintenant appeler l'Etoile Lumineuse. Elle s'efforça de ne pas le fixer du regard. Il ne lui parut nullement aussi charismatique que le prétendait Gabe. Tout de blanc vêtu, la peau pâle et les cheveux blancs, il ressemblait plutôt à un fantôme. Tess lui avait longuement expliqué qu'il réduisait des tas de gens, y compris leur cousin Lee, sa femme, Grace, et leurs deux enfants, en servitude plus ou moins volontaire.

— Je dois faire vite, dit Gracie, mais je tenais à te parler en personne, Tess.

Kate avait voulu serrer Grace dans ses bras, mais tout se passait comme si une barrière invisible s'était dressée entre elles. Elle tenta de ne pas laisser paraître son trouble devant la femme de son cousin, avec sa longue tresse, sa jupe jusqu'aux chevilles et son air de sortir de la *Petite Maison dans la prairie*.

Tess lança un regard acéré à l'Etoile Lumineuse avant de reporter son attention sur Grace.

— Tu as enfin eu la permission pour que Kelsey et Ethan soient ma porteuse de fleurs et mon porteur de bague ? demanda-t-elle.

— Non, n… on, bégaya Grace. J'ai entendu dire que tu avais demandé à Sandy Kenton de le faire. Je suis heureuse que vous soyez aussi proches, toutes les deux.

— N'empêche qu'elle ne remplacera jamais ma propre famille.

Kate savait que Tess avait participé à la cellule d'aide psychologique constituée pour la petite Kenton, après la terrible épreuve qu'elle avait traversée. Elle était aussi très proche de sa mère, Lindell, qui serait chargée du livre d'or à la réception de mariage, et travaillerait à la crèche dès son ouverture.

— C'est juste que… euh…, reprit Grace.

— Je vais leur expliquer, intervint le révérend Monson. Une grande partie de la traditionnelle cérémonie de mariage à l'américaine, même si elle se déroule dans une église, ou dans la nature, comme la vôtre, découle de rituels primitifs que nous ne pouvons accepter ni soutenir. Nous avons notre propre cérémonie, ancrée dans nos propres traditions, et…

— Gracie, lança Tess en posant ses mains sur ses hanches, tu ne vas pas me dire que tu refuses d'assister à ma fête de mariage, et même à la cérémonie devant la cascade de Falls Park, parce que ce serait un sacrilège ?

— Je suis désolée…, répliqua Grace en baissant la tête comme une enfant grondée. C'est ce que je suis venue te dire.

Tess avait les larmes aux yeux, et Char bredouillait d'un air abasourdi. Kate décida donc de prendre la parole.

— Vous savez, monsieur Monson, j'en ai étudié, des

groupes aux croyances bizarres, mais le vôtre remporte la palme. Grace, qui est cet homme, pour te donner des ordres pareils ? Ce n'est pas parce que tu te rends avec ton mari et tes enfants au mariage de ton amie et de ta cousine par alliance que tu seras irrémédiablement corrompue ! A moins que le problème ne soit qu'elle épouse le shérif ?

— Il est évident, dit l'Etoile Lumineuse d'une voix très calme comparée à celle de Kate, que vous ne comprenez pas nos coutumes ni la voie que nous avons choisie. Je crois que vous êtes spécialiste des croyances païennes, et je vous pardonne de vous être emportée, mais…

— Puisqu'on parle de civilisations païennes, lança Kate, je me fierai davantage aux mœurs de celles qui ont disparu depuis des millénaires qu'à celle d'une communauté qui intimide et manipule ses fidèles. Grace, toi et les tiens serez toujours les bienvenus, le jour où vous voudrez retrouver vos racines et votre famille.

Grace leva des yeux bleus brillants de larmes.

— Les Hear Ye sont ma famille maintenant, Kate. Je te demande d'essayer de me comprendre. Et toi, Tess, sois bénie le jour de ton mariage, et tout au long de ta vie avec Gabriel.

Les trois sœurs Lockwood restèrent pétrifiées pendant que Grace, derrière son chef spirituel, regagnait le bout de l'allée et la voiture noire qui les y attendait.

— On dirait un corbillard, murmura Char.

Elle passa un bras autour des épaules de Tess et l'attira vers la maison.

— Il n'a rien d'un chaman, ce minable. Quel charlatan ! Il est tout juste capable de faire peur aux plus faibles que lui.

— Comme le Beastmaster, marmonna Kate.

Puis elle se hâta de rentrer avant que ses sœurs aient pu lui demander une explication.

3

Le vendredi, veille du mariage, s'étira en longueur pour Kate. Elle mourait d'envie d'aller voir le Mason Mound, mais elle n'osait pas s'introduire chez Grant sans sa permission. Ce n'était d'ailleurs pas indiqué, si elle espérait se rapprocher de lui et bénéficier d'un accès privilégié au tumulus. Elle s'installa donc au volant de sa voiture de location, et se rendit sur un autre site adena, qui avait été fouillé par des archéologues des années auparavant.

Descendue de voiture, elle fit le tour d'un tertre qu'elle avait remarqué sur la carte des archives, nommé Falls Mound et situé non loin des limites du parc où Tess et Gabe prononceraient leurs vœux de mariage le lendemain, devant une grande cascade. Tess lui avait confié que c'était là qu'ils avaient échangé leur premier baiser. Le dîner de répétition et la réception de mariage auraient lieu au Falls Park Lodge, un hôtel rustique situé non loin de la cascade.

Le téléphone de Kate sonna à ce moment. C'était Carson Cantrell, son ami et mentor ; il ne pouvait mieux tomber.

— Carson, devine où je suis !

— Kate, ma chérie… devine où je suis, moi.

— Au Smithsonian, en train de relire tes notes avant de faire ta communication ?

— Eh bien non, je suis au musée national des Indiens d'Amérique, qui rassemble plutôt des collections issues des tribus historiques que préhistoriques, soit dit en passant. Mais toi… laisse-moi deviner. Tu es devant un tumulus adena… de préférence celui qui se trouve sur la propriété de la famille Mason.

— Je suis devant un tumulus, oui, mais il a été vidé de son contenu il y a des années. Certains objets se trouvent au Musée historique de l'Ohio, d'autres ont été volés ou vendus au noir et jamais retrouvés. Les vestiges humains, quant à eux, étaient trop abîmés pour révéler grand-chose.

— Et ta théorie des crânes brisés qui correspondraient à des sacrifices humains en l'honneur de la mort de nobles ou de chamans ?

— Il n'y a rien dans les archives, au sujet de ce tombeau, qui puisse le confirmer. Ici encore, je pense que les premiers visiteurs de l'époque des pionniers ont beaucoup détruit. J'ai même lu qu'ils avaient laissé des graffitis sur les parois intérieures.

Ils parlèrent ensuite de la communication que Carson s'apprêtait à faire. Pour la énième fois, Kate assura son mentor que rien, hormis ce mariage, n'aurait pu l'empêcher d'y assister, même pas le chantier de fouilles celtiques au Royaume-Uni auquel elle participait en ce moment. Elle ne mentionna pas l'arrivée imminente de son père et de sa nouvelle famille, dont l'avion avait été retardé, et qui arriveraient à peine à temps pour le dîner de répétition. Carson avait toujours un conseil à donner, quelle que soit la situation ; Kate se surprit elle-même à ne pas vouloir lui en parler. Et elle fut plus surprise encore par une question qu'il lui posa.

— Que penses-tu de Grant Mason, le propriétaire actuel du terrain sur lequel se trouve le Mason Mound ? Tu crois qu'il accepterait d'ouvrir le site aux chercheurs ? J'ai regardé sur Google Maps, mais il y a tellement d'arbres que je n'arrive à rien voir du tout, à part le toit de la maison et une allée qui doit mener au garage.

— Il n'a pas l'air très enthousiaste. Son père et son grand-père pensaient qu'il ne faut pas déranger les morts.

— Donc, ils savaient que c'était un site funéraire. Ce Grant doit être un vrai péquenaud, non ?

— Pas du tout ! s'exclama immédiatement Kate. En tout cas, il ne m'a pas fait cette impression. Il a étudié le commerce à l'université, et Tess m'a dit qu'il avait des liens avec la Chambre des représentants de l'Ohio, et même avec le Congrès à Washington, au sujet de problèmes écologiques liés à sa scierie et à l'industrie du bois.

— Je vois… Il te plaît. N'oublie pas, Kate, que j'ai toujours l'espoir de faire passer notre relation à la vitesse supérieure. Quant à Grant Mason, j'ai bien envie de le rencontrer et de jeter un œil à son tumulus. Je pourrais passer en coup de vent à Cold Creek, la semaine prochaine, par exemple, dès mon retour de Washington. Toi, reste dans la région si tu peux, essaie de te rapprocher de lui, sans perdre le contrôle de la situation. N'oublie pas que tu es en mission professionnelle, d'accord ?

— Bien sûr, répondit-elle.

Cela ressemblait cependant à un pieux mensonge, vu l'attirance qu'elle avait immédiatement ressentie pour Grant.

Kate rechignait à l'admettre, mais à cinquante-deux ans, Jack Lockwood était aussi séduisant que dans ses souvenirs d'enfance. En entrant dans la salle que l'auberge avait réservée pour le dîner de répétition, il lâcha la main de son plus jeune fils et ébouriffa les cheveux de son aîné. Sa femme, Gwen, une jolie blonde qui devait avoir quinze ans de moins que lui, semblait aussi nerveuse que Kate. Son père, lui, s'avança d'un pas assuré vers ses trois filles.

Tess le rejoignit au milieu de la salle et se jeta dans ses bras. Char posa la main sur son épaule, et il l'entraîna aussi dans leur accolade. Mais, l'instant d'après, il leva la tête et regarda tout droit vers Kate.

— Katie, dit-il.

Clignant des yeux pour retenir ses larmes, elle lui tendit la main. Il libéra ses deux sœurs de son étreinte et lui serra la main en continuant à la fixer du regard. Gabe était tout près d'elle, et elle sentit Grant qui l'observait depuis l'entrée, où il bavardait avec les deux enfants Lockwood. *Ses demi-frères.* Elle avait l'impression d'être paralysée.

— Tu es de retour, articula-t-elle enfin sans s'avancer vers lui.

— Je sais à quel point ça a été dur pour toi, Katie, dit son père en baissant la voix. Et tout ce que tu as fait pour soutenir ta famille. Toi et ta mère, vous avez été formidables.

Son cerveau lui dictait de le remercier, mais les mots ne venaient pas. Elle tenta de s'écarter, mais il leva sa main vers son visage et le caressa. Les années d'absence et les terreurs endurées ne firent que resurgir en elle, plus amères que jamais. Il avait en tout cas des manières assurées et résolues ; peut-être était-ce à lui, au fond, qu'elle devait son cran et son sang-froid.

L'instant d'après, c'était un joyeux chaos : on lui présentait sa femme, Kate se penchait pour embrasser ses adorables garçons et bavarder avec eux. Leur père reconnut Vic Reingold, qui avait participé à l'enquête sur l'enlèvement de Tess, et lui tendit la main. Chacun retint son souffle en le voyant arriver devant la mère de Gabe, avec qui il avait eu une liaison qui avait contribué à mettre fin à son mariage.

— Sarah, dit-il en lui serrant la main, tu es resplendissante. Je te présente mes condoléances pour la perte de ton mari, et je me félicite que Tess et Gabe aient su mieux que moi recoller les morceaux.

— Oui, dit-elle, il arrive que la deuxième génération répare les erreurs de la première. On a beaucoup de chance.

Tous se retournèrent enfin vers Tess et Gabe et sortirent de l'auberge pour marcher vers la prairie où se tiendrait la cérémonie de mariage. En toile de fond, il y avait un lac bleu ciel où s'abîmaient les chutes d'eau descendues des falaises de granit. Selon la direction du vent, une fine brume flottait parfois dans l'air. Comme un rituel de purification offert par la nature, pensa Kate, une sorte de baptême de leur nouvelle famille recomposée. Si seulement elle avait été capable de serrer son père dans ses bras, de le pardonner, de se réjouir de sa présence ! Mais elle n'y parvenait pas.

Puis ce fut la répétition du mariage. Kate s'avança vers l'autel parmi les derniers, juste avant sa sœur. Gabe et Grant se tenaient déjà à côté du pasteur Snell. L'espace d'un instant fugitif, avec le bruit des chutes qui bourdonnait dans ses oreilles, elle s'imagina que c'était son propre mariage, et qu'elle allait retrouver Grant devant l'autel portatif.

Le pasteur les guida pas à pas dans la cérémonie, puis elle repartit vers l'auberge au bras de Grant. Il lui semblait tellement naturel, tellement agréable d'être à son côté, même s'il s'agissait du mariage de sa sœur ! Ses sentiments pour Carson étaient d'une tout autre nature. Elle éprouvait de l'admiration pour lui, ils avaient une complicité intellectuelle, tandis que Grant rayonnait d'une énergie presque tangible, qui faisait naître de petits éclairs de chaleur à la surface de sa peau. Placés à côté au dîner de répétition, ils n'adressèrent presque pas la parole à leurs voisins, tant ils avaient de choses à se dire. Tant elle avait envie de se perdre dans les profondeurs de son regard…

A la fin du dîner, elle tenta de se convaincre que, si elle avait accepté de prendre un dernier verre dans un pub anglais du centre-ville, c'était pour des raisons professionnelles, non par simple désir de rester avec lui. Dehors, il faisait encore jour. Si seulement elle pouvait le convaincre de lui montrer le Mason Mound, même de loin, avant qu'il ne reprenne ses occupations habituelles… et avant que Carson ne débarque comme un chien dans un jeu de quilles !

***

En quittant le parking, Grant se tourna vers Kate.

— Les retrouvailles avec ton père n'ont pas dû être faciles. Mais tu sais, tu peux le pardonner, à défaut d'oublier ce qu'il a fait. Je sais que je donnerais n'importe quoi pour repasser un moment avec mon père, qui n'était pourtant pas un ange, loin de là…

La chanson « Country Roads » sonna à ce moment sur son portable. Il se rangea sur le bas-côté et sortit son téléphone.

— Ça vient de mon fixe, dit-il. Ça doit être mon frère Brad.

Mais lorsqu'il répondit, Kate entendit une voix féminine parler à toute vitesse à l'autre bout du fil.

— Quoi ? s'écria Grant. Brad est là ?

— Non, entendit-elle la voix répondre. Comme tu étais au mariage, et Todd aussi, il est parti à la scierie, et il n'est pas revenu depuis.

— Tu peux le prévenir, s'il te plaît ? J'arrive tout de suite. Tu as bien fait de m'appeler, je n'avais certainement pas demandé ça !

Il se tourna vers Kate en redémarrant.

— Pardonne-moi, je dois rentrer chez moi en urgence, je n'ai pas le temps de te déposer avant.

— Que se passe-t-il ?

— C'était ma femme de ménage, répondit-il en s'engageant vivement sur la grand-route. Elle a entendu un bruit de tronçonneuse derrière la maison, et puis, tout d'un coup, elle a remarqué qu'on voyait beaucoup plus de ciel par la baie vitrée. On a un problème avec des voleurs d'arbres dans la région… mais je ne m'imaginais tout de même pas qu'ils oseraient venir si près d'une habitation… encore moins la mienne !

Il posa son téléphone sur les genoux de Kate.

— Appelle le 911 et demande-leur de m'envoyer Jace Miller. Gabe essaie de coincer ce gang depuis des mois, mais je n'ai pas envie de le déranger aujourd'hui. Que Miller me retrouve derrière la maison. Ces salopards sont rapides, et j'ai des arbres anciens, de grande valeur, dans mon bois.

Elle s'exécuta tandis qu'il conduisait comme un possédé. *Eh bien*, pensa-elle, *voilà un moyen tout trouvé de m'approcher du Mason Mound*… même si elle plaignait Grant de tout son cœur.

Grant n'arrivait pas à croire qu'on s'en prenne à ses arbres. Quelle audace ! En plein jour, juste à côté de la maison ! Le pire, c'était que depuis des mois il était un des fers de lance de l'enquête sur ce réseau qui sévissait dans les forêts de la région, d'où disparaissaient des troncs de chêne, d'érable, de noyer et de merisier, les mêmes essences qu'il achetait au prix fort pour sa scierie. Et voilà que ces salauds venaient le dépouiller à son tour, profaner sa propriété, assassiner ses arbres !

Les temps étaient durs, et les gens devenaient désespérés. Ils fauchaient tout et n'importe quoi : les canalisations en cuivre dans les vieilles maisons, les portes et les urnes en laiton dans les cryptes des cimetières, et maintenant des arbres dans la forêt. Grant avait dépensé une énergie considérable pour aider Gabe et Jace à coincer les malfaiteurs. Il avait passé de longues journées à convaincre des législateurs, tant au niveau régional que national, qu'il fallait des lois plus strictes sur le vol de bois, auquel personne ne s'était vraiment intéressé jusqu'à présent. De la Californie à la Floride, des gens s'étaient mobilisés autour du problème.

Mais cette fois, ça devait personnel. Les voleurs savaient-ils qu'il serait absent une grande partie de la journée ? S'étaient-ils justement introduits chez lui pour le narguer, pour lui prouver son impuissance face à eux ? Il regrettait que Brad eût quitté la maison, parce que son frère aurait réagi plus rapidement en entendant les tronçonneuses. Mme McGirty, qui travaillait pour leur famille depuis des années, avait sans doute des problèmes d'audition, ce qui n'était certainement pas le cas de Brad.

Il s'engagea dans l'allée en faisant voler des graviers, et pila devant l'entrée de la maison.

— Désolé de te mêler à tout ça, Kate… Merci pour ton aide. Fais comme chez toi.

Il lui reprit le téléphone des mains, sortit de la voiture et se mit à courir vers la maison.

Une dame âgée, un chiffon à la main, vint ouvrir la porte à Grant, qui disparut à l'intérieur. Kate sortit à son tour de la voiture, et entra en saluant la femme de ménage d'un hochement de tête.

Elle entendit Grant traverser la maison en courant, puis une porte claquer à l'arrière. Par chance, elle portait des chaussures plates, aujourd'hui, puisque la répétition du mariage s'était déroulée en plein air, dans l'herbe. Elle suivit le bruit de pas jusqu'à une porte entrouverte à l'arrière, et aperçut Grant qui disparaissait dans les bois qui longeaient la pelouse. L'instant d'après, elle l'entendit pousser des cris terribles, comme ceux d'un animal blessé ou enragé. Avait-il repéré un malfaiteur encore sur les lieux ? Même Kate pouvait constater un trou béant dans la végétation, par rapport à sa dernière visite.

Elle suivit un chemin de terre qui semblait mener dans la direction de Grant. A l'instant où elle entra dans les bois, la silhouette du tumulus se dressa devant elle comme une apparition. Elle pressa le pas en priant pour que le suppléant du shérif arrive rapidement, au cas où Grant serait aux prises avec un intrus. Quelques instants plus tard, elle le trouva en train de jurer et de taper du pied au milieu d'un chaos de branches cassées, de broussailles écrasées et de sciure qui entouraient une énorme souche d'arbre. Des buissons broyés et de jeunes arbres brisés nets indiquaient clairement l'endroit où le grand tronc était tombé, et le chemin par lequel on l'avait évacué. La souche de l'arbre abattu se trouvait si près du bord du monticule qu'elle ressemblait à une tour de garde. Et aux pieds de Grant gisaient des débris d'une construction de bois : des bouts de plancher, de rambarde et même d'une sorte de charpente.

— Oh…, s'exclama Kate. C'était ta cabane d'enfant ?

Il se figea sur place et leva les yeux, l'air surpris de la voir. Il hocha simplement la tête avant de se détourner, mais elle eut le temps de voir qu'il était en larmes.

— Ne t'approche pas, dit-il. Cet endroit est une scène de crime, et je te jure que je vais les coincer, ces salopards.

Kate resta à l'endroit où elle était pendant que Grant appelait son frère, qui affirma qu'il ne pouvait quitter la scierie pour l'instant. Plus tard, une fois que Jace Miller, encore en civil, fut arrivé et eut tout inspecté, Grant autorisa enfin Kate à s'avancer un peu. Encore enragé, il continuait à proférer des menaces incompréhensibles, pendant que Jace s'éloignait en suivant les traces creusées par le tronc d'arbre géant, lequel avait manifestement été dégagé par des chevaux pour éviter de faire plus de bruit que la tronçonneuse n'en avait déjà fait.

Quelques minutes plus tard, le suppléant revint leur annoncer que l'arbre avait été emporté par un camion sur la route qui longeait l'arrière des bois. Il y avait des traces de pneus très nets dont il allait faire des moulages ; il avait aussi repéré les traces d'un autre véhicule qui avait pu servir à transporter les chevaux. Après ces explications, il rebroussa chemin vers la route, laissant Kate et Grant à nouveau seuls.

Kate avait envie de réconforter son hôte, mais elle savait que cela ne servait à rien tant qu'il serait aussi furieux. Au bout d'un moment, il marmonna enfin quelque chose de compréhensible.

— C'est un crime ciblé. On a cherché à me nuire, à

détruire ce que j'ai de plus cher. Cet arbre était spécial : c'était le plus ancien, et la cabane indiquait clairement son importance pour moi. C'est quelqu'un qui me connaît, au moins de réputation, et qui savait que je serais absent pour la répétition du mariage.

— Mais… tu ne dois pas souvent être chez toi, le vendredi en journée, de toute façon ?

Il leva les yeux vers elle.

— Non, c'est vrai. Je n'ai plus les idées claires. Tu peux t'approcher si tu veux. J'ai regardé partout, ils n'ont rien laissé, pas un gant, pas un outil. Juste des traces de sabots. Il faut vraiment qu'on modifie le code pénal pour que ce genre de crime devienne passible de prison. Pour l'instant, c'est juste un délit mineur, avec des amendes équivalentes à trois fois la valeur de l'arbre, mais ça ne suffit pas. Cet arbre-là n'avait pas de prix pour moi.

Kate s'approcha en enjambant des branches coupées, et en tâchant de ne pas fixer du regard le tumulus. Une branche énorme, tombée tout près du monticule, avait écrasé une haie d'aubépines difformes et épineuses. Arrivée à côté de Grant, elle contempla avec lui la souche fraîchement coupée. Les voleurs avaient laissé environ trente centimètres à partir du sol ; le tronc devait faire plus d'un mètre de diamètre.

— D'après les anneaux, murmura-t-il, je dirais qu'il a — qu'il *avait* — quatre-vingt-cinq ans. Il en a vu, des événements de la vie de notre famille ! C'était comme une sentinelle qui montait la garde au-dessus du tumulus. Son bois est magnifique, en plus.

Il prit la main de Kate et la serra si fort qu'il lui fit presque mal.

— C'est de l'érable moucheté, une essence très rare… Dans ce genre-là, il n'y a pas deux arbres identiques. Tu vois ces motifs en forme de petits yeux ? C'est très recherché non seulement pour les meubles, mais aussi pour les instruments de musique. Le mouchetage peut se produire dans toute la famille des érables, on le repère aux excroissances en forme de bouteille de Coca à la base du tronc. Tu vois ?

Kate se pencha pour regarder avec lui. Elle sentit quelque chose de pointu accrocher son collant… mais quelle importance, comparée à la perte de ce magnifique être vivant que Grant chérissait tant ?

— Ça vaut combien, un arbre comme ça ? demanda-t-elle en pensant aux trésors potentiels enterrés à quelques mètres.

— Au prix du marché, si je le vendais à la scierie — sauf que je n'aurais jamais vendu cet arbre —, environ 70 000 dollars les mille pieds de planche.

Avec un soupir, il se laissa brusquement tomber sur la souche. Kate regarda la coupe ; elle la trouvait très nette et lisse, un peu trop, même… mais elle n'y connaissait rien, bien sûr.

— Attention à ta robe, dit-il en l'attirant à moitié assise, à moitié appuyée contre son genou. Brad a décidé de prendre son temps à la scierie, mais Jace devrait bientôt revenir, sauf s'il a trouvé une piste à suivre. Je… je n'ai pas la force de repartir tout de suite. Cet arbre, c'était notre arbre à nous. J'ai tellement de souvenirs ici, dans cette cabane et…

Kate sentit qu'il avait été sur le point d'ajouter autre chose, peut-être au sujet du tumulus. Ses yeux se voilèrent de nouvelles larmes, et il battit des cils pour les retenir. Kate avait envie de le prendre dans ses bras pour le réconforter, mais elle se contenta de passer un bras autour de ses épaules.

Qu'il le croie ou non, elle s'associait véritablement à sa douleur. Elle aurait ressenti la même chose si, en entrant dans la tombe adena, elle l'avait trouvée ravagée et pillée. Dieu merci, le poids du tronc massif n'avait pas écrasé le sommet du monticule. Elle avait vus des tertres funéraires effondrés, mais celui-ci semblait encore bien arrondi et intact.

Ils se levèrent en entendant Jace revenir.

— Du boulot de pro, Grant, lança-t-il en s'approchant. Vite fait, bien fait.

— Une attaque personnelle, rétorqua l'intéressé. C'est comme ça que je le prends.

Tandis que les deux hommes parcouraient ensemble le périmètre de l'arbre, la nuit finit de tomber. Oubliant sa robe, Kate fit le tour du tumulus et s'assit sur sa pente. Elle essaya de faire attention à sa jupe, mais elle finit par en accrocher l'ourlet sur une branche d'aubépine. C'était étrange : les arbustes épineux semblaient malades, mourants, même, et cela ne venait certainement pas du fait qu'ils venaient d'être écrasés par une branche d'arbre.

Gabe lui avait proposé de revenir jusqu'à la maison ; sans doute la raccompagnerait-il bientôt. Pour l'instant, ils s'attardaient tous les trois dans l'obscurité éclairée seulement par la lampe torche du suppléant. Elle jetait des ombres étranges, qui sautillaient et dansaient autour d'eux. Kate se sentait mélancolique, elle aussi, en écoutant les pas traînants des deux hommes autour de l'arbre mort ; elle pensait aux hommes et aux femmes en deuil qui étaient peut-être passés par ce même endroit pour aller enterrer leurs morts chéris, accompagnés d'offrandes sacrificielles, dans l'obscurité du tumulus.

4

Kate se disait que la journée était parfaite pour un mariage. A partir de cet instant, c'était décidé, plus rien ne pourrait lui gâcher son plaisir. Dès son arrivée à Cold Creek, elle s'était emportée contre Brice Monson, dit « l'Etoile Lumineuse », et la réapparition de leur père puis le vol de l'arbre de Grant n'avaient pas amélioré l'ambiance. Mais aujourd'hui, devant le cadre magnifique de la cérémonie, avec la chute d'eau à l'arrière-plan et la forêt qui s'étendait à perte de vue, son humeur était au beau fixe. Sauf que chacun de ces grands arbres aux branches déployées devait rappeler à Grant la perte douloureuse qu'il avait subie la veille.

Le sculpteur Paul Kettering et Brad Mason s'étaient chargés de placer les invités avant l'arrivée du cortège nuptial. Brad, que Kate avait rencontré la veille quand il avait enfin daigné rentrer de la scierie, ressemblait à Grant, mais en plus nerveux et plus amer. Todd McCollum, ami proche de Gabe et Grant, et contremaître de la scierie, servait de cavalier à Char.

Au son de la marche nuptiale jouée par un unique violon, Kate s'avança dans l'herbe, précédée par Todd et Char et une petite fille portant un bouquet de fleurs, et suivie par Tess au bras de leur père. Devant le petit autel surmonté d'une croix et d'un grand bouquet d'arums jaunes, les hommes du cortège nuptial les attendaient. Gabe semblait avoir le trac. Quand Kate arriva au niveau du premier rang de chaises pliables blanches, Grant lui fit un clin d'œil.

Ce clin d'œil, accompagné d'un regard qui la parcourut de la tête aux pieds, lui fit un effet extraordinaire. Grant avait cessé de fulminer au sujet du vol de son arbre, mais elle savait qu'il était encore sous le choc. Pourtant, il était résolu à faire tout son possible pour rendre la journée exceptionnelle pour Gabe et pour Tess.

Kate tint son unique arum et le bouquet de mariage de Tess pendant que sa sœur et Gabe récitaient les vœux qu'ils avaient eux-mêmes composés, et se passaient des anneaux de mariage. Kate venait d'apprendre ce matin même, de sa sœur, que Grant était divorcé. Que s'était-il passé ? Comment pouvait-on ne pas vouloir rester mariée à cet homme ?

Attention ! se dit-elle. *Tu le connais à peine !* N'empêche que la consigne donnée par Carson, à savoir se lier avec lui d'une manière froide et calculée, semblait irréalisable. Aux yeux de Kate, il représentait déjà bien plus qu'un simple moyen d'accéder au tumulus sur sa propriété.

— Je vous déclare mari et femme, dit le pasteur Snell d'une voix assez forte pour se faire entendre par-dessus le grondement de la cascade. Chers parents et amis, j'ai l'honneur de vous présenter M. et Mme Gabriel McCord.

Les mariés échangèrent un baiser fougueux. Il y eut des applaudissements, des sourires, des larmes, puis les occupants du premier rang se déplacèrent rapidement au dernier, où ils recomposèrent le cortège nuptial pour recevoir les félicitations des invités avant de reprendre la direction de l'auberge où se tiendrait le déjeuner. Kate se figea quand son père la prit dans ses bras. Elle était incapable de répondre à son accolade.

Le déjeuner fut des plus agréables, arrosé de champagne et marqué par de nombreux toasts. Grant fit un bref discours en l'honneur du nouveau couple, à qui il souhaita de s'épauler mutuellement dans les meilleurs moments de la vie comme dans les pires. Leur père parla des vertus de la fidélité et de l'importance du pardon dans les jours difficiles. Se rappelant les journées entières que leur mère avait passées à sangloter après son départ, Kate sortit prendre l'air sur la grande véranda qui entourait le bâtiment.

Elle était déserte à l'avant, mais des voix d'hommes s'élevaient sur le côté opposé aux chutes d'eau.

— Au point où j'en suis, dit une des voix, je me fiche royalement de savoir ce que j'ai promis quand j'étais ado. Je te jure que je vais le faire.

— Parle moins fort ! Ça va être un vrai sac de nœuds si tu te lances là-dedans. Tu risques de tout gâcher. Je peux te prêter un peu de fric, mais il faut absolument que tu la boucles, tu comprends ?… Viens, on rentre, sinon Brad ou Grant vont se demander ce qu'on fait.

— Le problème, c'est que Nadine va avoir besoin de traitements médicaux lourds. On aurait dû prendre une assurance maladie, mais on était tous les deux en bonne santé, on a voulu faire des économies. Et là, on vient de lui diagnostiquer la maladie de Parkinson.

Kate reconnut cette voix. C'était celle du sculpteur, Paul Kettering. Et l'autre, avec son nasillement du Sud, devait être celle de Todd, l'ami de Grant. Ne voulant pas qu'ils se rendent compte qu'elle avait surpris leur conversation, elle s'éloigna vers le côté opposé de la véranda.

Elle se retrouva alors nez à nez avec Brad Mason, qui était en train de remettre une petite flasque dans la poche de sa veste de costume.

— Il y a du champagne à l'intérieur, si vous voulez.

— Très peu pour moi, répondit-il avec un sourire, en s'approchant. Grant aime la bière, le vin, tout ça, mais sur moi, il n'y a que le whisky qui marche, sans doute parce que j'ai encaissé des coups durs.

— Comme nous tous, non ?

— Vous parlez de votre papa chéri ?

— Ça se voit tant que ça ?

— A condition de bien regarder. Comme le fait mon frère, par exemple.

Elle détourna les yeux, gênée. D'évidence, Brad l'observait attentivement, lui aussi. Il sentait l'alcool à quelques mètres. Elle avait envie d'en savoir plus au sujet de Grant, mais elle avait déjà compris, la veille au soir, lorsque Brad était revenu de la scierie, qu'il y avait des tensions entre les deux frères. Elle décida donc de changer de sujet.

— Si j'ai bien compris, vous dirigez aussi une scierie ?

— Plus ou moins. Une fabrique de papier dont je viens de déposer le bilan. Avec huissiers et tout le pataquès. Si on pouvait convaincre tous ces gens qui sont ici d'utiliser des produits en papier, plutôt que des nappes et des serviettes en lin, peut-être que j'aurais encore un avenir dans ma branche…

Il ajouta avec un petit rire amer :

— Je me suis laissé dire que même les cinglés de Hear Ye suivent les paroles des hymnes sur un écran géant. Fini les photocopies, et même les bouquins de cantiques. Quoique je sois prêt à parier que ce fasciste ne laisse pas ses ouailles se balader sur internet… Au fait, comment ça se fait que Lee Lockwood ne soit pas là pour la fiesta de sa cousine ? On se connaît depuis l'école, avec Lee…

— Parce que lui et sa famille ont été interdits de mariage par leur sinistre gourou.

— Ce type est fou à lier… Mais vous plaisantez, j'espère ?

— Hélas, non. J'ai eu le privilège de le rencontrer en personne, puisqu'il a obligé Grace, la femme de mon cousin, à venir nous annoncer qu'elle ne pouvait pas assister à une cérémonie païenne. C'est tout juste s'ils n'ont pas menacé de venir manifester avec des pancartes. Il m'a tellement énervée que j'ai évoqué les morts païens. J'ai même failli le traiter de Beastmaster.

— J'ai entendu dire que vous étiez anthropologue, ouais… Le Beastmaster, c'est un film, à l'origine ?

— C'est surtout un déguisement que les chamans celtes utilisaient pour faire fuir les maladies ou les forces indésirables dans la tribu. Un masque effrayant avec des cornes de cerf.

Brad fronça les sourcils, l'air un peu troublé, mais il poursuivit néanmoins.

— Je connais seulement le jeu vidéo. Vous êtes branchée jeux, vous ?

— Je n'ai pas vraiment le temps. Mais certains me surnomment Lara Croft, parce que je suis spécialisée dans les tombes anciennes et le culte de la mort.

A la grande surprise de Kate, Brad recula d'un pas. En plus de sentir le whisky, il semblait tituber un peu.

— J'aime bien Lara Croft, dit-il en se reprenant. Et j'aime bien les films avec Angelina Jolie, surtout quand elle n'est pas trop habillée. Mais pour cartonner avec Grant, en ce moment, je vous conseille de jouer plutôt la détective spécialisée dans le vol de bois que la profanatrice de sépultures.

— Il était désespéré par la perte de cet arbre. Vous aussi ?

— Oui, oui… je suis en rogne, moi aussi. Mais on finira par les coincer, ces salopards.

— Ah oui ? Vous avez des pistes ?

— Kate ! lança Charlene en ouvrant la porte de l'auberge. Gabe va enfin nous annoncer où ils vont passer leur lune de miel.

— A plus tard, dit Kate à Brad.

— J'espère bien.

En se pressant pour rejoindre sa place à table, Kate passa à côté de ses adorables demi-frères, assis avec les frères de Sandy Kenton, la petite demoiselle d'honneur. Les parents de Sandy étaient là, mais, comme d'habitude, celle-ci restait tellement près de Tess qu'on aurait presque dit qu'elle était sa fille. Gwen, la nouvelle femme de leur père, surveillait les quatre petits garçons à son côté. Elle aurait peut-être mieux fait de surveiller son mari, qui bavardait avec ses anciennes connaissances comme si l'événement était organisé en son honneur. Cela dit, il semblait éviter son ancienne maîtresse, la mère de Gabe, qui était placée à côté de l'inspecteur Reingold.

Kate se rassit juste avant que Gabe ne commence son discours.

— J'ai le plaisir de vous annoncer qu'avec Tess, on va passer les deux semaines de notre lune de miel en France. D'abord à Paris, puis on enchaîne avec une croisière en péniche sur la Loire. Je n'aurai sans doute pas trop la tête à mon travail de shérif, c'est donc mon suppléant, le très compétent Jace Miller, qui prendra les choses en main. Je serai de retour juste avant la prochaine pleine lune, et le prochain débarquement de touristes en mal de phénomènes paranormaux autour de l'ancien asile de fous. D'ici là, je ne répondrai ni sur mon portable, ni aux appels du standard. On va se couper de tout, sauf l'un de l'autre.

Des rires et des applaudissements fusèrent. Kate nota que Jace Miller avait l'air un peu tendu. Elle savait que Gabe l'avait rassuré en lui disant qu'il était parfaitement capable de mener l'enquête sur le vol de bois. Le plus difficile, pensa-t-elle, serait d'empêcher Grant Mason de jouer lui-même les détectives, et surtout de se prendre pour le juge et le jury réunis, s'il avait le malheur de découvrir les responsables du délit.

C'était à présent l'heure du départ des mariés. Chacun se leva pour lancer des pétales de rose sur leur passage. Ils rentraient se changer dans leur nouvelle maison, puis se mettaient en route pour l'aéroport, où ils prendraient un vol de nuit pour la France. Char, quant à elle, reprenait un avion pour le Nouveau-Mexique le lendemain matin. Kate se retrouverait donc seule dans leur ancienne maison de famille.

A présent, elle était entre les deux frères Mason, à

agiter la main tandis que la voiture de Gabe s'éloignait et disparaissait.

— Sympa, les pétales à la place du riz, dit Brad en lançant les derniers pétales sur Kate et Grant. Je parie que c'est biodégradable, en plus ! Ça plairait à Lacey et à son Green Tree.

— On se retrouve à la maison, lui lança Grant en prenant le bras de Kate pour l'entraîner loin de son frère.

— C'est quoi, le Green Tree de Lacey ? demanda Kate.

— Lacey est ma première femme. Je veux dire, mon ex-femme, vu que je n'ai été marié qu'une seule fois, mais nous sommes divorcés depuis tellement longtemps… Elle est très active au sein du Green Tree, une ONG qui ressemble un peu à Greenpeace en version Middlewest. Ne fais pas attention à ce que raconte Brad, il adore faire des vagues. Ecoute, Kate, ça te dirait de visiter ma scierie ? J'ai besoin d'y passer rapidement. Je pourrais m'arrêter chez toi, si tu veux te changer, et ensuite on pourrait boire un dernier verre au bonheur des mariés, juste tous les deux… mais pas chez moi. Je ne supporte pas de voir le trou béant dans les arbres par la baie vitrée.

— Pourquoi pas ? Je n'ai rien de prévu dans l'immédiat. Char revient à l'hôtel avec la famille de mon père pour jouer avec les petits et laisser leurs parents se reposer un peu.

— Tu es sûre que tu ne veux pas les accompagner ?

— Certaine. Je vais simplement leur dire au revoir, j'en ai pour une seconde… Ah, et je voulais parler à Paul Kettering d'une commande que j'aimerais lui passer, mais je vois qu'il est en train de partir, lui aussi.

— Je peux l'appeler pour lui en toucher un mot. Il habite tout là-haut, sur Sunrise Mountain. Je peux t'y accompagner en voiture, si tu veux. Demain, par exemple.

— Ce serait très gentil de ta part.

Et voilà, pensa-t-elle. C'était si facile, de trouver des prétextes pour passer du temps avec Grant… Même si elle aurait préféré le retrouver devant le tumulus.

*
* *

La scierie Mason était bruyante, et l'air chargé de sciure de bois, mais c'étaient comme des violons et de la poussière d'étoiles pour Kate. Elle était tellement heureuse d'être en compagnie de Grant ! C'était sans avenir, évidemment, puisque d'ici quelques semaines, quand elle aurait fini de dessiner sa propre carte des tombeaux adenas, elle repartirait achever son travail sur le chantier en Angleterre, en s'arrêtant brièvement à Colombus pour passer du temps avec Carson.

Elle fut ravie de voir une série de troncs sculptés de Paul Kettering exposés à l'entrée de la scierie, mais surprise de constater qu'il avait repris des personnages de Disney — même s'ils avaient une allure aussi fantastique, finalement, que ses fées et ses nymphes. Les sept nains apparaissaient sur une pièce, la petite sirène sur une autre, entourée d'animaux marins.

— Je suis étonnée que Paul fasse référence à des personnages aussi commerciaux, dit-elle à Grant tandis qu'ils entraient dans le bâtiment.

— C'est la loi du marché. A mon avis, c'est Nadine qui le lui a imposé.

Kate ne voulait pas dire à Grant qu'elle avait surpris ses amis en train de se disputer à propos des soucis financiers de Paul. Le sculpteur menaçait manifestement de faire quelque chose qu'elle n'avait pas compris, et Todd l'en avait dissuadé.

— Cet endroit est immense ! s'écria-t-elle par-dessus le bruit des machines géantes de la chaîne qui dévorait les troncs et les recrachait privés de leur écorce, puis débités en planches.

— On va monter jusqu'à mon bureau, cria-t-il. Il est plus ou moins insonorisé, et il donne sur la chaîne de découpage. C'est l'écailleur et l'écorceuse qui font tout ce boucan. Pour les supporter, il nous faudrait des casques antibruit comme les ouvriers. Suis-moi.

Ils montèrent un escalier, jusqu'au bureau vitré de Grant qui surplombait la vaste salle principale de la scierie. Dès qu'il eut fermé la porte, le bruit s'atténua, les laissant en tête à tête dans son nid d'aigle.

— Je suis en train de faire une liste, lui annonça-t-il sans transition. Lundi matin, j'appelle tous les propriétaires de scierie de l'Ohio et des trois Etats limitrophes, pour leur demander d'être à l'affût d'un gros arrivage d'érable moucheté.

— De *ton* érable, tu veux dire.

— Exact. Je me suis exprimé haut et fort, ces derniers mois, au sujet du vol d'arbres, et j'ai l'impression que ces salauds ont décidé de m'intimider. Maintenant, ils vont aller écouler le bois ailleurs, pour m'empêcher de remonter jusqu'à eux.

— Et si c'était une vengeance plus personnelle, de la part de quelqu'un qui n'appartient pas au réseau des voleurs de bois, mais qui les utilise comme couverture ?

Grant se laissa tomber dans son fauteuil, face à Kate, qui s'était assise sur le coin de son grand bureau de bois.

— Tu lis trop de romans policiers, non ? Je ne crois pas qu'un de mes proches ait pu vouloir me faire du tort de cette manière…

— Les romans policiers, non. C'est plutôt le monde impitoyable de l'université qui m'a rendue méfiante. Je vois régulièrement des chercheurs qui ont collaboré pendant des années se voler des idées ou carrément des travaux. C'est la nature humaine, hélas, depuis la nuit des temps.

— Tu ne parles quand même pas de mon frère ?

— Je ne pensais à personne en particulier. C'est sûr qu'il connaît bien la région et qu'il semble avoir quelques griefs contre toi. Et puis, il n'était pas à la maison quand c'est arrivé.

— Mais je sais qu'il était ici, à la scierie. Evidemment, il connaît des bûcherons qui auraient pu abattre l'arbre à sa place. C'est vrai qu'il m'en veut, principalement parce que je n'ai pas voulu le prendre comme contremaître à la place de Todd. Ni le renflouer comme je l'ai fait dans le passé.

Il fronça les sourcils et ajouta :

— Il y a aussi le Green Tree et mon ex-femme.

— Tu m'as dit que c'était une organisation à la Greenpeace. Ils n'iraient jamais couper un arbre, si ?

— Sur nos sites forestiers, on replante deux arbres pour chacun qu'on abat, et Lacey le sait. Ce serait donc un peu exagéré de leur part. Voyons… Je me suis fait quelques ennemis au siège de la législature et au Congrès, à force de défendre certains projets de lois. Mais de là à ce qu'ils s'infiltrent chez moi, massacrent cet arbre géant et réussissent à filer aussi rapidement…

— Donc, tu ne retiens pas l'hypothèse de la vengeance ciblée ?

— Pour moi, c'est le même réseau de voleurs de bois qui a déjà sévi dans la région. Cela dit, je me souviens d'une histoire arrivée quand je travaillais dans les grandes forêts à l'ouest du Canada. Il y avait là un énorme épicéa, très ancien, vénéré par une tribu d'Indiens locaux, et qui a été abattu par un imbécile qui prétendait aimer les arbres et faire passer un message au sujet de ceux qui les abattent. Il disait vouloir s'attirer de la publicité, faire entendre sa voix s'il était traduit en justice. Il avait la folie des grandeurs, quoi… Il se croyait investi d'une mission.

Kate secoua la tête. Elle aussi se sentait investie d'une mission : établir que les Celtes avaient pu débarquer sur le continent américain et donner naissance à la brillante et mystérieuse civilisation adena. Si seulement elle pouvait établir un lien entre les objets funéraires adenas et la culture celte ! Dans ces conditions, elle comprenait qu'on puisse faire des folies au nom de sa vocation.

— Moi, dit-elle en se penchant vers Grant, je connais une belle histoire au sujet d'un grand arbre.

Il semblait tellement triste qu'elle ressentait le besoin de le consoler, et si elle ne se dépêchait pas de le faire par la parole, elle risquait de le prendre dans ses bras.

— Raconte, dit-il en la regardant attentivement.

— L'automne dernier, j'ai visité la forêt de Sherwood, dans le Nottinghamshire, en Angleterre. Elle est bien plus petite aujourd'hui qu'à l'époque de Robin des Bois, à peine un demi-hectare, alors qu'elle en faisait une centaine autrefois. Mais au cœur de cette forêt, il y a ce chêne qu'on appelle le Major Oak, et qui aurait entre huit cents et mille ans. Il me semble qu'il pèse dans les vingt-trois tonnes. Son tronc mesure une dizaine de mètres de circonférence. J'étais stupéfaite de voir la superficie que ses branches couvraient. Selon la légende, c'était la cachette principale de Robin quand il volait aux riches pour donner aux pauvres. Un peu comme toi et ton frère dans votre cabane, tout en haut de votre grand arbre.

Grant hocha la tête, le regard lointain.

— En même temps, soupira-t-il, le voleur considère peut-être qu'en prenant mon arbre, il redistribue ma richesse aux pauvres. En tout cas, quand on était petits, Brad et moi, on y passait nos journées, dans cette cabane.

Il releva les yeux vers elle.

— Je te remercie, Kate. Tu m'as obligé à regarder en face la réalité des motivations des autres. Ça me fait du bien de penser que, pour chaque érable moucheté ou épicéa centenaire abattu, il y a un chêne géant qui déploie ses branches au milieu d'une forêt.

Ils redescendirent vers le plateau de la scierie, où ils croisèrent Todd. Ce dernier s'était changé après le repas de mariage, et était revenu travailler quelques heures. Grant lui demanda de montrer les lieux à Kate pendant qu'il allait demander à tous les employés de le prévenir s'ils entendaient parler d'une vente d'érable moucheté. Todd et Kate sortirent du bâtiment et longèrent des entassements de troncs qui attendaient d'être débités. Au coin d'un de ces entassements, ils se retrouvèrent nez à nez avec l'Etoile Lumineuse.

5

— Oh ! s'exclama Kate. Je ne m'attendais pas à vous rencontrer ici… Oh ! Lee, toi aussi, tu es là !

Son cousin se tenait derrière l'Etoile Lumineuse, aux côtés de deux autres hommes.

— Quel plaisir de te voir, surtout que tu n'as pas pu assister au mariage !

Lee hocha la tête sans sourire ni s'avancer vers elle. Kate dut prendre l'initiative de lui tendre la main. Elle avait bien envie de le serrer dans ses bras, mais craignait que son gourou ne le punisse pour cette infraction. Comment Lee, et surtout Grace, qui avait un caractère tellement vif, avaient-ils pu se laisser séduire par ce type ? Et quel drame pour leurs enfants d'être élevés dans cette atmosphère oppressante !

Lee lui serra la main et l'abandonna rapidement.

— Nous non plus, on ne s'attendait pas à te rencontrer. On est venus acheter du bois pour construire une nouvelle annexe chez nous.

Chez nous… Cette locution fit un drôle d'effet à Kate. Au moins, Lee et Grace avaient un domicile, songea-t-elle. Contrairement à elle.

Todd prit la parole au milieu d'un silence gêné.

— On a des vendeurs qui peuvent vous aider, monsieur Monson, en fonction de vos besoins. On livre à domicile, on peut même vous mettre en contact avec des architectes ou des entrepreneurs.

— Je vous remercie, répondit Monson, mais nous

n'avons besoin de rien. Lee et les autres Frères sont très doués en travaux manuels. Nous avons une famille remarquablement talentueuse et diversifiée, capable de répondre à tous nos besoins.

Kate savait qu'elle ferait mieux de ne rien dire, mais ce type l'agaçait prodigieusement.

— Lee avait déjà une famille talentueuse et diversifiée, dit-elle, avant qu'il ne décide de changer radicalement de vie.

— Il me semble, déclara Monson de sa voix flegmatique, que vos sœurs suivent des chemins pour aider les vivants, tandis que vous, vous faites une fixation sur les morts. Les morts païens. Vous nous croyez peut-être trop arriérés pour faire des recherches sur les personnes qui nous intéressent, mais j'ai quelques informations sur vous et sur vos occupations.

— Vous aimez bien jouer celui qui sait tout et comprend tout, hein ? lança Kate en dépit des éclaircissements de gorge de Todd. Et qui garde tout le monde à l'œil !

— Son Œil est sur le moineau, dit Monson avec solennité, et le mien aussi.

Avec un hochement de tête, il s'éloigna entre les piles de bois. Les autres le suivirent comme des robots. Lee ne se retourna pas.

— Désolé d'avoir fait capoter la vente, dit-elle à Todd.

Contrairement à Grant, qui la dépassait d'une tête, Todd faisait exactement la même taille qu'elle : elle pouvait le regarder dans les yeux sans lever la tête. Il avait un corps musclé mais agile, un air sérieux, des yeux pétillants et une barbe qui contrebalançait son crâne rasé.

— Il reviendra, dit-il en haussant les épaules. Il n'y a pas d'autres marchands de bois à des kilomètres à la ronde. Je sais qu'il est bizarre, mais qui ne l'est pas ?

— On a tous nos excentricités, d'accord. Mais ce qui m'énerve, c'est que les gens s'inclinent devant lui, comme s'il leur faisait peur. En plus, il se renseigne sur mon compte, je me demande bien pourquoi…

Ils déambulèrent vers l'avant de la scierie en faisant quelques détours pour éviter les transpalettes qui déplaçaient d'énormes piles de bois.

— Tu as dû remarquer qu'ici on me surnomme Tarzan ?

— Tarzan ? Non, pourquoi ?

— Parce que je grimpe aux arbres dans mon temps libre. Je monte très haut, parfois je passe de branche en branche avec des cordes d'escalade. Ça a commencé à l'époque où j'étais bûcheron, avant que Grant ne reprenne l'entreprise de son père et m'embauche comme contremaître. Rien de tel que la vue depuis la cime d'un grand arbre.

— Alors toi aussi, tu es en deuil de son érable moucheté.

— Et à l'affût du salopard qui l'a abattu.

— Eh bien, dis-toi que l'Etoile Lumineuse a abattu quatre membres de ma famille, tu me comprendras peut-être mieux. Cela mis à part, j'aimerais bien te voir grimper aux arbres. Tu as déjà emmené Grant ?

— Ce n'est pas son truc. Même s'il adorait sa cabane dans l'érable.

— Vous parlez de moi ? demanda Grant en sortant de derrière un pick-up, ses clés de voiture à la main. Ça y est, j'ai demandé à tout le monde de me prévenir si jamais ils voyaient passer de l'érable moucheté. Impossible de le faire passer pour autre chose, en plus.

— Le voleur va peut-être le planquer, fit remarquer Kate, en attendant que les choses se tassent.

— Pas facile de cacher un tronc de cette taille sans le débiter, objecta Todd.

— Mais c'est une hypothèse intéressante, dit Grant en posant la main sur l'épaule de Kate. Rien de tel qu'une belle femme intelligente, pas vrai, Todd ? Je réfléchis sérieusement à l'engager comme consultante.

— Alors il faudra lui donner un bon salaire, répliqua Todd.

Il leur adressa un sourire et un signe de la main avant de rentrer dans le bâtiment.

Grant accompagna Kate jusqu'à sa voiture et lui ouvrit

la porte du côté passager. Quand il se fut installé au volant, il se tourna vers elle.

— J'apprécie vraiment ton soutien, tu sais. Je te revaudrai ça.

Elle faillit dire qu'un tour sur le Mason Mound en plein jour serait un bon début, mais, pour une fois, elle décida de ne pas insister. Il s'était montré réticent lors de leur première conversation à ce sujet, et elle devait prendre garde à ne pas trop le pousser.

— Un dîner au restaurant fera l'affaire, dit-elle avec un sourire. C'est moi qui régale.

— D'accord pour le restaurant, mais c'est moi qui t'invite. On est dans une petite ville de l'Ohio, ma chère, pas à Londres ni dans les temples du savoir universitaire que tu as l'habitude de fréquenter. Et demain après-midi, je t'emmène chez Paul Kettering pour que tu puisses lui parler de ta commande.

En sortant du parking de la scierie, ils croisèrent un immense camion chargé de bois. Grant salua le chauffeur d'un geste de la main. L'instant d'après, un deuxième véhicule les croisa en klaxonnant.

— C'est Brad ! s'exclama Grant en se retournant. Et au volant d'une Porsche, alors qu'il vient de déposer le bilan de sa papeterie !

— Tu veux faire demi-tour pour lui parler ?

— Non, il se débrouillera avec Todd. Brad s'est rendu utile vendredi quand Todd a dû s'absenter, du coup il est dans ses bonnes grâces. Ce sont des copains d'enfance, de toute façon, même si Todd ne sait pas que Brad a eu le culot de vouloir le remplacer. Mais pour en revenir à nous deux…

Il prit la route du centre-ville. *Nous deux,* répétait mentalement Kate, ravie.

— … tu pensais à quoi, pour ta commande à Paul ?

— Il y a plusieurs figures de l'art celte, dit-elle en se tournant vers lui, que j'aimerais réussir à relier à la culture adena pour montrer qu'ils ont pu descendre d'une branche obscure des Celtes. Puisque Paul aime les personnages mythiques, ce sera parfait.

— Sans blague ? Tu veux dire que les Celtes auraient été capables de traverser l'Atlantique à la voile jusqu'au Nouveau Monde ?

— Oui. Les figures sont surtout des masques d'animaux chamaniques, probablement utilisés pour les rites funéraires. Mon préféré a des grands bois, comme un cerf, mais avec un visage très effrayant et…

Grant donna un coup de volant abrupt.

— Quoi ? s'écria Kate. Il y avait un animal sur la route ?

— Non, ce n'est rien.

Ses mains tremblaient pourtant autour du volant.

— Simplement, quand tu as parlé de cerfs, je me suis rappelé que j'avais failli en écraser un tout près d'ici. La mémoire du corps, sans doute.

Kate ne connaissait pas très bien Grant Mason, mais elle était quasiment sûre qu'il mentait.

Cette nuit-là, Grant fut incapable de faire sortir Kate Lockwood de son esprit. Ni elle, ni cette bête mythique qu'il ne visualisait que trop bien. Il avait pourtant parlé à toutes sortes de gens, lors du mariage, mais cette femme ne cessait de resurgir dans ses pensées. Bien qu'il n'y eût personne pour le voir dans le jardin et les bois sur lesquels donnait la fenêtre de sa chambre, il tira les rideaux avant d'enfiler un jean et un T-shirt portant la devise de son entreprise — *Scierie Mason, la coupe parfaite*. Kate était-elle la « femme parfaite » pour lui ? *Non*, se répéta-t-il, n*on, non, non.* Au contraire, elle était carrément dangereuse. Une liaison avec elle pourrait détruire tout ce pour quoi il œuvrait — et tout ce qu'il avait réussi à cacher — depuis tant d'années.

Il s'étendit sur son grand lit, les mains calées sous la tête, et attendit qu'il fasse nuit noire pour rouvrir les rideaux. Il ne pouvait supporter la vue du ciel nu à l'emplacement de l'arbre coupé. Mais quand il rouvrit, il constata qu'une pleine lune éclairait le trou dans la voûte de feuillage, là où les branches abritaient autrefois leur cabane. Cet arbre avait surtout été une sorte de monument à ses parents disparus et à son grand-père adoré.

Brad n'avait pas l'air d'éprouver la même chose, mais il semblait parfois à Grant que son frère avait un cœur de pierre. Sans quoi il n'aurait pas évoqué la possibilité de vendre sa part de leur butin secret, sur le marché noir ou ailleurs. C'était un simple serment de gamins, d'accord, mais ils s'étaient quand même coupé le doigt pour mélanger leurs sangs, et ça comptait pour quelque chose, non ? Pas pour Brad, visiblement. Au moins, il n'était pas là, ce soir. Il devait se soûler en ville ou draguer des filles dans le quartier branché du lac Azur.

D'un seul coup, Grant éprouva le besoin impérieux de voir l'objet qu'il appelait simplement « le masque », et de vérifier qu'il était en sécurité. Il n'aimait guère le regarder, car il lui donnait souvent des cauchemars.

Il se releva, enfila une paire de tongs et s'éloigna dans la maison assombrie. Traversant le vaste séjour, il passa dans la cuisine et ouvrit la porte de l'escalier qui menait à la cave.

Il avait pris plaisir à rénover tout le niveau souterrain de la maison avec du lambris de chêne, se disant qu'un jour il aurait des enfants, et qu'ils y joueraient quand il ferait mauvais. Evidemment, il avait aussi prévu qu'ils joueraient dans la cabane de l'arbre, par beau temps. Ça, c'était fini. Les temps changeaient. Les circonstances aussi, parfois pour le meilleur, souvent pour le pire. La faillite de son frère lui faisait mal au cœur, et il savait que Paul Kettering peinait de plus en plus, lui aussi, à joindre les deux bouts. Sa femme, Nadine, le poussait à vendre davantage, à assouplir ce que Paul appelait sa « vision », et, à présent qu'elle avait des problèmes de santé, Grant craignait que Paul, tout comme Brad, ne commette un geste désespéré. Il aurait aimé leur venir en aide à tous les deux, mais il ne réalisait pas de marges très importantes à la scierie, qui employait de nombreux salariés. Et la commande de Kate ne suffirait pas à résoudre tous les problèmes financiers de Paul.

Il alluma l'interrupteur, ferma la porte derrière lui pour le cas où Brad rentrerait, et descendit dans le sous-sol. La grande salle de jeux contenait une table de ping-pong, un billard et une cible à fléchettes qui ne servaient plus guère, à part pour la fête annuelle du personnel de la scierie, qui, de toute façon, se finissait toujours dehors, autour du barbecue.

Son pouls s'accéléra tandis qu'il se dirigeait vers le buffet qui contenait leurs trophées sportifs du lycée et de l'université. Il le poussa sur le côté et souleva délicatement les cinq lambris qu'il n'avait jamais fixés. Puis il s'agenouilla et, à l'aide d'une lampe de poche et d'un vieux pic à glace récupérés dans le buffet, s'attaqua à la rangée de parpaings dissimulés par les lambris. Il introduisit le pic à glace dans les fentes autour de trois parpaings non cimentés et les dégagea en douceur.

A plat ventre par terre, il contempla un instant la niche qu'il avait aménagée des années auparavant, au moment de son départ pour le Canada. La cantine en métal noir était encore là, couverte de poussière, avec, pour seule compagnie, des araignées qui déguerpirent en silence. Il la sortit du trou et l'épousseta.

La clé était cachée dans une petite boîte magnétique accrochée sur le dessous de la chaudière. Il alla la récupérer à tâtons, puis revint dans la salle de jeux et la fit tourner dans la serrure de la cantine. Retenant sa respiration, comme s'il craignait qu'un monstre n'en surgisse, il souleva le couvercle et contempla un instant le papier de soie qui entourait l'objet.

Il le découvrit dans un bruit de froissement. Le masque le fixa froidement de ses yeux vides, ces yeux à travers lesquels un homme — un chaman, selon Kate — avait dû regarder autrefois. Son visage féroce était fait d'une sorte de cuir verni parsemé de fins éclats de mica qui reflétaient la lumière. Il lui restait encore quelques-unes de ses effroyables dents, sans doute arrachées au squelette d'un loup ou d'un autre prédateur. Et, à l'arrière de son crâne — un crâne humain, vraisemblablement —, les bois d'un cerf mort depuis des siècles étaient fixés par des clous en pierre taillée. Des taches d'un rouge marron s'accrochaient encore à certaines aspérités des bois, tout comme le souvenir de cet objet s'accrochait obstinément à la mémoire de Grant.

— Je te suis vraiment reconnaissante d'avoir arrangé ce rendez-vous, dit Kate le lendemain après-midi.

Ils étaient tous deux dans le pick-up noir de Grant, sur la route raide et sinueuse qui menait à la maison et à l'atelier de Paul. Grant était au volant.

— Aucun problème. Il va être ravi de voir les croquis que tu as faits de ces deux masques.

— Je ne suis pas sûre que ce soient des masques ! C'est une simple hypothèse. J'ai utilisé le mot « masque », moi ?

— Euh… je ne me rappelle pas. Tes dessins m'ont fait penser à des masques, voilà tout.

— Ces deux effigies sont la clé de voûte de ma thèse. Ce sont elles que j'aimerais faire sculpter sur un tronc pour le placer dans mon bureau ou ma maison, si un jour j'en ai une. Celle avec la ramure de cerf est celte. L'autre, que tu connais sans doute déjà, vient de la célèbre pipe adena du tumulus de Chillicothe. Mon objectif, c'est d'établir un lien entre les deux objets. Tu as déjà vu la pipe sculptée ?

— Euh… oui. Et je viens justement de lire un article sur les bois de cerf. Certains sportifs utilisent un spray interdit à la vente, contenant des extraits de bois de cerf, pour doper leurs performances. Des golfeurs professionnels, je crois, et des footballeurs. Ils risquent des amendes et même des suspensions.

— Sans blague ? Il faudra que je m'en souvienne. Moi-même, je viens d'apprendre il n'y a pas longtemps que les druides celtes attribuaient des pouvoirs magiques aux bois de cerf. Ça tombe sous le sens, en fait, d'attribuer du pouvoir aux armes redoutables d'un animal rapide et viril.

En son for intérieur, Kate se disait que Grant était aussi doué que Tess pour changer de sujet. Il avait déjà eu l'air mal à l'aise en voyant son croquis du Beastmaster, et voilà qu'à présent il se mettait à parler de sport.

— Waouh ! dit-elle. C'est une sacrée trotte, pour arriver jusque chez eux…

Ils passèrent un énième virage de la route étroite, dépourvue de bas-côtés.

— C'est pour ça que j'ai proposé de t'y emmener. Si incroyable que ça paraisse, il y a une autre route qui redescend de l'autre côté de la montagne. Enfin, « montagne », façon de parler : c'est une des plus grandes collines des contreforts des Appalaches. Ils ne sont pas tout seuls, ici, il y a encore un camp de scouts au-dessus de chez eux.

— N'empêche que lorsqu'il neige ou qu'il y a du verglas, ils doivent se sentir coupés du monde.

Grant s'arrêta sur une aire de gravier, devant un bâtiment de bois qui ressemblait à une forteresse.

— Entièrement construit avec du bois de chez nous, déclara-t-il fièrement. Bois de feuillus en façade, pin noueux à l'intérieur. Ça, c'est le pick-up de Paul. Nadine n'est pas là. Elle avait un rendez-vous médical à Chillicothe, aujourd'hui ; du coup, elle a passé la nuit chez sa sœur, qui vit là-bas.

— C'est peut-être aussi bien comme ça, dit Kate en descendant avant que Grant n'ait pu faire le tour pour lui ouvrir la portière. J'ai l'impression qu'elle est vraiment à cran au sujet de l'argent que Paul gagne avec ses œuvres. Je suis prête à mettre le prix qu'il faut, et même à lui faire de la pub dans mon entourage, mais les gens stressés ont tendance à me stresser à mon tour.

Elle lança un regard oblique sur Grant. Il n'avait pas l'air de se sentir visé. Sans doute se faisait-elle des idées au sujet de son comportement. Il était encore traumatisé par la perte de son arbre, voilà tout.

Il s'avança devant elle sur le chemin dallé de grandes pierres.

— On va entrer par la porte sur le côté, et Paul nous emmènera lui-même dans son atelier. Il est très protecteur vis-à-vis de cet endroit.

— Comment en est-il venu à réaliser ces œuvres tellement singulières ?

— Il faudra le lui demander. Moi, je dirais qu'il a un talent inné, nourri d'expériences vécues et de lectures. C'est un vrai rat de bibliothèque, ce gars. Quand il était petit, il adorait même les contes de fées, contrairement à la plupart des garçons.

Grant sonna, puis frappa à la porte. Voyant que personne ne venait, il frappa plus fort ; la porte pivota sur ses gonds.

— Il a dû laisser ouvert exprès. Hé ho ! Paul ! On est là !

Mais, passé la porte, ils laissèrent tous deux échapper un petit cri. Un chaos épouvantable régnait dans la cuisine : tous les tiroirs et les placards étaient ouverts et leur contenu éparpillé sur le sol.

— Il y a un problème, chuchota Grant. Reste ici.

Kate le suivit néanmoins dans le séjour, qui était dans le même état.

— Un cambriolage ? murmura-t-elle, le cœur battant.

— Va t'enfermer dans le pick-up et appelle les flics. Je ne veux pas que tu restes dans la maison. Non, attends ! Les portables ne captent pas, ici, on va devoir utiliser le fixe de Paul… Où est-ce qu'il peut bien être ?

Il n'y avait pas de téléphone dans la cuisine, ou alors il était enseveli sous la pagaille. Grant s'éloigna dans un couloir jonché de piles de vêtements et de livres, et d'un panier à couture renversé. Il savait où il allait, évidemment. Kate le suivit jusqu'à une chambre à coucher, elle aussi sens dessus dessous.

Le téléphone gisait par terre, à côté du lit, mais le cordon était tranché. Le matelas était lui aussi marqué de grandes entailles, et les oreillers crevés.

— L'intrus avait un couteau, chuchota Grant.

— Et si Paul était devenu fou ? Une scène de ménage qui dégénère, et…

— Stop, Kate. Retiens ton imagination pour l'instant, d'accord ?

Ils jetèrent un œil à la salle de bains. Grant poussa Kate derrière lui avant d'écarter brusquement le rideau de douche. La baignoire était vide. Kate attrapa une grande bombe de laque et la serra entre ses doigts comme une arme.

— Ne laisse pas d'empreintes, dit Grant.

— Je n'ai pas ma bombe lacrymo.

Grant se contenta de secouer la tête avec incrédulité. Kate resta tout près de lui tandis qu'ils revenaient sur leurs pas jusqu'au séjour, puis parcouraient un couloir qui semblait mener à un garage… sauf que la porte sculptée annonçait que c'était plutôt l'atelier de Paul.

Grant ouvrit la porte et appuya sur un interrupteur qui commandait une rampe de spots. En entrant derrière lui, Kate eut l'impression de pénétrer dans une forêt enchantée sur laquelle une sorcière aurait jeté une malédiction. Des troncs, sculptés ou non, s'alignaient le long des murs ; des silhouettes de fées ou d'ogres en surgissaient pour les dévisager. L'un d'entre eux était couvert de dragons qui se contorsionnaient en tous sens, un autre de crânes humains magnifiquement sculptés, et si réalistes que Kate eut un mouvement de recul.

Elle vit aussi trois grandes plates-formes à rotation, comme des tours de potier, sur lesquelles étaient placées des œuvres en cours de réalisation. L'une d'entre elles était surmontée d'un tronc hérissé de trolls aux nez protubérants.

La deuxième était renversée sur le côté, et…

— Grant ! s'écria-t-elle. Regarde !

Elle mit ses deux mains sur sa bouche pour retenir un hurlement. Prise de nausée, elle resta figée sur place, les yeux écarquillés. Devant elle, le corps inerte de Paul Kettering baignait dans une flaque de sang, le crâne brisé par une représentation du chaman à la pipe.

6

Grant prit le bras de Kate pour l'éloigner du corps de Paul. Son ami était mort, il le voyait bien. Son crâne avait été écrasé par la partie supérieure du tronc qu'il sculptait. Au moins la lourde bille de bois masquait-elle des blessures qui devaient être horribles à voir.

Des images du tombeau adena resurgirent dans son esprit. Il revit les crânes fracassés disposés au sol.

Il se pencha néanmoins pour prendre le poignet froid de son ami entre ses doigts et chercher un pouls.

— Il est mort, dit-il. J'ai envie de le dégager de sous ce tronc, mais il n'y a plus rien à faire. Il est mort.

Il leva les yeux vers Kate, l'air éperdu.

— Mon portable n'a jamais capté, ici. Il faut qu'on redescende jusqu'à un endroit où il y a du réseau pour appeler les secours. Ou alors… essaie le tien, pour voir.

Elle fouilla dans son sac et en sortit son téléphone.

— Moi non plus, je n'ai pas de réseau.

— Ça ressemble à un accident, dit Grant, sauf que la maison a été saccagée.

— Il ne faut plus qu'on touche à quoi que ce soit, au cas où ce serait un meurtre. Grant, je vais aller chercher de l'aide. Prête-moi ton pick-up, je vais redescendre appeler Jace Miller.

— D'accord. Tu sauras le conduire ?

— En Angleterre, je conduis une voiture à boîte manuelle du mauvais côté de la route… Je me débrouillerai.

Grant lui passa son trousseau. Sa main tremblait si fort que les clés s'entrechoquèrent.

— Ouvre bien l'œil, au cas où quelqu'un rôderait encore dans les parages. On n'a pas fouillé la maison ni les environs à fond. D'ailleurs, je préfère t'accompagner jusqu'à la camionnette.

A l'instant où ils ressortirent de la maison, un 4x4 arriva de la route et s'arrêta sur le gravier.

— C'est Nadine, dit Grant.

Son cœur se mit à battre encore plus fort.

— Il ne faut pas qu'elle le voie comme ça.

— Salut, leur lança-t-elle en sortant de sa voiture. J'espérais vous croiser. J'étais chez ma sœur à Chillicothe, j'avais rendez-vous chez le… Quoi ? Qu'est-ce qu'il y a ?

Grant posa les mains sur ses épaules.

— Ecoute, Nadine, quand on est arrivés, personne n'est venu ouvrir, alors…

— Il avait oublié que vous veniez ? Son pick-up est pourtant là !

— Nadine, il a eu un accident. Son tour lui est tombé dessus pendant qu'il travaillait sur un tronc.

— Est-ce que ça va ? s'écria-t-elle d'une voix aiguë.

— Non, ça ne va pas, et la maison est sens dessus dessous. Kate était sur le point de redescendre vers la ville pour appeler Jace Miller. Le fil de votre téléphone fixe est coupé et nos portables ne captent pas. Nadine, c'est fini. Il est mort.

— Oh ! Seigneur ! Non, c'est impossible ! Il faut que je le voie… Tenez, prenez mon téléphone, il marche, ici…

Elle tendit son sac à Kate, repoussa les mains que Grant lui tendit et se précipita vers la maison. Grant lança un regard paniqué à Kate avant de s'élancer à sa poursuite. Il craignait de s'être mal tiré de ce moment tragique. Et il avait fait d'autres erreurs par le passé, dont certaines en compagnie de Paul.

*
* *

Une heure plus tard, Kate et Grant étaient assis sur les marches devant l'entrée de la maison. Il avait passé son bras autour de la taille de Kate, qui s'appuyait contre lui en tenant sa main. A travers la fenêtre ouverte, ils entendaient Nadine sangloter.

Grant avait les larmes aux yeux, lui aussi. Kate et lui tremblaient tous les deux. Lui parce qu'un ami proche venait de connaître une mort violente, elle parce que la sculpture qui avait écrasé Paul était inspirée d'un objet adena, l'un des deux qu'elle s'apprêtait à lui demander de représenter. C'était un pur hasard, bien sûr, mais elle ne pouvait s'empêcher d'en être bouleversée. Cela ressemblait à une malédiction ou à un avertissement, mais elle se gardait bien d'en parler à Grant, pour éviter de le perturber davantage.

Peu après l'appel qu'elle avait passé au 911, la maison s'était remplie de gens. Nadine était dans un tel état d'hystérie que Grant avait appelé le pasteur. Celui-ci était venu avec son épouse, Jeanie ; tous deux étaient à présent enfermés avec Nadine, dont la sœur était également en route. Les infirmiers du SAMU restaient là à attendre, puisque le coroner avait déclaré que Paul était mort et leur avait demandé de ne pas toucher au corps. Jace Miller, arrivé parmi les premiers, était encore visiblement sous le choc. Il avait demandé aux ambulanciers de rester, pour le cas où Nadine aurait besoin d'eux. Comme elle avait déclaré qu'elle n'avait rien à voir avec le saccage de la maison, le suppléant du shérif avait entouré les lieux de rubalise jaune.

— Je suppose, dit Kate à Grant, que quelqu'un a pu mettre la maison sens dessus dessous pour donner l'impression d'un cambriolage qui aurait mal tourné. Ou alors, Paul les a reconnus et ils ont été obligés de le supprimer. Le problème, c'est que les Kettering ne sont pas riches, c'est bien connu. Alors que pouvaient-ils chercher ? De la drogue ? Des armes ?

Grant semblait de plus en plus troublé. Il fronça les sourcils et secoua la tête.

— Les gens d'ici ont leurs propres armes, et s'ils veulent de la drogue, ce n'est pas très difficile d'en trouver. Je regrette que Gabe ne soit pas là. Jace devrait peut-être faire intervenir le BCI. Vic Reingold vient juste de repartir, c'est dommage…

— Peut-être que Paul devait de l'argent à quelqu'un qui est venu le lui réclamer ?

— Laissons les hypothèses aux professionnels, d'accord ?

— Je réfléchis à voix haute, c'est tout. De la jalousie entre artistes qui aurait dégénéré en bagarre ?

— Kate, dit Grant en la faisant pivoter vers lui, tu es obligée de tout disséquer comme ça ? N'en parlons plus, d'accord ? Laissons les flics faire leur boulot.

— Mon boulot à moi, c'est d'imaginer des scénarios. Tu ne te demandes pas ce qui est arrivé à ton copain, et ce que les intrus cherchaient chez lui ?

— Bien sûr que si.

Elle faillit lui avouer qu'elle avait surpris une dispute entre Paul et Todd, la veille, mais Grant avait raison : elle se perdait en conjectures. Elle n'était pas sur un chantier de fouilles où il s'agissait d'émettre des hypothèses pour faire le tri entre les dépouilles appartenant à des chamans honorés et celles des esclaves sacrifiés.

Jace Miller apparut au coin de la maison et s'avança vers eux. Au pied des marches, il croisa les bras et les cala sur ses genoux. Bien qu'il n'y eût personne à proximité, il parla à voix basse.

— En attendant les conclusions du labo, on a deux possibilités. La première, c'est que Paul a pété les plombs. Nadine nous a dit qu'ils étaient endettés, au point qu'ils risquaient même de perdre leur maison. Alors, il est possible qu'il ait lui-même tout cassé.

Grant secoua la tête. La main qu'il serrait autour du poignet de Kate se crispa.

— Et si, dit-il d'une voix tremblante, il avait simulé un cambriolage pour encaisser l'argent de l'assurance, puis que la chute du tronc ait été un simple accident ?

— Selon Nadine, ils n'ont pas payé leurs primes d'assurance depuis un moment, même l'assurance maladie, ce qui tombe plutôt mal, puisqu'elle vient d'apprendre qu'elle a la maladie de Parkinson. Paul t'en avait parlé ?

— Oui. Mais tu sais, Jace, je ne crois pas un instant qu'il se soit suicidé.

— Je suis comme toi, je penche plutôt pour la thèse de l'accident ou même du meurtre. Nadine soutient que les trois tours à sculpter étaient stables. Vu la manière dont sa pièce s'est écrasée sur son crâne, soit il l'a fait basculer vers lui, soit quelqu'un l'a fait tomber pendant qu'il était étendu au sol.

— Je n'arrive pas à croire que quelqu'un ait voulu tuer Paul, dit Grant.

— Dans ce genre de situation, le protocole impose d'envisager toutes les possibilités. Puisque vous avez découvert le corps de la victime, je vais devoir vous demander des dépositions séparées sur ce que vous avez vu dans la maison et dans l'atelier. J'aimerais vous parler en premier, Kate, puisque c'est vous qui avez repéré Paul.

— C'est normal, dit Grant. On fera tout notre possible pour t'aider. J'ai perdu un ami très cher et on a tous perdu un artiste exceptionnel.

Kate se surprit en se cramponnant à la main de Grant tandis qu'ils se relevaient. Mais elle la relâcha pour suivre le suppléant du shérif, qui la conduisit de l'autre côté de la maison et lui fit signe de s'installer à l'avant de sa voiture de patrouille.

Après un entretien d'une demi-heure, Kate attendait que Grant finisse de répondre à son tour aux questions de

Jace Miller. Ce dernier avait pris soigneusement note de la déposition de Kate, mais il lui avait paru très à cran. Elle se rappela les mises en garde de Grant au sujet des folles conjectures. *Tiens-t'en aux faits, Kate.*

A présent qu'elle attendait Grant, seule dans son pick-up, Kate se mit à frissonner. Ce n'était pourtant pas la première fois qu'elle voyait une victime de meurtre. Il lui arrivait régulièrement d'examiner des morts, dont certains avaient été tués ou sacrifiés, avec autant d'attention que le suppléant du shérif et les employés de la police scientifique.

Sauf que les victimes qu'elle étudiait étaient mortes depuis des siècles, squelettes poussiéreux sortis de tombeaux anciens, enterrés aux côtés des nobles qu'ils étaient censés honorer et servir. La découverte du corps de Paul rendait beaucoup plus réelle, d'un seul coup, la mort horrible de ces esclaves celtes et adenas, à qui l'on avait brisé le crâne pour qu'ils accompagnent leurs maîtres dans l'au-delà.

A l'instant où la route de la montagne redescendit vers Cold Creek, le téléphone de Kate sonna. Elle le consulta rapidement. C'était Carson. Son troisième appel en absence en l'espace de quatre heures. Quand elle lui expliquerait ce qui s'était passé, il serait obligé de comprendre.

— C'était important ? demanda Grant.

— C'était Carson Cantrell. Mon collègue et mentor à l'université. Je vais le rappeler tout à l'heure. Grant, tu veux qu'on reparle de ce qui est arrivé à Paul ? Ne serait-ce que pour s'éclaircir les idées, exorciser l'horreur ? Quelle semaine terrible ! D'abord ton arbre, et maintenant…

— C'est bien pire que la mort d'un arbre.

— J'imagine que tu voudras l'annoncer toi-même à Todd et à Brad.

— Je n'en ai aucune envie, mais il le faut bien. Les

nouvelles vont vite, même si Paul habitait dans un coin isolé.

— Tout le monde va sans doute dire qu'il est mort en faisant ce qu'il aimait. Comme mon collègue qui adorait skier et qui est mort dans une avalanche. Je suppose qu'on peut y trouver un peu de réconfort. Le travail de Paul est extraordinaire, il avait une imagination étonnante. Je me réjouissais de lui commander une pièce qui fasse une synthèse entre les Celtes et les Adenas. Tu as remarqué que la sculpture qui l'a… enfin, qui est *tombée* sur lui, représentait le chaman de la pipe adena ? C'est une drôle de coïncidence, j'en ai presque froid dans le dos… Comme s'il savait que j'avais prévu de lui commander une représentation de ce personnage et du Beastmaster.

Elle vit les mains de Grant se crisper autour du volant. Peut-être avait-elle tort de parler de son ami : cela n'avait pas l'air de lui faire du bien.

— Il était très flatté que tu apprécies son travail, dit-il enfin en s'éclaircissant la gorge. Il s'est toujours entêté à continuer dans sa voie, alors que Nadine aurait aimé qu'il trouve un autre boulot, n'importe lequel, pour renflouer les caisses du ménage, ou qu'il fabrique des objets plus faciles à vendre. Kate, j'espérais dîner avec toi ce soir, mais je vais devoir faire le tour de mes amis d'enfance.

Il la déposa chez elle et insista pour la raccompagner jusque dans la maison.

— Juste pour être sûr qu'il n'y a rien de louche, expliqua-t-il.

Il parcourut les pièces du rez-de-chaussée, comme pour se convaincre qu'elle ne risquait rien.

— La maison semble un peu vide, non ? dit-il enfin.

— D'après Tess, Grace et Lee ont vendu pas mal d'affaires avant de déménager dans la communauté des Hear Ye. J'imagine qu'ils partagent plus ou moins tout, là-bas. Et Tess a pris quelques meubles pour la nouvelle maison. Moi, je ne fais que passer, je n'ai pas besoin de grand-chose. Par contre, le frigo est bien rempli. Je peux te proposer quelque chose ?

Grant refusa d'un signe de tête, puis il ouvrit les bras et attira Kate contre lui.

— Je te suis très reconnaissant d'être restée à mes côtés aujourd'hui, dit-il en parlant tout près de son oreille. Maintenant, même si tu as l'habitude d'échafauder des théories, il ne faut pas qu'on joue aux détectives amateurs. Tu me le promets ?

— Je sais que ce n'est pas mon domaine et qu'il faut laisser les experts faire leur travail.

Elle le sentit se détendre un peu, même si elle n'avait pas vraiment promis ce qu'il lui demandait. Craignait-il qu'elle se mette en danger en essayant de reconstituer les pièces du puzzle ?

— On dîne ensemble demain soir ? demanda-t-il.

Elle s'écarta un peu pour pouvoir le regarder dans les yeux.

— Avec grand plaisir. Ne te fais pas trop de souci pour moi, d'accord ? Il faut surtout que tu prennes soin de toi.

— Je vais peut-être avoir besoin de ton aide pour y arriver.

— Aucun problème. Tu m'appelles demain ? Je serai en vadrouille pour travailler sur ma carte des tombeaux adena, mais…

— Tu comptes y inclure le mien ?

— Si tu m'autorises à le faire.

— Pour l'instant, tu notes juste l'emplacement et la taille des monticules ?

— Pour commencer, oui.

— D'accord. Je t'appelle, on pourra voir ça ensemble.

Leurs regards se croisèrent encore quelques secondes. Grant resserra les bras autour de Kate, puis il pencha la tête et l'embrassa. C'était un baiser chaleureux, mais léger et rapide. Pour une raison ou une autre, il gardait ses distances. Il était distrait, et c'était compréhensible ; sans doute trouvait-il que ce n'était ni le moment, ni le lieu.

Dommage…, pensa Kate.

Il la serra une dernière fois dans ses bras avant de quitter la maison. Deux minutes plus tard, Kate sursauta en entendant son téléphone jouer l'air de *Rule, Britannia*. C'était de nouveau Carson. Elle fut étrangement déçue : elle avait espéré que ce serait Grant, ce qui était absurde puisqu'ils venaient de se quitter.

— Carson, oui, je suis là.

— Kate, qu'est-ce que tu fichais ? Je me suis fait un sang d'encre. Ton téléphone est éteint depuis des heures !

— Tu ne vas jamais croire ce qui est arrivé. Grant Mason m'a accompagnée chez un artiste du coin à qui je voulais commander une sculpture, et on l'a retrouvé mort, le crâne brisé ! C'est une de ses propres pièces qui lui est tombée dessus… Il sculpte des troncs d'arbre, et figure-toi qu'elle représentait le chaman de la pipe adena que j'étais sur le point de lui commander !

— Quoi ? Attends, je suis perdu… C'est un accident ?

— On ne sait pas. Sa maison a été saccagée, en tout cas. Sa femme était absente et elle a un alibi plus ou moins solide. Pour l'instant, on pense à un cambriolage.

— Je n'arrive pas à croire que tu es mêlée à une histoire pareille. Tu n'as rien, au moins ? Tu crois que c'est bien prudent de loger seule dans la maison de ta sœur au milieu de cette région de désaxés ?

— Oh ! je ne suis pas très inquiète, tu sais…

— Il n'y a personne qui pourrait t'accueillir ?

— Carson, je ne vis plus ici depuis des années, je ne connais plus personne. C'était peut-être génial pour mon père de revoir tous ses vieux amis, mais moi, je n'ai pas d'autre endroit où loger.

— Et avec ton père, au fait, comment ça s'est passé ?

— Pas si bien que ça. Pour moi, en tout cas. Je me rappelle encore trop bien comment il s'est comporté, même si Tess et Char ont l'air de l'avoir oublié.

— C'est ta grande qualité, Kate. Rien ne t'échappe, et tu n'oublies rien.

— Mais si, pardonne-moi, j'ai oublié de te demander comment s'était passée la conférence au Smithsonian. Les événements se sont tellement précipités, ici…

— Ah oui ? Tu as convaincu Grant Mason d'autoriser les fouilles sur son tumulus ?

— J'y travaille, mais je ne veux pas trop le brusquer. L'homme qui est mort était un de ses amis proches, et Grant vient juste de traverser une autre épreuve personnelle.

— Cela pourrait le rendre plus sensible à tes arguments.

— On dirait que tu cherches à me jeter dans ses bras.

— Ma chérie, c'est toi qui cherches à tout prix un chaînon manquant, alors crée du lien… dans les limites du raisonnable. Je reste persuadé qu'on a un avenir radieux, tous les deux. Si on arrive à prouver l'existence d'un lien préhistorique entre l'Europe et l'Amérique, ça pourrait être le tournant de nos carrières.

Ils parlèrent quelques instants de son exposé au Smithsonian. Kate se rendit subitement compte que c'était l'une des premières fois qu'il ne parlait pas de lui-même avant de parler d'elle. Evidemment, ce n'était pas tous les jours qu'une ancienne assistante de recherche et protégée du professeur Carson Cantrell découvrait un mort non pas ancien, mais fraîchement décédé.

7

Pour une fois, le silence régnait dans les locaux de la scierie. A mi-hauteur de l'escalier métallique menant à son bureau, Grant s'adressait à ses employés, rassemblés en contrebas. La veille, il avait annoncé la mauvaise nouvelle à Brad et à Todd, en leur expliquant qu'on ne savait pas si la mort de Paul était un accident, un suicide, ou même un meurtre. Todd avait réagi avec beaucoup d'émotion, mais Brad était resté plus stoïque. Grant savait que les gens avaient chacun leur propre manière de faire leur deuil. Quoi qu'il en soit, leur groupe de cinq amis d'enfance était définitivement amputé d'un membre. Gabe ne serait pas de retour avant deux semaines, et Grant avait décidé de le laisser profiter de sa lune de miel. Il apprendrait la terrible nouvelle bien assez vite.

— Vous êtes sans doute déjà au courant de ce qui est arrivé à Paul Kettering, dit-il aux hommes et aux femmes rassemblés à ses pieds. On en a parlé aux informations, et Jace Miller m'a dit qu'un journaliste du *Chillicothe Gazette* était déjà sur place. Comme vous êtes nombreux à avoir connu Paul, j'ai eu envie de dire quelques mots pour marquer son départ. C'est une immense perte pour moi, pour nous, pour notre ville et bien sûr pour sa femme, Nadine. Il est possible que ce journaliste ou d'autres vous posent des questions, et je sais que des rumeurs circulent déjà au sujet de sa disparition. Je vous propose de renvoyer la presse vers moi, puisque je fais partie de ceux qui ont découvert son corps.

Grant sentit son ventre se contracter douloureusement tandis qu'il annonçait que les obsèques auraient lieu le mercredi ou le jeudi, le temps pour le légiste de faire son travail, et que la scierie serait fermée ce jour-là afin que chacun puisse y assister. Tandis que ses employés se dispersaient et retournaient à leur poste, il se rendit compte qu'il n'avait pas vu Brad dans l'assistance. Son frère avait laissé entendre qu'il avait passé l'après-midi du dimanche à aider Todd avec l'inventaire de la scierie, qui avait pris du retard à cause du mariage. Il avait aussi dit que Todd était rentré chez lui pendant quelques heures. Mais Grant avait remarqué ce matin que l'inventaire n'avait presque pas avancé. Ainsi, il avait donné à Jace Miller des alibis pour Brad et Todd, alors qu'il ne savait finalement pas grand-chose de leur emploi du temps du dimanche.

Son frère était tellement susceptible que Grant évitait de se retrouver en tête à tête avec lui, mais il allait être obligé de lui redemander à quelle heure Todd était parti, et si lui-même était resté tout l'après-midi à la scierie. Il leur parlerait séparément et comparerait leurs réponses. Il devait aussi s'assurer que son frère ne menait pas une campagne astucieuse pour discréditer Todd et lui prendre son poste.

Il finit de monter les marches jusqu'à son bureau, perdu dans ses pensées. Au moment de sa mort, Paul se trouvait dans une urgence financière extrême. Etait-il le deuxième de l'ancienne bande de copains à être suffisamment désespéré pour envisager de vendre son objet adena ? Grant avait été brutalement secoué quand son frère avait menacé de le faire.

Gabe avait été absent de Cold Creek, ce week-end fatidique où les quatre autres s'étaient frayé un passage jusque dans la salle obscure du tombeau. Il n'approuverait jamais les années de mensonge et de dissimulation qui avaient suivi, même si tout cela n'était, au départ, qu'une simple erreur de jeunesse. Ils ne lui en avaient jamais parlé ; il fallait dire qu'à l'époque, son père était encore shérif. Grant, chef officieux de la bande et aîné des frères Mason, avait pu choisir le premier parmi les incroyables objets qu'ils avaient découverts dans la semi-pénombre du tombeau, sous la charpente qui soutenait la voûte du monticule. Il avait pris l'étrange masque à bois de cerfs que Kate appelait le Beastmaster, et qui faisait manifestement partie des motifs qu'elle cherchait à retrouver chez les Adenas. Brad, placé en deuxième position, avait choisi une grande pointe de flèche ; Todd, une tête de hache, et Paul, un pendentif en forme d'aigle.

Ils s'étaient entaillé les doigts avec la pointe de flèche, avaient mêlé leur sang et fait le vœu de cacher les objets et de ne jamais en parler à personne. Mais, depuis, Grant était habité par une angoisse latente. Il avait lu un livre consacré aux explorateurs qui avaient ouvert la sépulture du pharaon Toutankhamon, et qui avaient été frappés par une mystérieuse malédiction. Par ailleurs, il n'avait jamais pu oublier que les corps disposés en cercle dans le caveau du Mason Mound, et qui montaient visiblement la garde autour des dépouilles plus ornementées, avaient tous le crâne brisé. Comme Paul.

Kate aurait préféré être en train d'examiner le Mason Mound plutôt que ce tumulus à la sortie de Cold Creek, mais les données lui serviraient, à titre de comparaison, quand elle accéderait enfin au tombeau situé sur la propriété de Grant. Elle avait le pressentiment que celui-là serait particulier. Pour autant qu'on sache, il n'avait jamais été ouvert. Par ailleurs, il n'était pas situé près d'un cours d'eau ou d'un lac, ce qui était inhabituel. Celui-ci, par exemple, se trouvait à proximité de la chute d'eau qui avait servi de toile de fond au mariage de Tess.

Kate tenta de s'imaginer les jeunes mariés en lune de miel, sur leur luxueuse péniche qui dérivait au fil de la Loire, regardant défiler devant eux l'extraordinaire paysage français. Gabe avait cherché quelque chose de très différent de tout ce qu'ils avaient connu jusqu'à présent, et il l'avait trouvé.

Aujourd'hui, Kate avait emporté ses notes et la carte qu'elle avait grossièrement esquissée à partir d'une carte du comté de Falls, établie par un amateur, qu'elle avait dénichée au fin fond des archives de la Société historique de l'Ohio. Elle venait de mesurer la circonférence du tumulus et de noter les chiffres. Elle avait remarqué une roue à mesurer dans l'ancien garage situé derrière la maison de Tess, et demandé à l'emprunter plutôt que d'arpenter le terrain. Sa sœur lui avait expliqué que le long manche muni d'une deuxième petite roue servait autrefois à mesurer les traces de dérapage en cas d'accident de la route. Gabe utilisait maintenant un outil plus moderne, et il l'avait donc entreposé là avec d'autres affaires, en attendant la fin des travaux de rénovation de leur nouvelle maison.

— Ce tombeau n'est pas tellement plus grand que celui de Grant, dit-elle à voix haute. Ils ont bien trouvé des corps et des objets ici, alors pourquoi pas chez lui ?

Elle savait que le sommet de ce tumulus s'était effondré quand la structure de bois qui la soutenait avait pourri. Et si le tombeau de Grant était resté intact justement parce qu'il était situé à l'écart de toute source d'eau ou nappe souterraine ? Il fallait à tout prix qu'elle accède à son sommet pour vérifier s'il y avait des signes d'affaissement. En restant tout de même prudente, car il y avait le risque de déclencher un glissement de terrain, ou de passer carrément à travers la charpente.

D'un pas précautionneux, elle grimpa au sommet de ce monticule-ci et repéra le creux à l'endroit où il s'était affaissé. Elle avait lu un rapport datant de l'époque des pionniers, rédigé d'une écriture fine et ornementée, qui affirmait que des fragments d'objets et d'ossements avaient été retrouvés parmi les décombres. Il ne restait apparemment pas grand-chose d'intact : quelques pointes de flèche, une hache, deux aiguilles en os et un bracelet en cuivre. En revanche, les colons américains avaient trouvé une pierre gravée d'un motif qui se retrouvait sur d'autres objets d'art adenas. Carson et elle avaient émis l'hypothèse qu'elle servait à réaliser des tatouages cérémoniaux. Les archéologues amateurs avaient également découvert des fragments de crâne trop éclatés pour pouvoir être reconstitués.

Si le Mason Mound est semblable à celui-ci, mais en meilleur état...

— Oh ! s'écria-t-elle subitement.

Quelque chose de brillant surgissait du sol, à moitié enfoui dans l'herbe au milieu du sommet du monticule, juste au-dessus de l'endroit où sa charpente s'était effondrée.

— Patron, on a un problème.

La voix de Keith Simons coupa les pensées que Grant tournait et retournait dans sa tête. Il se pencha par-dessus la rambarde de l'escalier et vit son conducteur de transpalettes qui levait la tête vers lui. Jusqu'à une date récente, les trois frères Simons travaillaient ensemble à la scierie, mais Grant avait licencié Jonas en apprenant ses liens avec un labo de méthamphétamine clandestin. Ned avait démissionné sous le coup de la colère, et Grant avait cru perdre aussi Keith, mais ce dernier lui était resté fidèle. C'était un malabar que Grant considérait un peu comme son garde du corps.

— Je vous préviens, lui lança-t-il d'en bas, ça va pas vous plaire.

— Le journaliste est là ? demanda Grant en redescendant vers lui.

Keith fit non en secouant sa grande tête barbue.

— Devant l'entrée, il y a six ou sept manifestants avec des panneaux « Sauvez un arbre » et « Ne détruisez pas nos forêts ». Ils ont mis des symboles du dollar à la place des S.

Grant étouffa un juron. Des groupes de militants venaient parfois manifester devant la scierie, mais ce n'était pas arrivé depuis un certain temps. Comme s'il n'avait pas assez de soucis en ce moment !

— Je vais aller leur parler, dit-il en s'efforçant de garder son calme. Si le journaliste arrive maintenant, ce sera le bouquet. Ça lui donnera un deuxième sujet à traiter qui nous fera de la mauvaise publicité, alors que je n'arrête pas de travailler avec les législateurs sur des projets écologiques !

— Je vous couvre, patron, dit Keith en le suivant vers les grandes portes d'entrée. Mais il faut que je vous dise autre chose. Ce sont les Green Tree qui sont là, et on dirait qu'il y a votre ex-femme dans le lot.

Kate savait qu'il était imprudent de s'approcher davantage du sommet effondré, mais elle voulait à tout prix examiner de plus près cet objet mystérieux. Avait-il été laissé par les premiers colons de la région ? Tant de tombeaux avaient été détruits par des pionniers curieux et leur contenu éparpillé dans des malles ou des greniers ! Bien souvent, les pierres qui consolidaient autrefois les tumulus avaient servi de fondations à des maisons et à des granges. Etait-ce un marqueur laissé par les archéologues des années 1950 ? Mais dans ce cas, ne serait-il pas un peu plus terne ?

Elle alla rapidement chercher la roue à mesurer pour voir si elle pouvait attraper l'objet à l'aide de son long manche. En s'étirant au maximum, elle réussit à le déloger et à l'attirer vers elle à travers les hautes herbes — mais pas assez près pour pouvoir le ramasser.

Il avait la forme d'une étoile et mesurait cinq ou six centimètres de large. Elle crut d'abord que c'était une étoile de David à six pointes, mais elle n'en compta finalement que cinq, teintées d'une couleur rouge-brun. Elle ne distinguait aucune inscription à la surface. C'était quoi, ce truc ? Sûrement pas un vestige des Adenas. On aurait plutôt dit une décoration de sapin de Noël ! Elle décida de revenir avec la canne à pêche qu'elle avait repérée dans le garage de Tess, et de l'attraper pour l'examiner. Qui avait pu apporter cet objet ici ? Et pourquoi ?

Il était interdit par la loi de déposer des objets sur les sites et les chantiers archéologiques. Dans l'Etat de l'Ohio, c'était considéré comme du vandalisme ou de la profanation de sépultures. Carson lui avait parlé d'un couple d'imbéciles qui avaient introduit de faux objets archéologiques dans des tombeaux, avec l'idée de les revendre ensuite en tant que vrais. Ils avaient écopé de trois mois de prison et de cinq mille dollars d'amende par tombeau profané. Il se passait peut-être quelque chose de semblable ici. Il faudrait qu'elle lui reparle de cette histoire pour essayer d'en savoir plus.

Kate redescendit du tumulus à toute vitesse en se promettant de revenir jeter un œil à cette étoile. Pour l'instant, un seul projet l'obsédait : en parler à Grant et lui demander si elle pouvait examiner son tombeau, afin de voir si quelque chose de semblable se trouvait à son sommet. C'était une excellente excuse pour aller le voir de plus près. Elle était presque tentée d'y aller sans rien dire, et de s'expliquer ensuite. Mais elle ne voulait pas le perturber davantage, après ce qu'il venait de vivre avec la mort atroce de Paul. La veille, elle l'avait laissé en proie à une profonde détresse ; elle espérait qu'il irait mieux aujourd'hui.

Elle jeta son matériel dans le coffre de la voiture de location et prit la route de la scierie.

Grant faisait de son mieux pour garder son calme, mais il voyait bien que Lacey savourait cette occasion de le provoquer.

— Avec tous les marchands de bois qu'il y a dans le pays, dit-il, tu as choisi ma scierie, comme par hasard.

Il affronta du regard le petit groupe de manifestants qui faisaient des allers-retours devant l'entrée de la scierie en agitant leurs pancartes.

— Tu avais envie de me revoir, c'est ça ? reprit-il.

— Tu te flattes, répondit-elle en se plantant devant lui, la main sur la hanche.

Le parfum du chewing-gum au clou de girofle qu'elle avait toujours mâché flotta jusqu'aux narines de Grant.

— On manifeste chaque fois devant une scierie ou une usine différente. C'était ton tour, voilà tout, et comme on pouvait loger chez mes parents, ça s'est bien goupillé. On reviendra demain.

Lacey avait pris du poids depuis la dernière fois qu'ils s'étaient vus. Ses cheveux étaient plus clairs, et elle portait carrément plus de maquillage. Grant reconnaissait à peine la fille au style naturel dont il avait été amoureux. Ses compagnons lui semblaient tous très jeunes, à part un type qui ne la quittait pas des yeux.

— Hé, ne vous en prenez pas qu'à elle ! dit-il en s'avançant vers Grant. On est tous solidaires !

Lacey hocha la tête et vint s'appuyer contre son épaule d'un geste possessif. Grant ne put que secouer la tête. Cet homme avait le charisme et la carrure d'un videur ou d'un boxeur, contrairement aux autres manifestants, qui semblaient à peine sortis de l'adolescence. Il était beau gosse, cela dit ; Lacey n'avait jamais su résister à la beauté physique.

— Je te présente Darren Ashley, dit Lacey en voyant Grant le fusiller du regard. Il vient de rejoindre notre organisation et il est super-motivé.

— Je vois ça, rétorqua Grant.

Il devait garder son objectif en tête : mettre calmement et poliment fin à la confrontation.

— Lacey, reprit-il en ignorant les autres, tu es bien placée pour savoir que les Mason ont toujours replanté les forêts et pratiqué des coupes raisonnées.

— Coupes raisonnées ! Elle est bien bonne, celle-là…

Au fait, j'ai entendu, pour Paul, ils en ont parlé à la radio. Désolée, c'était un artiste talentueux.

— Qui utilisait des troncs coupés par nous, dans son travail artistique, afin que rien ne soit gaspillé, tu en conviens ?

— N'essaie pas de m'embobiner, Grant Mason. J'ai déjà donné, on ne m'y reprendra plus.

Darren Ashley hocha la tête comme pour signifier que Lacey gérait le conflit d'une main de maître. De nouveau, Grant dut lutter pour garder son calme.

— Dans ce cas, dit-il, je vous souhaite à tous une bonne journée. Faites ce que vous avez à faire, mais ma scierie est une propriété privée, et je vous saurais gré de ne pas y entrer, sauf si vous avez l'intention d'acheter nos produits issus de forêts écologiquement gérées.

— Et la pollution de l'air, et la pollution sonore, tu en fais quoi ? s'écria Lacey tandis qu'il s'éloignait.

Grant eut alors la certitude que ses motivations étaient de l'ordre de la vengeance personnelle. C'était pourtant elle qui avait voulu leur séparation, et il avait fini par lui céder de fortes sommes au passage.

— Au fait, dit-il en se retournant, toi et tes amis, faites attention aux gros camions de bois. Vous êtes en plein milieu de la route.

— Tu aimerais bien qu'on se fasse écraser, hein ! s'écria-t-elle.

Grant sentit qu'il perdait patience. Il se retourna une dernière fois. Darren Ashley lui faisait un doigt d'honneur sous le regard goguenard de ses collègues. Il avait bien envie de le flanquer par terre, mais ce n'était pas ainsi qu'il réglerait le problème.

— Non, Lacey, je n'aimerais pas ça, parce qu'on est tous occupés à gagner notre vie, ici, et que je n'ai pas envie de devoir appeler les pompiers pour qu'ils viennent vous ramasser à la petite cuillère. J'ai dix-huit hommes et trois femmes qui travaillent à temps plein ici, en plus de ceux qui sont sur le terrain. On a tous des familles à nourrir et, pour tout te dire, d'autres chats à fouetter.

— Ça aussi ! s'écria Lacey. Tu devrais engager au moins cinquante pour cent de femmes ! On constitue la moitié de la population, tu es au courant ?

— Si une femme qualifiée et intéressée se présente, qui apprécie vraiment cette belle région et les braves gens qui l'habitent, au lieu de rêver de châteaux en Espagne, figure-toi que je n'hésite pas à l'engager !

A cet instant, il vit la voiture de Kate s'approcher au pas et s'arrêter devant les manifestants, qu'elle regarda bouche bée. Par chance, elle s'intercala entre Grant et Darren, qui avait commencé à s'avancer d'un pas furieux.

Grant lui tourna le dos et revint vers la scierie. Nul doute que Kate devinerait qui était derrière l'action des Green Tree et sentirait à quel point il était troublé : elle avait un flair redoutable. Au loin, les manifestants, y compris le molosse de Lacey, avaient l'air de se ranger sur le bas-côté. C'était déjà ça.

Quand Kate descendit de sa voiture, il vit qu'elle était perturbée, elle aussi.

— Pas de chance, dit-elle en indiquant du regard le petit groupe.

Elle entra dans la scierie sur les pas de Grant.

— C'est *elle*, là-bas ? La blonde avec les yeux maquillés ?

Il ne put s'empêcher de sourire ; c'était la première fois depuis plusieurs jours.

— Malheureusement, oui. Et je crains que le journaliste de Chillicothe qui est censé couvrir la mort de Paul ne débarque d'une minute à l'autre.

— Tu as eu des nouvelles de Jace Miller ?

— Il m'a seulement dit qu'il continuait à considérer la mort de Paul comme suspecte jusqu'à preuve du contraire.

— En fait, dit-elle, j'étais venue te parler d'autre chose. Je suis confuse de te demander ça au milieu de toute cette pagaille, mais…

— Allons dans mon bureau. Comment est-ce que tu vas, toi ?

— Eh bien, il y a deux choses dont j'aimerais te parler.

Ils montèrent dans le bureau de Grant et s'y enfermèrent.

— D'abord, reprit Kate, je suis allée mesurer ce matin le tumulus près des chutes d'eau, en lisière de Cold Creek. A l'endroit où le sommet s'est effondré, il y a des décennies, j'ai aperçu une étoile dorée. A vrai dire, ça ressemblait presque à une étoile de shérif comme dans les vieux westerns. Gabe et Jace ne portent pas ce genre d'insigne, si ?

— Je crois qu'ils en portaient une autrefois. Je me demande même si Jace n'en portait pas une, hier. Tu l'as avec toi ?

— J'ai eu peur de passer à travers la structure. L'étoile se trouvait pile à l'endroit où elle s'est affaissée. Ce qu'il y a, Grant, c'est que je voudrais monter sur le tumulus situé chez toi pour voir s'il a quelque chose de semblable au sommet. Ce ne serait pas la première fois dans l'histoire de l'Ohio que des vandales introduisent des objets dans des tombeaux préhistoriques, et c'est passible de…

— Hou là, attends… Je suis monté plusieurs fois au sommet du Mason Mound au fil des années, et on le voyait très bien depuis la cabane dans l'érable. Je n'ai jamais remarqué quoi que ce soit.

— Sauf que l'étoile que j'ai vue là-bas avait l'air flambant neuve. Comme si on venait de la déposer.

— Notre tumulus est plus ou moins recouvert de végétation, ce ne serait pas évident. Mais si tu tiens absolument à y monter, je peux t'accompagner. Que voulais-tu me dire d'autre ?

— J'aurais dû t'en parler hier. A toi, et au suppléant du shérif quand il a pris ma déposition. Mais c'est une conversation que j'ai entendue par hasard, pas vraiment une preuve tangible, alors…

— C'est au sujet de Paul ?

Elle hocha la tête. Pour la première fois, elle semblait perdre son sang-froid, ce qui n'était pas bon signe.

— De quoi s'agit-il ?

— Au mariage de ma sœur, pendant que mon père faisait son discours, je suis sortie prendre l'air sous la véranda et j'ai surpris une dispute entre Paul et Todd.

— Une vraie dispute, ou une simple discussion ? Ils étaient amis depuis longtemps, et je ne les ai jamais vus s'emporter, ni l'un ni l'autre.

— Je suis sûre qu'ils se disputaient.

Grant sentit son ventre se nouer.

— A quel sujet ?

— Ils parlaient du fait que Paul avait besoin d'argent, ce qu'on sait tous les deux maintenant — comme Jace Miller, d'ailleurs.

— Et alors ?

— Paul menaçait de vendre quelque chose, et Todd ne l'a pas supporté.

Grant craignait à présent de deviner la nature de leur dispute : elle était sans doute semblable à celle qu'il avait eue avec Brad.

— Et… c'est tout ? demanda-t-il calmement.

Il se rendit compte qu'il faisait très attention à ses mots. Kate était non seulement très intelligente et perspicace, mais elle était résolue à monter sur le Mason Mound, et même à y entrer. Le mieux, pour lui, était de prendre ses distances avec elle. Non dans l'optique de vendre son objet adena, mais pour empêcher Kate de découvrir l'acte de vandalisme qu'il avait perpétré avec ses amis quelques décennies auparavant. D'une manière ou d'une autre, il devait la distraire, lui jeter un os à ronger, mais en l'orientant vers une autre piste. Lui aussi avait omis de dire certaines choses à Jace Miller, en particulier que la ou les personnes qui avaient fouillé la maison de Paul étaient peut-être à la recherche de son pendentif adena. A supposer que Paul, ou peut-être Brad, en ait parlé à quelqu'un. Une chose était sûre : il allait devoir rediscuter sérieusement avec son frère.

— Tu crois que j'aurais dû en parler à Jace Miller ? poursuivit Kate d'un air tracassé. Ou même que je devrais aller le lui dire maintenant ? Je n'ai pas envie qu'il croie que j'accuse Todd d'être allé chez Paul pour continuer leur dispute !

— Je suis sûr que Todd a un alibi. Brad et lui étaient occupés à faire l'inventaire de la scierie, dimanche après-midi. Todd ne s'est absenté que brièvement pour repasser chez lui.

Kate acquiesça, mais visiblement les rouages tournaient à toute vitesse dans son esprit. Peut-être avait-elle même noté le malaise qui vibrait dans la voix de Grant. Quoique avec l'histoire du Green Tree et de son ex-femme, il avait une excuse toute trouvée.

— Tu sais quoi ? reprit-il. On n'a qu'à aller voir ce monticule pendant ma pause déjeuner. Je n'en ai plus pour longtemps. Tu m'attends ici quelques minutes, et on y va ensemble ?

— D'accord, dit-elle d'un air surpris. Génial.

Il espérait que ce serait « génial », mais à vrai dire, il en doutait un peu. Ce n'était décidément pas sa journée, aujourd'hui.

8

Grant prépara une collation rapide dans sa cuisine : sandwichs au beurre de cacahuète et à la confiture et boissons fraîches. Kate était tellement excitée qu'elle put à peine manger. Depuis la disparition du grand érable, on voyait clairement la silhouette du monticule par la fenêtre, et cette vision, conjuguée à la proximité de Grant, la rendait euphorique.

Grant se leva et débarrassa leurs couverts.

— On va jeter un coup d'œil rapide au tumulus, dit-il. L'herbe est assez haute, la végétation a repris le dessus au fil des années. Quand on était gosses, on se laissait rouler jusqu'en bas en hurlant comme des sauvages, et puis, un jour, mon père et mon grand-père y ont mis le holà, par respect pour les morts.

— Ils pensaient qu'il fallait les laisser reposer en paix, c'est ça ?

— Exactement. Même s'ils doivent être complètement décomposés, depuis le temps.

— Tu serais étonné de voir à quel point ces tumulus conservent bien leur contenu. Le tien, en plus, a trois atouts : il est relativement petit et contient donc moins d'air, il ne s'est pas affaissé, et il est situé loin de l'eau. Ça pourrait donner lieu à des découvertes archéologiques extraordinaires.

— Sauf qu'il est situé sur une propriété privée. Et puis, il n'y a pas une loi fédérale qui interdit de toucher aux sépultures tribales ?

— Je vois que tu es bien renseigné ! Tu penses à la loi sur la protection et le rapatriement des sépultures amérindiennes. Mais elle concerne plutôt les tribus indiennes historiques, pour empêcher le pillage des ossements et des objets funéraires, ou pour restituer les objets volés aux descendants de la tribu. Mais les Adenas appartiennent à la préhistoire, et ils n'ont évidemment pas de descendants à qui l'on puisse rendre quoi que ce soit. Ma théorie, c'est qu'ils n'étaient pas, en fait, américains, mais plutôt d'ascendance européenne. Ils étaient plus grands et plus robustes que les Amérindiens contemporains. Mon collègue…

— Ce Carson avec qui tu parlais au téléphone ?

— Oui. Il remue ciel et terre pour convaincre le gouvernement d'exclure les Adenas de la loi sur la protection des sépultures, même s'il faudra, bien sûr, continuer à protéger et à conserver tous les vestiges de leur culture.

— Quant à leurs dépouilles, dit Grant en l'accompagnant vers l'arrière de la maison, j'ai lu qu'ils incinéraient certains de leurs morts, ce qui veut dire qu'il n'y a peut-être pas de restes humains dans ces tombes, à part, peut-être, des dents et quelques ossements.

— On sait depuis longtemps qu'ils incinéraient effectivement les membres des castes inférieurs. Mais nous sommes quelques-uns à croire que les privilégiés pouvaient décider de ce qui arriverait à leur corps après la mort, comme nous choisissons aujourd'hui d'être enterré ou incinéré.

Ils quittèrent la maison et traversèrent la pelouse en direction du tumulus. Le cœur de Kate battait de plus en plus fort, même si Grant semblait traîner des pieds. Il fallait à tout prix qu'elle réussisse à le convaincre — lui, et peut-être Brad, même si c'était surtout Grant qui décidait — de la laisser explorer cette tombe.

— Ah, dit-elle en arrivant au pied du tumulus. Tu as raison, la nature reprend ses droits. Je pense qu'on arrivera quand même à se frayer un chemin jusqu'au sommet, à condition de contourner ces aubépines. Je parie que tu n'as jamais roulé là-dedans quand tu étais petit, en tout cas pas plus d'une fois… Mais elles doivent avoir une maladie, non ? Toute la haie a l'air mourante.

— Je vois ça, dit-il en fronçant les sourcils. Je ne l'avais pas remarqué.

Kate commença à monter en s'accrochant ici et là à de jeunes pousses d'arbres.

— Regarde ! s'écria-t-elle en arrivant au sommet. Aucun signe d'affaissement. Malgré ces buissons qui poussent partout, il est encore en parfait état. J'ai vu assez de tombeaux, ici et en Europe, pour le savoir.

Il posa la main sur son bras.

— Il serait quand même plus prudent de ne pas y ajouter du poids supplémentaire, non ?

— Ne t'en fais pas, j'ai l'habitude. En plus, l'étoile que j'ai vue là-bas était toute neuve et simplement posée en surface. Et très brillante. Donc, s'il y en a une ici, je vais vite la voir. J'avance juste un petit peu, d'accord ?

Elle regretta aussitôt d'avoir posé la question. Vu qu'ils étaient enfin là, il n'allait tout de même pas essayer de l'en empêcher ! Mais le regard bleu de son compagnon était si intense qu'elle resta figée sur place, incapable de détourner le sien. La brise soulevait ses cheveux blonds, comme pour rappeler le petit garçon qu'il avait été, un petit garçon qui jouait sur les pentes de ce tertre et qui, devenu adulte, pensait à son père et à son grand-père disparus chaque fois qu'il y revenait. Voilà pourquoi, sans doute, avait-il une attitude si protectrice envers ce lieu. C'était d'ailleurs une des choses que Kate trouvait particulièrement émouvantes chez lui.

L'instant d'après, sans qu'elle sache comment, ils étaient dans les bras l'un de l'autre. Grant la serra contre lui et laissa ses mains descendre vers le creux de sa taille, et Kate passa elle aussi ses bras autour de son torse. Il baissa la tête ; elle s'élança vers lui. S'il ne l'avait pas retenue, leur baiser l'aurait sûrement emportée à mille lieues de là.

Chancelante, elle prit appui contre lui. Il caressa doucement ses cheveux, puis referma la main autour de son crâne comme s'il craignait qu'elle ne s'enfuie, ce dont elle n'avait aucune intention.

Leur baiser s'approfondit. Pour une fois, elle ne réfléchissait plus, mais s'abandonnait entièrement au désir et aux sensations. L'espace d'un instant d'égarement, elle s'imagina que c'était Grant qu'elle cherchait, plutôt qu'une étoile ou une révélation. Ce qu'elle ressentait était plus puissant que sa passion de la découverte. Elle voulait tout connaître de Grant Mason… Elle le désirait…

Quand leur étreinte prit fin, elle se sentit désespérée, mais sa raison reprit aussitôt le dessus. Si désirable fût-il, cet homme était également dangereux. Il constituait un obstacle à ses projets, en particulier s'il parvenait à se substituer à tout ce pour quoi elle avait tant travaillé. Son ex-femme l'avait quitté pour fuir le piège de cette petite ville. Kate pouvait la comprendre : elle n'imaginait pas de vivre à Cold Creek. Mais elle n'imaginait pas non plus d'avoir envie de quitter cet homme.

Grant, qui la tenait avec douceur entre ses bras, laissa échapper un petit soupir. Du bout des doigts, il parcourut sa gorge, jusqu'à ses clavicules. Elle sentit aussitôt sa peau s'enflammer sous cette caresse.

— Je n'ai pas envie de m'excuser, chuchota-t-il.

— J'espère bien que non. Même si c'était une manœuvre de diversion, je suis prête à recommencer.

La respiration encore un peu haletante, ils se séparèrent à regret. Kate s'accrocha un instant aux bras de Grant. Cet homme était solide comme un arbre, pas maigre et nerveux comme Carson.

— Je t'attends ici, dit-il quand elle le relâcha. A mon avis, la seule chose que tu vas trouver, ce sont les figurines de GI Joe et de Batman qu'on a perdues avec Brad, il y a des années.

Mais Grant se trompait. Et les hautes herbes qui recouvraient le monticule ne posèrent pas problème, parce qu'une réplique exacte de l'autre étoile, avec sa surface éclatante et ses pointes enduites de peinture marron était plantée au centre d'un petit cercle où l'herbe avait été arrachée. Kate prit un Kleenex, dans la poche de son jean, pour la ramasser sans y laisser d'empreintes. Avec la mort de Paul, Jace Miller n'aurait sans doute pas le temps de s'y intéresser, mais on ne savait jamais. Cet objet permettrait peut-être de remonter jusqu'à ceux qui avaient coupé l'arbre de Grant, ou de découvrir des informations importantes au sujet du tumulus.

— Tu vois ? dit-elle en revenant à travers les broussailles pour le montrer à Grant.

Quand ils eurent examiné le recto, elle le retourna précautionneusement. Tous deux se penchèrent plus près. La surface parfaitement lisse miroitait au soleil.

— Quelqu'un est venu ici récemment, dit-elle. D'un point de vue légal, le fait de planter cet objet au sommet d'une tombe constitue un acte de vandalisme. Tu le savais ?

— Il n'y a aucune inscription, répondit-il d'un ton songeur. Même pas une marque de fabrique. Et pourquoi une étoile ? Une étoile qui brille ?

Tous deux se regardèrent subitement.

— Quand j'ai parlé à l'Etoile Lumineuse, dit Kate, il a prétendu que le mariage de Kate était un rite païen.

— Mais pourquoi déposerait-il ces étoiles sur les monticules ? Qu'est-ce que ça veut dire ? Pourquoi ne pas déposer une croix, ou un crucifix, si c'est pour christianiser les morts païens de ce tombeau ?

— Parce que sa maudite secte n'a rien de chrétien, rétorqua Kate en élevant un peu la voix. Si ça se trouve, il croit qu'il peut même convertir des morts à ses croyances débiles. Ce qui lui plaît, c'est d'avoir un contrôle total sur les zombies qui lui servent de disciples. Ça me rend malade de voir à quel point il a lavé le cerveau de mon cousin et de sa femme… Dans les sectes, tout finit toujours par tourner autour du chef, comme cet affreux Jim Jones qui a convaincu un millier de personnes de boire du soda au cyanure !

— Un peu comme les chamans adenas et leurs serviteurs sacrifiés pour les accompagner dans l'au-delà, non ? En tout cas, ne t'aventure pas toute seule chez l'Etoile Lumineuse pour lui réclamer des explications. Je me demande ce que ça signifie, la peinture marron sur les pointes ?

Kate écarquilla les yeux.

— Ecoute, dit-elle, moi aussi, je croyais que c'était de la peinture, au départ, mais maintenant, je me demande si ce n'est pas du sang.

De retour à la scierie, Grant eut soudain une autre théorie sur les étoiles que Kate avait découvertes. Et si elle les avait déposées elle-même pour le convaincre de la laisser rôder autour de son tumulus… et de lui-même ? Elle avait en effet trouvé la deuxième en un temps record, malgré les broussailles.

— Grant ?

La voix de son frère coupa le fil de ses pensées. Brad passa sa tête par la porte.

— Keith m'a dit que tu voulais me parler. Et quand un type de sa carrure me parle, je l'écoute.

— Entre, dit Grant en ignorant son humour vaseux.

— Je veux dire… si c'est pour me faire encore un de tes sermons, soupira Brad se laissant tomber dans un fauteuil, on se voit tous les soirs à la maison, non ?

— Tu n'es presque jamais là. Il semble que les nouveaux cafés du centre soient plus intéressants que ma cuisine et ma conversation.

— Ecoute, Grant, je fais de mon mieux pour t'aider, pour te prouver que je peux t'être utile. Je discute avec tous les employés, je garde un œil sur Todd…

— Parlons-en. C'est Todd qui devrait garder un œil

sur toi, non l'inverse. Tu ne crois quand même pas que je vais le rétrograder pour te donner son poste ? Au mieux, je peux te proposer une place de superviseur de la chaîne de débitage, quand Randy Thatcher prendra sa retraite, cet automne, mais…

— Eh bien, merci beaucoup ! J'arrive plein de bonne volonté, et toi, tu ne me donnes aucun espoir de monter en grade dans l'entreprise familiale ! Je sais, je sais, tu as racheté mes parts quand j'ai voulu me lancer tout seul, de mon côté… Mais je te jure que si papa était encore vivant, il m'accueillerait à bras ouverts, comme le fils prodigue !

— Quelle culture…, soupira Grant. Pas de doute, il aurait abattu un veau gras pour fêter ton retour, en effet. Mais j'estime t'avoir bien accueilli, même si je ne suis pas prêt à renvoyer ou à rétrograder des employés fidèles qui travaillent dur. Surtout Todd, qui est un ami de longue date.

— Un ami qu'on n'a pas envie de contrarier, en plus, vu qu'il est dans la conspiration du silence.

— Ecoute-moi, Brad. Tu sais très bien que Todd excelle dans son travail. Papa ne l'aurait jamais renvoyé ni rétrogradé, ni grand-père, d'ailleurs, ni…

— C'est bon, pas la peine de me sortir tout l'arbre généalogique.

— Il y a autre chose dont je voudrais te parler. Dimanche, avec Todd, vous avez bien travaillé sur l'inventaire ?

— Pourquoi, il y a des erreurs ?

— Non, mais par contre vous n'avez pas beaucoup avancé. Vous n'avez pas passé votre temps à vous chamailler, j'espère ?

Son frère eut un petit rire méprisant, puis secoua la tête en silence.

— Si tu veux vraiment savoir, on a tous les deux fait des allers-retours. Je suis passé en ville et Todd est rentré chez lui. En tout cas il est allé quelque part, pendant un bon moment. Je veux dire, c'était théoriquement un jour de repos…

Même s'ils étaient seuls dans le bureau, avec la porte fermée, Brad se pencha vers lui et baissa la voix.

— Je ne veux pas jouer les mouchards, mais je crois qu'en fait Todd est allé voir Paul pour lui parler de quelque chose. Je ne voulais pas t'en parler, je me disais que tu me soupçonnerais de vouloir le discréditer.

— Tu veux dire, de me faire croire que c'est lui qui a saccagé la maison de Paul… ou pire ?

Grant commençait à avoir la nausée. Kate disait avoir surpris une dispute entre Todd et Paul, et voilà que Brad en rajoutait.

— Je vais lui parler, ajouta-t-il.

— Il vaut mieux que ce soit toi, plutôt que le suppléant Miller, alias Barnet Fife, lança Brad. Combien d'épisodes de l'*Andy Griffith Show*[1] on a regardés, pendant notre enfance, à ton avis ?

— N'essaie pas de changer de sujet. Jace Miller se débrouille très bien en l'absence de Gabe. Il se retrouve avec deux grosses enquêtes sur les bras, la mort de Paul et le vol d'un arbre précieux, et il fait ce qu'il peut.

— Ouais, ouais…

Brad s'extirpa du fauteuil, faillit trébucher en s'avançant vers la sortie, puis heurta l'encadrement de la porte au passage.

— A plus tard, cher frère et patron, lança-t-il par-dessus son épaule.

Grant poussa un soupir. Il n'avait pas congédié Brad, mais il était soulagé de le voir partir. Il se demandait si son frère ne buvait pas en journée, maintenant. Il ne sentait pas l'alcool et son élocution était nette, mais il était parti d'un pas très chancelant. Brad avait toujours

1. Dans l'Andy Griffith Show, célèbre série télévisée américaine, le shérif est accompagné de son adjoint, Barney Fife, qui lui cause plus de problèmes qu'il ne l'aide, du fait de ses nombreuses gaffes.

tenu l'alcool. Mais avec tous les outils dangereux qui se trouvaient ici, il était strictement interdit de boire ou de consommer des substances qui diminuaient la réactivité. En ce moment, Grant avait l'impression d'être lui-même une planche avançant sur les rails d'une scie circulaire. Et en dépit de tout le désir qu'elle lui inspirait, la brillante et tranchante Kate Lockwood était peut-être cette lame qui le menaçait.

Dans la cuisine de Tess, Kate étendit un chiffon propre sur la table, y posa les deux étoiles aux pointes rougeâtres et les étudia un moment. Elle avait récupéré la deuxième sur le tumulus de Cold Creek à l'aide d'une canne à pêche. Rien à voir avec des objets adenas, bien sûr : elles étaient visiblement neuves et fabriquées en série. Même si leurs pointes trempées dans du sang évoquaient celles de la ramure du Beastmaster, que les druides celtes teintaient sans doute avec du sang ou du pigment ocre. Elle se rappelait l'effrayante représentation qu'elle en avait vue dans un musée au Danemark, quand des coups retentirent à la porte arrière.

Le visage net et juvénile de Carson Cantrell lui apparut à travers le carreau. Avec ses cheveux châtains soigneusement coupés, il ne faisait pas ses quarante-neuf ans.

— Kate, ma Kate à moi ! lança-t-il quand elle lui ouvrit la porte. Embrasse-moi, vite !

Il l'étreignit de toutes ses forces ; elle mit simplement ses bras autour de lui avant de s'écarter. Après le baiser qu'elle avait échangé avec Grant aujourd'hui, il était hors de question d'embrasser quelqu'un d'autre.

— Tu aurais dû me prévenir, dit-elle, j'aurais préparé un gâteau… mais attends, j'ai mieux.

Elle le fit entrer et le conduisit dans la petite cuisine.

— Regarde ce que je viens de trouver au sommet de deux tombeaux de la région, dont le Mason Mound. J'ai l'impression que c'est du sang, sur les pointes, comme sur le masque du Beastmaster.

Les étoiles captèrent immédiatement l'attention de Carson. Il se pencha pour les regarder de près et sortit ses lunettes d'une poche de son complet veston. Quelle idée de s'habiller ainsi pour venir ici ! Evidemment, il venait d'une vieille famille prestigieuse. Son arrière-arrière-grand-père avait fait fortune dans la production du caoutchouc, il avait connu Henry Ford, Harvey Firestone, et même Thomas Edison. Carson possédait une somptueuse maison ancienne à l'extérieur de Columbus, remplie de collections d'œuvres d'art.

Il était professeur titulaire à l'université de l'Ohio, mais Kate avait l'impression qu'il aurait pu quitter l'enseignement, s'il l'avait voulu, pour se consacrer entièrement à sa collection d'art, son deuxième hobby après l'archéologie. Il avait beau apprécier les raffinements de la vie, il n'hésitait pas à se salir les mains sur un chantier de fouilles. A présent, elle le regarda examiner les objets qu'elle avait trouvés.

— C'est de la profanation de sépultures caractérisée, dit-il. Mais je suis ravi de savoir que tu es montée sur le Mason Mound. C'est notre objectif prioritaire, et on ne peut pas arriver comme des fleurs avec nos pioches et nos pelles. Il faut d'abord que tu obtiennes l'autorisation du propriétaire, d'une manière ou d'une autre.

Il abaissa ses lunettes sur son nez et passa en mode « cours magistral ».

— En ce qui concerne les pointes teintées, tu as absolument raison, cela ressemble à du sang séché. La question est de savoir ce qu'il signifie.

9

Tandis que Carson continuait à scruter les étoiles dorées, Kate lui confia sa théorie.

— Grant et moi pensons qu'il y a un message symbolique là-dessous.

— « Grant et moi », répéta-t-il en prenant une chaise. Ça sonne bien.

Il sortit une lampe-stylo de la poche intérieure de sa veste, tira vers lui le tissu sur lequel étaient posées les étoiles, et les éclaira d'un mince faisceau lumineux.

— Je suis content que vous vous solidarisiez autour de cette question, cela pourra nous servir pour la suite. Je pourrais essayer d'obtenir une ordonnance du tribunal pour nous laisser fouiller la tombe, mais cela prendrait du temps. L'utilité publique d'une propriété privée est une notion délicate, et on ne veut surtout pas d'un revers susceptible d'engendrer de la publicité négative.

Avec un sourire, il ajouta :

— En plus, je préférerais pouvoir nous installer chez lui le temps du chantier. Mais dis-moi ce que vous avez découvert ou postulé au sujet de ces étoiles…

— Notre hypothèse, c'est qu'elles ont été laissées par le chef d'une secte religieuse locale qui a pris le nom d'Etoile Lumineuse. Il a tout un groupe de disciples qui vivent en communauté pas très loin d'ici. Il ne m'aime pas et, moi, je me suis emportée et lui ai plus ou moins dit que les Adenas étaient moins païens que lui. Son vrai nom est Brice Monson.

— C'est le charlatan dont tu m'as déjà parlé ? Celui qui a embrigadé tes cousins ?

— Exactement. Il croit peut-être qu'en posant ces étoiles sur les tombeaux, il prouve la supériorité de ses croyances sur celles des « morts païens », comme il les appelle.

— Et le sang ? C'est un symbole de salut chrétien.

— Carson, comme je l'ai dit à Grant, ce type n'a rien de chrétien. C'est un manipulateur désaxé qui est prêt à tout pour renforcer son ascendant sur ses adeptes. Ma cousine Grace a l'air d'avoir carrément peur de lui.

— Vraiment ? Je vais demander à mes étudiants en thèse de jeter discrètement un œil à d'autres tombeaux de la région. Si on arrive à prouver que c'est cet individu qui les profane, on pourra le faire condamner, au moins à des amendes, sinon à de la prison. Evidemment, cela ne ferait sans doute qu'asseoir son emprise sur ses disciples, qui le considéreraient comme persécuté.

— Je te jure, dit-elle en s'asseyant en face de lui, on dirait qu'il les a ensorcelés, comme dans un horrible conte de fées. C'est un ogre déguisé en berger, un loup en tenue de grand-mère.

— Dans ce cas, c'est un adversaire redoutable, à ne pas sous-estimer. Pour réussir à manipuler les consciences, il ne faut pas être idiot.

Carson releva la tête, éteignit sa lampe-stylo et la remit dans la poche de sa veste.

— Peut-être qu'il a potassé le culte mortuaire des Adenas et qu'il croit pouvoir l'utiliser soit pour tenir ses fidèles, soit pour intimider les gens de l'extérieur. Il essaie d'établir un lien entre lui et le tombeau, d'exercer un contrôle issu du symbole homonyme qu'il a déposé à son sommet.

Kate soupira. Carson était brillant, mais elle avait parfois l'impression qu'il ne faisait que reformuler ses hypothèses à elle. Ne venait-elle pas de dire plus ou moins la même chose ?

— Tess m'a dit qu'il avait enterré plusieurs enfants en bas âge sur sa propriété, mais qu'il avait eu des autorisations pour ça.

Carson se redressa sur sa chaise.

— Sous des tumulus ?

— Des petits tumulus, je crois, cachés sous des bâches en plastique.

— J'ai vu des choses plus bizarres…, soupira-t-il. Quoi qu'il en soit, Kate, je suis ravie de te revoir. Maintenant, si on fichait le camp d'ici ? Sans vouloir te vexer, cette baraque est un peu spartiate à mon goût. J'ai repéré un pseudo pub anglais au centre-ville, qu'en dis-tu ? J'ai hâte de te parler des gens que j'ai rencontrés à Washington et de l'accueil qu'ils ont réservé à mon exposé.

— Bonne idée. Laisse-moi juste ranger ces étoiles. Tu sais, je me demande si elles ont été trempées dans du sang humain. Je n'exclus même pas que ce soit le sang de l'Etoile Lumineuse, même si rien ne permet d'être sûr qu'il y soit pour quelque chose.

— A ce sujet, j'ai aperçu un élément qui semble indiquer qu'elles étaient, à l'origine, conçues pour être portées comme des badges.

— Comme une étoile de shérif ? J'y avais pensé, mais ça me semblait trop farfelu.

Il ressortit sa lampe-stylo et éclaira l'envers d'une des étoiles.

— Tu vois, là, ces deux petits points irréguliers ? Ça pourrait être l'attache d'une épingle qu'on a écrasée à la soudure. Le métal a l'air d'assez bonne qualité, ça ne ressemble pas à une étoile de shérif pour enfants…

— Ça y est, je les vois. J'aurais dû les examiner à la loupe, mais je n'en ai pas trouvé dans la maison. Peut-être qu'au microscope on pourrait distinguer des traces d'une inscription effacée, une marque de fabrique, par exemple, ou un numéro de série.

— Et si j'en prenais une pour la transmettre au labo de l'université, histoire de savoir si ce sang est bien humain ? A vrai dire, tu m'as donné envie de parler à ce fameux chef de secte, moi aussi.

— D'accord, tu peux en prendre une. Par contre, je te déconseille d'aller voir l'Etoile Lumineuse, surtout seul. Moi, si j'y vais, je compte emmener le suppléant du shérif avec moi. En parlant de sang, ce type glace le mien !

Tandis qu'elle cherchait un torchon propre afin d'y enrouler une étoile, Carson se leva et la prit dans ses bras.

— On forme une bonne équipe, tous les deux, même à distance.

Il ne souriait pas, et son visage était absolument sérieux. Ses lèvres frôlèrent l'oreille de Kate.

— Ne cessons jamais notre collaboration, ma chérie, d'accord ? Même si tu dois te rapprocher de Grant Mason pour la bonne cause.

— D'accord, répondit-elle en reculant d'un pas.

Elle s'éloigna pour emballer les deux étoiles séparément.

— Mais Grant est quelqu'un de bien, et je ne veux pas lui mentir ni lui faire de mal.

— Et moi, je ne suis pas quelqu'un de bien ? Moi qui me consacre entièrement à améliorer notre savoir ? Le savoir humain, universel, transcende les considérations individuelles, Kate. Parfois, la fin justifie les moyens. Si Howard Carter n'avait pas pillé la tombe de Toutankhamon, si Heinrich Schliemann n'avait pas déterré les ruines de la Troie ancienne, l'humanité en saurait tellement moins sur son passé et sur elle-même ! J'espère quand même t'en avoir convaincue, dans le cours auquel tu as assisté il y a quelques années !

— Oui, répondit Kate. Bien sûr. C'est même à cause de ton cours et de ta passion pour l'archéologie que j'ai décidé de me spécialiser dans ce domaine.

Elle se rendit subitement compte que Carson Cantrell avait certains points en commun avec l'Etoile Lumineuse. Tous deux étaient des prédicateurs éloquents et charismatiques, qui croyaient avec ferveur à leur cause et avaient toujours une citation appropriée sur le bout de la langue. Sauf que Kate ne voulait pas obéir aveuglément aux ordres de Carson comme Grace se pliait à ceux de l'Etoile Lumineuse. Ce qui lui faisait peur, c'était que les deux hommes semblaient résolus à obtenir ce qu'ils voulaient, quel que soit le prix à payer ou les sacrifices à accomplir.

Grant avait décidé de ne pas aller parler à Todd à la scierie, mais de se rendre chez lui à la fin de la journée de travail. Après leur entretien, il avait l'intention d'appeler Kate sur son portable. Il avait envie de s'éloigner de Cold Creek pendant quelques heures pour s'éclaircir les idées et éviter toute altercation avec Brad ; il allait lui proposer de l'emmener à Chillicothe, dans un restaurant qu'il aimait particulièrement. Il avait prévu depuis longtemps d'y inviter Amber et Todd pour l'anniversaire de ce dernier, le lendemain, mais cela ne le gênait pas d'y dîner deux soirs d'affilée.

Il s'arrêta dans l'allée en courbe, devant une maison de bois impeccablement entretenue. Le pick-up de Todd était déjà là. Parfait. Il entendait des cris d'enfants à l'arrière de la maison, où étaient installées une cage à écureuils et une balançoire. Les fils de Todd étaient tous trois à l'école primaire. En les voyant grandir, au fil des années, Grant avait eu d'autant plus envie d'avoir une famille à lui, si chahuteurs soient-ils.

Amber McCollum était la petite amie de Todd depuis le lycée, comme Lacey avait été celle de Grant. Elle le vit arriver et vint lui ouvrir avant qu'il ait pu frapper. Elle était svelte, avec des cheveux naturellement roux, des yeux châtain clair et des taches de rousseur. Elle avait été coiffeuse avant d'avoir ses enfants, mais préférait maintenant rester à la maison, un choix que Grant respectait entièrement, même s'il savait qu'ils manquaient toujours d'argent. Il essayait de faire de beaux cadeaux

aux enfants, de les inviter le plus possible au restaurant, bref de soutenir cette famille qu'il aurait aimé avoir.

— Grant, entre ! Todd et toi, vous n'en avez pas marre de vous voir tous les jours au boulot ?

— Je voulais juste lui parler tranquillement cinq minutes, sans le bruit et les interruptions constantes de la scierie.

— Bonne chance avec nos hooligans, dit-elle en riant. Ils vont disjoncter à la seconde où ils te verront.

D'ailleurs, pensa Grant en regardant autour de lui, on aurait dit qu'une tornade avait traversé la maison. Des jouets étaient éparpillés partout, et une couverture était jetée sur une table comme pour en faire une forteresse. Une tête de cerf empaillée le fixait du regard depuis le mur ; des anneaux de plastique étaient accrochés à ses bois, les enfants ayant dû l'utiliser pour un jeu. Grant se rappela subitement sa dispute avec Todd au sujet du masque adena. Vers la fin de l'adolescence, Todd avait voulu échanger sa hache contre le masque à la ramure de cerf, mais Grant s'y était refusé. Il était incapable de s'en séparer. Il y avait quelque chose d'obsédant, d'hypnotisant même, dans cet objet effrayant que Kate appelait le Beastmaster.

Amber et Grant s'avancèrent vers la baie vitrée qui donnait sur le jardin et les bois, à l'arrière.

— Je peux t'offrir quelque chose, Grant ? Une bière ? Un soda ?

— Merci, mais je n'ai pas soif. Si tu pouvais juste prévenir Todd…

— Ecoute, il était très perturbé quand il est rentré du travail. Ce n'est pas seulement le choc de la mort de Paul, il y a autre chose. Tu en sais peut-être plus que moi ? Il a joué un peu avec les enfants en arrivant, et je n'ai pas eu le temps de lui demander ce qui le tracassait… J'espère qu'une petite conversation sur l'oreiller suffira pour qu'il me le dise.

Jouer avec ses enfants, se faire des confidences sur

l'oreiller… Grant se rendit compte qu'il aurait aimé que ces activités fassent partie de sa vie quotidienne, à lui aussi.

— Tu es venu lui reprocher quelque chose, Grant ? C'est pour ça qu'il est dans tous ses états ? Je sais que la mort de Paul l'a salement secoué, surtout vu les circonstances bizarres, mais…

Grant secoua la tête en fronçant les sourcils.

— Bon, soupira-t-elle, je vais te dire où il est. En haut d'un arbre.

— Son préféré ?

— Evidemment. Et, au fait, pour ton érable avec la cabane, je suis désolée, Grant. Ça aussi, ça a mis un coup au moral de Todd. Il a quand même eu le temps de me dire que Lacey était venue manifester devant la scierie et qu'elle avait essayé de faire un scandale. Elle a bien changé, depuis l'époque du lycée… enfin, comme nous tous, sans doute.

— Toi, Amber, tu n'as pas changé. Tu es une excellente amie et une femme parfaite pour Todd.

— Tu es mignon, Grant. Va vite dire bonjour aux enfants avant de le retrouver. Et dis à mon homme d'être rentré d'ici quelques heures pour m'aider à les mettre au lit, ces petits sauvages.

Elle l'accompagna jusqu'à la porte du jardin. Jason, l'aîné, se mit à crier dès qu'il l'aperçut.

— Oncle Grant ! Oncle Grant !

Les trois garçons se jetèrent sur Grant, qui se pencha vers eux pour toper dans leurs mains et les serrer dans ses bras.

C'était couru d'avance, pensa Kate. Brad Mason était installé au bar du pub anglais. En l'apercevant avec Carson, il s'approcha d'un pas nonchalant. Il ne manquait plus que Carson exige d'elle qu'elle se lie non seulement avec Grant, mais aussi avec son frère.

— Yo, Kate, cheftaine des Adenas !

Brad leva une main aux doigts écartés pour former le V du Dr Spock dans *Star Trek*. Dans l'autre main, il tenait un cocktail.

— Je voulais juste te dire bonjour, mais si tu es en plein rendez-vous galant, n'hésite pas à me dire de ficher le camp.

Kate fit les présentations en expliquant que Carson était un collègue de l'université de Columbus, où elle avait enseigné l'archéologie avant de recevoir une bourse de recherche pour se rendre en Angleterre. Quand Carson comprit qui était Brad, son regard s'éclaira comme il l'avait fait devant les étoiles aux pointes sanglantes.

— Asseyez-vous ! lui suggéra-t-il, en venant se glisser sur la banquette à côté de Kate pour laisser une place à Brad en face d'eux. Kate et moi travaillons ensemble sur les Adenas. Il paraît que vous avez un tumulus sur votre propriété familiale.

Brad posa son verre.

— Vous n'êtes pas agent du BCI, au moins ? demanda-t-il en s'affaissant contre la banquette. Il y en a qui s'habillent comme vous. Il vous manque juste des lunettes de soleil et une oreillette, et puis un pistolet dans votre veston.

Kate nota que Brad semblait aussi réticent que Grant à parler du tombeau.

— Brad vient juste de revenir dans la région…, commença-t-elle.

— Moi, agent du BCI ? l'interrompit Carson. Non, mais j'imagine que votre frère vous a dit qu'avec Kate ils avaient trouvé une sorte d'insigne sur votre tumulus ?

— Il m'a même demandé si c'était moi qui l'avais mis là. Des fois, je me demande s'il ne perd pas la boule.

— Le problème, poursuivit Carson, c'est qu'il est strictement interdit de toucher à une sépulture préhistorique. C'est sévèrement puni par la loi.

— Sans blague ?

Brad vida son verre.

— Grant ne m'en a pas parlé, mais il faut dire que ces deux-là font pas mal de cachotteries.

Il indiqua Kate d'un geste de la tête et, à sa grande exaspération, lui adressa un clin d'œil.

— Et le pire, ajouta-t-il, c'est que ce sont eux qui ont trouvé le corps de Paul Kettering. Alors comme ça, Carson, vous êtes prof à Columbus ? Supporter des Bucks par la force des choses, hein ?

— Je ne peux pas dire que je profite vraiment des frivolités de la vie universitaire. Mais je peux avoir de bonnes places aux matchs, si ça vous tente d'y aller cet automne.

Kate leva les yeux au ciel. Carson se fichait royalement que l'équipe de football des Buckeyes se fasse battre à plate couture par son ennemie historique du Michigan, ou même qu'elle soit dissoute à tout jamais. C'était gros comme une maison, ou plutôt comme un tombeau adena : si elle ne parvenait pas à convaincre Grant de faire ce que voulait Carson, il y aurait toujours Brad sur la liste d'attente.

Grant se félicita d'avoir gardé ses chaussures de sécurité tandis qu'il montait vers l'immense chêne palustre dans lequel Todd adorait grimper. Le sentier passait entre des arbres centenaires et des broussailles ponctuées de jeunes troncs, de grands arbres à bois dur et de troncs morts, tombés à terre — toutes les générations d'une forêt. C'était une zone vierge, une mine d'or pour un exploitant du bois, même si Todd n'y toucherait jamais. Pour lui, ce coin était sacré.

Todd était né avec un don que Grant avait travaillé dur pour acquérir : la connaissance intuitive des arbres. Dans les forêts de séquoias de l'Ouest, on appelait les gens comme lui des « chats des broussailles ». Et même si Grant s'entendait aussi bien avec des bûcherons qu'avec des sénateurs, il n'aurait jamais le cran de grimper comme le faisait Todd. Selon le ministère du Travail, l'abattage du bois était le travail le plus dangereux des Etats-Unis ; ç'aurait été le métier de rêve de Todd, s'il n'avait pas eu sa famille.

— Hé, Todd, tu m'entends ? cria Grant en mettant ses mains en porte-voix.

— C'est mon patron qui parle, ou mon pote ? demanda Todd sans se montrer.

— Ton meilleur copain depuis l'enfance.

— Je descends.

Todd apparut dans la voûte feuillue et se laissa descendre en rappel sur une corde d'escalade. Ayant dépassé les branches les plus basses, il rebondit du bout des pieds contre le tronc, se balançant d'un côté à l'autre, jusqu'à toucher terre.

— Des guêpes ont fait un nid tout là-haut, dit-il. Je vais peut-être devoir les enfumer.

Il défit les sangles de ses poignées d'ascension et se dégagea de son harnais.

— Il faut vraiment que tu montes avec moi un de ces quatre, Grant. La vue depuis là-haut, ça te change la vie.

— D'accord. Un de ces quatre.

— Il y a quelque chose dont tu voulais me parler, à part la mort de Paul ? demanda Todd en enroulant méticuleusement sa corde.

— Tu es fâché contre moi ?

— Pas toi, non.

— Contre Brad ?

— Entre autres.

— Il essaie de te mettre à cran par des allusions à ton poste ? Tu es mon contremaître, Todd, et ça ne risque pas de changer, du moins pas par mon fait.

— Merci.

— J'ai entendu dire que Paul et toi vous aviez eu une prise de bec ?

Todd hissa son matériel sur l'épaule en secouant la tête.

— Prise de bec, c'est le cas de le dire. Il menaçait

de vendre son aigle adena, et je lui ai dit qu'il n'avait pas le droit.

— Ça me rappelle une conversation du même genre que j'ai eue avec quelqu'un d'autre.

— Encore Brad ?

— Encore lui. Ecoute, Todd, est-ce que tu es allé chez Paul, le jour de sa mort, pour lui reparler de cette histoire ?

— Est-ce que Brad ou toi vous nous avez entendus nous disputer, le jour du mariage ?

Grant ne répondit pas. Un moment plus tard, alors qu'ils reprenaient le sentier qui traversait la forêt en direction de la maison de Todd, Grant se retourna vers son ami et posa la main sur son épaule.

— La question est de savoir si tu as vu Paul le jour de sa mort, dit Grant. Si oui, il faut que tu en parles à Jace Miller. Peut-être même que tu pourras l'éclairer sur le comportement de Paul, étant donné que Jace n'exclut pas le suicide.

— Sauf que je ne l'ai pas vu ce jour-là. Je devais y aller, mais finalement je suis venu me percher ici, en haut de mon arbre, pour décompresser. Amber et les enfants étaient chez ses parents. Son père continue à donner des tenues de cow-boys aux garçons, avec des armes et tout. Lui, il adorait ça quand il était petit, mais avec eux, ça ne prend pas.

Grant nota que Todd ne le regardait pas dans les yeux, mais fixait un point juste au-dessus de son épaule, et qu'il semblait chercher ses mots.

— Bref, reprit-il, je n'étais pas avec ma famille, ils ne pourront pas confirmer mon alibi.

— A moi, dit Grant, ta parole suffit. Je te crois. Je te soutiendrai là-dessus. Simplement, je n'arrive pas à digérer la mort de Paul. Et plus j'y pense, moins je crois à la thèse du suicide ou de l'accident.

Todd expira si fort que ses épaules s'affaissèrent.

— Pareil pour moi, dit-il. Déjà, le fait qu'on t'ait piqué ton arbre… Je te jure que si quelqu'un venait couper mon arbre à moi, je le tuerais. Enfin, tu vois ce que je veux dire. Tu restes dîner, Grant ? Ça ferait plaisir aux enfants.

— J'ai rendez-vous, tu dois deviner avec qui. Il faut que je rentre chez moi me doucher, me raser, me préparer. N'oublie pas que demain, avec Amber, on fête ton préanniversaire au restaurant. Selon la façon dont ça se passe avec Kate ce soir, je l'inviterai peut-être aussi. Et je m'occupe de Brad. Tu me diras s'il dépasse les bornes, mais je ne peux pas lui refuser l'accès à la scierie, dans l'état où il est. J'aimerais trouver le moyen de l'aider à retomber sur ses pieds, mais je ne vois pas comment. De ton côté, il faut que tu ailles parler à Jace. Dis-lui que Paul avait des problèmes d'argent… mais pas qu'il envisageait de vendre un pendentif adena en forme d'aigle.

— Bref, je déballe tout, sauf notre secret à nous, on est bien d'accord ?

Grant ne put que hocher la tête, en se méprisant un peu plus de raconter des demi-vérités à des gens qu'il respectait.

Kate fut surprise d'éprouver du soulagement quand Carson lui annonça qu'il devait rentrer le soir même à Columbus. Elle était fâchée contre lui de l'avoir presque ignorée pendant qu'il travaillait au corps Brad Mason pour qu'il l'invite à visiter le tombeau sur sa propriété familiale. Brad avait promis d'en parler à Grant, il avait même eu le culot d'engager Kate à en faire autant, mais, comme son grand frère, il semblait désireux d'éviter le sujet.

Peu après le départ de Carson, elle eut un appel de Grant. Il l'invitait au restaurant à Chillicothe, ce qui non seulement lui convenait, mais l'enthousiasmait carrément. Elle en avait assez de tous ces drames, de ces morts d'arbres et d'humains, de ces étoiles ensanglantées. Par ailleurs, et bien qu'elle n'en eût parlé à personne, elle avait trébuché en redescendant du tombeau de Cold Creek, après avoir récupéré la deuxième étoile. En essayant de protéger l'objet, elle s'était fait quelques gros bleus, dont la plupart seraient cachés par ses vêtements. S'il y en avait qui dépassaient, elle les camouflerait avec du maquillage.

Elle prit un bain chaud, changea de vêtements et décida de cacher son ordinateur portable et l'étoile métallique dans le garage, au milieu des affaires de Tess et de Gabe. Après tout, la maison de Paul ayant été mise sens dessus dessous par des intrus, elle n'avait pas envie de s'inquiéter à ce sujet pendant son absence, ni d'emporter son ordinateur à un rendez-vous galant.

Elle n'arrivait pas à chasser de son esprit l'idée que la mort de Paul résultait d'une sorte de malédiction. Certains squelettes trouvés dans les tombeaux adenas avaient le crâne fracassé, et voilà que Paul était mort de la même manière, écrasé par le personnage adena qu'il était en train de sculpter !

Le crépuscule tombait, mais il ne faisait pas encore nuit, et elle n'avait pas besoin de lampe de poche. Puisqu'elle allait au garage, elle en profita pour rapporter la roue à arpenter. Elle ne tenta même pas de soulever l'ancienne porte du garage, bloquée depuis des années. Combien de fois leur père s'était-il réfugié ici pour bricoler ou pour bouder après une scène de ménage ? Sentant la tension entre ses parents, ou les ayant entendus se disputer, la petite fille qu'elle était guettait depuis la fenêtre de sa chambre le moment où il éteindrait l'ampoule du plafonnier, lequel ne fonctionnait plus aujourd'hui. Le chiffon contenant l'étoile et son ordinateur dans une main, la roue à arpenter dans l'autre, elle fit le tour jusqu'à la porte latérale et sortit le cadenas ouvert de son crochet.

Quel bazar, à l'intérieur ! Gabe avait pourtant promis de faire du rangement. Des odeurs de peinture, de poussière, de vieilleries, assaillirent ses narines et se mêlèrent à celle de la tondeuse à essence que Gabe utilisait pour entretenir la pelouse. Il avait engagé un jeune voisin pour s'en charger pendant leur lune de miel.

En éternuant, Kate posa son ordinateur et l'étoile dorée dans un carton qui contenait des livres, puis le referma. Elle inclina la roue à arpenter contre le mur. Les deux petites fenêtres du garage étaient tellement sales qu'il faisait beaucoup plus sombre ici qu'à l'extérieur. En sortant, elle fermerait le cadenas de la porte pour être sûre que ses affaires seraient en sécurité. La clé du cadenas étant dans la maison, elle reprendrait son matériel le lendemain matin avant de se remettre au travail. Elle dessinait sur l'ordinateur une vue schématique d'un tombeau adena, dans l'optique d'évaluer le volume des salles inférieures et supérieures par rapport à celui du Mason Mound. Son hypothèse, c'était que ce dernier ne comportait peut-être qu'une seule salle.

Elle jeta un œil à sa montre, qui était difficile à voir dans la pénombre. Désireuse d'être prête quand Grant arriverait, elle se pressa vers la porte. La poignée poussiéreuse et branlante tourna entre ses doigts, mais la porte ne s'ouvrit pas.

Elle la fit tourner de nouveau dans le vide. Puis elle appuya contre la porte son épaule meurtrie par la chute du matin, et lui donna un bon coup. Comment ce maudit cadenas avait-il pu se refermer tout seul ? Elle n'allait tout de même pas devoir se glisser par une de ces petites fenêtres crasseuses ! Il n'était même pas sûr qu'elles s'ouvrent encore. Elle se voyait déjà briser une vitre, puis se couper en se hissant à l'extérieur.

Elle s'avança vers la fenêtre de droite, celle qui donnait du côté opposé à la maison, sur le champ de maïs où Tess avait été enlevée. En cette saison, les pieds de maïs atteignaient à peine trente centimètres de haut, et la vitre était tellement sale qu'on les distinguait à peine.

A cet instant, elle entendit un bruit bizarre à l'extérieur. Un grognement ? Un piaffement ? Un objet acéré crissa contre la vitre.

Il y avait quelque chose, là, dehors, devant la fenêtre.

Kate bondit en arrière et se cogna la tête sur une vieille chaise métallique accrochée au mur. Des éclats de couleurs vives fleurirent devant ses yeux. Elle s'avança d'un pas, se raccrocha au seuil de la fenêtre et tomba à genoux.

Avait-elle rêvé cette chose devant la fenêtre ? Elle devait halluciner à cause du choc à la tête… Non, elle l'avait vue et entendue avant de se cogner.

L'instant d'après, ce fut de nouveau le même cauchemar. Une bête se tenait devant la fenêtre, le visage noir, les yeux vides, et elle portait une ramure de cerf aux longues pointes acérées teintées de rouge. Kate était face à face avec ce monstre, à travers la vitre sale…

Son propre hurlement lui perça les tympans.

10

Sur le point de frapper à la porte de Kate, Grant se figea. Etait-ce un hurlement qu'il venait d'entendre ? Il semblait venir de derrière la maison. La nuit était presque tombée, à présent. Kate avait garé sa voiture de location dans l'allée de gravier devant la maison, et il n'y avait pas d'autre véhicule dans les alentours.

— Kate ? lança-t-il. Tu es là ?

Lorsqu'il entendit des coups sourds, il fit le tour de la maison en courant.

— Kate !

— Ici ! Je suis ici !

Dans le garage. Elle avait dû faire une chute ou se tordre la cheville. Il tendit l'oreille : les coups venaient de l'intérieur de la petite porte latérale. Il se pencha sur le cadenas qui la retenait.

— Kate, attends une seconde… Le cadenas a glissé, mais il n'est pas fermé à clé.

Il dégagea le cadenas d'un geste. A sa grande surprise, Kate fit aussitôt pivoter la porte sur ses gonds et se jeta dans ses bras. Elle avait les cheveux en bataille, les genoux du pantalon sales et le visage taché de larmes. *Kate, en larmes ?* Il n'arrivait pas à y croire.

Il la serra aussitôt contre lui.

— Que s'est-il passé ? Tu t'es enfermée dans le garage ?

— Pas moi ! Quelqu'un d'autre ! Viens vite !

— Quoi, tu as vu quelqu'un dans le garage ? Il est encore là ?

— J'ai vu quelqu'un… ou plutôt *quelque chose*. Oh ! ma tête…

Elle l'entraîna au fond du garage, vers une petite fenêtre sale donnant sur un immense champ de maïs.

— Je me suis cogné la tête sur une chaise métallique. J'ai eu un étourdissement, j'ai vu des éclats de lumière…

— Je t'emmène chez le médecin.

Elle se retourna, lui saisit le bras et le serra si fort qu'elle lui fit mal.

— Grant, il portait un masque !

— Qu'est-ce que tu veux dire ? Si tu t'es cogné la tête, tu as peut-être…

— Non, non… Je suis certaine de l'avoir vu. J'ai entendu des bruits de pas, puis un grognement. C'était un masque de cerf avec des bois, comme celui du Beastmaster.

Un gros choc à la tête, pensa Grant. N'empêche que l'image de son masque lui vint à l'esprit avec une précision angoissante.

— Kate, écoute-moi…

Il tenta de parler d'une voix calme alors que son cœur battait à toute vitesse.

— Tu es sûre que ce n'était pas un cerf qui passait par là, tout simplement ? Il y en a énormément dans le coin… S'il a pris l'habitude de rôder autour de la maison, il a pu se frotter à la porte et faire bouger le cadenas. Moi, je vois très souvent des biches par ma baie vitrée. Quant au bruit, il y a pas mal de vent, ce soir…

— Non ! rétorqua-t-elle en s'arrêtant devant la fenêtre, à l'arrière du garage. Ce n'était pas un animal, sinon il ne m'aurait pas fixée comme ça, avec ses yeux enfoncés dans le crâne…

Elle se pencha pour examiner le sol.

— Oh ! non… Je ne vois pas de traces de pas !

— Ni d'empreintes d'animal.

— Mais regarde, son nez a frôlé la vitre !

Elle se pencha tout près du verre sale. La voyant chanceler, Grant mit ses mains autour de sa taille.

— Regarde ! insista-t-elle.

La trace sur la vitre était presque invisible dans l'obscurité. La nuit tombait des collines et recouvrait les champs. L'imagination de Kate lui jouait des tours, songea Grant.

— On n'y voit plus rien, dit-il, et cette trace a pu être laissée par n'importe quoi. Viens, je vais t'emmener aux urgences pour qu'ils t'examinent.

Kate se tourna dans ses bras pour le regarder en face.

— Il faut que tu me croies, Grant. Je ne m'étais pas encore cognée quand j'ai vu le masque.

— Ce que je crois, c'est que tu ne devrais pas rester toute seule ici. Si quelqu'un a vraiment voulu te faire peur, t'espionner ou te piéger, c'est aussi bien que je sois arrivé maintenant. Qui sait ce qui aurait pu se passer ? Je te propose de prendre quelques affaires et de passer la nuit chez moi. Tu peux même rester plus longtemps, s'il le faut. Brad peut reprendre son ancienne chambre et te laisser la chambre des invités. Demain, si tu veux, on ira parler au suppléant du shérif de ce qui s'est passé.

— Je ferais mieux de prendre mon ordinateur et l'étoile. Je comptais les laisser dans le garage, mais ce n'est pas prudent. Jusqu'ici, je n'avais pas peur de rester seule dans cette maison, mais là, je me sens menacée. Quelqu'un essaie de me faire peur, et je soupçonne l'Etoile Lumineuse. S'il fait surveiller les tumulus, il sait peut-être que j'ai récupéré ses étoiles. A moins que Carson ne se soit arrêté pour lui parler en repartant…

— Carson Cantrell est venu ici ? demanda Grant en la suivant à l'intérieur du garage obscur. Lui, il doit certainement connaître ce masque que tu appelles le Beastmaster. Mais pourquoi aurait-il voulu te faire peur ?

— C'est impossible que ce soit lui, Grant ! Mais il est effectivement passé cet après-midi. Ce que je voulais dire, c'est qu'il a pu rendre visite à l'Etoile Lumineuse et le remonter encore plus contre moi. En tout cas, il a pris une des étoiles pour la faire analyser au labo de l'université. On a pris un verre au pub ensemble, on a d'ailleurs croisé Brad…

Elle avança à tâtons dans l'obscurité.

— Par ici, voilà. Il ne faisait pas si noir, tout à l'heure… Cette fois, on va vraiment fermer le cadenas, je prendrai la clé dans la cuisine avant de partir.

Grant lui prit son ordinateur portable des mains. En sortant du garage, il remit le cadenas en place et le ferma, puis il passa un bras autour de la taille de Kate.

La dernière chose dont il avait besoin, c'était qu'elle vienne s'installer chez lui. Au moins leurs chambres seraient-elles séparées par le grand séjour… Mais Brad viendrait s'installer dans la chambre à côté de la sienne, et le rendrait dingue en allant et venant à toute heure de la nuit. Avoir Kate dans sa maison serait une sacrée tentation. Le pire, c'était que la chambre des invités donnait sur le tumulus qui l'obsédait tant. Avait-elle inventé cette histoire à dormir debout pour se faire inviter chez lui ? Et si elle avait bel et bien vu quelqu'un qui portait un masque du Beastmaster, se pouvait-il que ce soit celui de Grant ? Dire qu'il ramenait cette femme dans la maison où il avait caché le masque… A supposer que celui-ci s'y trouve encore !

Les différentes possibilités l'angoissaient toutes, mais la pire hypothèse, c'était que Kate dise vrai. Et comme il était incapable de la laisser en danger, il était obligé de se mettre en danger lui-même.

Ce soir-là, chez Grant, Kate se sentit très mal à l'aise, non seulement parce qu'elle était encore sous le choc de l'incident du garage, mais aussi à cause de l'attirance très forte qu'elle éprouvait pour lui. Au moins, Brad n'avait pas fait de difficultés quand Grant lui avait téléphoné. Il avait simplement demandé à déplacer lui-même ses affaires, ce qu'il était revenu faire. Kate, de son côté, avait insisté pour changer elle-même les draps et les serviettes, car la femme de ménage ne venait pas avant plusieurs jours. Nul doute que Carson serait satisfait de la tournure des événements, tout en lui recommandant de garder la tête froide. Ce qui était beaucoup plus facile à dire qu'à faire.

Elle se tourmentait au sujet de ses rapports avec Grant autant qu'avec Carson. Impossible de concevoir que l'illustre professeur Cantrell soit venu rôder avec un déguisement autour de son garage ! Il était vrai qu'il possédait une reconstitution approximative du masque du Beastmaster, que Kate avait elle-même réalisée. Elle en avait publié une photo sur son site internet, et avait confié l'objet à Carson pendant son séjour en Angleterre. Elle aurait dû le reprendre depuis un petit moment, mais les événements s'étaient enchaînés et elle n'avait pas eu le temps de le faire. De toute façon, Carson était on ne peut plus cérébral et pragmatique. Elle ne voyait pas l'ombre d'une raison pour qu'il l'enferme dans un garage et essaie de lui faire peur. Non, son intuition accusait plutôt l'Etoile Lumineuse. Il avait pu consulter son site et s'inspirer de la photo du masque pour l'effrayer, avec l'espoir de la faire fuir.

Il restait bien sûr Brad, mais où se serait-il procuré le masque ? Il avait annoncé à Grant qu'il rentrerait « à pas d'heure », et elle n'aurait donc pas à le supporter ce soir. D'un autre côté, la présence d'un tiers aurait peut-être détendu l'atmosphère.

Du point de physique, en tout cas, elle se sentait mieux, à part un mal de tête persistant. Elle n'avait pas de commotion cérébrale ; le médecin des urgences lui avait néanmoins conseillé de ne pas s'endormir avant quelques heures. Elle avait réussi à faire rire Grant en lui lisant le diagnostic du docteur, à savoir qu'une « contusion lui avait fait voir trente-six chandelles ».

— Je dirais plutôt trente-six étoiles, dit-elle à Grant.

Assis côte à côte dans des fauteuils en cuir devant la baie vitrée, ils regardaient les bois sombres qui entouraient le tumulus. Du bout de sa serviette en papier, Kate essuya sur ses lèvres un peu de sauce tomate de la pizza qu'ils avaient rapportée.

— Des étoiles aux pointes ensanglantées… et des bois de cerfs avec des pointes rouges, aussi, j'en ai la certitude.

— Je crois surtout que tu es épuisée, fit remarquer Grant. Tu en as vu de toutes les couleurs, ces derniers jours. Mon boulot, c'est de t'empêcher de dormir pendant encore quelques heures, mais ensuite je vais t'obliger à aller te reposer. Et au sujet de l'hallucination que tu as eue dans le garage…

— Ce n'était pas une hallucination !

— D'accord, d'accord… Tu as vu un masque celte que tu meurs d'envie de lier à la culture adena. Tu es la première à dire que les objets celtes et adenas t'obsèdent. Je parie que tu en rêves la nuit… et un rêve, ce n'est pas très éloigné d'une illusion.

Elle fronça les sourcils en laissant son regard se perdre dans l'obscurité de la baie vitrée. La nuit était sans lune, très noire, et le verre agissait de nouveau comme un miroir géant, dans lequel ils pouvaient s'observer l'un l'autre. Sauf qu'à l'endroit où l'érable de Grant avait été abattu, on apercevait à présent de lointaines étoiles scintillantes.

— Veux-tu que je ferme les rideaux ? demanda-t-il. Je te sens un peu nerveuse… Tu as peur qu'on nous observe ? Je me suis toujours senti protégé, ici, mais depuis le vol de l'arbre…

— Non, ce n'est pas nécessaire. J'aime bien me sentir près du monticule. Je regrette juste de ne pas avoir la vision à rayons X, comme Superman, pour voir ce qu'il y a à l'intérieur.

Grant s'éclaircit la gorge.

— Donc, reprit-il, tu admets que tu rêves des Adenas ?

— Pas depuis un certain temps, mais il m'est arrivé d'en voir dans mes rêves, oui. Des Celtes aussi. C'étaient des gens grands et musclés, leurs squelettes le prouvent. Si dingue que cela paraisse, mon inconscient met parfois le visage de mon père sur un chaman ou un guerrier de mes rêves… ou de mes cauchemars.

— Les Adenas ont disparu de cette région presque aussi abruptement que ton père a disparu de ton enfance. Deux disparitions qui sont pour toi aussi mystérieuses que dramatiques, non ?

Elle pivota dans son grand fauteuil pour se tourner vers Grant, et ramena ses jambes vers son corps. Il était beaucoup plus près d'elle qu'il ne le semblait dans le reflet de la baie ! Cette grande vitre devait déformer les objets. Peut-être celle du garage de Tess les déformait-elle aussi.

— Je n'avais jamais pensé à ça, dit-elle doucement. Il est très possible que j'aie fait inconsciemment ce lien. C'est une analyse très fine, en tout cas.

— Mais pas aussi fine que celles du professeur Cantrell, n'est-ce pas ?

— Vous êtes très différents. On est toujours spécialiste dans son propre domaine, dans sa propre vie. Mais, arrête-moi si je me trompe, tu n'es pas en train de juger Carson comme un intellectuel arrogant et snobinard, alors que tu ne l'as jamais rencontré ?

— C'est juste, avoua Grant avec un sourire.

— Tu sais, moi aussi je viens d'un milieu très différent de la plupart de mes collègues à l'université… Oh ! ça me rappelle que je voulais te parler de ta grand-mère. Tu sembles avoir été très proche de ton grand-père… C'est bien lui, avec sa femme, sur la photo qui est dans ma chambre ? Une photo avec un beau cadre de bois, qui a l'air d'avoir été prise dans les années 1960 ou 1970 ?

— C'est bien eux. Hiram et Ada. Ma grand-mère, je ne l'ai pas connue et… euh… on ne parlait pas beaucoup d'elle, dans la famille. Elle est morte jeune, cinq ou six ans avant ma naissance.

— Elle avait quel âge ?

— La cinquantaine, je crois. Ça me semblait très vieux, autrefois, mais plus maintenant.

— Elle a un regard un peu rêveur, comme si elle était ailleurs.

Grant se tourna vers Kate et la dévisagea.

— Elle avait… un tempérament nerveux, comme on disait autrefois. Ma famille n'aimait pas en parler, du coup je ne sais pas grand-chose sur elle, comparé à mon grand-père.

— Elle était très belle, je trouve. C'est bizarre, j'ai presque l'impression de la connaître. Sans doute qu'elle me rappelle quelqu'un que j'ai connu autrefois et que j'ai oublié… Ecoute, Grant, je voulais te dire que si ma présence pose un problème, je peux très bien m'installer dans la nouvelle maison de Tess et Gabe, en attendant leur retour.

— J'y suis justement passé ce matin pour voir l'avancée des travaux. Ça sent encore très fort la peinture, ce ne serait pas génial pour ton mal de tête. Tu es condamnée à rester chez moi.

— Tu es tellement généreux avec moi…

Elle lui tendit la main et il la prit entre ses doigts. Sa main à lui était tellement plus grande et plus forte ! Leurs doigts s'entrelacèrent.

— Je t'en suis vraiment reconnaissante, poursuivit-elle. Et je veux que tu saches que je ne suis pas assez cinglée pour croire qu'un chaman celte ou adena s'est relevé de sa tombe pour venir me hanter. Par contre, je suis persuadée que quelqu'un de bien vivant cherche à me nuire ou à me chasser de la région. Quelqu'un qui en sait assez long sur moi, et sur les Adenas, pour fabriquer et utiliser ce masque.

— Eh bien, ce quelqu'un te connaît mal. Tu as bien trop de courage, de sang-froid et de curiosité pour te laisser impressionner.

— Pour tout te dire, je ne me sens pas tellement courageuse, ce soir. Je soupçonne surtout l'Etoile Lumineuse, et j'ai l'impression d'être la seule à oser lui tenir tête… Mais je vais parler à Jace Miller des étoiles et du masque. Ça… ça ne pourrait pas être ton ex-femme, par hasard ? Je veux dire… elle nous a vus rentrer dans la scierie ensemble, mais, même si elle me voulait du mal, où aurait-elle dégotté ce masque ?

— Lacey ? Sûrement pas. Les seuls masques qui l'intéressent, ce sont ceux avec des paillettes, pour les bals costumés. De toute façon, elle ne s'intéresse plus à moi, elle a jeté son dévolu sur un type qui est prêt à faire ses quatre volontés. C'est du moins ce qu'il m'a semblé. Mais pour en revenir à l'Etoile Lumineuse, oui, ça vaut la peine d'en parler à Jace demain matin. On en profitera pour prendre des nouvelles de l'enquête sur la mort de Paul. Dès que l'expertise médico-légale sera terminée, il va falloir organiser ses obsèques. Tout le personnel de la scierie s'est cotisé, et si ça ne suffit pas, j'ai dit à Nadine que j'ajouterais la différence.

— Quant à moi, je vais participer d'une autre manière, en demandant à Nadine de me vendre ce tronc sculpté qui représente le chaman adena. Et je vais lui en donner un bon prix. Je suis sûre qu'elle ne veut pas garder la pièce qui a causé sa mort. Si seulement j'avais pu lui demander d'ajouter un druide celte, ou un masque de Beastmaster, pour lier les deux cultures !

Ils restèrent un moment silencieux, main dans la main, chacun dans son fauteuil. Kate avait une envie presque irrésistible de se blottir dans les bras de Grant, mais elle n'était pas prête à assumer ce qui pouvait s'ensuivre.

Le lendemain matin, Grant et Kate prirent un petit déjeuner rapide en ville, avant un rendez-vous très matinal avec le suppléant du shérif.

— Comment ça se passe ? demanda Grant à Jace quand ils furent installés dans son bureau.

— Tu parles des enquêtes sur les voleurs de bois et sur la mort de Paul ? Pas bien, c'est le moins qu'on puisse dire. Le shérif va avoir du pain sur la planche, à son retour.

La voix de Jace était un peu lasse, et il n'avait pas l'air d'avoir fermé l'œil de la nuit. Grant non plus n'avait pas bien dormi, sans doute à cause de la proximité de Kate.

— Je suis sûr que tu fais de ton mieux, Jace. Tu as beaucoup de choses à affronter en même temps.

Jace soupira en hochant la tête, ce qui fit grincer son fauteuil pivotant. Il avait cinq ou six ans de moins que Grant, et ils ne s'étaient donc jamais retrouvés dans la même classe ou la même équipe sportive. Comme Gabe, Jace avait quitté Cold Creek quelques années pour s'engager dans l'armée.

Les sourcils froncés, il énonça les démarches qu'il avait accomplies en les comptant sur ses doigts.

— J'ai appelé les shérifs des comtés voisins pour savoir si d'autres grands arbres avaient été volés. Je sais que toi, Grant, tu as contacté les scieries de la région. J'ai demandé à la patrouille routière de me signaler tout convoi transportant un arbre, ou de très grosses bûches, sur l'autoroute. Pour l'instant, ça n'a rien donné.

Le suppléant changea de position, dans un grincement de fauteuil encore plus sonore.

— Pour en venir à Paul… Le légiste est prêt à autoriser sa femme à reprendre le corps. Je me demande comment elle va se débrouiller pour payer son enterrement.

— Eh bien, dit Grant, le personnel de la scierie s'est cotisé, et j'ai prévu de m'occuper du reste.

— C'est drôlement sympa de ta part, dit Jace d'un air un peu penaud. Quant à la cause de la mort… le légiste a été obligé de classer ça comme un accident. Qui sait, Paul a pu fondre les plombs et mettre lui-même le bazar dans la maison, peut-être en cherchant quelque chose qu'il avait perdu. Puis, dans sa colère, il s'est fait tomber le tronc dessus. Impossible de conclure à un suicide, Nadine est catégorique. A moins que le BCI ne revienne vers moi avec des empreintes ou l'ADN d'une personne autre que Paul, sa femme et vous deux, je n'ai pas le choix : je suis obligé de classer l'affaire. A ce propos, je voulais vous remercier d'avoir donné vos échantillons d'ADN.

Grant hocha la tête. Jace semblait complètement dépassé par la situation, alors que Gabe n'était parti que depuis deux jours. Or, il sentait instinctivement que la mort de Paul n'était pas un accident, et cela ne l'aidait pas à faire le deuil de son ami.

— On est aussi venus vous dire que quelqu'un profane des tombeaux adenas dans la région, dit Kate. On soupçonne le chef de la secte Hear Ye.

Grant la regarda sortir de son vaste sac à main un objet emballé dans du tissu et le déballer sur le bureau de Jace.

— On dirait une étoile de shérif ! dit-il en se levant pour l'examiner de près. Mais un vieux modèle, pas celui qu'on utilise, Gabe et moi. C'est quoi, ce truc sur les pointes ?

— Je crois que c'est du sang, répondit Kate. On aimerait que vous nous accompagniez, ou plutôt que vous m'accompagniez, moi — puisque c'est moi qui ai trouvé les étoiles et qui fais des recherches sur les Adenas — chez l'Etoile Lumineuse pour lui demander de but en blanc si ces objets lui appartiennent. Toute intervention sur des sites archéologiques est strictement interdite par la loi, mais s'il avoue et que c'est en rapport avec ses croyances tordues, je suis prête à passer l'éponge. A condition qu'il promette de ne plus s'approcher des tumulus… ni de moi.

— Pourquoi, il vous a personnellement ennuyée ?

Elle lança un regard à Grant.

— Ça va vous sembler bizarre, mais quelqu'un essaie de me faire peur. Et comme Brice Monson a pris soin de me dire qu'il avait accès à internet et qu'il avait fait des recherches sur moi, j'ai l'impression que c'est peut-être lui.

— Bon, je suis prêt à écouter vos explications. Mais il faut que je vous prévienne, ce type est à moitié zinzin.

Il déforme tout, y compris les textes de l'Evangile, pour leur faire dire ce qu'il veut. C'est un tas de conneries, si vous voulez mon avis, mais ne comptez pas sur moi pour le lui dire en face.

11

L'objectif de Kate était de repérer l'entrée originelle du tumulus au milieu de ses pentes raides et broussailleuses. Certaines tombes adena étaient tournées vers le soleil levant, mais avec Carson ils estimaient que la plupart faisaient face à des étendues d'eau. A priori, il n'y avait ni ruisseau ni étang à proximité du Mason Mound, mais Kate n'avait pas promis à Grant de ne pas en chercher.

Après leur discussion avec Jace Miller, Grant était parti au travail et Kate était rentrée chez lui. Où elle avait tenté en vain de se défaire de l'impression d'être chez elle. Elle se voyait déjà embrasser Grant avant son départ à la scierie, lui préparer un repas de midi, attendre son retour en écrivant ou en faisant des fouilles sur le monticule de son jardin. D'ailleurs, c'était sûrement la proximité de ce site qui l'attirait si fortement, plutôt que la maison en elle-même ou son charmant propriétaire… Non ?

— Kathryn Anne Lockwood, grommela-t-elle, tu perds la tête ! Tu vas vite partir d'ici avant de te retrouver à récurer la cuisine ou à lui préparer sa tarte préférée.

Elle ferma la maison avec les clés que Grant lui avait laissées et partit en voiture chez Tess. Après avoir vérifié qu'il n'y avait rien d'anormal dans la maison, elle passa au garage. La porte latérale n'était ni éraflée, ni cabossée ; rien n'indiquait qu'un animal s'y était frotté. Kate fit le tour du bâtiment en marchant lentement et en regardant autour d'elle. L'idée que quelqu'un l'avait espionnée, la veille, et l'avait vue quitter la maison pour entrer dans le garage, lui donnait des frissons.

Il n'y avait aucun indice particulier derrière le garage. A la lumière du jour, elle ne vit aucune trace, ni de pas, ni de sabots.

Avec un soupir, Kate laissa son regard vaguer sur le vaste champ, où des rangées bien nettes de jeunes épis de maïs se dressaient au ras du sol. L'instant d'après, un petit cri lui échappa.

Au milieu du champ, deux biches et un cerf broutaient de l'herbe ou des fleurs sauvages qui devaient pousser entre les rangs. Le cerf avait une belle ramure. Elle se rappela le chaudron de Gundestrup, cet objet celte qu'elle avait vu au Danemark, sur lequel figurait un monstre démoniaque au regard vide et aux grands bois de cerf. Même la carte postale qu'elle avait achetée lui faisait peur ; elle ne l'avait pas montrée à Grant et n'était pas sûre d'en avoir envie. Chaque fois qu'elle la regardait — ce n'était pourtant qu'un morceau de carton imprimé ! —, elle sentait sourdre une vague menace ou une malédiction.

Elle chancela un peu. S'adossant contre le mur du garage, elle heurta de nouveau une ecchymose à l'arrière de son crâne. Les trois animaux, dans le champ, levèrent la tête et la regardèrent fixement. Malgré la distance, elle sentait leur regard pénétrant. *Danger ! Intrus !* semblaient-ils dire. C'était précisément ce qu'un collègue anglais entendait les fantômes chuchoter chaque fois qu'il pénétrait dans une ancienne sépulture.

Etait-ce ce cerf qui était passé devant la fenêtre, la veille ? Et son imagination qui l'avait transformé en Beastmaster ? Ses obsessions et ses désirs lui jouaient-ils des tours ? Elle était pourtant sûre du contraire… Mais peut-être n'était-elle pas le meilleur juge de ses facultés mentales. La proximité du Mason Mound, ou de Grant, lui avait-elle brouillé l'esprit ?

Elle observa quelques instants les bêtes dans le champ,

qui l'observaient elles aussi avant de détaler subitement et de disparaître dans l'ombre d'un grand arbre.

Les jambes encore flageolantes, Kate se pressa vers sa voiture, se jeta sur le siège du conducteur, haletante, et ferma les portières à clé. Elle allait sans doute devoir parler du cerf à Grant. Bien en sécurité dans l'habitacle de sa voiture, elle étudia le garage et l'arbre immense qui le surplombait. Tess lui avait dit que Todd, l'ami de Grant, y avait grimpé, ou plutôt l'avait escaladé, comme si c'était une montagne. Depuis la cime de ces arbres géants, il devait avoir une vue imprenable sur la région ; peut-être pouvait-il même chasser, comme ceux qui tiraient autrefois sur des biches depuis des plates-formes cachées dans le feuillage.

Cette pensée aussi la fit frissonner, sans qu'elle sache trop pourquoi. Décidément, elle perdait les pédales… Le pire, c'était que dans ses rêves comme dans ses moments de veille, ses désirs la poussaient irrésistiblement vers Grant et vers le Mason Mound.

Grant avait horreur de quitter la scierie avant ses employés, mais Todd veillait sur tout, et il devait absolument profiter de ce moment où il n'y avait personne chez lui pour vérifier que son masque adena était intact. Arrivé à destination, il descendit de voiture sans fermer les portes à clé, se dirigea en hâte vers la maison et s'y enferma. Elle était silencieuse comme… une tombe.

Il descendit rapidement l'escalier menant au sous-sol. On était mardi, et l'enterrement de Paul aurait lieu jeudi matin. Il ne devait pas oublier d'accrocher un écriteau indiquant que la scierie serait fermée toute la matinée afin de permettre au personnel de se rendre à la cérémonie. Et Nadine, se demanda-t-il, qu'allait-elle devenir ? Sans doute ne voudrait-elle pas continuer à vivre seule dans une maison aussi isolée. Mais si elle la vendait, et si elle ne connaissait pas l'existence du pendentif adena de

Paul, l'acheteur ne risquait-il pas de tomber dessus ? En supposant que le pendentif était caché dans la maison…

Ce jour lointain où les quatre adolescents étaient entrés dans la chambre funéraire du tumulus, et où Todd avait osé plaisanter en disant qu'ils n'avaient rien à envier à Indiana Jones, ils n'avaient pas réfléchi à ce qui se passerait si l'un d'eux venait à mourir. Peut-être auraient-ils dû se révéler l'un à l'autre les endroits où ils avaient caché leurs objets. Evidemment, à cette époque, ils croyaient être éternels. S'il aidait Nadine à déménager, il pourrait en profiter pour fouiller la maison. A la place de Paul, Grant l'aurait caché dans un de ses troncs sculptés. Il pouvait demander à Nadine s'il y en avait un auquel Paul était particulièrement attaché, et lui proposer de l'acheter en souvenir de son ami. Nadine n'y serait certainement pas opposée, s'il y mettait le prix.

En passant devant le lave-linge, il remarqua un tas de vêtements sales appartenant à son frère. Brad descendait régulièrement au sous-sol ; il était même venu jouer une partie de billard tout seul, l'autre soir, en revenant du centre-ville. Grant ne savait pas trop ce qu'il y faisait, mais il avait l'impression qu'il passait plus de temps à boire qu'à rencontrer des femmes. Il faudrait qu'il pense à vérifier si Brad s'était servi dans le stock de bouteilles qui restaient du cocktail en l'honneur de Gabe et de Tess.

Il alluma le plafonnier, s'allongea à plat ventre sur le sol et chercha à tâtons la petite boîte aimantée sous la chaudière. *Elle n'était plus là !* Un instant plus tard, il la sentit sous ses doigts. Il était tellement pressé, la fois précédente, qu'il ne l'avait pas remise exactement à sa place.

Croyant entendre un bruit à l'étage, il se figea sur place. Etait-ce Kate qui revenait ? Elle lui avait pourtant indiqué par SMS qu'elle ne serait pas de retour avant midi. Que dirait-il, si elle déboulait ici ? Par moments, il avait l'impression que cette femme lisait en lui à livre ouvert. Ce qui le mettrait indéniablement en difficulté, si tel était le cas.

Il tendit l'oreille. C'était le vent qui faisait grincer la maison.

Il déplaça le buffet, souleva les lambris en chêne, retira les parpaings à l'aide du crochet, et sortit enfin la boîte métallique. Jusque-là, tout semblait normal. Sauf que Kate avait paru convaincue d'avoir vu un masque de Beastmaster. Or, vu que son frère était dans la maison, Grant avait besoin, même s'il ne lui avait jamais montré la cachette, de vérifier qu'il n'y avait pas touché.

Il voulait être sûr que personne n'était venu le déranger, comme ses amis et lui avaient dérangé l'ordre de la salle funéraire souterraine. Comme Kate avait semé le trouble dans son esprit, alors qu'il savait très bien qu'il aurait mieux fait de garder ses distances.

Il ouvrit la boîte et poussa un soupir de soulagement. Son masque était là, manifestement intact. Pourtant… Avait-il rangé le tissu de soie aussi proprement, en le rentrant sur les côtés au lieu de se contenter de le froisser ? Il n'arrivait pas à s'en souvenir.

Le masque aux yeux vides le fixait du regard. *Je n'ai pas de réponses pour toi,* semblait-il dire. *Je garde mes secrets. Mais tu n'as pas intérêt à me trahir.*

Grant referma la boîte à clé et la replaça dans le vide aménagé derrière le lambris. Puis il sortit de la poche de sa chemise la carte de visite de Kate, et l'appuya contre le côté de la boîte. Elle lui avait donné cette carte pour qu'il ait son numéro de portable ; Grant l'avait aussitôt appris par cœur, ainsi que l'adresse de son site internet et de sa page Facebook. A présent, si jamais il lui arrivait quelque chose, et que ce masque était découvert — sachant qu'il avait laissé une explication à ce sujet dans son testament —, elle aurait peut-être une chance de le voir et de l'étudier.

Par ailleurs, si jamais la carte était déplacée, il saurait que quelqu'un avait trouvé sa cachette.

*
* *

Toujours assise au volant de sa voiture, garée dans l'allée devant la maison de Tess, Kate se préparait à appeler Carson pour lui annoncer qu'elle logeait provisoirement à vingt mètres du Mason Mound, quand un van noir vint se garer derrière elle et lui bloquer la sortie. Au bout de deux sonneries, elle coupa son appel à Carson. Elle venait d'enregistrer celui de Grant, ce matin, et elle était bien décidée à l'appeler si les occupants du véhicule lui paraissaient un tant soit peu menaçants. Son légendaire sang-froid en avait pris un coup, depuis qu'elle avait trouvé les étoiles ensanglantées et aperçu le masque par la fenêtre. L'Etoile Lumineuse et Grace avaient un véhicule noir, le soir où ils étaient venus leur dire qu'ils considéraient le mariage de Tess comme une cérémonie païenne… Se pouvait-il qu'il s'agisse à nouveau d'eux ?

La porte du van s'ouvrit et une femme en descendit. C'était Nadine Kettering. Et l'autre femme, au volant… c'était l'ex de Grant, non ? Kate remit son téléphone dans son sac et sortit de sa voiture.

— Nadine…, dit-elle en s'avançant vers elle.

Les deux femmes s'embrassèrent en se serrant légèrement dans les bras.

— J'ai appris que les obsèques auraient lieu jeudi, reprit Kate. Je n'ai pas vraiment eu l'occasion de vous présenter mes condoléances. Paul était un grand artiste, et sans doute un homme hors du commun.

— Merci, Kate. Je suis heureuse que vous ayez pu le rencontrer, même brièvement. C'était quelqu'un d'extraordinaire, en effet, malgré son caractère parfois difficile. Mais c'est le cas de tous les artistes, je crois, peut-être même de tous les hommes… Laissez-moi vous présenter une ancienne amie qui est de retour à Cold Creek pour quelques jours. Lacey Fencer… euh… elle a repris son nom de jeune fille, mais tu sais certainement qui elle est… enfin, qui elle était.

Kate et Lacey se dévisagèrent sans se serrer la main, puis s'adressèrent un hochement de tête et un sourire forcé.

— Je vous ai croisée devant la scierie, l'autre jour, avec vos amis.

— Exact, dit Lacey. Mon travail me tient beaucoup à cœur.

— Comme beaucoup de gens, dit Kate. Vous voulez entrer un moment ? Vous avez vu le panneau devant la maison ? Tess la met en vente. J'étais sur le point de partir, mais si je peux vous offrir quelque chose à boire…

— Si j'arrive à vendre notre propriété à un bon prix, dit Nadine, je pourrais être intéressée par celle de votre sœur, mais je n'en suis pas encore là. On passait par hasard, j'ai vu votre voiture et je me suis demandé si vous vouliez toujours acheter une des sculptures de Paul, avant que je ne les offre à la famille ou les mette en vente. Grant m'a dit qu'il s'occuperait de faire transporter le cadeau de mariage de votre sœur jusqu'à leur nouvelle maison. Et l'organisation de Lacey va en acheter une avec des lutins qui dépassent du feuillage, pour leurs bureaux de Cleveland.

— Pour la mettre à l'honneur en tant qu'œuvre d'art exceptionnelle, j'espère, pas pour l'exposer comme exemple de destruction d'un arbre ? répliqua Kate.

Lacey eut l'air très contrariée.

— Si on l'achète, déclara-t-elle sèchement, elle est à nous, non ?

— Tu ne ferais quand même pas ça ? demanda Nadine d'un air ébahi. Je ne supporterais pas de voir le travail de Paul utilisé de manière négative.

Lacey se tourna vers Kate.

— Vous vous croyez maligne, avec vos questions ? Il paraît que Grant et vous, vous êtes inséparables et que vous avez même emménagé ensemble.

— Je vois que les nouvelles vont toujours aussi vite, à Cold Creek, fit remarquer Kate, sans prendre la peine de lui expliquer la situation. Laissez-moi deviner. Vous avez parlé à Brad ?

— Comment est-ce que vous le savez ? Brad et moi, on a le droit d'être amis, non, même si j'ai divorcé de Grant. Quant à Grant, je vous le laisse.

Kate se détourna un peu de Lacey.

— Nadine, merci beaucoup de vous être rappelé que je voulais une des œuvres de Paul. Je les trouve magnifiques. Et puisque je ne peux plus lui passer de commande particulière, je serai très heureuse de vous acheter celle qui représente un personnage adena.

— Oh ! Celle qui l'a… celle qui lui est tombée dessus… Elle se trouve chez le shérif, pour l'instant, mais… D'accord. Je n'ai plus aucune envie de la revoir, et je peux comprendre qu'elle vous intéresse.

— J'aimerais vous l'acheter à un bon prix, même si je me rends compte qu'elle est sans doute inachevée. On pourrait peut-être en reparler après l'enterrement ? Je vais demander à Jace Miller combien de temps il compte la garder.

— D'accord, répondit Nadine avec des larmes aux yeux. Vous pensez rester quelque temps dans la région pour étudier le Mason Mound ?

— Je l'espère.

— Pour étudier Grant Mason, oui ! lança Lacey. Je vous préviens, il a un sale caractère. Et il ne faut pas le chatouiller au sujet de son fameux monticule : il fait comme si c'était la tombe de ses propres ancêtres.

— Je peux le comprendre, répliqua Kate. Son histoire familiale lui tient très à cœur. Et il est d'autant plus sensible à ce sujet depuis que quelqu'un a réussi à s'introduire chez lui et à massacrer son plus bel arbre. Quelqu'un qui connaissait sans doute sa propriété et savait ce que l'arbre représentait pour lui, ce qui est encore plus insupportable.

— Mon organisation milite contre la coupe des arbres pour le profit, Kate. C'est bien pour ça qu'on manifeste devant les scieries. Vous n'allez tout de même pas m'accuser d'avoir abattu son arbre sous prétexte que je connais sa propriété et qu'il est mon ex-mari ?

Lacey cala ses mains sur ses hanches. Elle était bien faite, avec un joli visage trop maquillé et d'épais cheveux blonds, mais sa voix et son attitude hérissaient Kate. Grant lui avait dit que Lacey avait changé, depuis l'époque où ils avaient commencé à sortir ensemble… C'était sans doute l'euphémisme de l'année !

Kate passa un bras autour des épaules de Nadine, qui pleurait doucement en se tamponnant le nez avec un mouchoir en papier.

— Je suis sûre que personne du Green Tree ne couperait délibérément un arbre, dit-elle calmement. Et vous n'avez aucune raison de vous en prendre à Grant. Sauf, bien sûr, si l'un d'entre vous a des griefs personnels envers lui. Quelqu'un qui lui en voudrait, par exemple, d'être resté dans cette charmante petite ville au lieu de refaire sa vie dans une grande métropole comme… disons… Cleveland.

— Ça va ! soupira Lacey avec indignation. J'ai compris. Vous avez le sens de la repartie. Vous êtes sûre que vous ne feriez pas mieux d'être avocate, plutôt qu'archéologue ? En tout cas, faites gaffe, cette ville que vous trouvez si charmante risque de vous taper vite sur les nerfs.

Elle s'éloigna d'un pas chaloupé — elle portait des talons aiguilles — vers le van de Nadine, y monta et s'y enferma en claquant la portière.

— Désolée, dit Nadine. Elle donne l'impression d'être un peu cruche, mais elle ne l'est pas vraiment.

— Non, répondit Kate, c'est ma faute. Je n'aurais pas dû lui dire ça.

— Vous avez l'esprit vif, en tout cas, c'est un trait que j'admire chez une femme. Ecoutez, Kate, je ne voulais pas me mettre à pleurer… J'espère que Lacey ne vous en voudra pas si je refuse de lui vendre la sculpture. J'aurais dû me douter qu'ils l'utiliseraient comme exemple de ce qu'elle appelle le massacre des arbres. Les organisations comme le Green Tree, c'est très bien, mais elles ont parfois tendance à dépasser les bornes. Dégrader la propriété privée, menacer les gens, leur faire peur, ça ne va pas. Paul les appelait des terroristes verts.

Kate posa la main sur l'épaule de Nadine.

— Tess revient dans une dizaine de jours, mais si vous voulez visiter la maison avant, vous pouvez toujours m'appeler. Voici ma carte de visite, je vous demande juste de ne pas la donner à Lacey. Je n'ai pas envie de me retrouver assiégée par des terroristes verts à l'entrée d'un tumulus ou devant la porte de mon bureau à l'université.

Un petit sourire flotta sur les lèvres de Nadine.

— A vrai dire, je crois qu'avec ses acolytes ils envisageaient de planter des panneaux avec des slogans sur certains monticules, mais ils n'ont finalement pas osé. Grant a bien besoin de quelqu'un de votre trempe à son côté. Je dirai à Jace Miller, ou au pire à Gabe, s'il faut attendre son retour, que la sculpture avec le personnage adena est à vous.

— Je vous en donnerai un bon prix, Nadine.

— J'espère… j'espère juste que vous arriverez à oublier qu'elle a peut-être servi d'arme. J'arrive à peine à prononcer le mot « meurtre », mais pour moi, c'est ce qui s'est passé.

Toutes deux sursautèrent en entendant le Klaxon du van déchirer l'air. Kate décida de l'ignorer.

— Je serai honorée d'avoir cette œuvre et je la conserverai précieusement. Mais quand vous parlez de meurtre… vous croyez que quelqu'un a saccagé la maison avant de tuer Paul ?

— Pas forcément dans cet ordre-là. Et le légiste et le suppléant du shérif ne sont pas vraiment de mon avis. Je dois filer, Kate. Lacey a rendez-vous avec ses amis dans un restaurant du centre-ville, voilà pourquoi elle a klaxonné. On se reverra aux obsèques, et après, si vous restez dans la région.

Kate retourna elle aussi vers sa voiture. *Si vous restez*

dans la région... Combien de temps poursuivrait-elle son rêve de découvrir et d'étudier un tombeau resté intact depuis des siècles ? Elle espérait toujours travailler avec Grant plutôt que contre lui. Elle espérait aussi que, si un meurtrier rôdait dans la région, il avait tué Paul à la suite d'un cambriolage raté, et qu'il n'y avait aucun lien avec l'arbre abattu juste au-dessus du Mason Mound.

12

Kate avait la sensation bizarre d'être surveillée, ou même suivie. C'était ridicule, sans doute, mais pendant tout le trajet jusqu'au domicile de Grant, elle ne cessa de lever les yeux vers son rétroviseur. Elle n'allait quand même pas se transformer en paranoïaque incapable de vivre pleinement sa vie et de réaliser ses rêves ! Pour avoir vu Tess lutter contre des terreurs persistantes, longtemps après son retour de séquestration, elle connaissait les signes d'un tel traumatisme, et n'avait aucune intention de céder à ces sentiments néfastes.

Elle prit une route qui passait derrière la propriété de Grant et s'engagea sur un chemin en lacets qui longeait son bois. D'après Nadine, Lacey et sa bande avaient envisagé de planter des panneaux sur certains tumulus. Elle disait qu'ils n'avaient pas osé… mais qu'en savait-elle, au fond ? Avaient-ils finalement décidé d'y déposer des étoiles à pointes ensanglantées ? Quel lien y avait-il, de toute façon, entre la cause qu'ils défendaient et des tombeaux préhistoriques ? Non, c'était ridicule… Elle se laissait déstabiliser par l'hostilité de Lacey, tout comme elle avait cédé aux provocations de l'Etoile Lumineuse.

Elle s'arrêta sur le bas-côté et descendit de voiture. Grant ne pourrait tout de même pas lui reprocher d'avoir simplement jeté un œil au terrain, à la recherche d'un point d'eau. Elle ne s'approcherait pas du monticule lui-même, même s'il l'attirait comme un aimant.

Selon le plan approximatif qu'elle avait dessiné sur son

portable, il était probable que ce tumulus ne comportait qu'une seule salle. Si c'était le cas, l'entrée s'effectuait sans doute par un passage horizontal, au lieu de marches descendant abruptement vers les niveaux souterrains, comme cela arrivait parfois. Sauf qu'en faisant le tour du tombeau, elle n'avait vu aucun indice d'une entrée au ras du sol. La découverte d'une source d'eau, même tarie, pourrait lui faire gagner beaucoup de temps.

En entrant dans le bois dense et ombrageux, elle comprit que le chemin de promenade aménagé par Grant ou par sa famille avait servi à dégager l'érable volé quelques jours plus tôt. De jeunes troncs brisés nets et des ornières profondes dans l'épaisse couche de feuilles mortes de l'automne passé le prouvaient sans équivoque. Çà et là, elle vit même des traces de sabots, sans doute ceux des chevaux de trait qui avaient tiré le tronc jusqu'à un camion garé au bord de la route goudronnée. Le saccage de la forêt lui rappela celui de la maison de Paul et Nadine.

Elle regarda autour d'elle en se demandant si les Adenas empruntaient autrefois ce sentier pour aller enterrer leurs morts. Les portaient-ils dans les bras, ou sur un tissu tendu entre deux bâtons pour former un traîneau, comme les Indiens de notre ère, qui ne connaissaient pas la roue ?

Quittant le sentier, elle décrivit des lacets en direction du tombeau, à la recherche d'une dépression qui ressemblerait à un ancien lit de rivière, ou plutôt d'un ruisselet charriant l'eau des collines jusqu'à la rivière de Cold Creek. Le terrain était marqué de buttes, de creux et de ravines qui ne facilitaient pas son avancée. De toute façon, il était possible qu'une source d'eau se soit trouvée autrefois à l'emplacement de la maison, ou de la route, ou encore…

Elle se figea brusquement. Elle n'était pas la seule à faire bruisser les feuilles mortes, avec ce rythme si particulier, propre aux pas humains. Ça recommençait ! Quelqu'un la suivait vraiment ! Ce n'était certainement pas un cerf, ni un autre animal, qui pouvait faire ce bruit…

Au creux d'une petite cuvette, elle se tapit derrière un gros tronc d'arbre. Sa respiration lui paraissait assourdissante. Elle avait envie d'éternuer, en plus. Elle cala son index sur sa lèvre supérieure et appuya si fort qu'elle ne sentit bientôt plus son doigt.

Brad apparut entre les arbres. Elle ne savait absolument pas comment lui expliquer sa présence ici, mais elle préférait l'affronter, lui, plutôt que Grant ou qu'un inconnu. Et elle ne voulait surtout pas lui donner l'impression qu'elle se cachait.

Elle sortit de derrière son arbre, mais avant qu'elle ait pu l'interpeller, Brad s'éloigna brusquement vers un tas de pierres. Cela ressemblait aux cairns que Kate avait vus en Angleterre et en Ecosse, et qui servaient à marquer des sites historiques ou les limites d'une propriété. Sauf que ce tas-là n'était sans doute qu'un vestige de l'enfance de Brad, le reste d'une petite forteresse. Ce genre de pierres se trouvait partout dans la région ; c'étaient les mêmes que les anciens Adenas utilisaient pour stabiliser les rondins qui soutenaient la charpente de leurs tombeaux.

Alors que Brad se penchait sur son tas de cailloux, Kate s'avança vers lui en marchant sur une branche sèche. Il fit volte-face.

— Kate ! Qu'est-ce que tu fiches là ?

Elle fut tentée de lui retourner la question, mais, après tout, c'était la propriété de sa famille. D'instinct, elle sentit qu'il ne fallait pas lui révéler la raison de sa présence. Si elle devait en parler à quelqu'un, ce serait plutôt à Grant. La dernière chose qu'elle voulait, c'était lui donner l'impression qu'elle complotait avec son frère derrière son dos.

— Je me promène, dit-elle en s'avançant vers lui. J'avais envie de voir ce côté-ci des bois.

— Tant que le loup n'y est pas, hein ? demanda-t-il en lui adressant un clin d'œil.

En s'approchant, Kate vit qu'il avait le regard vitreux. Elle avait déjà remarqué qu'il chancelait, et ce n'était sans doute pas à cause du terrain accidenté. Oui, c'était bien ça : une odeur d'alcool flottait dans l'air, alors qu'il n'était pas encore midi.

— Et toi ? demanda-t-elle. Tu te promènes aussi ?

— J'avais besoin de changer d'air. De me replonger dans l'époque des trésors enfouis de mon adolescence. Pour tout te dire… euh… j'ai enterré mon chien préféré ici, il y a des années. C'est bête, je sais, mais il me manque encore. C'était un colley, il s'appelait Max.

— Je comprends. C'est un magnifique lieu de sépulture.

— C'était mon chien à moi tout seul, dit Brad en secouant la tête. C'est peut-être la première chose qu'on n'a pas partagée, avec Grant.

— Et tu as marqué sa tombe avec un tas de pierres plutôt qu'une seule ?

— Kate la curieuse…, soupira-t-il avec un peu d'agacement. Tu sais quoi ? Si jamais tu as rendez-vous avec Grant, à midi, tu peux lui dire que le baby-sitter à qui il a demandé de me ramener de la scierie m'a déposé sur la petite route, que quelqu'un d'autre vient me chercher et qu'il ne doit pas se faire de souci. Il m'a ordonné de rentrer à la maison sous prétexte que j'avais une très légère gueule de bois. Big Brother me surveille, il ne voulait pas que le petit Bradley se fasse mordre par une méchante scie ou tombe d'une passerelle à la scierie.

— C'est gentil de sa part. Ça veut dire qu'il tient à toi.

— Il s'inquiète pour toi aussi, tu sais. Ça veut dire qu'il tient à toi, et aussi qu'il veut t'empêcher d'aller fouiner dans notre tombeau. La tradition familiale veut qu'on foute la paix aux morts. Pauvre Paul, hein ?

— Pauvre Nadine… Elle s'est arrêtée chez Tess ce matin, elle parlait même de revenir visiter la maison avec l'idée de l'acheter. Lacey était avec elle. Et d'ailleurs, j'ai eu l'impression que tu lui avais parlé de certaines choses, par exemple du fait que Grant m'hébergeait.

— Lacey n'en a plus rien à faire, de Grant. Et moi, j'étais content de la revoir, voilà tout. Bonne promenade.

Il jeta un œil à sa montre et s'éloigna sans rien ajouter.

Quand il fut à bonne distance, Kate le suivit discrètement jusqu'à la route et se cacha derrière un buisson pour l'observer. Elle qui se croyait suivie, voilà qu'elle se mettait à faire la même chose ! Brad marchait de long en large, d'un pas un peu instable. Au bout d'un moment, la camionnette de Lacey apparut au loin. Elle s'arrêta devant lui, le fit monter, et prit la direction des collines et non celle de la ville. Mais pas avant de lui avoir donné un baiser rapide sur la bouche. Puis un deuxième, beaucoup plus long.

Quand Kate sortit enfin du bois, elle était épuisée et affamée. Se sentant redevable à Grant de son hospitalité, et désireuse de le mettre de son côté, elle fit un saut en voiture jusqu'au petit supermarché du lac Azur, puis rentra leur préparer un déjeuner tardif, puisqu'il était censé revenir vers 14 heures.

Après le départ de Brad dans la camionnette de Lacey, elle avait continué son exploration des bois à l'arrière du tombeau, et en avait tiré quelques conclusions. Elle avait notamment repéré des traces caractéristiques d'un ancien lit de ruisseau à l'arrière du monticule, du côté opposé à la maison. Malgré les broussailles qui envahissaient tout, elle avait réussi à le suivre sur près d'un kilomètre en direction des collines. Elle supposa qu'il se nourrissait autrefois des pluies du printemps et de l'été, abondantes dans la région, mais que la végétation, les graviers et d'autres obstacles en amont avaient fini par l'assécher.

Une deuxième découverte l'avait presque autant enthousiasmée : un nid d'aigles chauves tout en haut d'un grand chêne, d'où sortait par intermittence un couple qui décrivait de grands cercles dans le ciel. Elle était ravie de ce spectacle, non parce que l'aigle était l'oiseau national américain, mais parce que les Adenas le vénéraient comme un symbole de puissance spirituelle. Elle savait qu'il était possible que des aigles viennent nicher depuis des siècles à ce même endroit, entre le ruisseau asséché et le monticule. Elle était impatiente d'en parler à Grant. Et elle allait sans doute devoir lui parler aussi de Brad et de Lacey.

Grant passa la porte de la cuisine à 14 heures pile. Kate finissait juste de préparer des quesadillas au poulet et du thé glacé.

— Ça a l'air délicieux, dit-il en se lavant les mains dans l'évier.

Lorsqu'il s'installa face à elle, il y eut un petit moment de gêne : elle avait pris le contrôle de sa cuisine, et il ne savait comment se comporter.

— Pour le dessert, il y a des fraises avec de la crème fouettée, dit-elle en imitant l'accent snob britannique. Oh ! Grant, tu sais quoi ? En me promenant au fond des bois, j'ai vu un nid d'aigle et ses deux occupants !

— Il faudra que tu me le montres. Je les ai déjà vus voler au-dessus du bois, et je crois qu'ils reviennent chaque année. Les aigles forment un couple pour la vie, tu sais…

— C'est un excellent présage, parce que les aigles étaient des symboles spirituels clés pour les Adenas. J'ai visité un site, en Géorgie, où ils ont sculpté une immense effigie d'aigle en pierre blanche. Et un autre lieu de sépulture, où deux anthropologues amateurs ont découvert un grand aigle en pierre avec un squelette masculin étendu sur l'aile gauche et un squelette féminin sur l'aile droite. Le tout entouré d'offrandes funéraires en cuivre, en silex et en os. Aux pieds de l'homme, il y avait deux crânes humains fracassés, et aux pieds de la…

Elle s'interrompit subitement.

— Ce n'est peut-être pas le meilleur sujet de conversation pour un repas.

De fait, Grant avait les yeux écarquillés et les lèvres entrouvertes.

— Des crânes fracassés ? répéta-t-il.

Il avala une grande gorgée de thé glacé et ajouta :

— Ces sites funéraires ont l'air… euh… extraordinaires.

— Celui dont je viens de te parler se trouve tout près de New Benton, une petite ville entre Youngstown et Akron. Il appartenait à des particuliers, mais, Dieu merci, ils ont accepté de l'ouvrir aux chercheurs.

Grant posa son verre avec un bruit sourd.

— Message reçu, professeur Lockwood.

— Ne t'inquiète pas, Grant, je ne toucherai pas au tien sans ton autorisation. D'ailleurs, j'aimerais beaucoup que tu sois à mes côtés quand j'y entrerai.

— Cet autre site dont tu parles, c'est un petit monticule, comme le nôtre ?

— Non, il est assez grand, mais il n'a qu'une seule entrée, et je pense que c'est aussi le cas du Mason Mound.

— Tu ne crois tout de même pas y découvrir des trucs aussi spectaculaires ? Des aigles, des squelettes et ainsi de suite ?

— J'aimerais que tu discutes avec Carson Cantrell de l'importance potentielle du site. Il saura peut-être mieux te convaincre que moi. Maintenant, sans vouloir te gâcher ton déjeuner, je dois te dire autre chose, et je préfère que tu sois assis. Brad ne s'est pas gêné pour annoncer à tout le monde que je m'étais installée chez toi, alors… J'ai croisé ton frère pendant ma promenade. Lacey est passée le chercher sur la petite route qui passe derrière les bois. Et quand il est monté dans son van, ils avaient l'air très… *proches*, tous les deux.

Grant fronça les sourcils, mais garda son calme.

— Il jouait peut-être la comédie, avec l'espoir que tu m'en parlerais ?

— J'étais cachée, je ne pense pas qu'il m'ait vue… Je venais de le croiser quelques minutes plus tôt, à côté du tas de pierres sous lequel il a enterré son colley, Max.

Les yeux de Grant s'écarquillèrent encore davantage. Kate entendait presque les rouages tourner dans sa tête, mais elle n'avait absolument pas accès à ce qui s'y passait. Il avala une nouvelle gorgée de thé glacé.

— Il est arrivé au travail en milieu de matinée, dit-il en regardant son verre comme s'il pouvait y lire l'avenir. Il était soûl, et on a eu des mots, tous les deux. Il n'a pas aimé que je lui confisque ses clés de voiture, ni que je demande à quelqu'un de le ramener à la maison.

— Désolée de l'entendre. C'est vrai qu'il avait l'air de tituber un peu.

Mais Kate se dit que ce n'était manifestement pas la première fois qu'il retrouvait Lacey ; il ne cherchait pas simplement à se venger du savon que Grant lui avait passé à la scierie, de toute évidence.

— Lacey et Brad..., reprit Grant pensivement. Ça ne me plaît pas trop, comme idée, et ce n'est pas de la jalousie mal placée.

— Tu crois qu'elle cherche à le monter contre toi ?

— Ce ne serait pas difficile. Bref, il s'en passe, des choses... Et on n'a même pas attaqué ce somptueux repas que tu m'as préparé. Je ferais mieux de manger et de retourner assez vite au travail, au cas où ces deux-là mijoteraient un mauvais coup. Je regrette de ne pas pouvoir vous accompagner, Jace et toi, chez l'Etoile Lumineuse, tout à l'heure. Tu es sûre que tu ne préfères pas laisser Jace y aller seul ?

— Non, je veux être là, ne serait-ce que pour voir sa réaction. Après tout, c'est moi qui ai trouvé les étoiles.

— Et tu espères trouver bien plus que des étoiles, ou un nid d'aigle, ou l'endroit où Brad a enterré son chien. Ce tas de pierres dont tu parles, il est loin du sentier ? Dire qu'il me l'a caché durant toutes ces années !

— Un peu à l'écart, oui.

Kate était médusée. Grant ne connaissait donc pas l'endroit où était enterré le chien de son frère ? S'entendaient-ils aussi mal lorsqu'ils étaient enfants qu'à présent ?

— Il doit être à l'ouest du sentier principal, à trois ou

quatre cents mètres de la route, derrière un gros fourré de ronces.

Grant hocha distraitement la tête.

— Ecoute Kate, pour ce qui est de faire des fouilles sur le monticule, je ne suis pas sûr. J'espère que tu ne vas pas essayer de me forcer la main. J'ai besoin — j'ai envie que tu me soutiennes sur ce coup.

Elle hocha la tête à son tour, sans rien ajouter. Nadine lui avait dit plus ou moins la même chose, à savoir que Grant avait besoin d'elle. L'idée lui plaisait follement — et l'effrayait en même temps. S'il y avait quelqu'un qui fût capable de la détourner de son principal objectif dans la vie, c'était bien Grant Mason, en ce moment.

Quand Kate et Jaçe Miller furent enfin admis dans la salle où les attendait l'Etoile Lumineuse, elle se rendit compte qu'elle était bien plus tendue qu'elle ne voulait l'admettre. Elle fut étonnée de constater que son cousin, Lee Lockwood, et sa femme, Grace, étaient tous deux présents. Monson était installé derrière une grande table de verre qui devait lui servir de bureau, mais qui était absolument vide. Dans cette salle toute blanche, meublée uniquement de quelques objets de verre, Kate se sentit presque en apesanteur. Des éclairages intégrés aux épaisses cloisons de verre donnaient l'impression que les murs rayonnaient. Ce charlatan n'avait évidemment pas choisi son décor au hasard.

Même Grace et Lee portaient des vêtements blancs, au lieu de leurs habituels déguisements de pionniers poussiéreux. Lee se tenait comme une sentinelle dans un coin, Grace ressemblait à une statue de marbre devant la porte. Kate, qui se fichait d'enfreindre les règles de la communauté, alla la serrer dans ses bras.

— Comment vont les enfants ? demanda-t-elle.

— Très bien, répondit Grace en lui rendant l'accolade. Ils poussent comme des plantes.

— J'aimerais vraiment les voir, et je sais que Tess aussi. Peut-être qu'on pourra se voir tous ensemble, quand elle sera revenue de sa lune de miel ?

Grace tourna immédiatement les yeux vers l'Etoile Lumineuse, comme pour lui demander l'autorisation de répondre.

— Merci de prendre place et de nous expliquer les raisons de votre visite, déclara simplement le gourou.

Jace était visiblement tendu, lui aussi. Kate sentait des ondes hostiles saturer l'air. Peut-être avait-elle eu tort d'exiger cette confrontation directe, mais c'était essentiel à ses yeux. Elle avait horreur des secrets, des non-dits et des cachotteries.

Elle déballa une des étoiles qu'elle avait découvertes, se demandant si Carson lui donnerait bientôt des nouvelles de celle qu'il avait transmise au labo.

— On a trouvé deux étoiles identiques au sommet de tombeaux adenas dans la région, expliqua-t-elle, et on s'est demandé si c'était votre carte de visite. Surtout que vous avez montré une volonté très claire d'ignorer, voire d'effacer des pratiques soi-disant païennes comme le mariage chrétien ou la culture préhistorique des Adenas.

Elle se rendit compte qu'elle y était allée trop fort, mais l'Etoile Lumineuse ne mordit pas à l'hameçon.

— Cet objet n'est pas à nous, dit-il après avoir brièvement posé les yeux sur l'étoile. Que sont les Adenas pour que je pense à eux, que je m'en soucie ? Rien ne m'appelle sur les lieux de leur sauvagerie. Je préfère tourner mon regard vers le ciel, la lune et les étoiles que le Seigneur y a fixées.

Kate avait l'impression, sans pouvoir en être sûre, qu'il remixait de nouveau des versets de l'Evangile. Dans son coin, Grace montrait des signes de nervosité, tandis que Lee restait stoïque. Quant à Jace, il n'allait manifestement pas servir à grand-chose.

— Je crois qu'on a la réponse à ta question, Kate, dit-il. Voyez-vous, monsieur Monson, il y a du sang séché sur les pointes de cette étoile. Il faut qu'on sache à qui il appartient, et comment il est arrivé là.

— Ah oui ? Vous pensez à une sorte de sacrifice, alors ? Je regrette de ne pouvoir vous aider davantage. Merci de votre visite, je suis sûr que Grace et Lee seront heureux de vous recevoir de nouveau, ainsi que votre sœur et le shérif McCord, quand ils seront rentrés de voyage.

L'Etoile Lumineuse se leva. Kate se sentait frustrée et exaspérée, mais comme Jace se leva également, elle fut obligée d'en faire autant. Elle était furieuse de se faire manipuler par cet homme qui avait manifestement une emprise maléfique sur ses cousins.

Elle tourna le dos à l'Etoile Lumineuse et, suivie de près par Jace, se dirigea vers la sortie. Elle sentait le regard du chef de la secte peser sur elle. C'était la même sensation qu'elle avait éprouvée le matin même, quand elle avait cru être suivie.

Kate leva les yeux vers Grace lorsque celle-ci lui ouvrit la porte. L'Etoile Lumineuse venait d'interpeller Jace pour lui dire que ses adeptes avaient besoin d'être protégés quand ils vendaient de l'artisanat sur le marché du week-end. A cet instant précis, alors que personne, hormis Kate, ne pouvait la voir, Grace brandit une étoile à cinq branches au-dessus de son cœur. Elle refit rapidement le geste une deuxième fois, avant de faire disparaître l'objet dans sa main.

Saisie, Kate écarquilla les yeux et faillit trébucher, mais la jeune femme inclina la tête vers la porte, comme pour lui dire de continuer.

Quand Kate passa le portail de la communauté, sous le regard de deux gardiens, les pensées se bousculaient dans son esprit. Grace avait-elle voulu lui transmettre un message d'amitié, ou lui indiquer que son chef spirituel mentait ? Ou bien voulait-elle simplement lui révéler qu'elle possédait, elle aussi, une étoile de ce genre ?

Le geste avait aussi réveillé des souvenirs d'enfance chez Kate. A l'époque, Grace, qui était une voisine et une camarade de jeu des trois sœurs Lockwood, utilisait comme elles ce geste lorsqu'elle s'engageait à garder un secret. *Croix de bois, croix de fer, si je mens, je vais en enfer.*

13

Grant était ravi d'avoir finalement réussi à emmener Kate dans son restaurant préféré de Chillicothe. Le problème, c'était que Todd et Amber se trouvaient là aussi. A vrai dire, le dîner, prévu de longue date, était théoriquement en l'honneur de l'anniversaire de son contremaître. Grant et Todd fréquentaient depuis des années cet endroit dont l'intérieur était entièrement aménagé de bois de leur scierie, des tables aux banquettes en passant par le lambris. Certains clients dînaient ce soir sur la terrasse, mais Grant avait demandé une table à l'intérieur, pour se trouver au milieu du décor de bois.

Ils avaient commencé par évoquer des souvenirs de Paul et à faire des plans pour ses obsèques. Grant et Todd, ainsi que Brad, porteraient le cercueil. La disparition de Paul et le souci de savoir ce qui était advenu de son pendentif adena déprimaient à tel point Grant qu'il craignait d'être un piètre compagnon. Mais Kate, toute nouvelle venue qu'elle était, sut parfaitement trouver sa place au milieu d'eux trois.

— J'adore cet endroit, dit-elle en attaquant sa purée à l'ail.

En entendant Kate passer sa commande, Grant avait aussitôt pris la même chose. C'était une mesure défensive, car il avait envie de l'embrasser plus tard. En espérant qu'elle n'interpréterait pas ses avances comme une autorisation à aller fouiner dans son tombeau, mais plutôt à l'étudier de près, lui.

Todd but une gorgée de bière avant de se tourner vers Kate.

— Grant m'a parlé des étoiles métalliques plantées dans les tombeaux. Il m'a dit que tu étais allée en parler à l'Etoile Lumineuse.

— Exact, mais j'étais avec Jace Miller, et il ne m'a pas vraiment facilité la tâche… Le grand gourou a tout nié, mais il ne m'a pas convaincue.

— Ça me fait penser, dit Amber, que mon père avait donné de vieilles étoiles de shérif et de suppléant à nos enfants. Tu sais où elles sont passées, Todd ?

— Aucune idée. Avec tout le bazar qu'on a dans la maison… Qu'est-ce que tu penses de l'Etoile Lumineuse ?

— Je le trouve très tordu, et franchement dangereux. Je suis persuadée que c'est lui qui a placé ces étoiles sur les tombeaux, pour bénir ou maudire les gens qui y sont enterrés. Peut-être qu'il croit pouvoir sauver les âmes des morts, comme les Mormons. Quoi, Todd ? Pourquoi est-ce que tu regardes Grant comme ça ?

— C'est juste que… tu sembles tellement sûre qu'il y a des morts enterrés dans ces monticules.

— Dans celui des Mason, oui, j'en suis presque certaine. En plus, comme je disais à Grant, il y a des chances pour que les restes soient bien conservés. Les petits tombeaux sont souvent les plus solides, et je n'ai vu aucun signe d'affaissement, ce qui veut dire que le caveau doit être en bon état. Quant à l'Etoile Lumineuse, ce qui me dérange le plus, ce n'est pas qu'il mente au sujet des étoiles — ça, je le comprends, parce que toute intervention sur un tombeau peut entraîner de grosses amendes, ou même une peine de prison —, c'est surtout qu'il ait une telle emprise sur ses fidèles. En particulier mon cousin Lee et sa femme, Grace, qui est une amie d'enfance. Je te jure, on dirait un zombie… Et pourtant, elle a essayé de me faire signe pour me dire qu'elle aussi avait une étoile dorée. Au mieux, l'Etoile Lumineuse leur fait du lavage de cerveau, au pire, il les terrorise.

Et leur communauté est tellement bien gardée qu'il est impossible de savoir ce qui s'y passe vraiment.

— A moins de l'observer depuis le haut, dit Todd.

— Hors de question, rétorqua Grant. Parce que je sais que tu n'envisages pas de louer un hélicoptère.

Todd tambourina sur la table du bout des phalanges.

— Il y a trois grands arbres très rapprochés sur la colline qui surplombe la communauté, au-dessus de Cold Creek. Le bosquet est sur un terrain communal, ce n'est donc pas comme s'il fallait s'introduire sur la propriété de Monson. Je n'y suis monté qu'une seule fois, il y a des années, mais…

— Amber, dit Grant, tu peux raisonner ce fou, s'il te plaît ? Je ne serais pas étonné que Monson lui tire dessus à la carabine et prétende ensuite que c'était un accident de chasse.

Kate mit sa main sur celle de Grant.

— C'est une bonne idée, dit-elle. Il faut absolument qu'on trouve quelque chose à lui reprocher, pour l'utiliser comme levier. Grace et Lee sont trop flippés ou drogués pour cracher le morceau, et leurs enfants sont pour ainsi dire des otages. Les gens sont capables de faire n'importe quoi, quand l'intégrité de leurs enfants est menacée.

— Le problème, intervint Amber, c'est qu'ils sont entrés dans cette communauté de leur plein gré. On est aux Etats-Unis, les gens sont libres de faire ce qu'ils veulent, y compris se mettre en danger. Moi, je trouve que les membres de cette secte ont l'air plutôt satisfaits de leur sort. Il m'arrive de discuter avec eux au marché du samedi : ils n'ont pas l'air de se plaindre.

— Pour en revenir à cette histoire d'espionnage, dit Grant, je crois que tu ferais mieux, Kate, d'aller voir comment notre ami Todd grimpe aux arbres, avant de trouver son idée si géniale.

— Tu sais, renchérit Amber, quand ils étaient enfants, Grant, Brad, Gabe et Paul passaient des heures à jouer dans la cabane de l'érable, tandis que Todd restait tout seul, en haut de l'arbre.

— D'accord, répondit Kate en souriant. Je veux bien assister à une démonstration avant de m'engager davantage. En tout cas, ce ne serait pas ce que j'ai fait de plus bizarre pour obtenir des réponses. Fixons-nous une date, Todd, je viendrai te voir grimper et je te dirai si je me sens capable de t'accompagner.

Grant jugea sage de ne rien ajouter, mais la discussion lui avait gâché la soirée. Malgré l'ambiance chaleureuse et naturelle qui régnait entre eux, il n'était pas le mari de Kate, ni même son petit ami. Et elle lui avait coupé l'envie de lui faire la cour, du moins pour ce soir. Car ce qui l'inquiétait encore plus que ses velléités de grimper aux arbres, c'étaient les choses bizarres qu'elle reconnaissait avoir faites pour obtenir des réponses. Il espérait qu'elle ne parlait pas, par exemple, de le séduire afin de s'introduire dans son tombeau adena.

Le lendemain matin à 10 heures, Carson appela Kate pour lui dire qu'il se trouvait dans un café des nouveaux quartiers du lac Azur.

— J'imagine que Grant est au travail, dit-il. Je peux être chez toi d'ici dix minutes. On va aller regarder ce fameux tombeau de près et essayer de repérer l'entrée. On se retrouve devant la maison ?

— Non, Carson, c'est hors de question. J'ai promis à Grant de ne pas m'y rendre seule.

— Aucun problème, puisque tu seras avec moi.

— Non, je veux dire de ne pas y aller sans lui. En plus, sa femme de ménage vient d'arriver. Je préfère te retrouver au café. Tu ne donnes pas cours à tes étudiants en thèse, aujourd'hui ?

— A 15 heures. Ecoute, Kate, j'ai du nouveau sur l'étoile que tu m'as donnée, mais il faut absolument que tu me fasses entrer dans ce tombeau !

— Je suis obligée de respecter mes engagements envers lui.

— Vraiment ? Ça ne ressemble pas à ma Kate à moi…

— Eh bien, tant pis. A tout de suite.

En raccrochant, elle se rendit compte qu'elle n'avait pas précisé que Grant était furieux contre elle parce qu'elle comptait grimper dans un arbre pour espionner la secte des Hear Ye… ni qu'il cherchait des faux-fuyants pour l'empêcher de fouiller son tombeau.

Elle annonça à Mme McGirty, la femme de ménage, qu'elle partait, et se mit en route. Carson, évidemment, gravitait dans la partie la plus huppée de la petite bourgade. Kate se rendait compte qu'elle était devenue un peu snob, elle aussi, au fil des années passées loin de Cold Creek, mais aujourd'hui elle appréciait sincèrement cet endroit et ses habitants. Elle ne se reconnaissait pas du tout en Lacey, ni ne comprenait son mépris pour la région, surtout venant de quelqu'un qui avait eu la chance d'épouser Grant Mason… Mais voilà qu'elle se remettait à avoir des pensées inappropriées alors qu'elle avait rendez-vous avec Carson, l'homme dont elle avait rêvé pendant des années.

Il lui fit apporter un café comme elle l'aimait à l'instant où elle arriva.

— Tu es très prévenant, dit-elle en l'embrassant sur la joue. Merci.

Elle s'assit à sa table et regarda autour d'elle. C'était la première fois qu'elle venait dans ce café au décor rétro, et il ne lui déplaisait pas.

Carson, en revanche, semblait toujours contrarié par le fait que Kate avait rejeté son plan.

— Comment s'est passée ta rencontre avec le chef de la secte ? demanda-t-il sans sortir l'étoile qu'il avait promis de lui rendre.

— Il a tout nié en bloc, et il a cité un passage de l'Evangile en croyant sans doute que je ne comprendrais pas l'allusion. J'ai fini par le retrouver dans le psaume 8, celui qui commence par : « O Seigneur, notre Dieu, qu'il est grand ton nom par toute la terre », et qui parle des étoiles que le Seigneur a placées dans le ciel. En parlant ainsi, c'est comme s'il se mettait à la place de Dieu. Je me suis rappelé que dans l'Apocalypse, le Christ se décrit comme une « étoile lumineuse du matin ». Monson doit se considérer comme un messie des temps modernes.

— Comme la plupart des leaders de sectes. Ton explication me paraît un peu ténue, mais avec ce genre de déséquilibré, tout est possible.

— Je te jure, Carson, il n'y a pas si longtemps, on l'aurait enfermé dans ce qu'on appelait « l'asile des aliénés », à la sortie de la ville.

— Ah bon ? demanda-t-il, momentanément distrait. Il est désaffecté, je suppose ?

— Ils faisaient des choses atroces là-dedans. Lobotomies, électrochocs, et ainsi de suite… Tout est apparemment en ruine, à part un terrain de jeux pour enfants.

— Une relique intéressante de la culture américaine, comme les tumulus pour la culture adena.

Il avait raison, comme d'habitude. Kate avait beau être intelligente et attentive, Carson avait toujours une longueur d'avance sur elle, et cela lui permettait de la mener par le bout du nez depuis des années.

Il sortit une petite boîte rectangulaire de la poche de son veston. L'espace d'un instant, Kate cessa de respirer. Carson n'allait tout de même pas lui offrir une bague de fiançailles ! Il lui avait déjà laissé entendre qu'il l'envisageait, mais le moment était des plus mal choisis.

Avant de poser la boîte sur la table, il y déplia un mouchoir en tissu impeccablement repassé, comme s'il craignait que la surface de bois ne soit contaminée. Même ici, au milieu d'une clientèle de golfeurs et de membres du tennis-club, Carson paraissait aussi suranné que les meubles des années 1950 qui les entouraient. Son style faisait partie des éléments qui avaient charmé

Kate quand elle était plus jeune, mais elle le trouvait à présent snob et affecté.

— Oh ! dit-elle en ouvrant la boîte. L'étoile !

— Et c'est effectivement du sang humain sur les pointes. Groupe A positif.

— Merci beaucoup, soupira-t-elle. Maintenant, il me reste à convaincre l'Etoile Lumineuse et ses fidèles de me confier leur groupe sanguin.

— Si je voulais écrire un roman d'épouvante, j'inventerais un rapport scientifique affirmant que les Adenas appartenaient majoritairement au groupe A positif. Ce serait leurs fantômes qui auraient déposé ces étoiles pour inviter une certaine Kathryn Anne Lockwood à leur présenter ses respects dans leur dernière demeure. Ces morts-vivants auraient la particularité d'apparaître aux belles femmes qui dorment à proximité de leurs tombes, et qui sont distraites par des hommes qui en détiennent les clés.

Il sourit sans découvrir ses dents et ajouta :

— Les Adenas s'y connaissaient, en travail du métal. Il est vrai que cette étoile est un peu sophistiquée, même pour eux, mais…

— Carson ! protesta-t-elle. Arrête ! Ça suffit !

Ces histoires de morts-vivants lui rappelaient la démarche de la pauvre Grace, et le signe mystérieux qu'elle lui avait adressé. Cette étoile avait-elle été portée en broche, comme le conjecturait Carson ? Grace en portait-elle une ? Et pour quelle raison ?

Devant la mine interloquée de Carson, Kate jugea nécessaire de s'expliquer.

— Je sais que tu es déçu, mais, comme je te l'ai dit, je dois respecter les règles définies par Grant.

— Et mes règles à moi ? Nos règles à nous ? Pourquoi est-ce que ce serait lui qui déciderait de tout ?

— Il faut qu'on reste patients. Le jeu en vaut la chandelle.

— Vraiment ? demanda-t-il. J'ai surtout l'impression que tu commences à y prendre goût.

— Pas du tout. En ce moment, Grant est fâché contre moi parce que j'ai demandé à son ami Todd de me montrer comment il escalade les grands arbres. A vrai dire, j'espère monter avec lui dans un arbre qui donne sur la communauté pour espionner l'Etoile Lumineuse et ses pauvres robots. J'ai prévu de payer Todd pour le faire, car Grant dit que sa famille a toujours du mal à joindre les deux bouts. Ils ont trois enfants.

Carson roula les yeux en secouant la tête.

— Tu ferais mieux de te concentrer sur notre tombeau adena. Mais si tu dois à tout prix partir en croisade contre les cinglés de cette secte, fais bien attention à toi, ma chérie, que ce soit dans les arbres ou sur la terre ferme. Je te veux à mes côtés, intacte, quand toute cette histoire sera terminée.

Il se pencha vers elle et lui prit les mains.

— Kate, je te jure que tu es tout près de trouver le chaînon manquant entre deux grandes cultures préhistoriques. Il te suffirait de découvrir un seul objet commun aux deux cultures pour que les revues les plus prestigieuses s'arrachent tes articles — voire les magazines grand public comme le *Time* ou *USA Today.* J'en ai la certitude. Fais-moi confiance.

De nouveau, elle se reprocha de n'avoir pas parlé à Carson du masque qu'elle avait cru voir par la fenêtre du garage. Elle s'était pourtant promis de le faire, mais elle ne voulait pas qu'il croie qu'elle perdait les pédales — ni qu'elle l'accusait à demi mot, puisqu'il avait encore la copie du masque qu'elle avait réalisée.

— Carson, la prochaine fois que tu viendras, est-ce que tu pourrais me ramener le fac-similé du masque du Beastmaster que je t'avais prêté ?

— Je l'utilise pour mes cours, tu sais. Je vais en avoir besoin très bientôt. C'est urgent ?

— Je peux montrer à Grant ma photo du Beastmaster

du musée danois, mais je pensais que la maquette pourrait l'inciter à ouvrir son tombeau aux chercheurs…

— Bonne idée, ma chérie. Ça t'ennuie si je demande à un de mes étudiants de le copier, lui aussi, pour que je puisse en avoir un exemple ? Je te tiens au courant dès que possible. Et toi aussi.

— Tu sais que je suis obligée d'y aller doucement pour éviter que Grant ne se braque contre nous. Quant à Brad…

— J'ai fait ma petite enquête, coupa Carson en secouant la tête. Il faudrait que Grant soit mort et enterré pour que Brad hérite le moindre centime de la propriété familiale ou d'un droit de décision sur le tumulus.

Cette formulation n'était pas pour plaire à Kate, surtout après la mort récente et suspecte de Paul. Elle glissa sur la banquette pour quitter leur box, mais Carson l'en empêcha en lui attrapant la main.

— Tu te rappelles la citation de W. H. Auden que je fais apprendre par cœur à tous mes étudiants de première année ?

— « L'histoire est, à proprement parler, l'étude des questions ; l'étude des réponses appartient aux anthropologues et à la sociologie. »

— Vingt sur vingt pour mon élève préférée. Prends soin de poser les bonnes questions aux bonnes personnes, Kate. Ensuite, utilise tes connaissances en anthropologie et en sociologie, non en sexologie, pour obtenir ce que tu veux de Grant Mason. Tu comprends ce que je veux dire ?

— J'ai l'impression de comprendre beaucoup plus de choses qu'avant.

— Alors fais-en bon usage, et on reste en contact. Un contact beaucoup plus poussé, la prochaine fois.

Kate fit mine de regarder autour d'elle, comme si elle ne voulait pas qu'on les voie s'embrasser. Puis elle libéra ses mains de celles de Carson et s'éloigna vers la porte.

*
* *

Kate savait qu'elle risquait gros en montrant la carte postale du Beastmaster à Grant, mais tant que Carson refusait de lui rendre la maquette, elle n'avait rien d'autre sous la main. Cette simple photo était tellement saisissante, fascinante, même, que Grant serait presque obligé d'admettre tout le potentiel du tombeau à l'arrière de sa maison. Elle attendit la fin de la soirée, quand ils eurent dîné et pris un dernier verre de vin ensemble, pour aborder le sujet. Grant lui avait même confié quelques souvenirs de son enfance. Kate voyait bien qu'il se demandait ce que faisait son frère ce soir ; il ne voulait pas le garder à l'œil en permanence, mais la relation entre Brad et Lacey le tracassait visiblement. Peut-être la carte postale parviendrait-elle à lui changer les idées.

— J'aimerais te montrer une photo d'un objet funéraire celte, très célèbre, que j'ai vu dans un musée au Danemark…

Ils étaient assis côte à côte sur le canapé, devant la cheminée. Comme il faisait exceptionnellement froid pour une soirée de juin et que des gouttes de pluie sillonnaient la baie vitrée, Grant avait allumé un feu.

— Un objet que tu as découvert ? demanda-t-il en se tournant vers elle. Je croyais que tu travaillais en Angleterre.

— Oui, mais j'ai fait une sorte de pèlerinage jusqu'au Danemark pour voir cet objet. Les Celtes étaient implantés dans tout le Nord de l'Europe, tu sais. Je reviens tout de suite.

Elle s'extirpa du cuir moelleux et alla jusqu'à sa chambre chercher la carte postale. Comme chaque fois, l'image la fascina tout en la glaçant.

— Regarde, dit-elle.

Elle s'enfonça de nouveau sur le canapé, si près de lui que leurs épaules se touchaient.

— Ce chaudron en argent comporte l'une des représentations les plus connues du Beastmaster. On l'appelle ainsi parce qu'il est entouré de toute une série d'animaux qu'il semble commander. Certains chercheurs pensent qu'il s'agit de Cernunnos, dieu celte de la fertilité et de la nature. Les humains sont toujours représentés en tout petit, par rapport à lui.

Grant aspira une grande bouffée d'air ; il n'était donc pas insensible, lui non plus, à la puissance de cet objet ! Il semblait figé sur place, yeux écarquillés, bouche bée.

— C'est magnifique, articula-t-il, mais un peu sinistre. Avec ses cornes et son serpent, ça me rappelle certaines représentations du diable.

— J'y ai pensé, moi aussi. On connaît mal le culte et la signification que lui vouaient les Celtes, mais si seulement je pouvais trouver un équivalent du chaudron chez les Adenas, en particulier une représentation du Beastmaster, cela appuierait vraiment ma théorie du lien entre les… Quoi ? Pourquoi est-ce que tu me regardes comme ça ?

— Il me fait un effet terrible, pas toi ? Avec ses grands yeux vides… Ça ne m'étonne pas que tu aies eu l'impression de le reconnaître en voyant un cerf passer devant une vitre sale.

Kate réprima un soupir. Pourquoi fallait-il qu'il insiste à ce sujet ?

— Les Celtes comme les Adenas étaient de grande taille, reprit-elle comme si elle n'avait pas entendu. Les squelettes qu'on a retrouvés indiquent qu'ils étaient presque géants, entre deux mètres et deux mètres dix. Et les Adenas n'étaient pas tout petits, eux non plus. Mêmes leurs crânes sont grands, du moins ceux qui n'ont pas été brisés. Les sacrifices tenaient une place importante dans leurs rites funéraires.

— Des crânes humains ? Tu veux dire qu'ils faisaient des sacrifices pendant les funérailles de certaines personnes ?

— Oui, peut-être des chefs ou des chamans. Je veux

juste que tu comprennes, Grant, à quel point il est important pour nous tous d'en savoir plus sur ces deux cultures…

Il posa la carte postale sur la table basse et passa un bras autour des épaules de Kate.

— La vérité, professeur Lockwood, c'est que toute cette histoire me donne la chair de poule, peut-être parce que Paul est mort le crâne écrasé, lui aussi. C'est quoi, cette corde autour du cou du Beastmaster ?

— Un torque, dit-elle en reprenant la carte postale. Tu vois, il en porte un deuxième à la main. C'est un anneau rigide qui fait le tour du cou, un peu comme un collier. Un objet honorifique, je pense, qu'on a retrouvé sur des squelettes aussi bien celtes qu'adenas.

— Eh bien, le voilà, ton chaînon manquant ! Tu n'as pas besoin de chercher d'autres images de cet horrible dieu à cornes.

— Oui, mais le fait qu'ils avaient le même type de bijoux ne prouve rien. De même pour les masques, il faut établir qu'ils avaient en commun un masque bien particulier.

— Tu es vraiment une passionnée, dit-il en posant une grande main chaude sur sa nuque pour l'attirer vers lui. Mais, dis-moi, si ces torques, comme tu les appelles, étaient en métal massif, ils les gardaient à vie ?

— Exactement, murmura-t-elle.

Comme une bague de mariage impossible à enlever, pensa-t-elle. Comme celle qu'elle ne voulait pas recevoir de Carson, même si, pendant quelques années, elle n'avait cessé de l'espérer. Mais maintenant qu'elle était tout près de Grant, presque dans ses bras…

Ils se fondirent l'un contre l'autre d'un commun accord. *Tu es vraiment une passionnée*, avait-il dit. Mais le tournis que lui donnait leur baiser correspondait à une passion d'un autre ordre, qui touchait bien plus le cœur que l'esprit. L'espace d'un instant, elle s'accrocha désespérément à ce qu'il lui restait de raison, à ce qu'elle était en train de dire, pour le convaincre de… de quoi, déjà ? Pourquoi avait-elle l'impression que c'était elle qui accomplissait sa volonté à lui ?

A moitié assise, à moitié étendue sur les genoux de Grant, elle l'embrassa en laissant ses mains voyager sur lui. Ils s'enfoncèrent sur le canapé comme s'ils flottaient sur l'océan, serrés l'un contre l'autre de tout leur long, la jambe de Grant appuyée sur elle comme pour l'empêcher de s'enfuir, alors qu'elle n'en avait nullement l'intention. Elle, l'étudiante brillante, l'ambition incarnée, celle dont chacun s'accordait à dire qu'elle irait loin, voilà que tout d'un coup, elle n'avait plus envie d'aller où que ce soit. Mais, l'instant d'après, alors même qu'elle était enveloppée dans les bras de Grant et l'embrassait à perdre haleine, elle se rappela quelque chose que Carson lui avait dit. *Je ne vois pas pourquoi ce serait Grant qui déciderait de tout.* Elle fut parcourue d'un tremblement.

— Kate, chuchota Grant, est-ce que ça va ? Je n'ai pas l'intention de profiter de ta présence chez moi…

— Pour me distraire de mon travail ? réussit-elle à plaisanter. Pourtant, c'est ce que tu fais.

— Si on va plus loin tous les deux, Kate, je ne veux pas que tu le fasses seulement pour me convaincre de te laisser entrer dans le tombeau.

Cette phrase lui fit l'effet d'un seau d'eau froide. Elle s'écarta et se redressa en position assise. Grant repositionna la chemise de Kate, puis ils se regardèrent tous deux.

— Et moi, je ne veux pas que tu croies que ma réaction est une forme de chantage.

Ils étaient si près l'un de l'autre qu'elle voyait son propre visage se refléter dans les profondeurs de ses yeux, sur fond de flammes chatoyantes. Etait-il possible qu'elle ne connaisse cet homme que depuis une semaine ? D'une certaine façon, il était son ennemi… Et pourtant, elle se sentait tellement proche de lui ! Elle eut subitement peur de lui, et peur d'elle-même. Il avait failli la convaincre de le désirer, de l'aimer… et peut-être même de faire passer sa volonté à lui avant ses besoins à elle.

*
* *

Cette nuit-là, Kate ne put trouver le sommeil. Elle ne cessait de repasser dans son esprit ce que Grant avait fait et dit, et certaines remarques de Carson. Pendant un moment, elle contempla le portrait de sa grand-mère, Ada. Cette femme avait un visage si particulier, comme si elle était habitée par un secret impossible à exprimer... Sans savoir pourquoi, Kate éprouvait de l'affection pour cette femme ; elle s'identifiait presque à elle. Au bout d'un moment, elle éteignit sa lampe de chevet, sortit du lit et alla jusqu'à la fenêtre de sa chambre pour regarder le tumulus. Dans le ciel, un mince croissant de lune horizontal ressemblait à un sourire tordu, comme celui du Beastmaster. Elle ne cessait de repenser à Carson et à son histoire ridicule de morts-vivants qui viendraient l'entraîner dans leur sépulture.

Les obsèques de Paul Kettering avaient lieu le lendemain. Il serait enterré selon les coutumes d'aujourd'hui, c'est-à-dire que son corps serait embaumé, placé dans un cercueil puis dans une tombe en ciment creusée à six pieds sous terre et marquée par une pierre. Les Adenas aussi enterraient leurs morts, mais sous des monticules. La mort de Paul était autant un mystère que celle des Adenas du Mason Mound. Kate avait tellement envie de...

Un cri féroce déchira l'air. Il ne venait quand même pas du monticule ! Non, cette voix était indéniablement celle de Grant, à moins que son frère ne soit rentré sans qu'elle l'ait entendu.

Grant était-il malade ? L'appelait-il ? Si Brad était de retour, se disputaient-ils, tous les deux ? Ou bien se faisait-il agresser par un intrus, comme celui qui avait saccagé la maison de Paul et de Nadine ?

Sans prendre le temps de mettre sa robe de chambre ni d'enfiler ses pantoufles, elle attrapa un serre-livres en cuivre sur la commode et se précipita hors de sa chambre, dans la maison obscure.

14

Kate traversa en courant le séjour où luisaient encore les braises de la cheminée. Elle n'avait jamais encore pénétré dans le couloir qui menait à la chambre de Grant. Plusieurs portes étaient entrouvertes, comme de sombres bouches béantes, mais deux d'entre elles étaient fermées.

— Grant ? lança-t-elle. Grant, est-ce que ça va ?

Une porte s'ouvrit. Grant lui apparut et s'appuya contre l'encadrement. Il portait simplement un caleçon noir, ses cheveux étaient en bataille et il avait l'air fatigué. Kate eut envie de le réconforter. Dans la semi-pénombre, elle sentit son regard peser sur elle. Elle croisa les bras sur sa poitrine et s'aperçut qu'elle tenait encore le serre-livres à la main.

— Excuse-moi…, dit-il en secouant la tête. J'ai fait un cauchemar. C'était tellement réel, j'ai dû crier… Notre discussion de tout à l'heure m'a fait penser à ce qu'il pourrait y avoir dans ce tombeau… Je crois que j'ai dû rêver de fantômes, moi aussi.

— Tu n'as pas besoin de t'excuser, répondit-elle. Bienvenue au club.

Mais elle voyait bien qu'il était gêné.

— C'était comme dans les vieux films de momie avec Boris Karloff, dit-il sur un ton plus léger. C'est ta faute, mon cœur, c'est toi qui m'as montré cette maudite carte postale…

Mon cœur ? répéta mentalement Kate.

— Je suis vraiment confuse, dit-elle à voix haute.

Mais pourquoi ne pas former une équipe avec Carson Cantrell et les chercheurs de l'université pour étudier ce tombeau, ne serait-ce que pour en avoir le cœur net ? Beaucoup de ces tumulus ont été ouverts et pillés par des pionniers au siècle dernier, et il ne reste peut-être rien à l'intérieur… Tu n'es pas curieux de savoir si c'est le cas ?

— Il paraît que la curiosité est un vilain défaut. Mais la vérité, c'est que je suis surtout curieux de toi.

Kate, pourtant connue pour son caractère prudent et sensé, ne put s'empêcher de faire un pas vers lui. Elle avait cru que c'était le tombeau adena qui l'attirait comme un aimant, mais elle se sentait liée à cet homme par une force bien plus puissante.

— Oh ! pardon ! dit une voix tout près d'elle. Je ne voulais pas interrompre vos préliminaires.

C'était Brad. Il posa un regard appuyé sur le serre-livres que Kate tenait encore à la main, et ajouta :

— Ou votre scène de ménage ? Quoi qu'il en soit, je rentre dans mes appartements, les tourtereaux. Si vous voulez bien m'excuser…

Kate se sentit extrêmement gênée.

— Grant a fait un cauchemar, expliqua-t-elle, je l'ai entendu crier.

Brad s'adossa au mur, nullement prêt à s'en aller, de toute évidence, en dépit de ce qu'il venait de dire.

— Pas besoin de te justifier, ma jolie.

— J'espère que tu n'as pas conduit dans cet état, dit Grant en s'intercalant entre Kate et son frère. Je croyais qu'on s'était mis d'accord à ce sujet.

— Je n'ai pas conduit ! annonça Brad d'un air triomphant. J'ai une petite amie, figure-toi. Elle m'a déposé devant la porte.

— Tu parles de Lacey ? demanda Grant.

Kate secoua la tête en grimaçant. A présent, Brad risquait de comprendre qu'elle l'avait suivi.

— Les nouvelles vont vite, répondit-il simplement. Eh ouais, mon vieux, je parle de Lacey. En souvenir du bon vieux temps. Des fois, j'ai l'impression que le vilain Brad lui allait mieux que le valeureux Grant, pas toi ?

— Kate, dit Grant d'une voix dure, tu peux retourner dans ta chambre ? Brad et moi avons à parler de plusieurs choses. Ça fait un moment qu'on aurait dû le faire.

Kate ne fut que trop soulagée de s'éclipser. De retour dans sa chambre, elle ferma la porte, mais quelques éclats de voix lui parvinrent néanmoins — surtout de la part de Brad, car Grant ne criait pas. Elle entendit le prénom de Lacey, mais elle comprit qu'ils se disputaient également au sujet de la place de Todd à la scierie. Au bout d'un moment, elle alla jusqu'à la porte sur la pointe des pieds et l'entrouvrit.

— Tu t'en fiches pas mal, des liens du sang, hein ? demandait Brad.

Grant se mit finalement à hausser la voix, lui aussi. D'une manière ou d'une autre, ils en arrivèrent à parler du fait que Todd avait proposé à Kate de monter dans un arbre pour espionner la secte.

— Eh ben moi, je les accompagnerai ! s'exclama Brad. Et j'arrêterai de boire avant, j'espère que tu es content ! Evidemment, tu préférerais sans doute que je tombe de l'arbre… Tu serais débarrassé une fois pour toutes ! Et, s'il te plaît, ne recommence pas à me demander si c'est moi qui ai collé ces foutues étoiles de shérif sur les tombeaux. Si le Mason Mound était à moi, ça fait belle lurette que j'aurais laissé Kate et ses copains déterrer ce qu'ils veulent, à condition qu'ils me laissent ma part du butin pour relancer mon affaire et foutre le camp d'ici !

— Tu veux bien parler moins fort ? Ce n'est pas à toi d'en décider ! Maintenant, je te conseille d'aller cuver ton vin. Je te rappelle que tu es censé aider à porter le cercueil de Paul, demain matin ; je préférerais que tu ne le fasses pas tomber. Il te reste seulement quelques heures pour te reposer, alors vas-y !

Kate n'entendit pas la suite, à part deux claquements de porte sonores.

*
* *

Le lendemain, jour des obsèques de Paul, il faisait un temps magnifique. Grant, pour sa part, aurait trouvé plus approprié qu'il pleuve. Il prit place entre Brad et Todd au deuxième rang des bancs de l'église, derrière Nadine, la sœur de Nadine, et la famille de Paul, dont certains portaient eux aussi le cercueil. Un cercueil fermé, bien sûr ; il n'y avait pas eu moyen de rendre son visage présentable. Grant ne comprenait toujours pas comment cet « accident » avait pu se produire. Jace lui avait appris que le portefeuille de Paul avait été retrouvé sur sa table de chevet : il contenait toutes ses cartes de crédit et de l'argent liquide. Ses fusils n'avaient pas été touchés, eux non plus, et rien n'indiquait la présence de drogue dans la maison.

L'oraison funèbre, prononcée par le pasteur Snell, fut poignante mais brève. Grant sentit des larmes lui venir aux yeux en voyant le tronc que Paul sculptait pour l'église au moment de sa mort, couvert d'anges aux robes tourbillonnantes qui s'envolaient vers les cieux. L'œuvre devait être inachevée, car les anges n'avaient pas de visage, alors que Paul donnait toujours à ses personnages des visages extrêmement vivants et détaillés. Ce qui tracassait le plus Grant, c'était qu'il ne cessait de coller l'effrayant visage du Beastmaster sur un ange dont les bras tendus lui rappelaient des bois de cerf.

A quoi travaillait Paul, au moment de sa mort, à part cette sculpture d'anges et celle qui représentait le chaman adena ? Et surtout : où avait-il caché son pendentif en forme d'aigle ? D'après Kate, l'aigle était un symbole de pouvoir spirituel, pour les Adenas. Paul considérait-il ce magnifique objet sculpté comme une source d'inspiration ? Dans ce cas, il aurait été logique qu'il le cache dans une de ses œuvres, peut-être celle avec les anges, ou celle que Kate voulait acheter. Il se promit de s'éclipser discrètement pendant le repas qui suivrait la cérémonie funéraire, afin de venir examiner celle-ci de plus près.

A la fin du service, six hommes se levèrent pour emporter le cercueil. En passant, Grant aperçut Kate sur un des bancs du fond, avec Amber et sa famille. Au petit déjeuner, Kate lui avait annoncé qu'elle allait regarder Todd grimper à son arbre préféré, le lendemain soir, après la sortie du travail, et qu'elle monterait éventuellement avec lui, le surlendemain, dans un arbre avec vue sur l'enceinte de la communauté. Brad insistait pour être de la partie, et Grant avait accepté à contrecœur d'être présent.

Lacey se trouvait là, elle aussi, aux côtés de ses parents âgés. Il l'avait vue parler à Brad devant l'entrée de l'église. Lacey, comme Kate, le touchait au vif, mais d'une manière évidemment très différente.

Grant balaya du regard les autres visages de l'assistance en cherchant celui d'un inconnu. Avec Jace, ils avaient évoqué le fait que certains meurtriers éprouvaient le besoin d'assister aux obsèques de leurs victimes, parfois même de se rendre sur leur tombe. Et si c'était le cas du meurtrier de Paul ? Ou, pire, s'il ne s'agissait pas d'un étranger, mais de quelqu'un que Paul connaissait — et Grant aussi ?

Ses pensées étaient aussi lourdes que le cercueil sur son épaule. Un corbillard attendait devant l'église, prêt à prendre la tête du cortège funèbre. Après avoir aidé à charger le cercueil dans le véhicule noir, Grant revint jusqu'à sa voiture et s'inséra dans la file en direction du cimetière voisin. Kate était à côté de lui, Brad sur la banquette arrière.

Le personnel des pompes funèbres avait érigé un barnum en toile verte au-dessus de la tombe, même si le soleil était tiède et la brise douce. Grant revit la charpente poussiéreuse, soutenu par des rondins, au plafond du tombeau adena ; il se rappela son odeur terreuse et l'obscurité, rompue seulement par les faisceaux de leurs lampes de poche.

Il faisait ce même temps doux et ensoleillé, le jour où ils y étaient entrés, tous les quatre. Gabe — qui faisait toujours les choses de manière réglo — était absent cette semaine-là ; le père et le grand-père de Grant et de Brad étaient à Cincinnati pour une réunion de professionnels du bois. Sans quoi les garçons n'auraient sans doute jamais osé s'aventurer dans le tombeau.

Le passage qui permettait d'accéder au caveau avait été déblayé des décennies auparavant, quand leur grand-père y était entré. D'après la conversation que Grant avait surprise quand il était enfant, il avait eu du travail pour creuser un accès jusqu'à la salle funéraire. En ressortant, il n'avait pas comblé le passage étroit, mais s'était contenté d'en sceller l'entrée par un tas de pierres et de gravats qui étaient restés là pendant des années, puis avaient finalement été utilisés ailleurs. Il y avait alors planté cette haie d'aubépines, sous laquelle ils étaient passés à plat ventre, tous les quatre.

C'était sûrement dans ce tas de gravats que Brad avait récupéré les pierres pour édifier son cairn dans les bois. Et voilà qu'il prétendait y avoir enterré un chien… qui n'avait jamais existé ! Il lui avait même donné un nom ! Grant n'avait pas voulu révéler à Kate que son frère mentait, car c'était peut-être là qu'il avait enterré sa pointe de flèche adena. Dire qu'à présent c'était l'un de ses meilleurs amis qu'on enterrait !

Ils firent glisser le cercueil sur le cadre qui le ferait descendre au fond de la tombe. Un employé des pompes funèbres y déposa un arrangement de roses et de feuillages portant l'inscription *Epoux et Ami.* De nouveau, Grant parcourut des yeux la petite foule du cortège funèbre, puis son regard se fixa sur le cercueil. D'une manière ou d'une autre, il fallait qu'il se réconcilie avec Brad. La vie était trop courte, trop imprévisible, pour rester brouillé avec un être aussi proche. Faute d'oublier, on pouvait au moins essayer de pardonner. Si possible, il allait essayer d'encourager Kate à se réconcilier avec son père, elle aussi.

Au milieu de la réception qui suivit l'enterrement, Kate chercha Grant des yeux. Il avait passé son temps à saluer des gens et à aider Nadine. Avait-il pu se servir quelque chose à manger, à la grande table du buffet ? Il avait disparu depuis un moment, bien plus qu'il n'en fallait pour aller aux toilettes. Elle se faisait du souci pour lui : même s'il s'efforçait de faire bonne figure, elle savait qu'il se sentait déprimé.

Elle s'occupa en aidant Amber à surveiller ses trois garçons. Todd circulait lui aussi parmi les amis du défunt, et les parents d'Amber étaient rentrés à la maison, car sa mère avait un mauvais rhume. Comme Grant et Todd, Brad avait circulé parmi l'assistance pour saluer ceux qu'il connaissait, mais, à présent, il était assis à une table dans un coin, avec des gens que Kate ne connaissait pas. Au moins, il ne buvait que du café. Lacey était assise non loin de sa table.

— Nadine a l'air de tenir le coup, murmura Amber à Kate. Moi, si je perdais Todd, je fondrais les plombs.

Elle avait prévu du papier et des crayons de couleur pour ses fils, qui engloutissaient des biscuits aux pépites de chocolat tout en dessinant. De temps à autre, ils venaient montrer l'une ou l'autre de leurs œuvres à leur mère et à Kate. Les deux plus jeunes, Aaron et Andy, dessinaient des bonshommes perchés au sommet d'arbres géants, mais l'aîné, Jason, avait dessiné un cow-boy avec un chapeau à large bord, deux revolvers et une grande étoile jaune sur la poitrine.

— Tiens, dit Kate, c'est qui, ça ?

— C'est Gabe ! Le shérif, quoi ! Il a une étoile comme celle que papy nous a donnée, sauf que je la retrouve plus. Elles ont toutes disparu.

— Ton papy t'en avait donné plusieurs ?

— Trois. Une chacun.

— Oh ! Mary Ann, comment allez-vous ? dit Amber.

Elle se leva précipitamment de sa chaise pliante pour saluer une femme qui s'approchait au bras d'un homme très âgé. Kate les avait remarqués pendant la cérémonie.

— Quel plaisir de vous revoir, et votre papa aussi ! poursuivit Amber en haussant la voix. Bonjour, monsieur Custer !

— Il y a pas mal de monde, dit ce dernier en secouant sa chevelure blanche, pour cette triste occasion. J'en ai vu beaucoup, notez, mais c'est ce qui arrive quand on est vieux comme Hérode.

Il indiqua Kate d'un geste et ajouta :

— Je voulais parler à cette demoiselle. J'ai connu son papa, il y a bien longtemps.

Kate se leva pour lui serrer la main. Elle se sentait encore coupable d'avoir snobé son père alors que Tess et Char étaient ravies de le voir.

Amber fit les présentations.

— M. Custer était aussi un ami du père de Grant et de Brad, ajouta-t-elle dans le silence un peu gêné qui suivit.

— Et même de leur grand-père ! proclama le vieil homme d'une voix tonitruante. Quand ils ne travaillaient pas, on allait chasser ensemble dans les bois derrière chez eux. On a ramené de la venaison une bonne paire de fois.

— Kate est professeur d'université, lui expliqua Amber. Elle s'intéresse aux tombeaux adenas de la région.

Elle continuait à s'exprimer d'une voix assez forte, qui fit comprendre à Kate que son interlocuteur était dur d'oreille. Et quand ce dernier répéta aussitôt l'information au sujet de ses parties de chasse avec le grand-père de Grant, elle se rendit compte qu'il avait très mauvaise mémoire, à moins qu'il ne soit carrément sénile.

— J'espère obtenir l'autorisation de fouiller le Mason Mound, derrière chez eux, dit-elle en parlant fort. Et peut-être d'autres tombeaux dans la région.

— Le Mason Mound, vous dites… Le grand-père des gamins y avait jeté un œil… voyons voir… ça devait être en 39. Deux ou trois ans avant qu'on se fasse appeler sous les drapeaux et expédier dans le Pacifique. Je connais des gars qui étaient à Pearl Harbour, mais moi, je me suis retrouvé sur un cuirassé à Iwo Jima. Quand vous avez traversé l'enfer, vous pouvez survivre à n'importe quoi, et voilà comment je suis arrivé à quatre-vingt-douze ans.

Le vieil homme continua à bavarder tandis que sa fille essayait d'abréger gentiment son monologue. Les enfants McCollum se mirent à se chamailler, et Amber dut les calmer. Quant à Kate, son attention s'était fixée sur une phrase prononcée par le vieux M. Custer. Le grand-père de Grant avait *jeté un œil* au tombeau, avait-il dit. Cela signifiait-il qu'il y était entré ?

Elle avait très envie de lui poser la question, car il semblait garder un souvenir assez clair du passé lointain. Mais Mary Ann tirait déjà sur le bras de son père pour l'inciter à saluer d'autres connaissances. Kate fut émue de voir à quel point elle lui était dévouée, et elle se sentit de nouveau coupable envers son propre père. Elle aurait dû parler de lui à cet homme qui l'avait connu. Mais c'était trop tard. Et on ne pouvait se fier à la mémoire d'une vieille personne distraite. Pour confirmer ses propos, le mieux était de poser carrément la question à Grant. Si elle arrivait à le trouver.

Grant était agenouillé dans l'église déserte, devant le tronc sculpté par Paul. Il l'avait renversé pour l'examiner sous tous les angles, en particulier pour regarder sa base, au cas où elle révélerait une trappe où Paul avait pu cacher son pendentif. S'il ne trouvait rien dans cette sculpture, il essaierait de vérifier les autres. Il scruta chaque petite irrégularité du bois, mais rien ne semblait indiquer la présence d'un compartiment secret.

— Grant, est-ce que ça va ?

Il se retourna vivement. Kate s'avançait vers lui dans l'allée centrale. Il fit pivoter l'œuvre pour la reposer sur sa base.

— Ça va. Je me demandais juste comment Paul s'y prenait pour réaliser ses pièces. Je ne l'ai jamais vraiment vu en train d'y travailler.

Elle s'approcha en faisant bruisser sa jupe sur ses jambes nues, et posa une main sur l'épaule de Grant.

— C'est toujours quand quelqu'un n'est plus là qu'on pense aux questions à lui poser.

Il se releva en hochant la tête et s'épousseta les mains. Ils s'assirent côte à côte sur un banc du premier rang et restèrent un moment silencieux.

— J'ai rencontré le vieux M. Custer et sa fille, dit enfin Kate.

— Un vieux de la vieille… Ses ancêtres ont probablement connu les Falls, la première famille de pionniers à s'être installée dans la région.

— Il a dit qu'il connaissait ton père et ton grand-père. Il a même dit que ton grand-père avait jeté un œil au Mason Mound.

Grant lutta pour réprimer son trouble. Sam Custer était donc au courant ! Le père de Grant l'était aussi, puisqu'il avait pris part à la conversation qu'il avait surprise des années auparavant. Son grand-père avait été tellement effrayé par ce qu'il avait vu qu'il n'avait touché à rien. Contrairement à ses petits-enfants.

Il s'éclaircit la gorge et répliqua :

— J'aurais bien aimé que mes parents vivent aussi vieux que Sam Custer. Mais il a tendance à se mélanger les pinceaux en ce qui concerne ses souvenirs.

— Il avait l'air sûr de lui : il dit que c'était en 1939. Il semble avoir une assez bonne mémoire du passé lointain.

— Je crois que ce qui s'est passé, c'est que mon grand-père a cherché à se renseigner sur le tumulus à cette époque. Quand il a appris que c'était un lieu de sépulture, il a décidé de ne pas déranger les morts, et il nous a transmis sa conviction, à mon père et à moi. Après tout, on ne va pas aller fouiller dans les tombes des gens enterrés autour de Paul… Pourquoi est-ce que les anciens ne mériteraient pas le même respect ?

— Pardon d'aborder ce sujet aujourd'hui, Grant. Je me demande juste comment il a fait pour se renseigner. Il ne t'aurait pas laissé des notes, par hasard, à ce sujet ? Des carnets, un journal de bord ?

— Non. Maintenant, il faut que tu arrêtes un peu avec cette histoire, parce que ça devient une véritable obsession. A ta place, j'essaierais plutôt de coincer l'Etoile Lumineuse en flagrant délit de profanation de sépulture, histoire de mettre un coup de pied dans la fourmilière. Et peut-être de faire sortir tes cousins de cette secte sinistre.

— J'en ai bien l'intention. Je sais que tu es en deuil et que tu as beaucoup de choses en tête. Je n'aurais même pas dû t'en parler.

— Merci de ta compréhension. Ton soutien m'est très précieux, Kate, et…

Remarquant une grande ombre sur le mur, il se leva et se retourna. Son conducteur de transpalette, Keith Simons, se tenait derrière eux.

— Tu voulais me dire quelque chose, Keith ?

— Pardon de vous déranger, patron. Je ne vous voyais plus depuis un moment, je voulais juste être sûr que tout allait bien… Mais je vois qu'on prend bien soin de vous. Mes condoléances pour la disparition de votre ami. On se voit au boulot demain.

Sur ces mots, il disparut.

— Il se déplace vite, pour quelqu'un d'aussi costaud, fit remarquer Kate. Et ça me rassure de savoir qu'il est là pour protéger tes arrières.

— On ferait mieux de redescendre avant que les autres ne se mettent à me chercher aussi, dit-il en s'efforçant d'adopter un ton léger.

Kate se leva sans rien ajouter. Elle avait accepté son explication, au sujet de son grand-père qui aurait simplement pris des renseignements sur les tombeaux, mais Grant se sentait minable de lui avoir menti une fois de plus. Une citation lui trottait dans la tête. *O quelle toile enchevêtrée nous tissons, lorsque l'art de mentir nous apprenons...*

Kate prit son bras, et il la reconduisit jusqu'à la porte. Ils ne ressortiraient sans doute jamais d'une église ensemble en tant que mariés : ils étaient trop différents, et leurs objectifs étaient trop éloignés. Il devait prendre garde à ne pas commettre une nouvelle erreur semblable à celle qu'il avait faite avec Lacey.

Cette pensée le troubla brusquement, et il lâcha le bras de Kate au sommet des marches. Il entendait déjà le brouhaha des voix en contrebas. Il avait envie d'aller faire ses adieux à Nadine, et de lui dire qu'il voulait passer regarder les œuvres de Paul et en choisir une ou deux à acheter. Au passage, il en profiterait pour vérifier qu'elles ne contenaient pas son aigle adena. Si seulement ils n'avaient pas touché au contenu du tombeau, ce jour-là !

— J'adore cette vieille église, remarqua Kate en jetant un regard derrière elle. Et j'aime bien la manière dont ils l'ont rénovée, en respectant le passé, mais en le mélangeant à un style contemporain.

Etait-ce une manière oblique de lui dire qu'il devait permettre à ses contemporains d'étudier l'ancien tombeau de sa propriété ? Grant se retourna lui aussi vers l'autel et le crucifix. Il se sentit doublement honteux : non seulement il avait de nouveau menti à Kate, mais il l'avait fait alors qu'il se trouvait au cœur d'une église. L'espace d'un instant troublant, il revit le sanctuaire sombre du tumulus, les deux squelettes principaux entourés d'objets mortuaires, et, tout autour d'eux, le grand cercle de sacrifiés aux crânes fracassés.

15

Le lendemain matin, à sa grande consternation, Kate ne se réveilla qu'en fin de matinée. Elle avait veillé jusqu'à une heure tardive avec Grant et Brad — lequel n'avait pas bu une goutte d'alcool —, à parler de tout et de n'importe quoi, à l'exception du tumulus derrière la maison. Elle avait promis de leur préparer le petit déjeuner, mais ils avaient manifestement décidé de la laisser dormir. A présent, la maison était silencieuse.

Elle enfila sa robe de chambre, partit vers la cuisine et se servit une tasse de café qu'elle but en regardant par la fenêtre. La silhouette conique du tombeau l'appelait, comme elle avait dû appeler les habitants de ce lieu depuis des générations. En particulier, semblait-il, le grand-père de Grant.

Elle chercha quelques instants avant de trouver un mince annuaire corné qui couvrait tout le comté. Amber lui avait dit que Mary Ann, la fille de Sam Custer, n'était pas mariée. Kate supposait qu'elle vivait avec son père. Grant avait eu beau noyer le poisson en insinuant que Sam était sénile, ce qui était sans doute vrai, Kate avait néanmoins envie de lui reparler.

Elle composa le numéro des Custer. Victoire ! Mary Ann vivait dans la maison de ses parents, non loin de chez Grant, et Kate pouvait passer les voir quand elle le souhaitait.

— Hier, je voulais poser des questions à votre père

au sujet du mien, expliqua-t-elle à Mary Ann, mais je n'ai pas eu le temps de le faire.

Force lui était d'admettre que Grant n'était pas le seul à se contenter de demi-vérités. Elle se promit pourtant de tenir parole, et de poser des questions à Sam sur son père. Ce serait peut-être le premier pas pour mieux comprendre non seulement le vieux Custer, mais aussi, enfin, son propre père.

Après l'enterrement, Grant avait parlé à Nadine des sculptures de Paul. Elle lui avait suggéré de passer chez elle, et promis de lui laisser le premier choix parmi les œuvres qu'elle voulait vendre. Elle lui apprit également que Jace Miller l'avait autorisée à reprendre celle qui avait tué Paul.

— Et si je m'arrêtais en route au poste de police et que je te la rapportais ? avait proposé Grant.

Voilà comment il se retrouvait, à présent, en train de pousser, sur l'allée qui menait chez Nadine, une brouette contenant le tronc au chaman. En chargeant la pièce dans son pick-up, il l'avait soigneusement examinée, sans y repérer toutefois de cachette.

— Je ne sais pas comment te remercier, dit Nadine.

Elle lui ouvrit la porte du garage pour qu'il puisse faire rouler le tronc jusque dans l'atelier de Paul. Grant nota que le chaos n'y régnait plus : on avait remis de l'ordre, réarrangé le matériel. Désormais, lorsqu'il penserait à son vieil ami, il se l'imaginerait ici, dans son lieu de travail, ou dans la cabane de l'arbre fauché aussi prématurément que lui.

— Tu sais que celle-ci, Kate veut l'acheter, rappela-t-il à Nadine.

Il fit basculer l'œuvre de la brouette et la déposa précautionneusement à l'endroit qu'elle lui indiquait, au milieu des autres.

— Oui, elle a dit qu'elle viendrait bientôt la chercher. Je ne te cache pas que je serai soulagée de la voir partir.

Elle recouvrit la sculpture d'un grand tablier de travail, et Grant la vit frissonner.

— Ce chaman adena qu'il a sculpté, je l'ai toujours trouvé sinistre, de toute façon... On dirait qu'il garde quelque chose qui est frappé d'une malédiction. J'ai presque l'impression qu'il est revenu à la vie pour tuer Paul.

Grant sentit un frisson le parcourir, lui aussi. Il ne manquait plus que Nadine se persuade, elle aussi, que les Adenas pouvaient se venger des humains qui avaient profané leur dernière demeure ! D'une certaine manière, c'était ce qui avait tué sa grand-mère, Ada.

— Grant, poursuivit Nadine sur un ton fébrile, je ne crois pas à la thèse du suicide. La mort de Paul est forcément un accident, ou pire. Dès que Gabe reviendra de sa lune de miel, je vais lui demander de rouvrir l'enquête. Je ne supporte plus de rester seule ici, la nuit... Ma sœur va venir s'installer avec moi, le temps que je me remette de la... de la disparition de Paul.

— C'est une bonne idée. Sa présence va te faire du bien, j'en suis sûr.

Selon Jace, Nadine était convaincue que la mort de Paul était un meurtre, même si elle refusait de prononcer ce mot. Elle avait été outrée, avait-il ajouté, d'apprendre que Jace avait vérifié son emploi du temps du jour de la mort de Paul auprès de sa sœur et d'un employé de station-service, afin de pouvoir l'écarter de la liste des « personnes d'intérêt ».

« Personne d'intérêt », Nadine l'était précisément pour Grant, non seulement parce qu'elle souffrait d'une maladie grave et avait besoin d'argent et de soutien, mais aussi parce qu'elle pouvait avoir une idée de l'endroit où Paul avait caché son pendentif. Grant supposait qu'il n'en avait jamais parlé à Nadine, sans quoi elle n'aurait plus aucun problème financier. Sauf si elle avait promis de garder à tout jamais ce secret qui remontait à l'adolescence de son mari.

— Tout est en ordre au niveau du testament de Paul ? demanda-t-il. Si tu as besoin d'aide pour quoi que ce soit, déménager des affaires, nettoyer la maison avant de la vendre…

— Qu'est-ce que vous êtes serviables, vous, les frères Mason ! Je vous préviendrai à tous les deux quand je serai prête à vous prendre au mot, parce que Brad insiste pour m'aider à faire le tri des affaires de Paul.

— Votre papa, c'était un sacré bel homme, et un bon vendeur.

Sam Custer était assis en face de Kate dans la pièce que Mary Ann appelait « le petit salon », à l'avant de cette maison où sa famille vivait depuis des générations.

— Il a fait des erreurs en son temps, poursuivit-il, comme tout le monde, mais au fond, c'était quelqu'un de bien. C'était un homme, un vrai.

Kate acquiesça d'un hochement de tête, sans être du tout d'accord. Son père était surtout un homme à femmes, et le pluriel était justifié. Néanmoins, elle écouta attentivement les souvenirs de Sam.

— Sûr que c'était un drame, quand il vous a quittées. Il s'en est voulu, mais comme je dis toujours, les torts ne sont jamais d'un seul côté. Faut être deux, pour briser un mariage.

Kate réprima son désir de prendre la défense de sa mère. Sans doute y avait-il des choses qu'elle ignorait. Et, surtout, elle voulait en arriver au véritable objet de sa visite avant que Sam ne recommence à divaguer sur la Seconde Guerre mondiale. Quand elle put enfin placer deux mots, elle dit en haussant la voix :

— J'ai trouvé intéressants vos souvenirs du grand-père de Grant. Vous disiez qu'il avait jeté un œil au tumulus derrière chez lui, au milieu de votre ancien terrain de chasse. Vous vouliez dire qu'il a carrément réussi à y entrer ?

— Oui, oui, c'est ça. Y en a pas beaucoup qui sont au courant, à mon avis. Il s'était creusé un passage pas très large, à ce qu'il m'a dit. Il a dû déplacer des pierres, de la terre, même des poutres effondrées. Des poutres bien solides, de bois de chêne. Il lui a fallu des années pour se débarrasser des gravats qu'il avait sortis de là... On passait toujours devant, quand on allait chasser. Je ne sais pas ce qu'il a vu, là-dessous, je sais juste que ça lui a fichu une belle frousse. A l'époque, je vous jure, ce bois était farci de gibier. J'ai tiré un beau cerf, là-bas, juste après la fin de la guerre, avec une ramure à douze pointes. La venaison, c'était sans comparaison avec les rations qu'on nous...

Kate hocha de nouveau la tête, mais elle écoutait à peine. Le grand-père de Grant était entré dans le tombeau ! Deux solutions : soit Grant l'ignorait, soit il lui avait menti. Et tant qu'on était à parler de guerre... Si la deuxième possibilité se confirmait, Grant deviendrait automatiquement son ennemi. Et toutes les règles du jeu seraient changées.

— Salut, Carson, dit Kate à l'instant où elle fut mise en contact avec son répondeur.

Elle ne prit pas la peine de s'identifier. Elle était assise au volant de sa voiture, n'ayant pas voulu entrer dans la maison de Grant.

— Il faut que tu me rendes un service, dit-elle à toute vitesse, c'est pour notre cause commune. Je sais que tu as cours aujourd'hui, mais dès que tu auras une minute, tu peux demander à un de tes étudiants d'aller faire une recherche pour moi dans les archives ? L'année dernière, quand je suis rentrée pour Noël, j'étais dans les rayonnages à Kenny Road et je suis tombée sur des rapports du milieu du XXe siècle sur des objets trouvés dans des tumulus. Ils étaient rangés avec des rapports du comté de Falls sur les récoltes, figure-toi. J'ai photocopié certains documents sur le tumulus de Cold Creek, mais je me demande si je n'ai pas raté quelque chose au sujet du Mason Mound. J'ai entendu une rumeur, confirmée par un témoin indirect relativement fiable, selon laquelle le tombeau aurait été ouvert dans les années 1930. Alors si tu peux…

Un bip de la boîte vocale l'interrompit. Peu importait, car elle avait dit l'essentiel. Elle savait que Grant adorait son grand-père, que la perte de sa cabane dans l'arbre avait réveillé de nombreux souvenirs, et qu'il aurait voulu qu'il soit encore là. A présent, Kate aurait aimé pouvoir le ressusciter, elle aussi, parce qu'elle avait beaucoup de questions à lui poser.

A la fin de l'après-midi, Kate se rendit chez Todd et Amber, afin que Todd lui fasse une démonstration de ses techniques de grimpe. Elle était toujours sans nouvelles de Carson.

— Brad et Grant viennent aussi, annonça Amber en lui ouvrant la porte. Nous aussi, on vous accompagne, avec les garçons. Ça leur fait du bien d'entendre les consignes de sécurité, même s'ils sont beaucoup trop jeunes pour monter avec leur père. Je refuse même qu'ils restent au pied de l'arbre à le regarder monter. Si jamais quelque chose tombait de cette hauteur, tu imagines la vitesse, au moment de percuter le sol ?

— J'ai vu qu'ils aimaient bien dessiner Todd au sommet d'un arbre.

— Evidemment. N'empêche que je continue à espérer qu'ils ne suivront pas dans ses traces. Je m'inquiète toujours pour lui, tu sais.

En attendant l'arrivée des hommes, et pendant que les enfants jouaient à l'arrière de la maison, les deux femmes dégustèrent un café accompagné de biscuits au beurre de cacahuète. Grant et Brad arrivèrent ensemble dans le pick-up de Grant. Ce dernier ne semblait toujours pas vouloir que son petit frère conduise. Amber, visiblement ravie d'avoir des invités, les accueillit avec de grands sourires. Kate regretta subitement de ne pas avoir ce don de l'hospitalité. Quand elle était enfant, sa mère ne recevait presque jamais, tant la famille manquait d'argent… à cause de leur père, encore une fois, ce soi-disant « type bien ».

Dans le séjour, Todd sortit un harnais pour leur en montrer le fonctionnement, et leur expliquer comment il grimpait. Il maîtrisait tellement bien son sujet, et en parlait avec tant de vivacité, qu'il rappela à Kate certains des meilleurs maîtres de conférences qu'elle avait entendus au cours de ses études.

— Si tu as un harnais pour moi, j'aimerais bien t'accompagner, dit Brad. Je sais que Grant préfère la terre ferme, et il ne laissera jamais Kate monter aujourd'hui, mais moi, je suis partant. Tu as du matos à me prêter ?

— Bien sûr. L'autre jour, je suis monté avec Keith Simons, il voulait que je l'initie. Il est costaud, à mon avis un peu trop pour recommencer, mais si ce harnais l'a retenu, il te retiendra sans problème.

Grant n'était visiblement pas ravi que Brad fasse l'intéressant. Kate voyait presque ses pensées s'afficher sur son visage : *Brad n'a pas bu. Je ne peux quand même pas contrôler tous ses faits et gestes sous prétexte que je suis son aîné. Son entreprise vient de couler, il traverse un moment difficile. Je suis exaspéré par le fait qu'il fréquente Lacey, d'accord, mais il faut que je la boucle, surtout après notre engueulade d'avant-hier soir.*

Ils sortirent tous ensemble et traversèrent les bois en direction d'un arbre que Todd avait décrit comme son préféré. Amber reçut un appel sur son téléphone et se laissa devancer par les autres. Kate prit la main d'Aaron, le deuxième fils du couple, tandis que Grant portait

Andy, le plus jeune, qui marchait à peine. L'aîné, Jason, marchait devant au côté de son père.

A mesure qu'ils s'enfonçaient dans les bois, Kate vit des troncs d'arbres tombés qui écrasaient la végétation vivante. Comme s'il avait lu dans ses pensées, Grant expliqua :

— Il y en a pas mal qui ont été fauchées par la tempête, il y a deux ans. Quand c'est la nature qui décide, je ne dis rien, mais ceux qui ont abattu mon érable, je suis toujours décidé à les coincer. C'est juste que la mort de Paul est passée avant tout le reste.

— Je comprends, dit Kate.

Cela dit, elle ne comprenait pas pourquoi il faisait obstinément barrage à ses recherches sur le Mason Mound. Etait-ce à cause de son grand-père disparu ? Ce dernier avait-il fait jurer à son fils et à ses petits-fils de ne jamais laisser personne toucher au tombeau ? Qu'est-ce qui avait bien pu lui flanquer cette « frousse » dont Sam avait parlé ? Sûrement pas le risque d'un effondrement, vu que le tumulus semblait intact. Avait-il vu des vestiges humains, à l'intérieur ? Ou plutôt des objets effrayants ?

— Todd est capable de reconnaître une essence d'arbre rien qu'au toucher de l'écorce et à l'odeur des feuilles, fit remarquer Grant. Sans lui, on ne se serait sans doute jamais diversifiés, à la scierie.

— Et c'est reparti, soupira Brad en se retournant. Les grands discours sur l'environnement et la diversité. Je sais, je sais, tu m'avais dit de faire la même chose avec ma papeterie, et je ne t'ai pas écouté. Garde ton blabla écolo pour Lacey, pour la convaincre de te ficher la paix…

— C'est fait, rétorqua Grant. Par contre, toi, je n'ai pas l'impression que tu aies réussi.

Kate s'interposa pour prévenir une nouvelle escalade.

— C'est quoi, les produits que vous vendez en plus du bois et des meubles ?

— Des produits fabriqués à partir de farine de bois, répondit Grant en foudroyant son frère du regard. En gros, c'est du bois pulvérisé, raffiné et rincé, des opérations qu'on ne réalise pas sur place. Je parie que tu ne savais pas, par exemple, qu'il y a de la farine de bois dans les milkshakes sans lactose.

— J'espère que tu plaisantes.

— Non, répondit Grant en souriant. Eau, sucre, arômes et farine de bois. Miam-miam ! On vend aussi de la pulpe de bois à des chaînes comme Starbucks pour fabriquer des gobelets en carton.

— Il ne va sans doute pas te parler des tampons hygiéniques, dit Amber en les rattrapant. Et moi, je ne répéterai pas les blagues de Todd à ce propos. Grant, une amie à qui je parlais à l'instant me dit que tout près de chez son frère, là-haut, sur Shadow Mountain, il y a un gars qui a un attelage de percherons, style amish, qu'il trimballe dans une remorque. Comme Todd m'a dit qu'il pensait que ton arbre avait été évacué par des chevaux de trait…

— Exact. Tu me donneras l'adresse ? Je suis prêt à vérifier tous les tuyaux. Surtout qu'il n'y a pas d'amish dans la région…

Devant eux, Todd s'arrêta sous un chêne géant. Chacun leva la tête vers la cime lointaine.

— Voici le site de la sortie pédagogique, les enfants, dit-il en tapant Brad dans le dos.

— Mais, papa, fit remarquer Jason, oncle Grant et oncle Brad, c'est pas des enfants !

Avec un grand sourire, Todd posa son tas de matériel, s'avança vers Brad et l'aida à sécuriser son harnais.

— J'ai déjà des cordes sur cet arbre, expliqua-t-il en sortant des affaires de son sac à dos, sinon on serait obligés d'en lancer et les assurer.

Il fit une nouvelle démonstration des bloqueurs Jumar qu'il leur avait montrés auparavant, engins munis de poignées auxquelles s'accrocher et de dents prévues pour agripper une corde. Les Juma se fixaient sur un harnais qui entourait les hanches et les cuisses du grimpeur et l'empêchaient de se détacher de la corde. Quand il eut fini d'équiper Brad, il enfila son propre harnais, et les deux hommes s'avancèrent vers les cordes qui pendaient des arbres.

— Tu te pendras par les bras, papa ? demanda Jason.

— Pas aujourd'hui, intervint Amber. Et Todd, je ne veux pas te voir sauter de branche en branche, non plus, même si tu meurs d'envie d'épater ton public.

— Compris, chef, répondit Todd en lui envoyant un baiser. Ne t'inquiète pas. Je vais juste faire prendre un peu de hauteur à Brad, histoire de lui montrer le panorama. Après, si tu es encore d'attaque, Kate, je te proposerai une petite initiation, histoire de te préparer avant de grimper ensemble au-dessus de la secte. Allez, hop, Brad ! En voiture.

— Je n'aime pas du tout ça, chuchota Amber à l'oreille de Kate. Je ne viens presque jamais le voir grimper.

Les deux hommes commencèrent à se hisser à l'aide de leurs bloqueurs, le long de cordes séparées.

— Il fait pourtant ça depuis des années, soupira-t-elle. Il dit que de là-haut, on voit le monde autrement, mais moi, je n'en ressens pas le besoin. Et maintenant qu'on a des enfants, je n'y songerais même pas. Grant, je ne savais pas que Brad aimait vivre dangereusement.

— Tu serais étonnée, dit Grant en gardant les yeux fixés sur les deux grimpeurs. Surtout en ce moment.

— Tu parles de Lacey ?

— Ah, tu es au courant, toi aussi ?

— Je les ai croisés ensemble en ville. Todd m'avait dit qu'il avait peur que Brad lui pique son poste, mais depuis, Brad lui a juré que ce n'était pas le cas, et ils se sont rabibochés.

Grant eut l'air soulagé d'entendre cette version des choses.

— Les garçons, s'écria Amber, venez voir papa grimper !

Les deux cadets accoururent et encouragèrent leur père par des cris et des applaudissements.

— Comme je t'ai dessiné, papa, dans l'arbre ! s'écria Aaron en s'élançant vers la base du tronc.

Grant remit Andy dans les bras de sa mère, rattrapa Aaron et l'entraîna un peu à l'écart.

— Viens, on va se mettre ici pour regarder papa.

— Mais je le vois pas !

De fait, Todd puis Brad avaient disparu dans le feuillage. De temps à autre, ils réapparaissaient entre les branches. Parfois ils se mettaient debout sur l'une d'entre elles, parfois — Brad suivant alors l'exemple de Todd — ils se balançaient dans le vide en repoussant le tronc principal avec leurs pieds.

— Waouuuh !

Un cri de joie filtra jusqu'à leurs oreilles ; c'était la voix de Brad.

Enfin quelque chose qui pouvait regonfler son ego, pensa Kate. Pour une fois, il avait littéralement dépassé son grand frère.

Elle releva les yeux vers la cime de l'arbre et se sentit presque prise de vertige. Sa respiration était bloquée dans sa gorge. Peut-être ferait-elle mieux de laisser Todd monter tout seul au-dessus de la communauté. Elle n'avait jamais eu peur de se faufiler dans d'étroits passages souterrains, mais là… Elle ne put s'empêcher d'admirer Brad. Grant était plus raisonnable, plus prudent. C'était d'ailleurs une qualité chez lui. Mais au bout d'un moment, quand on désirait vraiment quelque chose, il fallait foncer.

A force de regarder vers le haut, elle commençait à avoir mal au cou. Comme Amber et Grant, elle changea de position en continuant à chercher les grimpeurs du regard. Ils étaient très haut, à présent. D'un coup, elle prit deux décisions. Il était sans doute grisant de grimper ainsi aux arbres, mais elle ne le ferait jamais, même pour espionner l'Etoile Lumineuse. En revanche, elle allait continuer à se rapprocher de Grant. En commençant par lui proposer de l'accompagner sur Shadow Mountain, afin d'enquêter sur la disparition de son arbre. Ce faisant, elle s'efforcerait de découvrir pourquoi il ne cessait d'atermoyer au sujet du Mason Mound… et elle trouverait le moyen de s'y introduire.

D'une certaine manière, en entendant Brad exulter, Grant regrettait presque de ne pas être monté avec eux. Mais la grimpe, c'était le domaine de Todd, comme la sculpture était celui de Paul. Quant à Brad, il espérait qu'il y puiserait un nouveau souffle, un sentiment de puissance qui l'empêcherait de se noyer de nouveau dans l'alcool. Et qui lui donnerait autre chose à faire que convoiter le poste de Todd — quoi qu'en dise Amber — et l'ex-femme de son grand frère. Grant n'était pas jaloux, au sujet de Lacey, mais il n'avait pas envie de l'avoir dans les pattes, si les choses devenaient sérieuses entre Brad et elle. Il ne manquerait plus que son petit frère devienne un militant fanatiquement opposé à la coupe des arbres, et se retourne contre l'entreprise que sa famille avait bâtie durant des générations.

— Je viens de me dégonfler, dit Kate.

Le vent soulevait ses cheveux, ses joues étaient nimbées de rose. A cet instant, comme la plupart du temps, elle lui parut si belle, si désirable !

— Tant mieux, répondit-il. Au moins, une chose sur laquelle on est d'accord.

Elle eut un sourire qui semblait un peu forcé. Il la sentait distante, aujourd'hui, presque froide.

C'est alors qu'un cri déchira l'air.

Puis ils entendirent la voix de Todd.

— C'est quoi ce… Nom de Dieu ! Accroche-toi, accroche-toi ! Non, pas à moi ! Là, à ta corde, à ta…

De grands craquements retentirent. Au sommet de l'arbre, les branches et le feuillage tremblèrent. Amber poussa un hurlement. Grant se précipita vers le tronc tandis qu'un corps rebondissait sur les hautes branches et s'abîmait vers le sol.

16

Amber hurla de nouveau. Kate l'entoura de ses bras. Toutes deux restaient clouées sur place, tête levée. Au-dessus d'elles, les branches se brisaient les unes après les autres. Un long cri déchira l'air. Kate crut reconnaître la voix de Brad. Il avait dû tomber.

Au bout d'un moment interminable, ils virent non pas Brad, mais Todd, dégringoler de branche en branche en essayant désespérément de s'accrocher à elles pour freiner sa chute. Mais il parcourut les cinq derniers mètres en chute libre. Grant s'élança vers Todd à l'instant où il heurta le sol. Les deux cadets se mirent à pleurer. Kate les attrapa par la main et les éloigna de leur père.

— Papa ! Papa ! s'écria Jason.

Grant était déjà près du blessé. Amber suivait sur ses talons. Todd n'était pas tombé tête la première, mais s'était écrasé sur le flanc.

La voix paniquée de Brad s'éleva au-dessus d'eux.

— Est-ce que ça va ? Qu'est-ce qu'il a ?

Personne ne lui répondit.

— Il respire, dit Grant à Amber.

— Oh ! mon Dieu, s'il vous plaît, ne le laissez pas mourir ! Comment est-ce qu'il a pu tomber ? Pas mon Todd, c'est impossible !

— Il ne faut surtout pas qu'on le déplace. Kate ! Prends les enfants et le téléphone d'Amber. Retourne à la maison et appelle les urgences dès que tu auras du réseau. Dis-leur qu'il nous faut un hélicoptère. Qu'ils atterrissent dans le pré au sud-ouest de Pleasant Drive, je les retrouverai là-bas. Amber… Amber ! Donne ton téléphone à Kate !

Jason courut jusqu'à sa mère, agenouillé à côté de Todd, et jeta ses bras autour de son cou.

— Jason, dit Grant, écoute-moi. Il faut que tu ailles avec Kate et tes frères chercher du secours pour ton père. Nous, on reste avec lui. Je compte sur toi.

Le visage sillonné de larmes, Amber mit son téléphone dans la main de Kate.

— Viens, Jason ! s'écria Kate. J'ai besoin de ton aide. Viens avec moi, vite !

En sanglotant, le garçon se sépara de sa mère et se tourna vers Kate.

— Prends la main d'Aaron et essaie de nous suivre, dit-elle en luttant pour ne pas pleurer, elle aussi. Moi, je porte Andy. Il faut qu'on appelle un hélicoptère pour emporter votre papa à l'hôpital.

— Ses jambes, elles sont cassées ? demanda Aaron.

— Les médecins vont les réparer, répondit Kate en soulevant Andy dans ses bras.

Elle partit aussitôt à grandes enjambées, jonglant entre l'enfant et le téléphone. Quand elle capta enfin un réseau, elle posa Andy à terre et appela les urgences, parlant fort pour se faire entendre par-dessus ses pleurs. Elle expliqua au standardiste ce qui s'était passé et lui répéta les consignes de Grant.

— Dans un champ au sud-ouest de la maison, répéta-t-elle. Il faudra peut-être le transporter directement à Columbus… Chillicothe ne suffira pas.

Puis elle s'effondra sur l'herbe. Les trois garçons se blottirent contre elle en pleurant tandis qu'elle essayait de les réconforter en leur répétant que tout irait bien. Mais était-ce vrai ? Elle n'arrivait pas à croire que Todd était tombé. Comment était-ce arrivé ? Brad obtiendrait-il finalement le poste de Todd, si ce dernier était trop grièvement blessé pour reprendre son travail ?

*
* *

— Si tu n'arrives pas à redescendre, lança Grant à l'intention de son frère, attends où tu es jusqu'à ce que les pompiers arrivent. Le 911 les envoie toujours en cas d'accident.

— Mais… est-ce qu'il va s'en sortir ?

— Il a perdu connaissance. Ça a l'air grave. Ne bouge pas, d'accord ?

— Je ne comprends pas ce qui s'est passé ! Et ça ne me plaît pas d'être tout seul ici, j'ai la trouille !

Amber tournait frénétiquement autour de Todd, mais Grant l'empêchait de le toucher, en attendant de savoir quels étaient les dégâts. Ses yeux brûlaient de larmes retenues. Son ami ressemblait à une marionnette froissée. Il avait certainement des fractures aux jambes, peut-être à la colonne vertébrale, aussi, même s'il avait réussi à se retourner pour ne pas tomber tête la première. Il était sans connaissance, et une contusion géante gonflait sur son front. Néanmoins, Grant crut voir son pied gauche, tordu dans une position grotesque, se déplacer de quelques centimètres.

Ils attendirent une éternité. Enfin, Jace Miller apparut en courant à petites foulées.

— J'ai entendu l'appel au standard, dit-il en haletant. Je viens de croiser Kate et les enfants. Je n'arrive pas à y croire… Todd, tomber d'un arbre ! Il va falloir que je regarde ses cordes et son harnais. Il a dû se passer un truc.

— Brad était avec lui, dit Grant. Il est encore là-haut, on va avoir besoin d'aide pour le faire descendre.

— Au moins, il pourra nous dire ce qui s'est passé.

— Il dit qu'il ne comprend pas.

Grant se rendit compte qu'il repoussait de toutes ses forces une idée insupportable. Et si quelqu'un avait saboté le matériel de Todd ? Lui qui était toujours tellement prudent ! Il ne serait pas facile de lui enlever ce harnais pour l'examiner et de rechercher des traces de sabotage. Sans doute le garderait-il jusqu'à l'hôpital, où ils le découperaient pour le lui enlever.

Tandis que Jace parlait en criant à Brad, Grant resta agenouillé près de Todd, la main sur l'épaule d'Amber. La femme de son ami tremblait, et des larmes tombaient de son menton vers ses mains jointes en prière.

A l'instant où ils entendirent l'hélicoptère arriver, Grant partit en courant pour le rejoindre. Au loin, il vit Kate et les garçons blottis à mi-chemin entre les bois et la maison. Malgré la panique et la détresse qui l'habitaient, il ne put s'empêcher de trouver qu'elle ressemblait à une mère réconfortant ses enfants.

Il s'élança vers le milieu du pré en agitant les bras. L'appareil se posa dans un grand souffle de vent qui fit onduler l'herbe et voler ses cheveux et ses vêtements. Deux urgentistes sautèrent au sol avec un brancard portable et une sacoche. Avant même que les pales se soient immobilisées, ils couraient déjà derrière Grant en direction de l'arbre préféré de Todd.

Des heures plus tard, encore sous le choc, Kate et Grant étaient assis l'un en face de l'autre dans la cuisine de Todd et d'Amber. Il était 21 heures passées, la nuit était tombée. Les parents d'Amber avaient mis les enfants au lit, et s'apprêtaient à passer la nuit sur place. Kate et Grant avaient promis de garder les trois garçons le lendemain, pour que leurs grands-parents puissent se rendre à l'hôpital universitaire de Columbus, où Todd était soigné. Il était vivant, pour l'instant. On n'en savait pas plus.

Quand le coup de fil d'Amber arriva, Kate crispa ses poings sur les genoux, tandis que Grant se levait pour faire les cent pas en l'écoutant. Amber parlait très vite, et si fort que Kate l'entendait sans peine. Elle se rappela ce qu'elle avait dit le jour de l'enterrement de Paul : qu'elle deviendrait folle si quelque chose arrivait à Todd. C'était le deuxième ami proche de Grant à être la victime d'un drame. Kate priait pour qu'il n'arrive rien à Gabe pendant sa lune de miel avec Tess.

— Les côtes cassées… les deux épaules… les deux fémurs, disait Amber à Grant. La moelle épinière, on ne sait pas encore, ils doivent lui faire un IRM et des scans… Ils parlent de blessures internes. Grant, je n'arrive pas à croire qu'il soit tombé… Pas mon Todd. Est-ce que Brad a réussi à descendre ?

— Les pompiers sont montés à mi-hauteur et l'ont guidé jusqu'au sol. Tu as besoin d'aide, Amber ? Tu veux que je vienne te tenir compagnie cette nuit ?

— Ça ne servirait à rien pour l'instant. Peut-être plus tard. Mais si tu pouvais aider mes parents à garder les enfants demain… Ils doivent venir m'apporter des affaires.

— Ecoute, Amber, il faut que tu prennes soin de toi pour pouvoir t'occuper de Todd pendant sa convalescence. Et on a déjà prévu, avec Kate, de garder les enfants demain. Il n'y a aucun problème, évidemment.

— Je ne sais pas comment on va faire, sans son salaire.

— C'est le moindre de tes soucis. Il est assuré pour tous les accidents, sur son lieu de travail comme en dehors. Il continuera à toucher son salaire, et des indemnités en plus. Ne t'en fais pas pour ça.

— De toute façon, j'imagine que… que Brad pourra le remplacer, en attendant.

Kate vit Grant redresser brusquement la tête, comme si l'idée que Brad puisse bénéficier de la situation ne lui était pas encore venue à l'esprit. Amber, pour sa part, continuait à parler.

— Tu remercieras Kate pour moi, au passage… Le médecin des urgences a dit que c'était un miracle que Todd ait réussi à se retourner pendant sa chute. Apparemment, quand on tombe de si haut, on atterrit presque toujours sur la tête. Dieu soit loué, il aurait pu avoir le crâne brisé.

Comme Paul, pensa Kate.

Grant s'adossa au plan de travail et croisa son regard.

Il dut se douter qu'elle avait entendu, parce qu'elle avait porté les deux mains à sa bouche dans un geste d'horreur.

Et lui, qui était resté tellement fort tout au long de cette épreuve, s'effondra subitement sur une chaise. Il ne dit même pas au revoir à Amber, mais raccrocha avant que Kate ne réussisse à s'emparer du combiné, de ses mains tremblantes.

— C'est comme si leurs fantômes nous poursuivaient, chuchota-t-il, se parlant à lui-même.

Il se leva d'un bond et s'éloigna vers la salle de bains, au bout du couloir. Il ferma la porte, mais cela ne suffit pas à étouffer le sanglot douloureux qu'il laissa échapper.

Grant pensa, le lendemain matin, qu'il était amplement temps de dire la vérité à Kate, au moins sur certains points. Au sujet de sa grand-mère, par exemple. Cela la convaincrait peut-être d'abandonner ses recherches sur le tumulus. Après tout, Kate aussi avait été « hantée » par une apparition qu'elle avait prise pour le Beastmaster. Quoi qu'il en soit, il devait absolument lui donner une explication au sujet des fameux fantômes dont il avait parlé la veille.

Il ne fallait surtout pas qu'elle se rende compte qu'il parlait d'une malédiction qui aurait causé la mort de Paul et de Todd, sans quoi elle voudrait à tout prix en savoir plus, et ne cesserait de le sonder, à défaut de pouvoir sonder le tumulus. De toute façon, il ne croyait ni aux fantômes, ni aux malédictions. Un de ses proches était mort d'une fracture au crâne, un deuxième l'avait évitée de justesse. Certains des cadavres auxquels ils avaient volé des objets, dans le tombeau adena, avaient eu le crâne fracassé, eux aussi, mais c'était simplement une sinistre coïncidence. Hors de question de souscrire à cette thèse de la vengeance d'outre-tombe, qui aurait voulu dire que Brad ou lui serait la prochaine victime !

Non, il devait absolument une explication à Kate… et à lui-même.

Après avoir emmené les enfants manger un Happy Meal au McDo, ils remontèrent en voiture et prirent la direction du terrain de jeux aménagé dans le parc de l'hôpital psychiatrique du comté de Falls, anciennement appelé « asile des aliénés » et désaffecté depuis des années. Un riche entrepreneur originaire de Cold Creek avait légué à la ville de quoi acheter un ahurissant ensemble de balançoires, de toboggans et de cages aux écureuils destinés aux enfants défavorisés de la région. Pour Kate et Grant, il était hors de question d'aller se promener dans les bois aujourd'hui ; ils ne voulaient même pas s'en approcher. Ils avaient tous besoin d'espaces ouverts.

— Ces bâtiments en ruine, ça rend Gabe dingue, dit Grant en se garant près du terrain de jeux. Il y a des panneaux *Défense d'entrer* partout, mais toutes sortes de gens viennent s'y balader dans l'espoir de voir des fantômes. Il y a des graffitis partout. Il nous faudrait un autre riche bienfaiteur pour transformer tout ça en colonie de vacances, en ateliers d'artistes ou je ne sais quoi… Paul parlait d'y créer une résidence d'artistes. Malheureusement, l'Etoile Lumineuse a fait une offre très généreuse à la ville pour acheter une partie du terrain et y installer sa communauté.

— Un hôpital psychiatrique, c'est l'endroit parfait pour lui et tous ceux qui lui font confiance, y compris mon cousin Lee et sa femme. Je vais devoir trouver un autre moyen de recueillir des informations, ou alors me débrouiller pour parler en privé à Grace et lui tirer les vers du nez.

— Au départ, l'offre de l'Etoile Lumineuse a été refusée, mais il a défendu son dossier en accusant les élus locaux de discrimination religieuse. En tout cas, c'est ce que m'a dit un ami qui siège au Sénat local.

Kate se contenta de secouer la tête. Pour une fois,

Grant constata avec étonnement qu'elle ne trouvait rien à répondre.

Ils poussèrent les enfants sur les balançoires et les regardèrent glisser sur des toboggans en spirale et ramper dans des tunnels de bois. Après quoi les garçons voulurent se laisser rouler le long d'une petite pente qui descendait vers l'ancien cimetière de l'asile. Un monticule et un cimetière : le cadre se prêtait parfaitement à ce que Grant voulait dire à Kate.

En attendant le moment propice, il s'assit sur un banc à côté d'elle. Le petit Andy s'endormit sur les genoux de Kate pendant que ses deux grands frères remontaient inlassablement au sommet de la pente, puis se laissaient descendre en roulant. De nouveau, Grant fut frappé par la manière naturelle et assurée dont elle s'occupait des enfants. Kate la cérébrale, l'universitaire, la chercheuse, ressemblait tout d'un coup à une jeune épouse et mère. Ce qui ne l'empêcha pas d'affirmer, après un simple coup d'œil à la petite colline sur laquelle jouaient les garçons, que ce n'était en aucun cas un ouvrage adena.

— Tu m'as posé des questions sur ma grand-mère, l'autre jour..., dit finalement Grant.

Il garda les yeux sur Jason et Aaron, dont les silhouettes ne cessaient de lui rappeler sa propre enfance, avec ses amis d'autrefois.

— Oui, répondit Kate. Quel dommage qu'elle soit morte si jeune, et que tu saches si peu de choses à son sujet...

Grant ne savait pas bien par où commencer. Il décida de se jeter à l'eau.

— En fait, elle est morte ici.

— Ici ? Qu'est-ce que tu veux dire ?

— Ici, dans cet asile. Ou plutôt dans l'hôpital psychiatrique. Tu avais remarqué son regard particulier, sur cette photo accrochée dans ta chambre. Je pense qu'elle était ce qu'on appelle aujourd'hui bipolaire. En tout cas, elle entendait et voyait des choses qui n'existaient pas.

— La pauvre ! Quoi, par exemple ?

— Par exemple ce qu'elle appelait des Indiens sortant du tumulus pour venir la tuer.

— Oh ! s'exclama Kate.

Le petit Andy, qui dormait dans ses bras, remua subitement, mais elle l'apaisa d'une caresse.

— Elle avait des hallucinations au sujet du tombeau qui se trouve derrière chez vous ?

— Oui. Le problème, c'est que son arrière-grand-mère avait été massacrée avec sa famille par des Indiens. Je crois que cet épisode a nourri sa psychose.

— Grant, est-ce que ton grand-père est entré dans le tombeau avec l'espoir de lui prouver qu'il n'y avait rien à craindre ?

La conversation ne prenait décidément pas la tournure que Grant espérait.

— Tout ce que je sais, Kate, ce sont des bribes que j'ai entendues par hasard quand j'étais petit. L'état mental de ma grand-mère, on n'en parlait pas tous les soirs à table, encore moins avec les gens de l'extérieur, mais tu m'as parlé d'elle et je voulais que tu saches ce qui lui était arrivé.

— Qu'est-ce que tu sais de plus à son sujet ?

— Elle a été internée ici au début des années 1970, mais les soins qu'elle a reçus n'ont pas eu l'air d'améliorer son état. On lui a fait des électrochocs qui ont peut-être même aggravé sa maladie. En 1974, elle a échappé à l'infirmière qui la surveillait et s'est jetée par-dessus la rampe d'escalier du quatrième étage. Elle s'est brisé le cou… et le crâne aussi. D'après ce que j'ai compris, l'infirmière a finalement avoué à mon père et à mon grand-père qu'elle hurlait que les sauvages étaient de nouveau à ses trousses. C'est à peu près tout ce que je sais. Elle était incapable de s'enlever ce tombeau de la tête, et elle en est morte. C'était une véritable obsession, qui a détruit sa santé mentale.

Kate le regarda en plissant les yeux.

— Ton grand-père ne pouvait pas l'emmener vivre

ailleurs, à un endroit où elle n'aurait pas eu ce tumulus sous les yeux ?

— Il a essayé à un moment de s'installer chez les Custer, sa famille à elle, mais ça n'a pas aidé, et il n'avait pas la possibilité de déménager plus loin. Il devait rester près de la scierie pour la faire tourner.

— Du coup, c'est sa femme qui a dépéri. C'est vraiment dramatique, ce qu'on considérait autrefois comme des maladies mentales... Beaucoup de femmes étaient internées alors qu'elles souffraient simplement de dépression post-partum, de la ménopause, ou même de crises d'épilepsie. Ta grand-mère est enterrée ici, dans ce cimetière ?

— Non, dans le tombeau familial, avec mon grand-père et mes parents, pas loin de l'endroit où on a enterré Paul. Mais c'est une autre raison pour laquelle je préfère qu'on ne touche pas au tumulus. C'est une façon pour moi d'honorer sa mémoire.

— Je ne peux pas m'empêcher de me demander s'il n'aurait pas mieux valu pour elle qu'on ouvre ce fichu tombeau et qu'on le vide de son contenu.

— Allez, dit soudain Grant, on va ramener ces trois jeunes à leurs grands-parents, et prendre des nouvelles de Todd. J'ai envie d'appeler Jace, aussi, pour savoir s'il a vu quelque chose de suspect sur le harnais qu'il a récupéré à l'hôpital. Qui sait, peut-être qu'il avait un défaut de fabrication ? Ou même un problème d'usure, avec tout le temps que cette andouille passait dans les arbres...

En son for intérieur, il s'avoua qu'il le souhaitait contre tout espoir. Parce qu'en dépit du fait que Brad était un novice en matière de grimpe, et qu'il avait été visiblement affecté de rester tout seul au sommet de l'arbre, il avait d'excellentes raisons de vouloir s'en prendre à Todd. Et Todd, juste avant de tomber, lui avait crié de ne pas s'accrocher à lui...

— Merci de m'avoir parlé d'Ada, dit Kate. Ses peurs étaient sans doute liées au drame de son ancêtre. Elle a payé son obsession très cher, c'est une histoire tragique… D'une certaine manière, je suis aussi hantée par les Adenas, même si j'espère que, chez moi, ça ne frôle pas l'insanité.

Elle porta Andy jusqu'à la voiture, tandis que Grant récupérait les deux autres enfants et la rejoignait. Il n'était pas certain qu'elle ait compris le message qu'il cherchait à lui faire passer. Comme d'habitude, elle avait réussi à retourner ses arguments contre lui. Mais sur ce point, il n'allait pas céder. Il était hors de question de lui révéler les raisons pour lesquelles le tumulus l'obsédait, lui aussi, et hors de question qu'elle l'ouvre, malgré toute la place qu'elle commençait à occuper dans sa vie et dans son cœur.

Le pire, c'était que si quelqu'un de l'extérieur savait que les quatre amis avaient dérobé des objets inestimables aux Adenas, Grant craignait fort d'être le prochain sur la liste des victimes.

17

— Bonjour, ma chérie ! dit Carson à l'instant où Kate décrocha. J'ai eu ton message et j'ai aussitôt envoyé une étudiante aux archives. Elle a tout passé au peigne fin, mais n'a rien trouvé au sujet du Mason Mound.

Kate poussa un grand soupir de déception. Il lui sembla que des siècles s'étaient écoulés depuis l'époque où elle était l'assistante de Carson et qu'elle exécutait ses quatre volontés. C'était à lui d'être à sa disposition, maintenant… à moins que, sans s'en rendre compte, elle ne suive toujours ses ordres ?

On était dimanche après-midi, et elle était en train de changer de vêtements, après son retour de l'église, quand son téléphone avait sonné. A présent, elle marchait de long en large dans la chambre, en soutien-gorge et en culotte, tandis que Carson parlait de différentes idées pour une conférence à laquelle il avait été invité en Californie. De temps à autre, elle plaçait une remarque aimable, mais ses pensées étaient ailleurs.

Elle était seule dans la maison avec Grant, censé leur préparer un repas sur le pouce. Brad avait assisté au service religieux, assis au fond de l'église avec Lacey et ses parents, puis il était parti avec elle. Elle était carrément passée le chercher à la maison, en klaxonnant pour qu'il sorte, comme s'il était un adolescent.

Au moment où son téléphone avait sonné, Kate contemplait la photo de Hiram et Ada Mason, les grands-parents de Grant, regrettant de ne pouvoir remonter dans le passé pour leur poser des questions. Pauvre Ada ! Kate éprouvait une véritable empathie pour cette femme qui souffrait d'hallucinations. Elle gardait un souvenir encore vif et effrayant du Beastmaster qu'elle avait cru apercevoir par la fenêtre du garage. Parfois, au milieu de la nuit, son visage lui réapparaissait brusquement, éclats d'images vacillantes qui transperçaient l'obscurité. Comme Ada, Kate avait l'impression d'être hantée.

Elle s'éclaircit la gorge et expliqua à Carson que son idée de chercher dans les archives n'était qu'un tâtonnement en pleine obscurité.

— Tout est comme ça, ici, dit-elle. Je donnerais n'importe quoi pour être en train de fouiller le Mason Mound avec une équipe de chercheurs.

— Kate, pour l'amour du ciel, tu vis avec l'homme qui en détient les clés ! Quand il n'est pas là, va examiner le monticule. Si tu réussis à identifier le côté qui fait face à une ancienne source d'eau, tu n'auras aucun mal à situer l'entrée. Un simple sondage te permettra de savoir si c'est un passage horizontal, ce qui nous faciliterait grandement la tâche. En attendant, si quelqu'un y est entré au siècle dernier et a refermé le passage, rien ne t'empêche d'en faire autant. Si l'accès a été récemment dégagé, ce sera un jeu d'enfant.

— Carson, c'est hors de question ! Grant me fait confiance. Il m'a aidée, il m'a accueillie chez lui…

— Oui, oui, je sais… N'oublie pas, Kate, qu'il s'agit du savoir humain et de la conservation de l'histoire de notre espèce.

Il se remit à parler de son propre travail, et promit de lui envoyer un article qu'il venait de publier au sujet des tombes étrusques en Italie, qu'il lui conseillait de lire et de « prendre à cœur ».

Kate soupira, et ses pensées se remirent à errer. Carson… L'Italie… Tout cela lui semblait tellement loin de Grant et de Cold Creek ! Elle était presque certaine que l'entrée du Mason Mound était cachée derrière la haie d'aubépines fanée. Ces buissons épineux paraissaient très vieux, presque mourants, et elle n'aurait aucun scrupule à les couper. Elle n'avait pas remarqué d'autres aubépines dans la région ; pouvait-elle en déduire qu'Hiram Mason les avait plantées à cet endroit, soit pour prouver à la pauvre Ada que l'entrée du tombeau était bien scellée, soit pour s'assurer que personne d'autre n'y pénétrerait après lui ? Mais si elle les abattait ou demandait à les déterrer, Grant risquait de lui interdire carrément l'accès au tumulus.

De deux choses l'une : il ignorait que son grand-père y était entré, ou bien il lui mentait depuis le début. En même temps, Kate était persuadée qu'il tenait à elle. Pourquoi voulait-il à tout prix l'empêcher d'étudier ce monument de la préhistoire ? Respectait-il simplement l'engagement qu'il avait contracté vis-à-vis de son père et de son grand-père ? Ou bien avait-il autre chose à cacher ?

— Et toi, dit enfin Carson, quel est ton programme pour aujourd'hui ?

— On arrive juste de l'église. Entre le mariage la semaine dernière et l'enterrement de Paul Kettering, j'ai l'impression d'y passer ma vie…

— Je te comprends ! J'ai du mal à croire que je parle à Kathryn Lockwood, la fervente athée qui travaille tous les dimanches sans exception !

Kate fut agacée par ce commentaire. Le pasteur Snell avait prononcé une prière très émouvante pour la guérison complète de Todd, dont on savait maintenant qu'elle nécessiterait de longs mois, peut-être même des années, avec des plâtres, un fauteuil roulant et des séances de rééducation intensives. Les bonnes nouvelles, c'est qu'il était vivant et que son cerveau n'avait pas été touché. Kate, pour sa part, était ravie d'avoir fait une bonne action en contactant une amie qui vivait près du campus de Colombus et qui avait accepté d'accueillir Amber pendant l'hospitalisation de Todd, pour lui éviter de faire des allers-retours en voiture ou de payer un hébergement. D'autres membres de la famille de Todd et Amber étaient arrivés pour s'occuper de Jason, Aaron et Andy ; Kate s'était d'ailleurs rendu compte, avec un peu de surprise, que les trois garçons lui manquaient. Mais il était inutile d'essayer de l'expliquer à Carson, vu qu'elle ne se l'expliquait pas à elle-même.

— Bref, reprit ce dernier, pour en revenir à nos affaires... Moi aussi, j'aimerais que tu sois déjà en train de fouiller le tumulus, mais cela arrivera d'une manière ou d'une autre.

— Qu'est-ce que tu veux dire ?

— Je vais chercher un sénateur pour faire passer une loi qui donne la prééminence à l'amélioration du savoir sur la propriété privée, histoire de mettre la pression à Grant Mason. Les Adenas dorment là-dessous depuis des siècles, ils peuvent attendre encore un peu, mais je compte sur toi pour décrocher les clés de la forteresse. Si Grant refuse de laisser entrer une équipe entière avec tout le matériel, qu'il te laisse au moins y aller seule. Ça te paraît jouable ?

— C'est compliqué.

— A quel niveau ? J'espère que ce sont ses sentiments à lui qui compliquent la situation, pas les tiens.

Kate ne trouva rien à répondre. Que ressentait-elle, au fond, pour Grant, pour cette ville, pour les nouveaux amis qu'elle s'y était faits, pour les adorables enfants des McCollum ?

— Au fait, poursuivit Carson, je dois te rapporter ta reconstitution du masque du Beastmaster. Ma meilleure étudiante en thèse m'en a fait une copie. Je pensais descendre en voiture ce soir. On dîne ensemble ? Peut-être tous les trois, avec Grant, pour parler de l'éventuel chantier de fouilles ?

Kate hésita.

— J'aimerais récupérer le masque, mais...

— Mais pas me récupérer, moi ?

— Je n'ai pas dit ça. Le problème, c'est qu'avec Grant

on donne un coup de main pour garder les enfants d'un ami à lui qui a fait une mauvaise chute du haut d'un arbre.

— Pendant que les bûcherons de la scierie l'abattaient ?

— Non, ce gars-là monte aux arbres dans son temps libre, et il était en train de donner une leçon de grimpe à Brad Mason. Il a été grièvement blessé, il est d'ailleurs hospitalisé à Columbus.

— Et toi, tu te retrouves à jouer les baby-sitters ? Permets-moi d'en rire…

— J'ai aidé ma mère à élever mes deux sœurs, tu sais. Et c'est la moindre des choses, vu les circonstances.

— O.K., O.K., j'ai compris. Je ne suis pas le bienvenu à Cold Creek en ce moment. Je vais demander à mon assistante, Kaitlyn Blake, de descendre demain en fin de journée t'apporter le masque et une copie de mon dernier article. J'espère néanmoins que tu vas bientôt trouver un créneau dans ton emploi du temps surchargé pour ton ancien mentor, qui espère devenir bien plus pour toi. Quoi qu'il en soit, Kate, je compte sur toi pour nous faire entrer dans ce tombeau, ou tout au moins pour y entrer seule. Rappelle-moi quand tu distingueras la forêt de l'arbre, si je puis me permettre.

— Entendu, répondit froidement Kate.

Mais la vérité, c'était que pour la première fois depuis qu'elle avait rencontré Carson Cantrell, douze ans auparavant, elle était décidée à faire les choses — des choses qu'il désirait, certes — comme elle l'entendait.

Quand Kate rejoignit Grant pour déjeuner dans la cuisine, elle vit tout de suite qu'il avait quelque chose à lui annoncer.

— J'ai peut-être une idée pour essayer de savoir ce que Grace Lockwood voulait te dire, quand tu étais dans le sanctuaire de l'Etoile Lumineuse.

En dépit du ciel maussade, chargé de nuages de pluie, ils avaient prévu d'aller faire un tour sur Shadow Mountain à la recherche des fameux chevaux de trait, histoire de savoir à qui ils appartenaient et à quoi ils pouvaient bien servir sur ces pentes raides et rocailleuses. Mais la proposition de Grant changeait tout.

— Grace ? Vraiment ? Tu crois qu'on peut la voir aujourd'hui ?

— Pas si vite. On est le jour du Seigneur, et ce n'est même pas la peine d'essayer de parler à un membre de la secte, à part peut-être du sermon que l'Etoile Lumineuse a fait ce matin. Par contre, Keith Simons, mon conducteur de transpalettes, est peut-être le chaînon manquant.

— Le grand type qui te sert presque de garde du corps ?

— Exactement. Il est devenu un ami.

Il posa une assiette de pain, de viandes froides et de fromage sur la table de la cuisine.

— La semaine dernière, il m'a dit qu'il faisait réparer une clôture sur sa propriété par ton cousin Lee. Si on passait ensemble chez les Simons, en mi-journée par exemple, tu pourrais essayer de lui parler.

— Génial. Même si j'aurais préféré parler à Grace. Lee semble beaucoup plus renfermé qu'elle… Il sera tout seul, ou avec un autre membre de la secte ? Je préférerais lui parler seule à seul. Tu peux nous arranger un rendez-vous pour demain ?

— Doucement ! Je vais déjà appeler Keith, et on verra à partir de là.

— Dis à sa femme que j'apporterai de quoi manger. Je passerai en ville chercher des plats à emporter avant d'y aller. Qu'elle ne soit pas obligée de nous préparer un repas. Est-ce que Keith est le frère de la standardiste qui sortait avec Gabe, autrefois ? Tess m'a dit que Gabe avait arrêté un de ses frères, qui travaillait pour toi.

— C'est juste. D'ailleurs, les frères de Keith détestent Gabe et m'en veulent, à moi aussi. Lui, par contre, il est devenu mon bras droit après Todd. Il m'est resté fidèle quand Jonas est allé en prison, alors que l'autre frère, Ned, a aussitôt quitté la scierie. Il a l'air taciturne, mais il est très ambitieux et rien ne lui échappe. Si je demande à Brad de remplacer Todd au pied levé, ce qui semble de plus en plus probable, Keith lui sera d'une aide précieuse. Quant à Velma, sa femme, elle a le fameux sens de l'hospitalité appalachienne, et serait sans doute outrée qu'une invitée apporte ses propres victuailles. Il vaudrait mieux lui apporter un cadeau plus tard, si tu y tiens vraiment. En parlant de déjeuner, on s'y met ?

Il lui adressa un clin d'œil qui fit remonter en flèche le moral de Kate. En dépit de tout ce qu'il venait d'endurer, Grant faisait preuve d'une irrépressible force intérieure. Comme un grand arbre aux racines puissantes, qui, espérait-elle, ne pourrait être abattu comme venaient de l'être deux de ses meilleurs amis.

Il leur fallut une demi-heure pour monter sur Shadow Mountain, pendant laquelle ils reparlèrent de l'accident de Todd. Un sujet certes déprimant, mais qui, de l'avis de Grant, était largement préférable à une nouvelle discussion sur le Mason Mound.

Jace Miller avait récupéré le harnais de Todd à l'hôpital et l'avait examiné. Malheureusement, rien ne permettait de dire si les accrocs, les déchirures et les multiples coupures dataient d'avant ou d'après sa chute. Pour compliquer les choses, l'équipe des urgences ne se rappelait plus combien de coupes elle avait pratiqué sur l'objet pour en dégager Todd. Selon Brad, Todd avait repéré un problème et tenté de basculer sur une autre corde, mais *quelque chose avait cédé*. Ce quelque chose, c'était le harnais de Todd, non la corde, comme l'avait d'abord cru Jace. Todd n'avait repris connaissance qu'à l'hôpital, après son opération ; il ne se rappelait aucun détail de son ascension ni de sa chute. La dernière chose dont il se souvenait, c'était d'être arrivé au pied de l'arbre avec les autres.

Vu sa grande expérience, l'hypothèse du sabotage

semblait plausible. Jace avait interrogé Brad, mais ce dernier n'avait pas eu accès au matériel de Todd, et n'y connaissait absolument rien. Même s'il avait un bon mobile pour se débarrasser de Todd, Jace avait conclu à un accident, au grand soulagement de Grant.

Sachant à quel point Jace était occupé, entre l'enquête sur la mort de Paul et celle sur l'accident de Todd, Grant n'avait pas jugé utile de lui dire qu'il allait vérifier une information relative à des chevaux de trait élevés en pleine montagne.

— Shadow Mountain…, dit Kate songeusement. Ça lui va bien, comme nom. Comme si le voleur de ton arbre se cachait dans l'ombre de cette montagne. Même s'il pleut un peu moins que tout à l'heure, on se croirait dans un conte des frères Grimm, avec une sorcière dans les bois et un ogre sous les ponts.

— Eh bien, c'est gai ! s'exclama Grant. Gabe avait juré que le réseau des voleurs de bois serait sa grande priorité quand il reviendrait, mais avec tout ce qui s'est passé entre-temps… Je n'arrive pas à croire qu'il y a déjà neuf jours que mon érable a été abattu. La piste a eu carrément le temps de refroidir. N'empêche qu'un attelage de chevaux de trait dans un endroit impossible à labourer, ça mérite un coup d'œil.

A mesure qu'ils montaient, la route mouillée et tortueuse se réduisait à une piste étroite ponctuée de dégagements occasionnels permettant à deux véhicules de se croiser. Grant remarqua que Kate essayait de ne pas regarder par-dessus les bords de la chaussée lorsqu'ils étaient à pic.

— On arrive bientôt au col, dit-il. Je te serrerais bien dans mes bras, mais je dois garder les mains sur le volant.

Le terrain se fit alors moins escarpé. Près de l'endroit qu'Amber leur avait indiqué, ils dépassèrent une prairie entourée d'une clôture en rondins, puis une série d'appentis délabrés abritant des poules et des chèvres.

Grant se rappela subitement quelque chose.

— Je n'y avais pas pensé, dit-il à Kate, mais les

parents de Lacey ont une petite maison de vacances, un peu plus loin sur cette route. Enfin, plutôt une cabane de chasse… Juste après le virage, derrière ce bosquet.

Kate se tourna vers lui.

— Tu crois qu'ils y sont pour quelque chose, dans le vol de ton arbre ? Je les ai vus à l'église, ils ne sont pas si vieux que ça… Ils ont l'air tout à fait capables de manier une tronçonneuse. Ils t'en veulent à cause du divorce, peut-être ?

— C'est Lacey qui l'a demandé, pas moi. Sa mère ne m'a rien dit, mais à ce que j'ai entendu, elle était plutôt de mon côté : elle trouvait sa fille volage et elles se sont disputées à ce sujet. Son père, c'est tout l'inverse. Lacey était sa petite chérie, et il m'a tout mis sur le dos. A un moment, j'ai même craint qu'il ne vienne me canarder à travers ma baie vitrée.

— Son père faisait quoi, comme travail ? Ce n'est quand même pas un concurrent de la scierie ?

— Il travaillait dans un magasin de matériel de sport, sur la route de Chillicothe. Il est connu pour tirer les plus beaux cerfs pendant la saison de chasse, il est toujours fier d'avoir sa photo dans le *Chillicothe Gazette*. Ecoute, il n'y a visiblement rien dans ce pré, et ces petits appentis ne peuvent pas contenir autre chose que des poules et des chèvres, mais j'ai quand même envie de m'arrêter un instant.

— Au cas où les chevaux auraient laissé des traces de leur passage ?

— Exactement.

Il descendit de voiture à la lisière d'un bois, tout près de la clôture de rondins qui entourait le pré. Kate descendit à son tour et s'avança vers lui dans la brume légère. Elle était plus petite que Grant, et dut grimper sur une traverse de la clôture pour voir de l'autre côté.

— Ça sent le cheval à plein nez, dit Grant. Et les embrouilles.

— Oh ! Regarde, ils ont laissé leurs cartes de visite

dans l'herbe ! On les a peut-être emmenés ailleurs, mais impossible de faire le ménage, dans ce grand pré.

— Peut-être qu'on a voulu les rapprocher du prochain grand arbre qu'ils auront à déplacer. Viens, on va jeter un œil à ces remises. Mon arbre ne tiendrait jamais à l'intérieur, mais il est possible que les voleurs l'aient débité ici avant de stocker le bois ailleurs. Attention où tu mets les pieds…

Ils se glissèrent entre les rondins, et avancèrent dans le pré en longeant la clôture pour éviter de marcher dans du crottin.

— Je ne vois pas le bâtiment de ferme, dit Kate à mi-voix. Il n'y a rien d'autre que ces petites remises déglinguées ?

— Il me semble que la maison a brûlé il y a quelques années. Les poules et les chèvres qu'on a vues, ce sont peut-être des leurres.

A l'instant où ils passèrent le coin d'une des annexes délabrées, ils s'aperçurent que Grant avait raison. Le sol était jonché de copeaux de bois, de sciure, et il restait encore plusieurs tréteaux renversés. Grant étouffa un juron.

Il se pencha alors pour ramasser un des plus gros copeaux.

— De l'érable moucheté, dit-il en le lui tendant. *Mon* érable moucheté !

— Au moins, la prochaine fois que quelqu'un se fait piquer un arbre, Gabe et Jace sauront où le chercher.

— Mais je veux coincer ces salopards tout de suite, moi !

— Je te comprends, crois-moi. C'est difficile d'être patient quand on est si près du but et que…

Il y eut un grand craquement, puis un projectile s'encastra dans un mur de la remise en les arrosant d'échardes de bois. Kate poussa un petit cri tandis que Grant se plaquait à terre en l'entraînant avec lui. Malgré la vitesse où les événements s'enchaînèrent, il lui sembla que tout se passait au ralenti.

— On nous tire dessus !

Il passa un bras au-dessus de Kate pour l'empêcher de relever la tête.

— On dirait que ça vient du bois, reprit-il. Et ce n'est pas quelqu'un qui tire du gibier !

Kate était aussi furieuse qu'effrayée. Deux autres balles fendirent l'air ; l'une passa si près d'eux qu'ils furent criblés de copeaux.

— Malgré la brume, il nous a dans le collimateur, marmonna Grant. On va rouler jusqu'à cette remise. Garde la tête baissée, d'accord ? Allez, on y va !

Elle ne se fit pas prier. Il était si près derrière elle qu'il lui meurtrit les côtes avec son coude. La remise étant faite de planches vermoulues séparées par de larges interstices, Kate craignait que ce ne fût une piètre protection contre les balles.

Grant la poussa derrière une structure qui devait être une ancienne mangeoire. Réprimant ses larmes, elle cligna des paupières pour chasser la sciure de bois qui lui brûlait les yeux.

— Zut ! dit Grant. J'espérais qu'il y aurait une porte, à l'arrière, qui nous permettrait de sortir dans le bois et de courir jusqu'à la voiture. Ne te relève pas, d'accord ? Je vais nous ouvrir un passage.

— Il ne tire plus, chuchota Kate. Peut-être qu'il est parti.

— Ou qu'il se déplace pour avoir une meilleure ligne de visée.

Il se redressa en position assise et donna une série de vigoureux coups de pied à des planches basses à moitié pourries. Il ouvrit rapidement un trou qu'il élargit grâce à de nouveaux coups.

— Il ne faut pas qu'on reste piégés ici, dit-il. Je vais sortir le premier, au cas où le tireur se serait déplacé dans les bois, mais il me semble que les coups venaient de loin, et je pense qu'il n'a pas eu le temps de faire le tour. J'espère juste qu'il n'a pas une lunette télescopique. Si la voie est libre, tu me rejoins aussitôt en rampant sur le ventre.

— Mais s'il est dans le bois…

— Les arbres sont nos amis autant que les siens. On ne peut pas courir à découvert jusqu'à la voiture.

Il passa par le trou en poussant un petit grognement, puis sortit de l'appentis à quatre pattes. Kate ne vit plus que ses pieds tandis qu'il se relevait pour s'offrir comme cible au tireur. D'abord Paul, pensa-t-elle, ensuite Todd, et maintenant…

Crispée des pieds à la tête, elle retint sa respiration dans l'attente d'un nouveau coup de feu. Mais seul le silence lui répondit.

— Maintenant ! s'exclama Grant.

Elle sortit en rampant à son tour ; l'arrière de sa ceinture resta accroché à une des planches cassées. Grant se pencha pour l'aider à se dégager et à se redresser.

— Cours vite ! Je te suis. Fais des zigzags.

Ils repassèrent sous l'ancienne clôture en rondins et s'élancèrent en courant vers le bois. Grant attrapa la main de Kate et l'entraîna derrière le tronc d'un grand arbre, du côté opposé à celui d'où étaient venues les balles. Les joues et le torse plaqués contre l'écorce rugueuse, Kate sentit le corps musclé de Grant dans son dos, et le trouva aussi solide que l'arbre contre lequel elle s'appuyait.

Dans les bois alentour, le silence régnait, entrecoupé seulement d'une brise qui remuait les branches, de chants d'oiseaux, et de leur respiration haletante. Des gouttes d'eau tombaient du feuillage humide, mais ici, il n'y avait pas de brume. Serrée contre Grant, Kate en oublia presque d'avoir peur.

— A vue de nez, tu en penses quoi ?

— Au sujet du tireur ou de sa position ?

— Les deux.

— Je pense qu'il était assez loin au nord et qu'il n'a

pas eu le temps de revenir jusque dans les bois. Tu te rappelles ces films de cow-boys où ils courent d'arbre en arbre ?

— Pas du tout. Moi, mon style, c'était plutôt *Indiana Jones et le temple maudit.*

— Je vois... Je passe le premier. Tu me suis, mais au premier coup de feu, tu te remets à plat ventre.

Grant se remit à courir en décrivant des lacets d'un arbre à l'autre. On n'entendait rien d'autre que des corbeaux qui croassaient. Ils débouchèrent enfin sur la route et se précipitèrent dans la voiture.

Grant fit rugir le moteur et partit à toute vitesse vers le haut de la montagne.

— On peut faire demi-tour quelque part et redescendre ? demanda Kate.

Ils n'avaient pas pris le temps d'attacher leurs ceintures, et un avertissement ne cessait de sonner.

— Malheureusement, je vais devoir m'arrêter chez les parents de Lacey pour téléphoner à Jace. Le pauvre, il va bientôt arrêter de prendre nos appels.

— Je préférerai faire demi-tour, redescendre loin d'ici et appeler Jace.

— Je note ta préférence, chère amie, mais ça ne marchera pas.

— Tu veux dire que nos portables ne fonctionnent pas, ici non plus ?

— Exactement. Et les parents de Lacey sont parmi les seuls sur cette montagne à avoir une ligne fixe, ce qui t'étonnera quand tu verras la taille de leur maison.

— Mais... s'ils ne sont pas là, tu ne vas quand même pas forcer la porte ?

— Non, non, dans ce cas, on se repliera sur un plan B. Comme tu le sais, je suis contre les effractions en tout genre, et je ne parle pas seulement de la maison de Paul.

Elle comprit qu'il faisait allusion au tumulus, et fut troublée de constater qu'il comparait des fouilles archéologiques à un cambriolage.

S'essuyant de nouveau les yeux pour en chasser la sciure, elle aperçut leur destination à cinq ou six cents mètres devant eux. La pluie avait cessé de tomber, mais la chaussée luisait encore d'humidité. Au loin, un petit chalet en rondins se dressait au bord de la falaise, avec un bosquet d'arbres dans son dos. Il devait offrir une vue imprenable sur la vallée en contrebas. Quand ils s'approchèrent, Kate vit un vieux pick-up garé devant, ainsi que la voiture que Lacey conduisait plus tôt dans la journée. Ainsi, le père de Lacey mais aussi Brad se trouvaient à portée de tir. Au moins, pensa-t-elle, si les parents de Lacey étaient présents, ils ne risquaient pas de déranger Brad et Lacey en pleine partie de jambes en l'air.

Grant marmonna quelques syllabes incompréhensibles ; peut-être se disait-il la même chose. Elle était sur le point de proposer de nouveau de faire demi-tour quand la vitre arrière vola en éclats. Kate laissa échapper un hurlement. Une deuxième balle dut toucher un pneu, car, au moment où Grant freina, le véhicule se mit à tournoyer comme une toupie en direction de l'endroit où le bord de la route laissait place au vaste ciel gris.

18

En ouvrant les yeux, Kate constata que la dernière personne au monde qu'elle avait envie de voir se penchait sur elle. Un parfum de clou de girofle lui chatouilla les narines. Lacey Fencer lui tamponnait le front avec un gant de toilette humide, en mâchant son espèce de chewing-gum rougeâtre.

Tout lui revint d'un seul coup. La voiture de Grant avait fait des tête-à-queue sur la route de montagne. Etaient-ils passés par-dessus le bord de la falaise ? Sans doute pas… Elle se trouvait manifestement dans le chalet des Fencer, et elle ne ressentait aucune douleur. Mais, en levant les yeux, elle aperçut au-dessus de Lacey un affreux visage animal surmonté de grands bois. Se remettait-elle à halluciner ?

Non, c'était une tête de cerf empaillée, comme celle qu'elle avait vue dans le séjour de Todd. Elle était accrochée sur le mur, au-dessus de l'étroit canapé où on l'avait étendue. Appréciaient-ils tous ce style de décoration intérieure, dans la région ?

— Où est Grant ? articula-t-elle.

— Ici, répondit Lacey. Vos deux airbags se sont ouverts. Vous avez perdu connaissance, lui pas. Il est en train de se débarbouiller dans la salle de bains.

— Mais… il n'a rien ?

— Il va bien. Il a réussi à arrêter la voiture contre un arbre plutôt que de dégringoler de la falaise. Il prétend que vous ne nous suiviez pas, Brad et moi.

Kate porta une main à sa tête. Elle lui faisait mal, après tout, et elle avait un léger vertige.

— On cherchait son érable volé, dit-elle. On a trouvé l'endroit où ils l'ont découpé, mais ensuite, on nous a tirés dessus.

— C'est ce qu'on a entendu, dit une voix masculine.

Un visage grisonnant apparut derrière celui de Lacey et cacha la tête de cerf empaillée. Sûrement son père, pensa Kate. Elle avait une piètre opinion de l'ex-femme de Grant, mais, au moins, Lacey semblait entretenir de bonnes relations avec lui. Grant avait dit que ce dernier le jugeait responsable du divorce de sa fille, et qu'il avait même craint qu'il ne vienne tirer à la carabine sur sa baie vitrée. En tout cas, sa mémoire avait l'air intacte, même si tous les muscles de son corps étaient meurtris, et la peau de son visage comme brûlée par l'airbag.

— Grant, dit la voix de Brad, je n'arrive pas à croire qu'ils aient découpé l'érable de notre cabane tout près d'ici ! Clemmet, tu as une idée de l'identité de celui qui a pu faire ça ?

— Ou de celui qui a pu essayer de nous truffer de plombs ? demanda Grant. Quelqu'un qui soit ne tire pas très bien, soit voulait juste nous faire peur — sauf qu'il a fini par nous crever un pneu.

— Ne me regarde pas comme ça, rétorqua Clemmet Fencer. Si c'était moi qui avais tiré, je t'aurais touché. De toute façon, je suis resté ici tout l'après-midi… J'étais pas à courir dans un bois ou à découper un quelconque arbre. Tout ce que je sais, c'est qu'un salopard nous a coupé le fil du téléphone.

— Ouais, confirma Brad, le fixe est mort. Et vous, Grant et Kate, vous vous en êtes bien sortis, cette fois, mais il faut que vous arrêtiez de vous attirer des ennuis.

— C'est l'hôpital qui se fout de la charité, grommela Grant.

Pour un homme de peu de mots — c'était ainsi que Grant l'avait décrit —, le père de Lacey avait prononcé un sacré discours, pensa Kate. Prenant appui sur ses coudes, elle se releva en position assise. Prise de vertige, elle vit le décor tanguer autour d'elle, puis se stabiliser.

La petite pièce à vivre était surmontée d'une charpente apparente. Des cloisons avaient permis d'aménager un espace de couchage et une petite salle de bains ; près de la porte arrière se trouvait un coin cuisine. L'espace était très lumineux, avec de nombreuses fenêtres pour profiter du panorama sur la vallée.

Grant vint se pencher sur elle. Lacey se leva d'un bond et alla se réfugier près de Brad, à la petite table où ses parents étaient assis. Les vêtements de Grant étaient sales et déchirés, remarqua Kate. Voilà sans doute pourquoi Lacey lui lavait le visage : elle devait être d'une saleté répugnante, elle aussi.

— Tu as entendu, Kate ? On leur a coupé le téléphone, on va devoir attendre pour appeler Jace… Je vais t'emmener chez le médecin à Cold Creek. C'est ton deuxième choc à la tête en quelques jours, et ça ne me plaît pas trop. Il va falloir appeler le médecin pour qu'il revienne au cabinet, parce qu'il est tard.

— Je n'ai rien, affirma-t-elle. Et ton pick-up ?

— A part un pneu crevé, une vitre cassée et tout le côté conducteur cabossé, ça va. On appellera Jace en redescendant. Brad va m'aider à changer le pneu, puis on y va. Tu te reposes ici, d'accord ? Je reviens tout de suite.

— Je t'ai dit que Lacey et moi, on pouvait vous déposer à Cold Creek, soupira Brad.

Grant l'ignora. Il serra l'épaule de Kate, puis caressa doucement sa joue du revers de la main avant de se relever. Elle avait l'impression qu'il l'abandonnait dans l'antre du lion. A vrai dire, elle aurait préféré l'aider à changer son pneu. Mais peut-être réussirait-elle, entre-temps, à recueillir quelques informations auprès des Fencer.

*
* *

— Reste assis, dit Brad à son frère, tu m'as l'air encore sonné.

Il sortit un cric et d'autres outils de l'arrière du pick-up de Grant.

— Je m'occupe de tout.

— Je suis un peu secoué, c'est tout. Je vais t'aider.

— Non, c'est moi qui vais t'aider. Ici et à la scierie. Ecoute, Grant, mon objectif, c'est de te soutenir et de garder la place de Todd pour qu'il la retrouve quand il sera rétabli. S'il se rétablit un jour.

Ils s'accroupirent à côté de la roue arrière, côté conducteur, et surélevèrent la carrosserie avec le cric. Brad retira l'enjoliveur cabossé en utilisant un levier.

— Ne dis pas ça, protesta Grant. Tu imagines Todd en fauteuil roulant ou même partiellement handicapé ? Il faut qu'ils arrivent à le retaper à coups de chirurgie et de rééducation, même s'il ne doit plus jamais remonter dans un arbre. Mais tu as raison, je vais avoir besoin de toi à la scierie… Et Keith pourra t'aider à tout gérer si je ne suis pas disponible.

— Pourquoi, tu comptes t'absenter ?

— J'espère bien que non. Mais… ça ne t'inquiète pas que Todd tombe d'un arbre quelques jours après la mort de Paul ?

— Tu veux dire… comme si on voulait nous éliminer ? Ou qu'on était maudits à cause des trucs qu'on a piqués dans la tombe ?

— Alors tu y as pensé, toi aussi. Nadine m'a dit que tu lui avais proposé de faire le tri des affaires de Paul. Tu te demandes où il a caché son pendentif adena ?

— Ben oui… pas toi ? Il avait déjà des gros problèmes financiers, et avec les traitements médicaux de Nadine à l'horizon… Je me demande s'il l'a vendu à un intermédiaire, un receleur ou autre, et que le gars est revenu voir s'il en avait d'autres.

— Oui, reconnut Grant. J'y ai pensé.

Il pensait surtout que Paul n'était pas le seul à avoir des problèmes d'argent. Brad cherchait désespérément le moyen de remettre son entreprise à flot, mais Grant n'était pas prêt à aborder ce sujet. Il ne pouvait envisager que son frère ait fait du mal à Paul ou à Todd. Pas Brad, pas son petit frère ! Il était incapable d'un acte pareil. Le plus important, c'était de s'assurer que sa pointe de flèche était encore à l'endroit où il l'avait cachée, sous le tas de pierres que Kate avait remarqué. La soi-disant tombe de son chien inexistant.

— O.K., dit Brad quand ils eu retiré le pneu crevé de l'essieu, tu m'aides à soulever la roue ? Tant qu'on est dans les confidences, toi et madame l'anthropologue, vous êtes ensemble ?

— Attends ! dit Grant. Ne jette pas ce pneu, je veux que Jace relève les impacts de balle.

— Même si elles correspondent à la carabine du père de Lacey, ça ne voudra rien dire, tu sais. Il ne peut pas te blairer, mais il n'est pas sorti du chalet de tout l'après-midi, ni pour te tirer dessus, ni pour couper sa propre ligne téléphonique. Je m'en porte garant.

— Et Lacey et lui se porteront garants pour toi, dit Grant en attrapant la roue de secours. D'ailleurs, tant qu'on est dans les confidences, vous en êtes où, Lacey et toi ?

— Tu sais bien que rien ni personne ne pourrait la faire rester à Cold Creek. Même si, en fin de compte, mon objectif est de me faire la malle, moi aussi. J'imagine que madame l'anthropologue ne se plairait pas trop ici, elle non plus ?

— Sans doute pas, admit Grant.

Mais il aurait aimé pouvoir dire le contraire.

Kate avait préparé la plus grande partie du dîner le matin, ce qui était une bonne chose, parce qu'à présent elle se sentait épuisée, comme si elle venait de courir un marathon. Ils étaient redescendus de la montagne sans problème, en roulant à trente kilomètres à l'heure dans le pick-up cabossé de Grant.

Le généraliste de Cold Creek avait accepté de revenir à son cabinet pour l'examiner. Pas de commotion cérébrale, avait-il dit : elle avait simplement perdu connaissance. De là, ils étaient directement allés voir Jace, même s'ils avaient l'air d'être descendus de la montagne en roulant dans les broussailles.

Jace, qui passait son dimanche après-midi au bureau, leur avait promis d'envoyer les deux balles extraites du pneu au service balistique du BCI, en les prévenant toutefois que cela prendrait du temps. Il avait aussi promis de se rendre sur les lieux pour essayer de retrouver d'autres balles. En revanche, un échange entre Grant et lui avait perturbé Kate.

Grant avait conseillé à Jace de ne pas perdre de temps à interroger Clemmet Fencer ou Brad, ou les deux femmes, qui ne feraient que confirmer leurs alibis mutuels.

— De toute façon, avait-il ajouté, je fais confiance à Brad.

— Je me demande si tu fais bien, avait déclaré Jace avec un air crispé. Ton petit frère n'arrête pas de réapparaître sur des scènes de crime, ou du moins à proximité. Je te jure que si je le vois mêlé à une affaire de plus… Ecoute, ce n'est pas pour aller trop vite en besogne, mais tu es sûr qu'il est de ton côté ?

Puis il avait ajouté quelque chose de plus dérangeant encore.

— Tu n'as pas l'impression qu'il y a un point commun entre toutes ces affaires ? D'abord, Paul qui se fait écraser le crâne, ensuite le médecin des urgences qui n'arrête pas de répéter que Todd est son premier patient à tomber de plus de dix mètres sans se fracasser le crâne… Et ton tireur, il visait peut-être la tête, qui sait ?

— Non, répondit Grant en posant sa main sur le bras

de Kate. C'est Kate qui s'est cogné la tête, pas moi… Mais elle va très bien.

Ils avaient déposé le pick-up de Grant chez le carrossier et s'étaient fait ramener par Jace à la maison, où Kate avait pris une longue douche chaude. A présent, elle passait les doigts dans ses cheveux, enfin débarrassés de la sciure, de la terre et des morceaux de feuille qui s'y étaient accrochés.

Elle sursauta en entendant la sonnette de la porte. Brad n'aurait pas sonné ; Grant était dans la douche. Jace était-il revenu leur annoncer quelque chose ?

Vêtue simplement d'un short en jean et d'un T-shirt, elle alla regarder par le judas. A sa grande stupéfaction, son quasi-sosie se tenait devant la porte, un grand carton dans les bras. Un sosie plus jeune qu'elle, mais qui lui ressemblait davantage que Tess ou Char. Elle portait un jean skinny et un sweat gris et écarlate de l'université de l'Ohio. C'était l'assistante que Carson avait chargée de lui ramener la copie du Beastmaster… sauf qu'elle était censée venir le lendemain soir, non ?

Kate ouvrit la porte.

— Salut ! lança la jeune femme. Je suis Kaitlyn Blake, l'assistante du professeur Cantrell. J'ai votre masque celte. J'ai essayé d'en faire une copie exacte, pour qu'il puisse l'utiliser dans son module sur les civilisations indigènes des Amériques. Vous l'avez sacrément bien réussi, d'ailleurs. J'ai lu tous vos articles sur la filiation celte-adena, je les trouve super-convaincants.

— Entrez, dit Kate. J'ai dû mal comprendre, je croyais que vous veniez demain.

— C'était prévu au départ, mais j'ai des copies à corriger et j'étais impatiente de vous rencontrer. A vrai dire, j'espère lancer ma carrière en assistant le professeur Cantrell, un peu comme vous. J'ai fait beaucoup de recherches sur les Etrusques, mais j'adorerais rentrer dans un tombeau adena.

Kate resta interloquée. Cette jeune femme qui lui

ressemblait tant avait même des objectifs professionnels et un prénom semblables aux siens ! Elle prit le carton qu'elle lui tendait, le posa sur une console dans l'entrée et l'ouvrit avec précaution. Son masque du Beastmaster, qu'elle avait fabriqué quelques années auparavant, la fixa d'un regard vide et hostile. La ramure de cerf qu'elle avait eu tant de mal à trouver était encore en parfait état. Les éclats de mica qui recouvraient le visage luisaient dans la semi-pénombre. Malgré la satisfaction qu'elle ressentait à récupérer cet objet, il la perturbait toujours autant. Elle replaça rapidement le couvercle du carton.

— Je sais que vous devez être occupée, dit Kaitlyn, mais je me demandais si je pouvais jeter un œil au tombeau dont le professeur Cantrell m'a parlé, peut-être juste pour essayer de repérer l'entrée…

Je vois, pensa Kate. Carson lui avait donné des consignes. Ou peut-être pas. A l'âge de Kaitlyn, elle avait tellement hâte de faire des découvertes, de confirmer des théories, de se faire un nom dans le domaine très fermé de l'archéologie, qu'elle aurait peut-être tenté sa chance de la même manière.

— On le voit très bien depuis cette baie vitrée, dit-elle. Je ne peux pas vous le montrer de plus près, mais quand j'aurai la possibilité de lancer un chantier, je penserai à vous, si vous êtes disponible.

Elles contemplèrent en silence, avec une sorte de vénération silencieuse, la silhouette conique qui apparaissait entre les arbres.

Kaitlyn laissa échapper un petit soupir. Kate comprenait les aspirations et les ambitions de cette jeune femme, même si elle était sans doute une espionne à la solde de Carson, et sa remplaçante dans le rôle de l'assistante ingénue et empressée.

Les deux femmes bavardèrent encore quelques instants. Kate offrit à l'étudiante un verre de thé glacé que l'autre refusa, puis elle la raccompagna jusqu'à la porte. En revenant vers le séjour, son carton dans les bras, elle poussa un petit cri de surprise. Adossé à un mur du couloir, les bras croisés sur la poitrine, Grant la fixait d'un regard mauvais. Sans savoir comment, elle comprit aussitôt qu'il était là depuis un bon moment et qu'il avait entendu toute leur conversation.

— On dirait ton clone, tu ne trouves pas ? demanda-t-il d'une voix froide.

— Tu aurais dû te manifester. Je te l'aurais présentée.

Kate avait l'impression d'être un enfant pris sur le vif avec le jouet d'un autre.

— Je la laisse au professeur Cantrell. Visiblement, il apprécie les yeux verts et les cheveux auburn. Comme tu as promis de la faire revenir pour un chantier qui n'aura jamais lieu, je ne la reverrai sans doute pas. Mais j'ai été ravi d'apprendre que tu comptais organiser des fouilles chez moi.

— Ne le prends pas comme ça, Grant. Je voulais juste l'encourager. Elle est venue me rapporter mon fac-similé du masque du Beastmaster. Carson lui avait demandé de le copier pour qu'il puisse l'utiliser dans ses cours.

Grant s'assombrit davantage. Ses mâchoires carrées se crispèrent et le pli entre ses sourcils se creusa.

— Tu veux que je te montre le masque ? demanda-t-elle.

— Non, merci. La carte postale que tu m'as montrée était déjà suffisamment flippante. Ça m'a donné un cauchemar, tu te rappelles ? S'il faut absolument que tu gardes cette horreur dans la maison, mets-la dans ta chambre, où je ne risque pas de tomber dessus.

Il s'éloigna à grands pas vers la cuisine, où elle l'entendit claquer une porte de placard puis se laisser tomber lourdement sur une chaise. Elle emporta le carton dans sa chambre, le glissa sous son lit, puis revint dans la cuisine et commença à servir les macaronis aux trois fromages qu'elle avait préparés, Grant lui ayant dit qu'il adorait ce plat de son enfance. Elle plaça une assiette devant lui, à côté de la salade déjà tournée, puis s'installa en face.

— Je suis désolée de t'avoir fâché, dit-elle en plantant sa fourchette dans la salade.

Combien de repas avaient commencé ainsi, dans sa jeunesse, avant que son père ne les quitte ? Silences hostiles, bruits de couverts assourdissants, départs en trombe avec claquements de portes… Mais son père n'aimait déjà plus sa mère, c'était sûr, sans quoi il aurait brisé l'affreux silence et lui aurait tendu la main.

Des larmes lui vinrent aux yeux quand Grant lui prit la main par-dessus la table et la tint quelques instants. Leur dîner refroidissait, mais Kate attendit en silence : ce qui suivrait serait important, elle le sentait. Il allait sans doute lui demander de partir. De s'éloigner de son tumulus et de ne plus revenir. Il allait l'abandonner.

— Je te demande pardon, dit-il avec un accroc dans la voix. Avec tout ce qui s'est passé, ces derniers jours, je suis complètement déboussolé… Je ne voulais pas m'en prendre à toi. Ton dîner a l'air délicieux, je sens qu'il va me réconcilier avec la vie. Ça, et puis ta présence, ça devrait m'aider à garder mes esprits au milieu de toute cette folie.

A cet instant précis, Kate oublia toutes les considérations sur la passion, la confiance, le danger et le divorce de ses parents, car elle venait de se rendre compte que Grant éprouvait réellement des sentiments pour elle. Et qu'elle était amoureuse de lui.

19

Après le dîner, Kate et Grant allèrent rendre visite à Todd et à Amber à l'hôpital à Colombus. Ils avaient envisagé d'emmener Jason, mais Amber avait préféré qu'ils attendent un peu, Todd étant encore très mal en point.

Ils longèrent en voiture la rivière Olentangy, qui traversait le campus tentaculaire de l'Ohio State University, jusqu'au site de l'hôpital.

— Tu dois bien connaître cet endroit, après toutes les années que tu as passées ici, fit remarquer Grant. J'ai hésité à m'y inscrire, moi aussi, mais finalement, j'ai préféré l'Ohio U. Je trouvais l'échelle plus humaine.

— J'ai passé de bons moments, ici, dit Kate en laissant son regard dériver du gigantesque stade de football jusqu'à la tour qui abritait la section principale de la bibliothèque. Beaucoup de travail, de rêves et d'espoirs…

— Carson Cantrell était ton prof préféré ?

— Il l'est toujours, d'une certaine manière.

— Qu'est-ce que tu veux dire par là ?

— Il est mon mentor et mon principal interlocuteur depuis des années. J'ai une dette immense envers lui. Il a cru en moi dès le départ, et m'a ouvert des portes.

— Comme il le fait maintenant avec cette… Comment s'appelle-t-elle ? Kate Blake ?

— Kaitlyn, mais je vois où tu veux en venir. Je ne suis pas idiote, Grant.

— Loin de là. Evidemment, le fait qu'elle te ressemble

à s'y méprendre, et qu'elle soit aussi intelligente et ambitieuse que toi, ce n'est peut-être qu'une coïncidence.

— Le problème, c'est que je la comprends. Je suis incapable de lui en vouloir. Elle me ressemble plus que mes propres sœurs, physiquement et intellectuellement.

Grant prit la sortie indiquée pour accéder à l'hôpital.

— Donc, pour toi, elle n'est pas une espionne à la solde de Carson ?

Kate se tourna vers lui pour le regarder dans les yeux.

— On est du même côté, Carson et moi. On pense tous les deux que l'archéologie est une entreprise fondamentale pour le savoir de l'humanité. Tu connais la formule : si on n'apprend pas du passé, on est condamné à le répéter. Il se trouve que j'y crois.

Grant fronça les sourcils. Il franchit l'entrée d'un parking souterrain et s'arrêta pour prendre un ticket. La barrière se leva devant eux.

— Si ça ne te dérange pas, dit-il enfin, j'aimerais parler seul à seul avec Todd quelques instants.

— Bien sûr. J'en profiterai pour montrer à Amber les dessins que les enfants ont faits, et voir si elle veut les montrer à Todd. Celui de Jason est vraiment horrible. Il va peut-être avoir besoin d'un suivi psychologique pour se remettre du choc d'avoir vu son père tomber de l'arbre. Dans son dessin, il a imaginé les choses tout à fait autrement. Il y a un personnage blessé, avec le bras entaillé par une sorte de hache sans manche, et du sang partout… Je n'ai même pas vu de sang sur Todd, après sa chute. Je me demande si quelqu'un a laissé Jason regarder un de ces films d'horreur où les victimes se font découper en morceaux.

Grant, qui guidait la voiture à travers les niveaux en spirale du parking, eut l'air abasourdi. Kate pouvait presque voir ses rouages cérébraux fonctionner, et ce n'était sûrement pas à cause de l'effort pour trouver une place où se garer.

— Grant ?

— Oui. Je parlerai à Jason demain. Je n'avais pas vu ce dessin-là… Juste les gribouillis des deux plus jeunes. Tu me le montreras, avant qu'on arrive dans la chambre de Todd ?

Dans l'entrée de l'hôpital, Kate sortit le dessin de son grand sac à main.

— Bizarre, hein ? demanda-t-elle enfin, pour mettre fin au silence qui s'étirait en longueur.

Car Grant se contentait de fixer le dessin en fronçant les sourcils. Kate avait même l'impression que ses mains tremblaient. Au bout d'un moment, il lui rendit la feuille.

— C'est drôlement bien dessiné, marmonna-t-il.

— Surtout les détails sur cette grosse tête de hache. Tu as vu ça ? On dirait vraiment une hache indienne. Et il l'a dessinée tellement grande… Je ne sais pas comment il a eu cette idée, mais elle l'a fortement impressionné.

— C'est peut-être un artiste en herbe qui va prolonger l'œuvre de Paul.

— Il a dû s'inspirer d'une hache que son grand-père lui a montrée, le même qui leur a donné ces fameux badges de shérif qu'ils ne retrouvent plus. Ce genre d'objet a déjà été retrouvé dans notre région à nous, mais en beaucoup plus petit.

Avec un sourire un peu forcé, Grant lui prit le bras pour l'emmener vers les ascenseurs.

— Ça ressemble à un objet des Indiens shawnee, dit-il en appuyant sur le bouton pour monter. Et j'aime bien t'entendre dire « notre région à nous ».

— Je me suis étonnée moi-même en le disant, répondit Kate avec un sourire. En tout cas, c'est bien que tu parles à Jason, parce que je décèle beaucoup d'angoisse dans ce dessin. Ma sœur Char propose souvent des séances de dessin thérapeutiques aux enfants navajo en situation familiale violente. Et Tess m'a dit qu'elle avait dessiné des trucs assez dingues pendant la thérapie qu'elle a suivie après sa captivité.

D'autres personnes montèrent dans l'ascenseur, et

Kate se tut. C'était drôle, pensa-t-elle, comme la vie contemporaine rassemblait des inconnus dans des espaces minuscules. Chacun cessa de parler et évita de se regarder pendant la montée de l'ascenseur. Kate pria silencieusement pour que Grant s'ouvre davantage à elle à mesure qu'ils se rapprochaient l'un de l'autre. Elle continuait à avoir l'impression qu'il lui dissimulait certaines informations.

En apercevant Amber, ils la serrèrent tous deux dans leurs bras. Celle-ci leur donna aussitôt les dernières nouvelles de Todd.

— Il est conscient et alerte, mais, comme il me l'a dit, il n'est pas sorti du bois. C'était une plaisanterie, je crois, mais il est aussi très en colère, surtout contre lui-même.

Amber et Kate allèrent s'installer dans la salle d'attente au bout du couloir, pendant que Grant entrait seul dans la chambre de Todd. Il s'avança vers le lit surélevé, entouré de moniteurs et de pieds d'où pendaient de nombreuses perfusions.

Todd fixait le plafond comme s'il y voyait quelque chose de captivant. Son regard glissa brusquement vers Grant.

— Hello, patron.

— Salut, meilleur ami et employé.

Il y avait un fauteuil à côté du lit, mais Grant resta debout pour mieux voir le visage de son ami, étendu à plat sur le dos. Il avait les deux jambes dans le plâtre. Un de ses bras avait une attelle, l'autre était entouré d'un plâtre allant du coude au poignet, d'où dépassait une main aux doigts violets. Des adhésifs enveloppaient son torse pour maintenir ses côtes cassées. Il était couvert de la tête aux pieds d'ecchymoses allant du noir au vert pâle, et son visage n'était qu'un grand enchevêtrement d'égratignures. Grant tenta de masquer son désarroi.

Todd leva les yeux vers lui. Ses paupières étaient mauves et gonflées.

— Je n'arrive pas à y croire, Grant… Je ne tombe jamais, moi.

— L'essentiel, c'est que tu sois vivant. Je te serrerais bien dans mes bras, mais ça va devoir attendre un peu.

— N'essaie pas de me remonter le moral, s'il te plaît. Je ne suis pas quelqu'un de patient, tu me connais. Alors patient à l'hôpital, encore moins…

Grant sourit de sa plaisanterie. Son ami parlait doucement, en respirant avec difficulté. Il se pencha tout près de lui pour mieux l'entendre.

— Je suis soulagé d'être encore là, bien sûr. Ça vaut mieux pour ma famille.

— Ne t'en fais pas pour eux, répondit Grant. On va faire tout notre possible pour vous aider. Kate est incroyablement douée avec les enfants. Ils t'ont fait des dessins, elle est en train de les montrer à Amber. Jason a dessiné ton accident, mais avec une hache qui te découpe le bras et du sang partout… Il a l'air d'avoir un peu tout mélangé. Une grande hache, Todd, trop grande pour être un outil contemporain, ou même un objet des pionniers ou des Indiens historiques.

Todd ferma les yeux, puis les rouvrit avec effort.

— Alors, tu l'as reconnue, après toutes ces années. Il l'a trouvée l'hiver dernier dans sa cachette au grenier. Je ne sais pas comment il a fait, mais il a réussi à se couper avec. Il saignait beaucoup, et j'ai dû lui jurer qu'il ne mourrait pas pendant le trajet jusque chez le médecin pour lui faire des points. J'ai dit à Amber que c'était une hache cherokee ou shawnee que j'avais trouvée dans les bois, et elle n'a pas remis mon explication en cause. Kate a reconnu, d'après le dessin, que c'était une hache adena ?

— Non, Dieu merci.

— Elle ne se doute toujours pas que tu… qu'on est entrés dans la tombe ?

— Ecoute, Todd, je ne voulais pas parler de tout ça. Tu as besoin de repos et…

— J'ai besoin de te parler, Grant ! Il faut que je

comprenne comment j'ai pu tomber ! Je ne pense qu'à ça… et à ce qui arriverait à ma famille si je n'étais plus là ! Je te jure que mon harnais a été saboté, et ce n'est pas moi qui l'ai fait !

— Calme-toi… Tu sais que Jace a disculpé Brad ?

— J'ai entendu, oui. C'est sûr que ton frère n'y connaît absolument rien. J'ai accepté de l'emmener parce que je me disais que ça t'inciterait peut-être à m'accompagner, toi aussi, un de ces jours. Je me rappelle que je le gardais à l'œil avant la montée, et puis j'ai oublié tout le reste. Quoi qu'il en soit, au cas où ça tournerait mal avec une de ces opérations qu'ils doivent me faire, ou je ne sais quoi d'autre… Grant, imagine que je te tiens la main et qu'on fait un serment à-la-vie-à-la-mort. Je vais te dire où est cachée ma hache adena, au cas où quelqu'un essaierait de nouveau de me tuer.

— C'est peut-être ce qui est arrivé à Paul, mais dans ton cas, c'est plutôt un…

— Tais-toi et écoute. Avec mes côtes cassées, ça me fait déjà un mal de chien de respirer, et c'est encore pire pour parler. J'ai planté la hache dans une boîte de bois que j'ai clouée sur une fourche tout en haut de mon arbre, là où personne d'autre que moi ne peut la trouver — encore que moi, je n'y remonterai peut-être jamais. S'il m'arrive quelque chose, je veux que tu me promettes de la faire récupérer par un grimpeur et de la donner à Amber. Qu'elle la vende, ça suffira à payer les études supérieures des trois gamins. Elle n'aura qu'à dire qu'elle l'a trouvée. Promets-le-moi.

— Tu vas t'en sortir, Todd. Tu vas rester un moment en fauteuil roulant et tu vas devoir passer par la rééducation, mais je te jure que tu seras bientôt de retour à la scierie, comme avant. Quant à remonter dans les arbres…

— Je te garantis que j'y arriverai. Mais, s'il te plaît, promets-moi que, si je ne m'en sors pas, la hache ira à Amber et que tu l'aideras à la vendre discrètement.

Il s'étrangla et se mit à tousser en gémissant de douleur.

Grant appuya sur le bouton rouge à côté du lit et une infirmière arriva en courant.

— Il a trop parlé, dit-elle en évaluant la situation. On lui a pourtant dit qu'il ne devait pas s'exciter. Todd, il faut absolument rester calme, sinon on va devoir augmenter la dose de morphine, et là, vous êtes bon pour un tour au pays des rêves…

— Des mauvais rêves, marmonna Todd. Non merci, non, non…

Grant s'écarta du lit pour serrer dans ses bras Kate et Amber, qui avaient accouru en entendant l'alarme. Kate et lui sortirent dans le couloir pendant qu'Amber parlait à Todd sur un ton apaisant.

— Pour ce qui est de le réconforter, c'est raté, soupira Grant.

— Qu'est-ce qui l'a énervé à ce point ? Il se fait encore du souci au sujet de son boulot ?

— Il est chamboulé d'être tombé, il n'arrive pas à y croire…

Kate, qui serrait encore la liasse de dessins dans ses doigts, s'appuya contre Grant sans rien dire. Au moins, pensa-t-il, il savait maintenant où se trouvait l'objet que Todd avait pris dans la salle funéraire du tumulus. Tout en haut d'un arbre, loin au-dessus du grenier où Jason l'avait déniché. Et cela ne le rendait que plus résolu à continuer à chercher le pendentif de Paul et la pointe de flèches de Brad, en commençant par ce tas de pierres dans les bois. Car, même si Kate avait raté l'indice contenu dans le dessin de Jason, la dernière chose dont il avait besoin, c'était qu'elle subodore qu'on lui cachait des objets issus de la tombe, en particulier le masque de Beastmaster rangé dans le sous-sol, juste en dessous de la chambre où elle dormait.

Ce soir-là, après leur retour à la maison, Grant et Kate restèrent longtemps enlacés sur le canapé, à parler de tout et de rien, sauf du tombeau sombre et silencieux qu'ils apercevaient par la fenêtre.

Quand Kate fut allée se coucher, Grant se rassit devant la baie vitrée et attendit de voir s'éteindre la lumière de sa chambre. Enfin, le rai de lumière doré qui éclairait la pelouse disparut. Il attendit encore une demi-heure en luttant contre le sommeil, puis il se dirigea sur la pointe des pieds vers la porte du sous-sol.

Il la referma doucement derrière lui et descendit les marches pieds nus. Dire que Kate avait apporté un masque de Beastmaster, certes une copie, chez lui ! Il n'avait même pas voulu le regarder, mais, à présent, l'idée lui vint que les deux masques pouvaient s'échapper de leur boîte et se retrouver la nuit pour s'accoupler !

Voilà qu'il commençait à disjoncter… La fatigue, sans doute. Les doutes qui le tiraillaient. L'angoisse.

Il accomplit les gestes habituels pour sortir la boîte de sa cachette, et mit de côté la carte de visite de Kate. Puis il ouvrit la boîte et souleva le papier de soie. Le visage hérissé d'éclats de mica luisait sous le faisceau de sa lampe de poche. Les pointes ensanglantées de la ramure semblaient vibrer dans la pénombre. Et si, après toutes ces années, il remettait tout simplement cet objet dans la tombe où il l'avait trouvée ? Avec ceux de Todd et de Brad — à supposer que ce dernier l'ait effectivement caché sous le tas de pierres ? Et même le pendentif de Paul, s'il arrivait à mettre la main dessus ? Ensuite, il pourrait laisser Kate rouvrir le tumulus et mettre au jour les dépouilles et les objets précieux qui les entouraient, ce fardeau et cette malédiction qui pesaient sur l'endroit. Sauf que, pour replacer les objets, il serait obligé de revenir dans l'antre de la mort et de revoir les squelettes aux crânes fracassés dont l'image affreuse le hantait depuis si longtemps.

Instinctivement, il sentait qu'il devait éloigner Kate d'ici, malgré son désir de la garder près de lui. Même s'il remettait les objets à leur place et la laissait pénétrer dans le tumulus, elle finirait par comprendre qu'il lui avait menti et qu'il y était entré avant elle.

Il contempla les yeux vides du monstre en essayant de décider de ce qu'il devait faire de ce masque… et de sa relation avec Kate. Au bout d'un moment, il le remit dans sa boîte et remonta se reposer.

Kate se réveilla en sursaut. Elle s'assit dans son lit et scruta l'obscurité en tendant l'oreille. Pas un bruit, à part le vent à l'extérieur et le murmure de l'air conditionné réglé au minimum.

Elle jeta un œil à l'affichage rougeoyant de son réveil. *2 h 13.* Elle dormait depuis plus d'une heure. Avec Grant, ils avaient passé la soirée comme un vieux couple marié, à bavarder, à s'embrasser, à s'assoupir ensemble. Cela semblait si naturel, quand ils ne parlaient pas des sujets qui les séparaient… Pourtant, une certaine tension subsistait toujours entre eux, un désir retenu, prêt à se déchaîner à la moindre occasion. Etait-ce cela qui venait de la tirer du sommeil ?

D'autres pensées resurgirent, qu'elle avait réussi à réprimer pendant la journée. Carson avait bien dit qu'il lui enverrait une copie de son article sur les tombeaux étrusques, non ? Il lui avait conseillé de le lire et de le « prendre à cœur ». Qu'entendait-il par là ? L'article était-il resté dans le carton avec le masque ?

Son jeune sosie, Kaitlyn, avait parlé des recherches qu'elle menait sur les tombeaux étrusques. C'était tout à fait le genre de Carson, d'utiliser les recherches de son assistante pour écrire son propre article, en citant les références de Kaitlyn comme s'il les avait trouvées lui-même. Combien de fois avait-il repris à son compte le travail de Kate sur les Adenas, à l'époque où il était son directeur de thèse ? Mais il l'avait tellement aidée, et elle avait tellement d'affection pour lui, qu'elle n'avait jamais songé à protester.

Elle avait eu tort d'idolâtrer Carson, et elle n'avait pas envie que cette Kaitlyn commette la même erreur. Curieusement, elle s'était d'emblée sentie solidaire de la jeune fille, peut-être parce que Tess et Char lui manquaient plus que jamais, depuis qu'elle était de retour à Cold Creek. Heureusement, Tess serait de retour dans quelques jours ; peut-être Kate pourrait-elle s'arranger pour rendre visite à Char dans l'Ouest, avant de retourner en Angleterre. Sa sœur travaillait avec des enfants navajo, mais c'étaient les vestiges des Indiens Anasazi, implantés dans la même région, qui intéressaient Kate depuis toujours. Elle avait entendu des récits assez étranges sur leurs rites mortuaires.

Elle alluma sa lampe de chevet, se glissa hors des couvertures et sortit de sous le lit le carton qui contenait le masque. Elle le posa sur le matelas et l'ouvrit. Il y avait bien une enveloppe à l'intérieur. En la prenant, Kate accrocha du bout des ongles quelques éclats de mica qui se détachèrent du masque. Il faudrait qu'elle pense à les recoller.

Elle repoussa la boîte sous le lit en regrettant de n'avoir pas un meilleur endroit pour la ranger. Elle se rassit contre les oreillers en se rendant compte qu'elle retardait, sans trop savoir pourquoi, le moment de lire l'article de Carson. S'il contenait un élément susceptible de l'aider, elle ferait mieux d'en prendre connaissance. Etait-ce Carson lui-même qu'elle essayait de repousser ? Quoi qu'il arrive, elle voulait toujours entrer dans le Mason Mound, et elle désirait toujours que son ancien professeur soit avec elle quand elle y parviendrait.

Elle ouvrit alors l'enveloppe. Dans la marge supérieure des feuilles qu'il contenait, Carson avait inscrit une phrase de sa petite écriture soignée.

Si le monde et le temps ne couraient à l'abîme, chère, être prude n'y serait alors pas un crime.

Kate connaissait la citation : elle était extraite d'un poème du XVIIe siècle intitulé *A Sa Timide Maîtresse*. Elle comprit l'allusion. Carson se sentait blessé. Il trouvait qu'elle le repoussait, qu'elle atermoyait pour entrer dans le tombeau adena, et que ces hésitations constituaient des crimes contre le savoir, l'archéologie, l'humanité… et contre lui.

Elle parcourut rapidement l'article. Il était question de tombes étrusques vieilles de deux mille ans qui étaient régulièrement ouvertes et pillées par des voleurs appelés *tombaroli*.

> *Quelques coups de pioche suffisent à percer le plafond du caveau. Le toit s'effondre. La tombe, remplie d'antiquités et même de restes humains, est saccagée et les objets précieux vendus à des receleurs ou à des conservateurs de musée.*

Elle avait entendu parler de ce genre de pratiques, bien sûr. Carson insinuait-il que quelqu'un, peut-être la personne qui avait marqué plusieurs tumulus de la région en y déposant des étoiles métalliques, risquait de les piller si des fouilles en bonne et due forme n'étaient pas rapidement entreprises ? Les vers du poème et l'article semblaient sous-entendre qu'il ne lui restait plus beaucoup de temps.

Elle poussa un soupir d'indignation en lisant que la police italienne, comme d'ailleurs les autres forces de l'ordre européennes et internationales, fermait régulièrement les yeux sur ces méfaits. Des institutions prestigieuses comme Sotheby's, à Londres, le Metropolitan Museum à New York ou la fondation Getty en Californie, étaient soupçonnées d'avoir acheté des antiquités volées. L'attention de Kate fut attirée par un fait en particulier. Un masque volé, vieux de deux mille cinq cents ans, avait été découvert dans la mallette d'un galeriste. L'objet était plus ou moins contemporain du chaudron danois représentant le personnage du Beastmaster.

Kate posa l'article sur sa table de chevet et éteignit

la lampe. Elle s'allongea de tout son long sous les couvertures et scruta l'obscurité en se demandant ce qu'elle pouvait faire. Supplier Grant ? Se rebeller contre lui ? Se débrouiller pour repérer en cachette l'entrée du tombeau, qu'il le veuille ou…

Un grattement résonna alors contre la fenêtre. Une branche d'arbre ? On aurait presque dit le crissement d'un ongle sur un tableau noir. Kate fut parcourue d'un frisson. Etait-ce le vent ? Des écureuils sur le toit ?

Il y eut encore un grattement, puis un grognement animal, le même qu'elle avait entendu dans le garage de Tess. Le cœur battant, elle bondit hors du lit, alla jusqu'à la fenêtre et entrouvrit les rideaux.

Elle ne vit rien d'autre que la pelouse, les bois au fond et la silhouette du tombeau, toujours aussi mystérieuse et attirante. Elle ne put s'empêcher de repenser au masque qu'elle avait vu à travers la fenêtre du garage, aux bruits qu'elle avait entendus… Avait-elle rêvé, cette fois ? Il n'y avait absolument rien, à l'extérieur, qui puisse faire de bruit, aucun animal pour grogner ou gratter la fenêtre.

La copie du masque du Beastmaster était toujours rangée sous son lit ; sa tête lui apparut clairement en pensée. D'un seul coup, elle n'eut plus envie de le garder à cet endroit. Grant n'en voulait pas dans la maison, lui non plus : il semblait croire qu'il était maléfique. Il fallait qu'elle le sorte de sa chambre, sans quoi elle ne dormirait pas de la nuit.

Elle ressortit la boîte de sous son lit, l'emmena jusque dans la cuisine et alluma la lumière de l'escalier qui menait au sous-sol. Frigorifiée, elle descendit les marches à toute vitesse, déposa le carton sur la table de ping-pong et remonta presque en courant. Dès le lendemain matin, elle proposerait à Grant d'installer des éclairages de sécurité qui s'allumaient dès qu'il y avait du mouvement à l'extérieur. Sa mère en avait installé autour de leur ancienne maison, après l'enlèvement de Tess.

En tremblant, Kate se remit au lit et remonta les couvertures jusqu'aux yeux, comme un enfant qui a peur du noir. Laissant sa lampe de chevet allumée, elle tourna le dos à la fenêtre et se blottit dans la position du fœtus. Malgré les rideaux fermés, elle se sentait exposée à la vue du masque sans yeux, comme si son regard aveugle pouvait traverser les murs et les siècles.

Elle se releva, arracha les couvertures et alla s'aménager un petit nid douillet sur le tapis, laissant son lit vide comme un rempart entre elle et la fenêtre. Mais une fois allongée par terre, elle se sentit de nouveau menacée par l'obscurité du dehors.

Tandis qu'elle essayait vainement de dormir, des images traversèrent son esprit comme des chauves-souris dans la nuit. Des images coupantes comme des lames, des masques superposés à des visages pourtant connus — ceux de Brad et de Lacey, de Kaitlyn, de Carson… Pouvait-elle vraiment faire confiance à qui que ce soit ?

Puis une vision lui vint, qui la fit se redresser tout droit dans son lit de fortune. Grant, souriant et séducteur, la fixait à travers les orbites vides d'un masque de Beastmaster.

20

Dès que le soleil apparut, Kate se leva du tapis où elle avait dormi, étira ses muscles douloureux et se précipita à la fenêtre pour ouvrir les rideaux. Les bois et le tumulus étaient encore plongés dans l'ombre, mais ils paraissaient tellement normaux, à la lumière du jour ! C'était une journée de juin comme les autres. Un lundi. Tess et Gabe seraient de retour dans cinq jours. Elle les imagina sur le ponton de leur péniche, un verre de vin à la main, regardant passer les châteaux qui longeaient la Loire…

Refermant les rideaux, elle alla prendre une douche. Le silence régnait encore dans la maison, et elle allait en profiter pour préparer un petit déjeuner pour Grant. Et pour Brad, si jamais il était revenu pendant la nuit. Tout à l'heure, Grant l'emmenait déjeuner chez Keith Simons, où elle espérait pouvoir parler à Lee. Mais d'abord, il fallait qu'elle aille jeter un œil au jardin.

Sortie par la porte de la cuisine, elle avança jusque devant la fenêtre de sa chambre, à l'endroit où elle avait cru entendre des craquements et des grognements. Peut-être que Brad était rentré un peu éméché avec Lacey, et qu'ils avaient chahuté dans le jardin ? C'était tiré par les cheveux, certes, mais pas autant que l'éventualité qui la tracassait vraiment, à savoir que le cerf qu'elle avait vu devant le garage de Tess l'avait suivie jusqu'ici. Quoi qu'il en soit, se répéta-t-elle, c'était simplement un animal, pas un humain derrière un masque de Beastmaster, ni un fantôme. Les seuls fantômes auxquels elle croyait, c'étaient ceux qui revenaient du passé proche, comme son père. Les morts qui ressuscitaient pour vous hanter, ça n'existait pas.

En revanche, les hostas plantés sous la fenêtre de sa chambre avaient nettement l'air piétinés, comme si quelqu'un avait longé la maison à cet endroit. Leur feuillage était indéniablement abîmé. Il avait plu, la veille… Trouverait-elle des empreintes de pas sous la végétation ?

Elle écarta les feuilles au panachage blanc et vert. La terre humide était marquée de formes vagues, comme si le feuillage avait flouté les traces. Mais il y avait bien quelque chose au sol. De petits flocons qui ressemblaient aux miettes de disque vinyle que sa mère gardait parce que c'étaient les restes du coffret Johnny Cash de son père, et qu'elle regrettait de l'avoir brisé en mille morceaux quand il les avait quittées.

Kate se baissa pour ramasser une poignée de terre et la regarder de plus près. Elle était parsemée d'éclats de mica ! De fins éclats brillants, exactement semblables à ceux qui ornaient les masques du Beastmaster ! Elle décida d'aller chercher sa plus petite pioche et son tamis, dans sa voiture de location garée devant la maison.

— Kate !

Elle se releva d'un bond.

— Ah, c'est toi, Grant ! Je voulais juste… j'ai entendu des bruits bizarres, hier soir, je cherchais des empreintes. Mais regarde ce que j'ai trouvé !

Elle ouvrit sa paume salie et lui montra trois petits éclats de mica noir.

— Ça prouve que quelqu'un s'est baladé ici avec un masque du Beastmaster, puisqu'ils sont recouverts de mica ! J'ai entendu des grattements et des ronflements…

Grant leva les mains comme pour arrêter un flot de voitures.

— Kate, ma chérie, les sols de cette région en sont truffés. Il y a d'ailleurs une veine de mica, là-bas, dans mes bois. En plus, on trouve souvent du mica dans le terreau de rempotage, et dans d'autres matériaux. Une jardinerie de Chillicothe m'avait même demandé la permission d'extraire le mica de mon filon… J'ai refusé.

— Evidemment, rétorqua Kate, tu n'allais pas laisser quelqu'un creuser sur ton terrain !

Elle se sentait furieuse contre lui, et furieuse de s'être montrée aussi naïve. Grant affichait un petit air malin, mais cela n'allait pas durer.

— Tu dis qu'il y a du mica dans la région et dans les bois autour du tumulus ? C'est fantastique ! Ça veut dire que les indigènes préhistoriques y avaient facilement accès pour décorer leurs vêtements et leurs masques. J'aimerais beaucoup voir cette veine, si tu es d'accord. Pour toi, c'est simplement un ingrédient du terreau de rempotage, mais nos ancêtres égyptiens, grecs, aztèques et adenas le considéraient comme une matière précieuse. Tu viens de me donner une nouvelle indication de l'importance potentielle de ton tombeau. Mais comment est-ce que tu expliques que les feuilles des hostas soient piétinées à ce point ?

Grant fronça des sourcils en regardant le feuillage.

— La pluie d'hier les a peut-être couchées, à moins qu'il ne s'agisse du type qui est venu nettoyer les vitres la semaine dernière. Ou encore, tu vas dire que je me répète, des biches sont passées par là. Elles aiment bien manger les plantes du jardin…

— Eh bien, elles n'ont pas mangé ces hostas. Les feuilles ont été écrasées, pas mâchées.

— Ecoute, Kate, je dois être à la scierie plus tôt que d'habitude. C'est le premier jour où Brad remplace Todd, et il faut que je l'explique aux autres employés. J'ai déjà pris du café, je vais manger un morceau vite fait avant de partir, et je reviens vers 11 heures t'emmener chez Keith.

La main serrée autour des éclats de mica qu'elle avait ramassés, Kate le suivit en essayant de marcher aussi vite que lui.

— Excuse-moi, Grant, je dois te paraître complètement paranoïaque… C'est très gentil à toi de prendre le temps de m'accompagner chez Keith, alors que je sais que tu es débordé à la scierie. Je viens t'aider à préparer le petit déjeuner. Brad voudra manger quelque chose, tu crois ?

— Il a découché, figure-toi. Moi qui croyais qu'il allait se tenir à carreau à partir du moment où il aurait la responsabilité de gérer la scierie… J'espère juste… enfin, avec ce qui vient d'arriver à deux de mes amis… j'espère juste qu'il ne lui est rien arrivé. S'il n'est pas absolument fiable, je donne le poste de contremaître à Keith.

Il se retourna et ajouta :

— Et toi, Kate, ne te mets pas en tête de trouver ce filon de mica toute seule. Il est caché par la végétation. A ta place, je ne m'emballerais pas trop, de toute façon. Tu te raccroches à des brindilles.

— Parfois, j'ai l'impression que c'est la seule chose que tu me permets de faire. Alors que cet incroyable tombeau est là, sous nos yeux, à portée de main !

— Je dois être parti d'ici dix minutes, répondit Grant en ouvrant la porte arrière de la maison.

En grommelant tout bas, Kate lava ses mains et les éclats de mica dans l'évier de la cuisine, avant de sortir le jus de fruit du frigo. Le tumulus avait beau se trouver à quelques centaines de mètres, il lui semblait parfois aussi lointain que le propriétaire de cette maison.

Alors qu'ils se rendaient chez Keith Simons, Kate assena à Grant un nouveau choc imprévu.

— Au fait, dit-elle, j'ai rangé le carton de mon masque à la cave. Il y sera mieux que sous mon lit, avec toute l'humidité et la poussière qui s'y seraient accumulées.

— Quoi ? s'exclama Grant sur un ton beaucoup plus bourru qu'il ne l'aurait voulu. Où ça, dans la cave ?

— Sur la table de ping-pong. Je peux le déplacer, si ça pose problème.

C'est toi qui poses problème, se retint-il de dire. Cette femme le stressait et l'agaçait, alors même qu'il l'accueillait chez lui et essayait de la protéger. Elle risquait de lui causer toutes sortes d'ennuis, et elle mettait Todd et Brad en danger. A vrai dire, elle lui cassait sérieusement les pieds. Et pourtant, il était tenté de la prendre dans ses bras, de l'embrasser, de la couvrir de caresses…

— Non, non, marmonna-t-il. Je suis surpris, c'est tout. Je suis à cran, j'ai dû donner des nouvelles de Todd à mes employés et leur expliquer pourquoi Brad prenait sa place…

— Donc, ça s'est bien passé ?

Il lui fut reconnaissant d'accepter son changement de sujet. De nouveau, il imagina les deux masques du Beastmaster, le vrai et la copie, se retrouvant dans l'obscurité pour engendrer de nouveaux masques, de nouveaux ennuis. Décidément, il commençait à perdre les pédales autant que Kate, qui croyait voir des démons à sa fenêtre… Mais vu ce qui était arrivé à Paul, sans qu'on ait retrouvé de traces d'intrus ni d'effraction, et à Todd, alors qu'il était bien la dernière personne susceptible de tomber d'un arbre…

— Brad n'avait pas bu, alors ? demanda Kate.

— Euh… non, répondit Grant en revenant subitement au présent. Il est même arrivé à la scierie avant moi. J'ai bien compris qu'il avait passé la nuit quelque part avec Lacey, mais enfin, ça le regarde. En plus, il m'a spontanément proposé de rester sur place pendant la pause déjeuner, sachant que Keith et moi serions absents. Je lui ai expliqué que je t'avais arrangé ce rendez-vous chez lui, je ne voulais pas qu'il croie que Keith et moi complotions derrière son dos. J'espère que ses nouvelles responsabilités vont le stabiliser un peu et nous permettre de renouer, tous les deux…

— Parfois, dit Kate, j'aimerais avoir un déclic qui me permette de renouer avec mon père. J'ai été odieuse avec lui quand il est venu… Je le regrette, mais c'était plus fort que moi.

Avec un soupir, elle ajouta :

— La femme de Keith s'appelle Velma, c'est ça ? Ils ont des enfants ?

— Deux ados, qu'ils ont envoyés en colonie pour la première fois cette année. Keith a hérité un petit pactole d'un copain qu'il s'était fait pendant l'opération Desert Storm, et qui est mort sans laisser de famille. Depuis, j'ai l'impression que Velma et lui se sont mis à flamber : ils ont acheté un nouveau pick-up, des tas de nouveaux meubles, et ainsi de suite… Et là, ils viennent d'engager Lee pour refaire toutes les clôtures de leur propriété.

— Ça va peut-être permettre à Keith d'aider un peu ses frères et sa sœur, dit Kate. Même s'il n'y a plus grand-chose à faire pour celui qui est en prison. Au moins, il y en a un de la bande qui est resté dans le droit chemin et qui continue à t'être fidèle.

— J'avoue que je n'ai pas compris pourquoi les autres m'en veulent à ce point. Après tout, c'est Gabe, pas moi, qui a arrêté le frère de Keith. Quoi qu'il en soit, l'aide de Keith m'est très précieuse en ce moment. La tienne aussi, Kate. Et je te suis très reconnaissant de soutenir Nadine et Amber comme tu le fais.

Il posa une main sur son genou. Comme à chaque contact avec elle, une énergie presque électrique le parcourut. S'il lui faisait l'amour, s'il prenait possession du corps de cette femme, cela apaiserait-il la sensation de manque qu'elle avait créée dans sa vie ?

Kate ne put s'empêcher de penser que Keith et Velma Simons formaient un drôle de couple. Elle était petite et sèche, lui grand et bien charpenté. Elle avait les cheveux blonds décolorés, presque platine, lui était brun. Elle parlait sans arrêt, il était un homme plutôt taciturne.

Elle était fière de leurs nouvelles acquisitions et prenait plaisir à les montrer, tandis que lui semblait un peu gêné.

— Votre cousin vient de s'arrêter pour la pause de midi, dit-il à Kate en lui montrant du doigt la colline qu'on voyait par la fenêtre. On ne le voit pas d'ici, mais il est là-haut.

— Je l'ai invité à manger hier, dit Velma, et je l'ai bien nourri. Aujourd'hui, je l'ai laissé tout seul pour que vous puissiez lui parler en tête à tête. Je suis toute contente de vous rencontrer, Kate, je sais que vous avez voyagé partout en Europe... Keith a promis de m'emmener un jour à Paris, alors si vous aviez des tuyaux à nous donner...

— Avec plaisir, répondit Kate sans détourner son regard de la fenêtre. Ma sœur et Gabe rentrent ce week-end de leur lune de miel en France...

En prononçant ces mots, Kate se rendit compte que ses hôtes n'avaient aucune envie de parler de Tess et de Gabe, puisque c'était à cause des preuves qu'ils avaient réunies que Jonas, le frère de Keith, se retrouvait en prison. Et que Gabe avait licencié Ann, la sœur de Keith, son ancienne petite amie, qui avait plaidé coupable et n'avait écopé que d'une condamnation avec sursis.

— Bref, reprit-elle, peu importe. On parlera de Paris pendant le déjeuner, d'accord ?

— Vous feriez mieux d'aller voir votre cousin, dit Keith, avant qu'il ne reprenne le travail. Nous, Kate, on sait que la voix du sang est la plus forte, si vous voyez ce que je veux dire. On comprend que vous vous fassiez du souci pour votre famille.

— Et vous pour la vôtre, répondit-elle. Je vous suis vraiment reconnaissante de m'avoir arrangé ce rendez-vous. C'est vrai que je me fais du souci pour Lee, Grace et leurs enfants, dans cette communauté de fous.

— Je peux comprendre, répondit Velma en calant ses mains sur ses hanches étroites. C'est sûr qu'il lui manque une case, à l'Etoile Lumineuse. Allez-y, maintenant, Kate, on vous attend pour passer à table.

Kate constata avec soulagement qu'ils lui avaient pardonné son impair. Dans cette région située en bordure des Appalaches, la famille passait avant tout. Les rancunes et les offenses se transmettaient de génération en génération, un peu comme chez les Hatfield et les McCoy[1]. Elle était tout de même la belle-sœur du shérif qui avait arrêté le frère de Keith et licencié sa sœur. Au moins n'avait-il pas l'air d'en vouloir à Grant !

Laissant les autres bavarder, elle s'éloigna vers la porte. En se retournant, elle vit Grant se déplacer vers la fenêtre pour la suivre du regard. Elle traversa la véranda, avec son salon de jardin flambant neuf — Grant lui avait décrit le vieux canapé défoncé qui s'y trouvait autrefois — et commença à monter la colline. Elle vit de loin la palissade blanche que Lee montait et peignait. Le bois devait venir de la scierie de Grant.

Elle passa devant des outils soigneusement disposés sur le sol — un bidon de peinture fermé, quelques lattes de bois. Cela lui donna une terrible envie de voir ses propres outils disposés à côté d'un chantier de fouilles. Elle aperçut d'abord le sommet du crâne de Lee : il était assis dans l'herbe, un peu en contrebas, et semblait avoir fini de manger. Il portait les mêmes vêtements informes, aux couleurs ternes, que la plupart des hommes de la secte.

— Lee ! lança-t-elle de loin, pour ne pas le surprendre. Les Simons nous ont invités à déjeuner, avec Grant Mason. Ils m'ont dit que tu travaillais sur cette clôture, et donc je suis montée te dire bonjour.

Il se releva si vite qu'elle crut presque qu'il allait perdre l'équilibre. Il avait un air consterné, comme si elle l'avait surpris en train de commettre un acte répréhensible.

— Kate ! Quelle coïncidence…

1. *Hatfield and McCoy* est une série télévisuelle américaine diffusée en 2012. Elle met en scène le conflit qui oppose deux familles de Virginie-Occidentale à la fin du XIXe siècle.

— Un heureux hasard, tu veux dire. Après tout, la dernière fois qu'on s'est vus, c'est l'Etoile Lumineuse qui a monopolisé la conversation.

— C'est normal. Ce n'est pas donné à tout le monde de percevoir la nature de la réalité et de l'éternité.

Kate ne savait pas trop quoi répondre, mais elle n'avait aucune envie de débattre de sujets philosophiques.

— Quoi qu'il en soit, ça m'a fait plaisir de vous voir, Grace et toi. Comment va la famille ? Il faut qu'on fixe une date pour que je vienne vous voir, vous et les enfants. Tess doit revenir ce week-end, et elle aura envie de vous voir aussi.

Elle descendit de quelques mètres pour ne pas lui donner l'impression de le dominer. Tentée de s'asseoir à côté de lui, elle ne voulut pas, cependant, empiéter sur son espace vital. Depuis sa conversion, il semblait la considérer comme une étrangère, peut-être même comme un être dangereux. L'Etoile Lumineuse serait-elle fâchée si elle apprenait que Lee lui avait parlé ? Lee allait-il le lui confesser, comme si c'était un péché ?

— Grace avait bonne mine, dit-elle rapidement. Peut-être un peu fatiguée, quand même ?

— Elle travaille dur. Comme tous les anges.

— Les anges ?

— Euh… oui, ceux qui sont choisis.

— Choisis par qui ? L'Etoile Lumineuse ?

— Pour sûr ! répondit-il avec fierté — à moins qu'il ne s'agît d'une pointe de colère.

Elle avait eu l'intention de l'interroger au sujet de l'étoile que sa femme lui avait montrée, mais, à présent, elle hésitait à le faire. Si jamais Grace avait tenté de lui révéler quelque chose ou de l'appeler au secours, ne risquait-elle pas d'être punie par Lee ou par l'Etoile Lumineuse ?

— Alors, dit-il en rompant le silence, tu as eu l'autorisation de fouiller ce tombeau ? Les Adenas étaient des infidèles, tu sais, des païens… Les objets qu'ils ont laissés doivent rester enterrés. Il ne faut pas les ramener à la lumière du jour pour qu'ils soient de nouveau idolâtrés.

Kate se demanda s'il citait l'Etoile Lumineuse. Il était prodigieusement agaçant de se rendre compte que ce malade mental était du côté de Grant.

— Mais nous avons beaucoup à apprendre d'eux, répliqua-t-elle. Ne serait-ce qu'à titre de contre-exemple, puisqu'ils ont disparu presque aussitôt après leur implantation dans la région.

— La leçon à en tirer, c'est que les hommes et les femmes d'aujourd'hui peuvent eux aussi disparaître du jour au lendemain. Du moins d'après l'Etoile Lumineuse.

— Qu'est-ce qu'il veut dire ?

— Que la vie est courte, tout simplement. Que ce sont les vivants qui comptent, plutôt que les morts. Qu'il faut s'attacher aux humains plutôt qu'aux lieux.

— Mais on m'a dit qu'il cherchait à racheter l'ancien asile à la sortie de la ville ! Je comprends bien que ça puisse l'attirer, d'ailleurs... Cet endroit doit bien signifier quelque chose pour lui !

— Tu sous-entends que quelque chose ne tourne pas rond chez l'Etoile Lumineuse ? Ce sera le paradis sur terre, pour nous, là-bas. On prie pour que ça se réalise bientôt. Et toi, Kate, tu vas tenir compte de mon avertissement, en évitant de déterrer ces tombeaux et de te raccrocher à un passé démoniaque ?

— Démoniaque ? Ecoute, Lee, les Adenas n'avaient malheureusement pas accès à l'infinie sagesse de votre pseudo-messie.

Et voilà... Une fois de plus, elle avait laissé la colère prendre le dessus. C'était la deuxième fois qu'elle insultait le chef de la secte, mais les sottises débitées par son cousin la mettaient franchement mal à l'aise. Lee, pour sa part, semblait sidéré.

Kate se força à remonter vers le sommet de la colline, de peur de laisser échapper quelque chose de pire au sujet de ce chef de secte désaxé. C'était l'Etoile Lumineuse qui était démoniaque ! C'était lui qui employait toute son énergie à contrôler des gens et à les effrayer. Kate était persuadée, à présent, que c'était lui qui avait placé les étoiles sur les tombes. Peut-être était-ce ce que la pauvre Grace avait essayé de lui faire comprendre. Nul doute qu'il serait prêt à tout pour chasser Kate de la région.

21

— Bon, dit Grant avec un sourire crispé, j'ai compris.

Ils venaient de finir un dîner de *fish and chips* dans le pub anglais de Cold Creek.

— Tu as compris quoi ?

— Tu trépignes comme un enfant qui attend d'ouvrir ses cadeaux le matin de Noël. On va rentrer chez moi, et je vais te montrer ce fameux filon de mica. Il faudra prendre une pelle et des sécateurs : comme je te l'ai dit, il est bien recouvert par la végétation.

— Voilà sans doute pourquoi je ne l'ai pas remarqué, quand je cherchais une source d'eau dans le coin. Le jour où je me suis baladée dans les bois et où j'ai vu Brad partir avec Lacey…

— Peut-être qu'elle va lui faire du bien, qui sait ? De toute façon, il m'a dit qu'elle repartait à Cleveland dans quelques jours. Je m'attendais à ce qu'elle revienne manifester devant la scierie avec ses troupes, mais je ne les ai plus revus, et je me demande si c'est Brad qui l'en a dissuadée. Il s'est rendu très utile aujourd'hui, et il explique à tout le monde qu'il n'est là que par intérim, en attendant que Todd se remette. Peut-être que tout va s'arranger, s'il réussit à vendre sa papeterie ou à la relancer. Et s'il évite de se remettre à boire.

Ils rentrèrent chez eux — *Attends*, se dit Kate, *tu considères ça comme « chez toi », maintenant ?* —, changèrent de vêtements et partirent dans les bois munis d'une pelle et d'une grande paire de cisailles. Kate éprouva brièvement la joie de s'avancer vers le tombeau avec des outils à la main, même s'ils le dépassèrent bien vite.

Après leur déjeuner chez Keith et Velma, Grant était retourné à la scierie et elle avait passé l'après-midi dans la nouvelle maison de Tess et Gabe, pour s'assurer qu'elle serait prête à les accueillir à leur retour. Les entrepreneurs avaient achevé la rénovation de cette maison ancienne à l'autre bout de la ville, et la crèche attenante que Tess avait fait construire était presque terminée. La sciure au sol et les tréteaux rappelèrent à Kate la triste découverte des résidus l'érable de Grant, là-haut, sur Shadow Mountain. Ce précieux héritage vivant, qui soutenait la cabane de son enfance et veillait sur le Mason Mound depuis des décennies, avait été abattu comme les serviteurs découverts dans les sépultures préhistoriques de la région. Et elle avait toujours aussi peu de chances de pénétrer dans celle qui l'intéressait que… que de se réconcilier avec son père.

Une fois que Tess et Gabe seraient revenus, si Grant refusait toujours de la laisser fouiller le tumulus, quelle excuse aurait-elle pour rester dans la région ? Elle ne pouvait lui imposer sa présence plus longtemps. Et il était hors de question pour elle de se faire héberger par de jeunes mariés qui aménageaient dans une nouvelle maison tout en montant une entreprise. S'associerait-elle alors avec Carson pour convaincre les élus locaux de forcer Grant à ouvrir son tumulus aux chercheurs, ce qui reviendrait à se le mettre à dos pour toujours ? Carson avait insinué plus d'une fois qu'il songeait au mariage, mais le rêve qu'elle caressait, autrefois, de devenir autre chose pour lui qu'une collègue de recherche et de chantier avait perdu tout son attrait. A présent, elle désirait autant repousser les avances de son ancien professeur qu'encourager celles de Grant.

A mesure qu'ils avançaient, elle constata que le flanc du ravin étroit dans lequel ils marchaient était complètement recouvert de lierre et d'angélique retombant de la crête qui les surplombait. Mais, sous ce rideau de végétation, elle distinguait bien quelque chose de sombre. Un frisson d'euphorie la parcourut. Ce n'était rien à côté de ce qu'elle aurait ressenti si elle avait été sur le point d'entrer dans le tombeau, mais elle trouverait peut-être ici quelques indices de la présence des Adenas. Elle attendait un moment propice pour aborder le sujet avec Grant.

— Comment est-ce que tu as découvert cette veine ? demanda-t-elle, tandis qu'il commençait à attaquer les tiges de lierre avec les cisailles. Elle doit être cachée par la végétation depuis des années, non ?

Il écarta d'une main le rideau végétal. Dans la semi-pénombre des arbres, le rocher luisait.

— Quand j'étais jeune, j'ai exploré chaque centimètre de cette forêt, avec mes copains. En automne, quand les arbres étaient dénudés, on apercevait la veine depuis la cabane dans l'érable, et on est venus voir.

— Vous n'avez jamais fabriqué d'objets à partir de ça ? Des petites pointes de flèche, par exemple ? Les Adenas utilisaient généralement du silex ou de la chaille pour leurs pointes de flèches et de javelot, et pour les haches qu'ils employaient tous les jours. Mais ils aimaient bien prendre du mica brillant pour les armes cérémoniales décoratives, comme celles qu'ils plaçaient dans leurs tombes.

— Je vois où tu veux en venir. Vu que cette veine est tout près d'un tumulus, tu peux t'attendre à y trouver des objets en mica.

— Exactement… Ecoute, Grant, puisque tu refuses toujours de me laisser fouiller le tombeau, ça t'ennuierait que je creuse un peu par ici ? Si j'arrive à dégager suffisamment de végétation, je pourrais vérifier si cette veine a été exploitée, et peut-être repérer certaines formes d'objets taillés à même la roche. L'avantage, c'est que toutes les traces éventuelles seraient en surface. Je n'aurais même pas à creuser.

— Comment comptes-tu prouver que ce sont les

Adenas, plutôt que les indiens Shawnee ou même les premiers colons américains, qui ont utilisé ce mica ?

— En arguant du fait qu'ils donnaient des formes très particulières à leurs armes, et que leurs objets funéraires étaient très souvent surdimensionnés, comme si tout devait être plus grand, dans la vie après la mort.

Grant ne répondit pas. Kate marqua un silence, elle aussi. Elle ne voulait pas insister, après tout… Une idée lui vint subitement. Le dessin sanglant du petit Jason représentait une énorme tête de hache. Cela voulait-il dire qu'il avait déjà vu une vraie hache cérémoniale adena ? Non, sans doute l'avait-il remarquée dans un livre, et l'avait-il représentée très grande parce qu'elle lui avait fait peur. Les enfants de cet âge ne tenaient compte ni de l'échelle ni de la perspective. Grant avait promis d'en parler à l'enfant, mais il n'avait pas abordé le sujet depuis. Elle décida d'interroger discrètement Jason dès qu'elle en aurait l'occasion.

— Ecoute, si tu crois pouvoir en tirer quelque chose d'intéressant…, soupira-t-il.

Kate tourna vers lui un regard surpris et ravi.

— Je suis tout à fait favorable à tes recherches, Kate, du moment que tu respectes la paix des morts, comme l'a voulu mon grand-père. Mais je me demande s'il ne serait pas plus prudent de te faire accompagner, vu que des gens ont réussi à couper mon arbre, et que tu as cru entendre des intrus hier soir. En revanche, je préfère que tu ne fasses pas venir Carson Cantrell.

— Et Kaitlyn ?

— Tu peux lui faire confiance ?

— Pour m'aider sur ce travail, oui. Mon intuition me dit qu'elle est fiable, mais il faudra que j'attende de mieux la connaître pour en être sûre. Merci, Grant.

— Ah ! Une dernière chose… Je ne t'ai pas parlé de mes honoraires.

— Pardon ?

— Une sorte de commission, pour avoir trouvé cette veine de mica… et pour t'avoir trouvée, toi.

Il posa son sécateur et ôta la pelle des mains de Kate. A cet instant, un rayon de soleil éclaira la paroi sombre derrière eux. Grant mit ses mains autour de la taille de Kate et l'attira contre lui.

— Je prends quelques baisers en guise d'avance, reprit-il en l'embrassant légèrement sur les lèvres.

Puis il s'attarda davantage et la serra d'encore plus près. Kate sentit chaque particule de sa peau s'animer.

— Une avance de combien ? demanda-t-elle.

— Oh ! pardon ! J'ai oublié de te dire que les baisers, c'était juste une entrée en matière.

Kate était sur le point de répliquer, mais, comme toujours quand Grant la touchait, elle en oublia tout le reste. Elle renversa la tête pour se laisser embrasser et passa les bras autour de son cou. Ses seins étaient pressés contre son torse. Il aurait pu l'entraîner sur le sol graveleux au pied de la veine de mica, elle n'aurait pas protesté.

Tout se passa comme s'ils se soutenaient l'un l'autre tandis que leur baiser se prolongeait. Elle savoura le contact des muscles de son dos, de ses épaules, des cheveux sur sa nuque. Son corps semblait entièrement sculpté dans ce bois qu'il adorait. Il l'adossa à la paroi en mica, ce qui valait mieux, parce que ses jambes commençaient à ployer sous elle.

Les mains de Grant quittèrent ses fesses pour errer sur ses hanches et sa taille. Il souleva son T-shirt et y glissa une main pour prendre un de ses seins en coupe. Ses baisers se firent plus fougueux, plus impérieux. Il la dévorait vivante… et elle ne demandait que ça.

Il la fit alors pivoter pour s'adosser à son tour à la paroi rocheuse, et la plaqua contre lui. Kate se sentit prise de vertiges, elle avait l'impression de quitter la terre ferme. Les joues légèrement rugueuses de Grant lui égratignaient le visage. Elle était certaine que le monde entier s'écroulait autour d'eux en une pluie d'éclats scintillants et… et coupants…

Grant mit brusquement fin à leur baiser et leva la tête. Ils entendirent le grondement de l'éboulis avant même d'apercevoir les premiers éclats de roche qui s'abattaient sur eux. Avec un cri, Grant écarta Kate de la paroi rocheuse. L'instant d'après, un énorme fragment de mica rebondit sur le sol en les manquant de peu. Grant entraîna Kate plus loin, tandis que de nouveaux rochers s'écrasaient à l'endroit où ils s'étaient tenus quelques instants plus tôt.

Malgré leur respiration haletante, ils entendirent clairement un grognement au-dessus de leurs têtes, puis des bruits de pas qui firent pleuvoir une fine poudre de mica dans la ravine.

— Il y a quelqu'un là-haut, chuchota Grant. Reste ici, ne t'avance surtout pas.

Il sortit du ravin en courant, Kate sur ses talons. Ils grimpèrent sur le flanc opposé en se raccrochant aux troncs d'arbres, puis, toujours en courant, firent le tour vers la crête d'où s'était déclenché l'éboulis.

— Je ne vois personne, dit Kate, essoufflée.

— Il est parti. Je t'avais dit de rester là-bas, mais j'aurais dû me douter que tu n'en ferais qu'à ta tête, comme d'habitude.

— Si c'était vraiment le cas, je serais dans le tombeau depuis belle lurette.

Il se retourna vers elle et la regarda en plissant les yeux. Derrière elle, le soleil se couchait en rougeoyant.

— Je n'ai pas envie de me disputer avec toi maintenant. Regarde plutôt si tu vois des traces de pas, d'accord ?

Kate fouilla du regard la clairière bordée d'un épais rideau d'arbres, en se demandant si leur agresseur s'y cachait encore. S'il y avait eu quelqu'un ici tout à l'heure, il ne devait pas être loin… Ce coin qu'on apercevait n'était-il pas celui où Brad avait enterré son chien ?

Elle suivit Grant jusqu'au bord du ravin.

— Et si c'était un phénomène naturel ? Le mica est assez friable, tu sais…

— Ça m'étonnerait, répondit Grant d'un air sombre. Avec tout ce qui vient de se passer, ce serait une sacrée coïncidence… Et c'est la première fois que je vois des morceaux de rocher tomber de la paroi. Il n'y avait pas un seul éclat au sol quand on est arrivés.

Le cœur de Kate battait à toute vitesse, non seulement à cause du baiser de Grant, et de la montée précipitée à travers bois, mais aussi parce qu'elle recommençait à craindre que quelqu'un ne la traque impitoyablement.

— Dans les mythes primitifs, dit-elle, et même dans les contes de fées modernes, la forêt et les ravins sont des lieux où se réfugie le mal.

— Merci, professeur Grimm. Mais tu sais quoi ? Ce ne sont pas les spectres des Adenas qui cherchent à nous nuire… C'est quelqu'un de bien vivant, et j'aimerais bien savoir qui. Viens, rentrons dans la maison avant qu'il ne fasse nuit noire. Avec ce qui vient de se passer, tu ne peux pas faire de fouilles ici : tu risques de te blesser ou de te faire ensevelir.

— Grant, s'il te plaît… On ne va pas s'affoler, non plus. Je vais demander à Kaitlyn d'emmener un ou deux camarades à elle, et on montera la garde au-dessus du chantier.

Il resta silencieux tandis qu'ils se frayaient de nouveau un chemin à travers le ravin, en direction de la maison. Risquerait-elle sa vie en revenant faire des recherches sur cette veine de mica ? Etant donné ce qui était arrivé à Paul et à Todd, elle n'avait peut-être rien à voir dans l'histoire. Dans ce cas de figure, la cible serait plutôt Grant.

Grant se sentait furieux. L'éboulement ne les avait ratés que d'un cheveu ; s'il n'avait pas eu le réflexe de bondir en arrière en voyant les premiers éclats s'abattre sur eux, ils auraient été piégés sous les gros rochers. Au mieux, ils s'en seraient tirés avec de multiples fractures, au pire, ils seraient morts écrasés. Il ne manquait plus que ça pour nourrir ses cauchemars récurrents, où il passait son temps à voler des objets à des squelettes aux crânes fracassés dans des tombeaux obscurs. Kate et lui avaient entendu quelqu'un prendre la fuite au-dessus du ravin, et ce n'était certainement pas un fantôme adena.

Mais qui pouvait vouloir sa mort, ou celle de Kate ? Le même imbécile qui les avait canardés sur Shadow Mountain ? Ce n'était quand même pas Brad ou Lacey, même si Brad était désigné comme seul héritier de Grant dans son testament — et son frère le savait. Quant à Carson Cantrell, Grant l'imaginait mal se salir ainsi les mains… quoique Kate parût s'accommoder parfaitement d'avoir de la terre et de la poudre de mica sous les ongles, et il devait en être ainsi pour tous les archéologues. Cantrell l'avait-il vu embrasser Kate ? Qui d'autre pouvait le détester au point de vouloir sa mort ?

— Ecoute, dit-il alors que les contours de la maison apparaissaient devant eux, si tu arrives à trouver quelques personnes pour monter la garde autour du chantier, je ne vais pas t'interdire de faire des recherches. Mais je ne veux pas voir Cantrell rôder dans les parages, d'accord ?

— Ne t'inquiète pas. Je vais faire appel à lui simplement pour mobiliser ses étudiants. Il a un emploi du temps très chargé, de toute façon, entre ses cours et ses conférences. Je ne sais pas comment te remercier, Grant.

— Voilà comment, dit-il en lui prenant la main. On a été grossièrement interrompus, tout à l'heure.

Ils s'approchaient à présent du tumulus. Il avait accepté de la laisser travailler sur le filon de mica pour essayer de la distraire de son obsession au sujet de la tombe.

— Je t'informe que le paiement de la commission s'effectuera quotidiennement, en cas d'ouverture d'un chantier de…

Il lui lâcha brusquement la main et partit en courant vers le tumulus.

Kate lui courut après. La haie d'aubépines qui longeait un côté du tumulus n'était plus jaune et rabougrie, mais complètement morte. A l'aller, Grant avait fait passer Kate du côté opposé, sans quoi ils l'auraient certainement remarqué. Il faisait presque nuit, mais il distinguait parfaitement les feuilles jaunies éparpillées sous les branches desséchées. Même l'herbe et la mousse au pied des buissons étaient brunes et desséchées.

— Quelqu'un les a tués avec de l'herbicide, marmonna-t-il. C'est toi ?

— Tu plaisantes ? Je n'aurais jamais fait ça ! Mais je demanderai aux étudiants de Carson de remporter un échantillon de mousse ou d'herbe au labo de Columbus, pour savoir exactement de quoi ils sont morts.

Il attrapa le poignet de Kate tandis qu'ils contemplaient tous deux les buissons réduits à des squelettes devant l'entrée de la tombe. Sans rien dire, elle entrelaça leurs doigts. Grant tâchait de rester fort, mais il craignait de plus en plus que celui qui avait tué Paul et attenté à la vie de Todd ne s'en prenne à lui.

22

A la stupéfaction de Kate, son projet de fouilles sur le filon de mica se concrétisa très rapidement. Il lui suffit d'un simple coup de fil à Carson pour voir débarquer, le lendemain après-midi, Kaitlyn Blake et deux autres étudiants ultramotivés, dispensés d'un séminaire d'archéologie par leur professeur pour l'assister sur le chantier. L'humeur de Kate remonta en flèche. Les choses avançaient enfin dans la bonne direction.

Comme elle l'avait promis à Grant, elle demanda aux deux jeunes hommes, Bill Bosley et Sean Armstrong, de se relayer sur la crête pour surveiller les environs pendant que les autres travaillaient. Bill monta la garde le premier tandis que Sean et Kaitlyn aidèrent Kate à dégager le reste du lierre. Puis, perchés sur des escabeaux, ils commencèrent à balayer le haut du filon avec des brosses douces à long manche — que Kate avait emportées dans l'espoir de les utiliser à l'intérieur du tumulus — afin de dégager la terre, les toiles d'araignée et les feuilles mortes collées à la paroi, et mieux distinguer d'éventuelles formes ou silhouettes.

— C'est chouette de voir comme les Adenas sont mis à l'honneur dans cette partie de l'Ohio, fit remarquer Sean. En venant, on a vu un centre médical adena, et puis il y a cette fameuse Maison Adena, que je n'ai pas encore visitée.

— Moi, si, dit Kaitlyn. C'est le gouverneur Worthington qui l'a fait construire, et c'est sur ce site qu'on a fouillé un des premiers tombeaux de la région. Il avait appelé sa demeure « Adena », qui veut dire « endroit charmant » en hébreu. C'est donc le site qui a donné son nom à la civilisation, plutôt que l'inverse. Et vous savez quoi, professeur Lockwood ?

Du haut de son échelle, la jeune thésarde baissa les yeux vers Kate et ajouta :

— Worthington non plus ne voulait pas qu'on ouvre son tumulus. Il a fallu attendre que le domaine passe aux mains de quelqu'un d'autre pour que des fouilles puissent avoir lieu.

— Tiens, je l'avais oublié, répondit Kate, en songeant qu'elle n'était pas prête à faire part de cette information à Grant.

— J'avais lu ça, moi aussi, dit Sean. Quand la Société historique de l'Ohio a enfin reçu l'autorisation d'organiser un chantier, ils ont trouvé non seulement des artefacts super-précieux, mais aussi plein de squelettes.

— Ce que je trouve le plus cool, dit Kaitlyn comme pour ne pas être en reste, c'est que la Maison Adena a été dessinée par Latrobe, le même architecte qui a construit le bâtiment du Congrès à Washington. Si je n'étais pas tombée amoureuse de l'archéologie, je crois que je me serais orientée vers l'architecture.

— On pourrait y aller voir ensemble, dit Sean, tu me ferais une visite guidée.

Kate constata que Sean en pinçait sévèrement pour Kaitlyn. A l'époque où elle était étudiante en thèse, elle non plus ne manquait pas de prétendants de son âge, mais elle était trop éprise de Carson pour s'intéresser à eux. Ce qu'elle trouvait regrettable, c'était que Kaitlyn semblait chercher à dominer les autres par son savoir. Kate avait-elle eu ce même travers, quand elle était jeune et naïve ? S'était-elle bonifiée et assagie, depuis ? Elle avait plutôt intérêt, si elle espérait s'intégrer à Cold Creek.

— Comment ça se passe, Bill ? lança-t-elle au veilleur

qui les surplombait. Plus qu'une heure, et Sean vient te remplacer.

— Ça va super. La vue est belle. Vous inquiétez pas, si je vois quoi que ce soit, vous m'entendrez crier. Franchement, je n'arrive pas à croire que l'éboulis de la dernière fois ait pu être un accident. Ça paraît impossible que ces gros rochers se soient décrochés par hasard…

Une fois que la partie supérieure de la veine fut dégagée, Kate utilisa une autre brosse à poils doux, avec un manche plus court, pour nettoyer la partie inférieure. Puis, avec la puissante lampe frontale de son casque — elle avait insisté pour que tout le monde en porte un —, elle balaya la surface du filon. Victoire ! Des fragments de mica avaient indéniablement été prélevés ici, sans doute pour décorer des vêtements ou des masques.

Et d'autres traces semblaient indiquer que des volumes plus importants avaient été taillés dans la masse. Elle crut distinguer des formes qui pouvaient correspondre à des têtes de hache ou des pointes de lance ; or, les tribus historiques n'utilisaient pas de lances, les arcs et les flèches les ayant remplacées entre 300 et 400 avant notre ère. Evidemment, les intempéries avaient pu agrandir au fil des siècles les formes en creux dessinées dans le filon. Seuls les objets enterrés dans le tombeau pouvaient livrer des réponses définitives à ses questions.

Kate tenta de maîtriser l'excitation et la frustration qui grandissaient en elle. On lui avait appris au cours de ses études à ne pas tirer de conclusions hâtives, et elle devait appliquer ce principe à tous les mystères qu'il lui fallait aujourd'hui résoudre. Qui s'en prenait aux amis de Grant, allant jusqu'à les assassiner ? Qui les avait canardés, Grant et elle, et qui avait tenté de les ensevelir sous un éboulement ? Les larbins de l'Etoile Lumineuse ? Brad, peut-être avec l'aide de Lacey ? Cette seconde hypothèse était la pire, car elle porterait un coup terrible à Grant.

— Je crois qu'il y a quelque chose ici, lança Kaitlyn, toujours perchée sur son échelle. Une forme qui a été protégée des intempéries par le surplomb de la falaise. Cette hache que vous nous avez dessinée tout à l'heure, je jurerais que c'est elle que je vois en creux. Vous savez, elle ressemble beaucoup à celles des Toltèques et des Aztèques. Dans son cours sur les cultures mésoaméricaines, le professeur Cantrell nous a parlé de crânes brisés découverts sur des chantiers de fouille autour de Mexico, et du lien qui existe peut-être avec les pratiques mortuaires adenas.

— Quoi ? demanda Kate. Quel genre de lien ?

Elle était consternée d'apprendre que Carson enseignait à ses étudiants l'hypothèse d'une filiation toltèque-aztèque-adena, qui rendrait vain tout son propre travail sur un éventuel lien avec les Celtes.

— Les Aztèques sont arrivés bien après la disparition des Adenas, ajouta-t-elle.

— Mais ils descendent des Toltèques, avec lesquels ils ont beaucoup de points communs, et les Toltèques et leurs ancêtres sont peut-être des précurseurs des Adenas. Le professeur Cantrell dit que les Toltèques étaient au départ des chasseurs-cueilleurs, et qu'eux ou leurs ancêtres ont pu se déplacer jusque dans l'aire nord-américaine, à l'époque préhistorique.

Kate était abasourdie. Carson n'avait jamais abordé ce sujet avec elle.

— C'est fascinant, dit Sean, et ça fout les jetons. Ils ont déjà retrouvé trente-quatre crânes écrasés à Mexico, peut-être des sacrifices à un dieu soleil qui exigeait du sang humain. Le professeur Cantrell dit qu'il faut militer pour des lois plus dures à l'encontre des pilleurs de tombes.

— Je suis bien d'accord avec lui, répliqua Kate en essayant de maîtriser sa colère.

Inutile de s'en prendre à ces étudiants, qui ne faisaient que répéter les propos de Sa Majesté Carson. Peut-être ne défendait-il l'hypothèse du lien toltèque que pour les pousser à réfléchir en termes de situation générale.

— Montre-moi ce que tu as découvert, Kaitlyn.

Elle tint l'échelle à l'étudiante pendant qu'elle en descendait.

— Le professeur Cantrell a presque toujours raison, soupira Kaitlyn. Mais je crois qu'il ne sait pas lui-même si cette civilisation adena mystérieusement avancée descend des Celtes ou d'une migration de type toltèque issue de la Moyenne Amérique.

Kate faillit rater la première marche de l'escabeau. Kaitlyn avait-elle lu dans ses pensées ? Essayait-elle de la consoler ? Ou bien Carson lui avait-il recommandé de ne pas trop déstabiliser Kate, pour qu'elle poursuive ses recherches ici ?

— Il trouve quand même qu'un long voyage à pied depuis la Mésoamérique est plus plausible qu'un voyage transatlantique des Celtes, suivi d'un deuxième voyage à pied depuis la côte Est. Sauf, bien sûr, si quelqu'un apporte la preuve du contraire. Comme vous, par exemple, professeur Lockwood.

Kate monta lentement, en se tenant bien à l'escabeau. Malgré l'excitation que lui inspirait la découverte de Kaitlyn, elle était anéantie d'apprendre que Carson lui avait caché sa théorie concurrente. Il fallait absolument qu'elle ait une explication de vive voix avec lui. Et qu'elle réussisse à entrer dans le Mason Mound, et à trouver un lien avec les Celtes.

— Je ne me rappelle plus si les Toltèques avaient des artefacts surdimensionnés, dans leurs tombes, dit-elle aux étudiants.

— Oui, répondit Kaitlyn. En particulier des armes.

— Mais attention, précisa Sean sur un ton doctoral, ce sont seulement des armes sacrificielles ou cérémoniales. Cantrell l'a dit en cours la semaine dernière. Tu t'en souviens, Kaitlyn ?

Kate continua à monter. A qui pouvait-elle faire confiance ? Même ces étudiants naïfs et ambitieux pouvaient être manipulés par Carson. Et s'il les avait chargés de faire pression sur elle pour qu'elle passe à l'acte ? D'abord cet article sur le pillage de tombes en Italie, et maintenant cette histoire… N'était-ce que pour lui forcer la main, la convaincre de passer outre le refus de Grant ? Quant à ce dernier, elle avait envie de lui faire confiance, mais était-ce prudent ? Elle avait la nette impression qu'il en savait bien plus sur son tumulus qu'il ne le prétendait. Et elle devait admettre que, puisqu'elle avait décidé de parler à Jason, dans son dos, du dessin de hache, Grant ne pouvait pas vraiment lui faire confiance non plus.

— Tu vois ? demanda Kaitlyn. C'est là-bas, à ta droite.

Kate tourna la tête pour éclairer la paroi minérale. La silhouette en creux d'une hache ancienne lui apparut nettement, son relief souligné par l'éclairage de sa lampe frontale. Elle aspira une grande bouffée d'air. D'abord une source d'eau toute proche, et maintenant cette veine de mica d'où les Adenas avaient extrait une tête de hache ! Peut-être même l'avaient-ils utilisée pour accomplir des sacrifices humains, avant de déposer les restes dans le tumulus voisin, en l'honneur de leurs dieux ou de leurs morts.

Ce soir-là, quand son équipe d'étudiants fut repartie à Columbus, Kate prépara le dîner et attendit le retour de Grant. Il avait appelé pour prévenir de son retard, et elle l'avait mis au courant de leurs découvertes dans la veine de mica. Elle lui avait dit, également, que Kaitlyn avait prélevé un échantillon d'herbe morte et une branche d'aubépine devant l'entrée du tumulus, pour les transmettre au labo. A présent, elle ne voyait toujours pas Grant revenir, et elle commençait à se poser des questions. S'était-il passé quelque chose à la scierie ? Une nouvelle dispute avec Brad ? Ou bien autre chose de pire ?

Elle sortit le repas du four et le plaça dans le micro-ondes, où elle n'aurait qu'à le réchauffer. Pourquoi ne téléphonait-il pas ? Cela l'ennuyait de l'appeler sur son portable, comme une épouse inquiète, car il était peut-être en réunion ou en compagnie de Brad. Elle avait espéré l'emmener voir la veine de mica et la silhouette de la tête de hache, après le dîner, mais la nuit commençait déjà à tomber.

Un pick-up passa alors devant la maison, mais ne s'arrêta pas. Il ressemblait à celui que le garage avait prêté à Grant en attendant que le sien soit réparé. Kate sortit de la maison et se rendit au bout de l'allée. Le véhicule était arrêté un peu plus loin, sur le bas-côté, à la lisière des bois. Etait-il allé jeter un œil à la veine de mica pour pouvoir en discuter avec elle au dîner ? Elle lui avait dit, au téléphone, qu'elle avait laissé un escabeau sur place.

Elle repassa dans la maison, ressortit par la porte arrière et s'éloigna entre les arbres en direction du filon de mica, cherchant des yeux la silhouette de Grant. Craignait-il que des intrus ne rôdent de nouveau autour des arbres de son bois ?

Il ne se trouvait pas, de toute évidence, aux alentours du filon. Mais au moment où elle rebroussait chemin en direction de la maison, elle aperçut entre les arbres l'éclat de sa chemise bleu clair. Il se dirigeait vers le cairn sous lequel était enterré le chien de Brad.

Kate s'accroupit alors derrière un arbre. Grant était agenouillé devant l'empilement de pierres, comme s'il était venu se recueillir. Il sortit un morceau de papier de sa poche. Laissait-il un mot à Brad pour lui dire qu'il était venu ?

Il griffonna quelque chose sur le papier, le posa par terre et se mit à démonter la petite pyramide de pierres. Il n'allait tout de même pas déterrer un chien mort ! Ou bien soupçonnait-il son frère d'avoir caché autre chose dans la sépulture ?

Tout en se reprochant de l'espionner, alors qu'elle-même avait craint d'être suivie et surveillée dans ce même bois, elle le vit sortir un déplantoir de sa poche arrière et se mettre à creuser. Très vite, il sortit une boîte du trou. Une boîte beaucoup trop petite pour contenir les restes d'un chien. A moins que Brad ne l'ait fait incinérer.

Grant fit tourner la boîte quelques instants entre ses mains, puis il l'ouvrit. Kate ne pouvait voir l'expression de son visage, mais, à son attitude, elle comprit qu'il était troublé. Il hocha vivement la tête, comme s'il réprimait un juron.

Il replaça la boîte dans le trou, la recouvrit de terre, puis, après avoir consulté son papier, replaça les pierres dans l'état où il les avait trouvées. Il mit son déplantoir dans sa poche, tapa des mains pour les nettoyer et s'éloigna vers la route en courant à petites foulées.

Dès qu'il fut hors de vue, Kate repartit en courant, elle aussi, vers la maison. Brad avait caché quelque chose sous ce cairn, en plus du squelette de son chien. A présent, elle allait non seulement parler à Jason de son dessin dans le dos de Grant, mais revenir déterrer cette boîte dès que possible.

Grant était visiblement de mauvaise humeur. Il ne dit pas grand-chose pendant le dîner, s'excusa dès qu'il eut fini de manger et alla s'enfermer dans sa chambre pour passer des coups de fil. Kate l'entendit hausser le ton plusieurs fois, mais elle ne parvenait pas à comprendre ce qu'il disait. Elle avait l'impression qu'il parlait à Brad.

Au bout d'un moment, il réapparut. Il eut l'air soulagé d'apprendre que les étudiants de Columbus ne reviendraient pas avant le week-end. Il n'avait toujours pas dit un mot au sujet de la boîte qu'il venait de déterrer, et Kate jugea inutile de lui révéler qu'elle l'avait suivi. Il avait ses secrets — évidemment, c'était peut-être une affaire privée entre les deux frères —, et elle avait les siens. Demain, dès que Grant aurait quitté la maison, elle obtiendrait enfin des réponses à ses questions. Elle ne baisserait pas les bras avant d'avoir reconstitué le puzzle. Mais où trouver les pièces manquantes ? Sûrement pas en les demandant à Grant, qui lui parlait à peine et finit par disparaître dans sa chambre à coucher. Pas un baiser, alors qu'ils avaient passé la soirée du lundi à bavarder en se câlinant. Pourvu qu'il ne pense pas que c'était elle qui avait détruit la haie d'aubépines à l'entrée du tombeau ! Même si elle était plutôt reconnaissante, en définitive, à celui ou à celle qui s'en était chargé.

— Et Brad ? lui demanda-t-elle le lendemain au petit déjeuner. Il loge où, en ce moment ? Ça se passe toujours bien, à la scierie ?

— Il est chez Lacey. Ses parents à elle sont encore là-haut, dans leur chalet, et il s'est installé avec elle dans leur maison en ville. D'après lui, les parents ne sont pas au courant, ils croient qu'il habite encore ici. Je l'ai prévenu que je ne mentirais pas s'ils me posaient la question.

Voilà peut-être pourquoi ils se disputaient hier soir, pensa Kate. *A supposer que c'était bien à Brad qu'il parlait.*

— Tu as bien fait, répondit-elle simplement. Les mensonges finissent généralement par provoquer des réactions en chaîne.

Grant la foudroya d'un regard si étrange qu'elle en eut la chair de poule. Etait-il chargé de ressentiment ? De colère ? De haine, même ?

— Ça, c'est sûr, dit-il en se levant brusquement. Quant au travail de Brad à la scierie, il n'y a rien à dire, il est exemplaire. Il faut que je file, Kate. C'est quoi, tes projets pour la journée ? Je te rappelle que tu m'as promis de ne pas revenir travailler seule sur la veine de mica, ni de te balader dans les bois.

— « Car ils sont pleins de danger, Petit Chaperon rouge », répliqua Kate en souriant. Je m'en souviens, cher maître des lieux.

Elle se rendit compte qu'elle atermoyait en réfléchissant à la façon de lui répondre. Si Grant pouvait faire des choses derrière son dos, lui mentir…

— Je pensais aller chez Nadine chercher le tronc sculpté qu'elle va me vendre, déclara-t-elle enfin. Je vais l'appeler pour voir si elle est là.

— Je t'accompagne ce soir, si tu veux. Ce tronc est trop lourd pour que vous le déplaciez, même à deux.

— Eh bien, je vais simplement passer la payer, et on y retournera ensemble plus tard. Elle ne doit pas rouler sur l'or, en ce moment, et ça fait plusieurs jours que je me promets de lui rendre visite.

— Bon… Parfait.

Elle n'ajouta pas qu'elle allait aussi s'arrêter chez Todd et Amber pour bavarder avec Jason… une fois qu'elle aurait déterré la boîte que Brad avait cachée dans les bois.

23

Grant claqua la porte de son bureau et poussa un juron en sentant des gouttes de son café lui brûler le poignet. Il était d'humeur massacrante. Furieux contre Brad, contre Kate, contre lui-même. Kate l'exaspérait, mais elle lui donnait aussi envie de l'attraper et de l'embrasser à pleine bouche. Il devait choisir, à présent : soit la garder tout près de lui, soit l'écarter de sa vie à jamais.

Quitterait-elle la ville, ce week-end, après le retour de Tess et Gabe ? Il avait envie de l'éloigner du tombeau tout en la gardant dans sa vie, ce qui semblait impossible. Quant à Brad…

Comme par hasard, son frère passa justement la tête par la porte.

— Keith m'a dit que tu voulais me voir. Tu as quelque chose d'important à me dire, ou c'est juste pour me reparler des parents de Lacey ?

— Je me fiche de ce que tu fais avec elle, si ce n'est, comme je te l'ai dit ce matin, que c'est idiot de leur faire des cachotteries. Son père a la gâchette facile et…

— Et sa mère te préfère encore à moi. Ecoute, on a une livraison de chêne qui arrive, je devrais déjà être sur la chaîne de découpage.

— Ferme la porte et prends une chaise.

— Hou là ! s'exclama Brad en s'asseyant à l'envers sur une chaise en face de lui. Qu'est-ce qui se passe ?

— Tu as dit à Kate que tu avais enterré un chien dans les bois. Il me semble même qu'il s'appelait Max et que c'était un colley. Tu te lances dans l'écriture de romans, ou quoi ?

Brad lui décocha un regard noir. Une de ses jambes gigotait, trahissant son malaise.

— D'accord…, soupira-t-il. Un jour que je me baladais dans les bois, je l'ai croisée, et d'ailleurs j'ai bien l'impression qu'elle me suivait. J'ai inventé cette histoire pour noyer le poisson.

— Ce tas de pierres n'est pas vraiment discret, Brad. Quelqu'un d'autre pourrait tomber dessus. Moi, par exemple, je n'ai eu aucun mal à le trouver.

Brad se leva d'un bond, cala ses poings sur le bureau et se pencha vers Grant, furieux.

— Seulement parce que madame l'anthropologue t'en avait parlé ! Je parie que tu as déterré la boîte, hein ? Oh ! je sais bien que c'est *ta propriété à toi*. Mais je te rappelle qu'on avait fait le serment de ne jamais demander aux autres où ils avaient caché leur truc…

Son frère se laissa retomber sur sa chaise, les bras croisés, le visage rouge. Il semblait sur le point d'exploser ; une veine palpitait au creux de son cou. Grant se leva de son fauteuil et vint se percher au bord de son bureau, d'où il le dominait.

— Tu peux parler moins fort ? demanda-t-il. Oui, je l'ai déterrée, mais ça n'a plus d'importance, puisqu'elle était vide. J'espère seulement que tu n'as pas vendu ta pointe de flèche et que tu n'en as parlé à personne. Surtout pas à Lacey.

— Tu te fous de moi ? Tu crois que je serais là, à t'écouter, si je l'avais vendue ? Je serais en train de sauver mon entreprise, au lieu de travailler pour un ingrat ! Et je ne suis pas assez débile pour essayer de la vendre anonymement sur eBay, parce que ça s'ébruiterait tout de suite !

— Ni par un moyen plus discret ? A quelqu'un qui en voudrait pour sa collection privée, par exemple, ou son musée ? Puisqu'elle n'est plus dans sa cachette avec ton chien imaginaire, tu peux m'assurer qu'elle est en lieu sûr, et que tu n'as demandé conseil à personne pour la vendre sur le marché noir ? Je soupçonne que c'est ce que Paul a fait. Et tu vois le résultat.

— Oui. Elle est en lieu sûr. Et toi, tu sais où Paul a caché son objet ? Et Todd ? Si jamais quelqu'un de l'extérieur est au courant, ce n'est pas de ma faute !

— Comme tu l'as dit, on avait convenu de ne pas se révéler l'emplacement de nos cachettes. Je veux juste être sûr que ton objet est en sécurité, puisqu'il n'est plus dans sa boîte. A ce sujet, pourquoi est-ce que tu ne l'as pas emporté, cet écrin doublé de soie, que tu as apparemment fait fabriquer sur mesure pour abriter ta pointe de flèche ?

— J'en suis venu à penser, au fil des années, que c'était plutôt une pointe de lance.

Habile changement de sujet, pensa Grant. C'était mauvais signe. Son frère avait aussi éludé la question de savoir s'il s'était confié à Lacey. Elle ne lui aurait tout de même pas soutiré l'artefact pour subventionner son activisme écologique, quand même ?

— Ce n'est pas sûr, répondit-il à Brad. Kate dit que les objets funéraires des Adenas étaient souvent surdimensionnés. Et leurs têtes de lance sont plutôt allongées, avec des pointes en forme de feuille et une tige arrondie, contrairement à la tienne, qui est donc sans doute une pointe de flèche.

— Je vois que vous avez approfondi la question, avec madame l'anthropologue. Tu ferais pourtant mieux de te débarrasser d'elle, si tu ne veux pas qu'elle aille fourrer son nez dans le tombeau, avec sa bande d'archéomaniaques. Je veux dire l'envoyer carrément balader, la faire dégager de chez toi et de ta vie. A mon avis, tu n'as pas le choix. C'est à se demander, de toute façon, si elle s'intéresse plus à toi ou à ton tumulus.

Il s'interrompit un instant.

— Tu ne m'as pas balancé de coup de poing ni flanqué

à la porte… J'en déduis donc que tu te poses la question, toi aussi.

— Je ne suis pas idiot, Brad.

— O.K., O.K. Sinon, si tu ne veux pas brûler les ponts, dis-lui que tu es rentré dans la tombe, tout seul, quand tu étais gamin, et que tu as pris ce masque avec les bois de cerf. Que si elle t'aide à le remettre, sans poser de questions, sans en parler à personne, tu la laisseras ouvrir son chantier de fouilles. Mais tu ne lui dis rien sur nos objets à nous, ni le fait qu'on était là avec toi. La dernière chose dont on a besoin, c'est de mauvaise publicité et de grosses amendes, ou même de peines de prison.

Grant sentit son ventre se nouer. Il avait déjà songé à cette solution, qui contraindrait toutefois Kate à mentir. Seulement, il avait envisagé de demander à Brad et à Todd de le laisser replacer leurs reliques aussi, à côté de celle de Paul, s'il arrivait à la retrouver. Mais comment réagirait Kate ? C'était quitte ou double.

— C'est la seule solution, reprit Brad, si tu veux la garder ici avec toi.

Il se leva et commença à s'éloigner vers la porte.

— Elle a voyagé partout en Europe, déclara Grant en se levant, lui aussi. Pour elle, les vacances idéales, c'est aller creuser des trous dans les décharges publiques des indiens Anasazi, à côté de chez sa sœur. Ce serait la même histoire qu'avec Lacey : elle s'ennuierait comme un rat mort et penserait sans cesse à s'en aller d'ici.

La main sur la poignée de la porte, Brad s'arrêta et se retourna.

— Peut-être pas. Elle m'a l'air beaucoup plus intelligente que Lacey. Et le fait qu'elle ait déjà beaucoup voyagé peut vouloir dire qu'elle sait ce qu'elle veut, et qu'elle est prête à se fixer quelque part.

Il lui lança un petit sourire narquois avant d'ajouter :

— Tu sais quoi ? Tu l'épouses, comme ça elle ne pourra pas témoigner contre toi. Non, je plaisante… Fais attention à toi, Grant. Avec ce qui vient d'arriver à nos deux plus vieux copains, je ne suis pas tranquille. Je surveille mes arrières, et tu ferais bien d'en faire autant.

Bizarre, pensa Grant. Cela ressemblait à des menaces, du moins à une mise en garde directe.

— Il y a une dernière chose, dit-il tout haut. Ce n'est pas tellement important, comparé à cette histoire avec Kate, mais j'ai reçu un coup de fil hier soir du propriétaire d'une scierie en banlieue de Madison, dans le Wisconsin. Il a reçu une énorme livraison d'érable moucheté la semaine dernière.

Brad écarquilla les yeux. Il avait l'air très troublé, et on aurait presque dit qu'il se sentait coupable de quelque chose.

— C'est notre arbre, tu crois ?

— J'en ai bien l'impression. Il va nous faire livrer des échantillons ; tu devrais bientôt les voir arriver. Une des planches a des clous, apparemment, et je me demande s'ils ne viendraient pas de notre cabane.

— O.K., j'ouvrirai l'œil et on comparera les clous. Tu me diras s'il a pu remonter jusqu'au vendeur qui lui a fourni le stock.

Avant de refermer la porte, il ajouta en souriant :

— Je te signale juste que tu viens de dire que notre arbre avait moins d'importance que Kate.

Pour la première fois depuis le retour de son frère, Grant appréciait les conseils qu'il lui donnait, malgré le ton vaguement menaçant qui semblait les accompagner. Le problème, c'était que Kate semblait extrêmement à cheval sur la loi. Accepterait-elle de remettre clandestinement un objet dans le tombeau avant d'en sortir les autres ? Il y avait fort à parier qu'elle ne lui pardonnerait jamais, de toute façon, de lui avoir caché si longtemps la vérité. Et surtout, même avec un tombeau adena dans son jardin, Kate pourrait-elle se satisfaire d'une vie à Cold Creek avec lui ?

*
* *

Après avoir appelé la mère d'Amber pour être sûre qu'elle pouvait passer chez eux plus tard, Kate alla chercher une petite pelle dans le coffre de sa voiture, mit un papier et un crayon dans sa poche, et partit tout droit vers l'endroit où Brad avait enterré son chien. Elle s'arrêta un instant devant le tombeau, puis passa son chemin, de même que devant la veine de mica, puisqu'elle avait promis à Grant de ne pas s'y aventurer avant le samedi et le retour de ses assistants. Il n'avait rien dit, en revanche, au sujet du tas de pierres. Et de toute façon, il ne savait pas qu'elle l'avait vu creuser à cet endroit.

Après avoir jeté un regard circulaire aux bois en se répétant que personne d'autre ne rôdait à cette heure matinale, elle refit ce que Grant avait fait la veille : un croquis sommaire de l'empilement de pierres, pour éviter que Brad, ou même Grant, ne remarque qu'elles avaient été déplacées. Il ne lui fallut pas longtemps pour déterrer l'objet qu'elle avait vu Grant manipuler.

C'était une belle boîte de bois, au grain magnifique, mais rayée et ternie par la terre humide. Sans doute contenait-elle un collier ou un autre souvenir du chien de Brad… mais dans ce cas, pourquoi Grant avait-il paru aussi troublé ? Elle manipula quelques instants le fermoir en métal rouillé.

Un hoquet de surprise lui échappa quand il s'ouvrit enfin.

La boîte était vide. Elle était doublée d'une somptueuse soie bleu gris, qui dessinait en creux une silhouette très précise, celle d'un objet qui ne s'y trouvait plus. Un objet qui avait laissé derrière lui de la poussière de mica. Et qui ressemblait fort à une pointe de flèche surdimensionnée en forme de feuille.

*
* *

Tremblant encore de colère après avoir réenterré la boîte et replacé les pierres, Kate se précipita jusqu'à la maison, se lava les mains et ressortit. Elle jeta sa pelle dans le coffre de la voiture, à côté des outils qu'elle avait apportés. Dans l'habitacle chauffé par le soleil de ce matin de juin, Kate se sentit pourtant glacée à l'intérieur. Elle ne démarra pas, mais resta ainsi, immobile, à réfléchir.

Sans doute Brad avait-il découvert la tête de flèche en mica dans le coin où ses étudiants et elle avaient repéré la silhouette de la hache. Peut-être Grant se trouvait-il d'ailleurs avec lui, quand il l'avait trouvée. Avaient-ils découvert aussi la tête de hache, ou d'autres objets issus de cette même veine de mica ? Et Todd, était-il dans le coup ? Et s'il avait récupéré la hache ancienne, puis en avait parlé ou l'avait montrée, des années plus tard, à son fils Jason ? Ces objets précieux devaient être répertoriés et étudiés, non cachés chez des particuliers.

« Les trésors comme les vérités refusent de rester enterrés », dit-elle à voix haute. C'était une des maximes que Carson aimait à répéter pendant ses cours.

Elle tourna la clé dans le contact et prit la direction du domicile de Todd et Amber.

Kate était pressée, mais elle accepta néanmoins une tasse de café et un compte rendu sur les progrès de Todd, que lui fit sa belle-mère.

— Ça va doucement, mais avec tous les tests qu'ils lui ont faits, ils savent comment le retaper, expliqua-t-elle. Sa rate est perforée, mais heureusement il peut vivre sans. Le docteur l'opère aujourd'hui. Au fait, on voulait vous remercier d'avoir demandé à votre amie d'héberger Amber à Columbus. Tout le monde vous en est très reconnaissant, et ça fait plaisir de voir que Grant a de nouveau une chance d'être vraiment heureux.

Pour ce qui était de parler à Todd de la hache, un peu plus tard dans la journée, c'était fichu. N'empêche que

Kate était profondément touchée par la gratitude des gens du cru, en tout cas de certaines personnes. Quant à Grant, elle n'était pas du tout sûre de pouvoir faire son bonheur… même si elle devait admettre que l'idée la séduisait infiniment.

Dès que la politesse le lui permit, Kate sortit dans le jardin, où les enfants McCollum s'amusaient sous l'œil vigilant de leur grand-père. Elle échangea quelques mots avec lui et fut ravie de voir les garçons s'arrêter de courir quelques instants pour venir la saluer. Au bout d'un moment, elle réussit à se retrouver en tête à tête avec Jason près de la table de pique-nique.

— Je pensais à ce dessin très intéressant que tu as fait pour ton papa, dit-elle tandis qu'ils s'asseyaient tout près l'un de l'autre, sur un banc.

— Maman m'a dit qu'il le trouvait pas trop mal.

— Ça ne m'étonne pas. Mais je me suis demandé pourquoi tu avais dessiné une tête de hache et du sang, parce que quand ton papa est tombé, je n'ai pas vu de hache ni de sang.

— Non, non, c'était l'autre fois… C'était pour lui dire que moi aussi, j'ai eu mal quand je me suis blessé.

— Ah bon ? Tu es tombé, toi aussi ? En aidant ton papa à abattre un arbre ?

— Non, non. J'étais au grenier, j'ai trouvé la hache, c'était trop cool, mais en jouant avec, je me suis coupé.

— Ah, désolée… Il y avait un manche sur cette hache ?

— Non, juste le dessus. C'est une espèce de pierre noire qui brille et qui coupe très fort. On m'a fait onze points de suture.

Il tendit le bras pour lui montrer une série de petites cicatrices pâles sur sa peau.

— Je savais pas qu'elle était cachée au grenier. Maman était pas contente, mais Papa lui a promis de la ranger ailleurs. Il l'a trouvée quand il était petit, en jouant avec oncle Grant. Dis, Kate, est-ce que mon papa va guérir ?

Je me fâche contre lui, des fois, mais je l'aime, et s'il meurt, je serai très triste de pas lui avoir dit plus souvent.

Grant est au courant, pour la pointe de flèche et la tête de hache ! Luttant pour garder son calme, elle plaça la main sur l'épaule du petit garçon.

— Ça va prendre du temps, et il aura besoin de ton aide, mais je suis certaine qu'il va aller beaucoup mieux.

Ainsi, elle avait raison : Grant, Brad et Todd — et peut-être Paul — avaient découvert des artefacts préhistoriques près du filon de mica, et les avaient cachés. Mais à cet instant précis, ses pensées se tournaient vers son propre père. *Je me fâche parfois contre lui, mais je l'aime, et s'il venait à mourir, je serais triste de ne jamais le lui avoir dit.*

Tandis que Jason s'éloignait pour rejoindre ses frères, elle se rappela le jardin à l'arrière de leur maison, où elle jouait, enfant, avec Tess et Char. Elle se rappela leur mère qui les appelait pour venir dîner en disant que leur papa rentrerait tard, ou ne rentrerait pas ce soir-là. Et, malgré toute la colère qu'elle éprouvait, elle comprit qu'elle devait cesser de haïr son père.

24

Au lieu de rentrer à la maison, ou plutôt chez Grant, Kate prit la direction de Columbus.

Elle tenta de rester concentrée sur la route, mais elle ne cessait de répéter de longues diatribes à l'intention de Carson et de Grant. A cet instant précis, tout l'exaspérait : la circulation bouchée autour de l'université, le fait qu'elle n'avait pas la carte de stationnement réservée au personnel, et devait donc traverser tout le campus à pied, la vétusté du bâtiment qui abritait le département d'anthropologie, le fait qu'ils étaient obligés de le partager avec des hordes d'étudiants en physique, en maths, en astronomie, en santé publique et même en cinéma. Et, pourtant, cela lui manquait, de ne plus y enseigner.

Ce qui la tracassait le plus, c'était l'affrontement auquel elle se préparait avec Carson. Alors qu'elle était encore loin d'avoir l'autorisation de fouiller le Mason Mound, il faisait tout pour lui forcer la main. Il la bombardait d'histoires de tombeaux pillés en Italie, exerçait une pression par l'intermédiaire de ses étudiants en thèse et de sa nouvelle théorie bidon sur un lien entre Toltèques et Adenas, laquelle réduirait à néant les années de travail de Kate, car ses propres publications et communications n'auraient jamais autant de poids que celles de Carson, même si elle continuait à défendre sa théorie bec et ongles. Elle en avait d'ailleurs la ferme intention… sauf qu'elle n'avait toujours pas l'ombre du fameux chaînon manquant, à savoir un artefact commun aux Celtes européens et aux peuples préhistoriques américains.

La lourde porte en chêne du bureau de Carson se dressa devant elle.

— Entrez ! lança-t-il en l'entendant frapper.

Elle passa la porte et s'avança vers lui. Au moins, il était seul. Combien d'heures avait-elle passées ici, à boire la moindre de ses paroles, émerveillée par leurs échanges d'idées ? La première fois qu'il l'avait embrassée, il l'avait acculée contre une bibliothèque, et, comme une idiote, elle avait trouvé cela merveilleux.

Il leva enfin les yeux de son ordinateur portable et, en la voyant, le ferma précipitamment.

— Kate ! Quelle surprise ! Tu aurais dû me prévenir, ma chérie. Entre… et ferme la porte à clé !

— C'est une visite professionnelle, Carson.

Elle s'installa en face de son bureau encombré de livres et de papiers. Sa copie du masque du Beastmaster était accrochée sur le mur derrière lui, dans une sorte de vitrine lumineuse. La bête les fixait d'un regard furieux. Kate y vit un symbole de tous ses échecs.

— Laisse-moi deviner, dit Carson. Grant est tellement impressionné par les recherches sur la veine de mica qu'il t'a donné l'autorisation d'accéder au tombeau, et tu as voulu me l'annoncer en personne…

Kate posa son grand sac à main sur le sol pour dresser une barrière entre elle et Carson, qui s'approchait insidieusement sur son fauteuil à roulettes.

— Et si je t'annonçais plutôt que je suis consternée par ta théorie vaseuse des Toltèques ? Dont tu fais la promotion auprès de tes étudiants, sans jamais avoir jugé utile de m'en toucher un mot ! Quant au Mason Mound, je ne suis pas près d'y entrer.

— Kate, ma chérie, il faut que tu y arrives vite, ou que tu fiches le camp de ce bled. J'imagine qu'après le retour de ta sœur et du shérif, ce week-end, tu ne vas pas traîner dans le coin.

— C'est moi qui t'ai dit qu'ils revenaient ce week-end ?

— Peut-être que Kaitlyn m'en a parlé. Oui, je crois qu'elle m'a dit que tu voulais continuer à travailler sur la veine de mica samedi, le jour de leur retour.

— Elle me fait penser à moi.

Carson bascula en arrière dans son fauteuil, s'appuya sur les accoudoirs et joignit les mains d'un air concentré.

— Je m'en doutais, dit-il. Elle a toutes tes qualités — brillante, ambitieuse, pleine de bonne volonté…

— Je veux bien te croire.

— Cette insinuation est indigne de toi, Kate. Mais je te pardonne, tu dois être frustrée de passer à côté de l'occasion professionnelle de ta carrière simplement parce que tu t'es amourachée de Grant Mason.

Kate constata, avec un peu de surprise, qu'elle n'avait aucun désir de le nier.

— J'ai découvert certaines choses, dit-elle tranquillement, établi quelques faits.

— Des faits ? Je ne t'ai donc rien appris ? Les faits sont insaisissables, Kate, ils sont soumis aux interprétations et aux théories de chacun. Ils ne parlent pas d'eux-mêmes. Kaitlyn m'a parlé de la silhouette de tête de hache qu'elle a repérée. Tu as quoi d'autre à te mettre sous la dent ?

Elle avait envie de tout lui dire sur le dessin de Jason et les confidences qu'il lui avait faites, sur la boîte doublée de soie qui semblait avoir contenu une pointe de flèche adena, sur son espoir de remonter jusqu'à ces objets sans devoir ouvrir le tombeau. Mais, à sa propre stupéfaction, elle n'en fit rien.

— Je pars de l'hypothèse que les éclats de mica prélevés dans la veine ont été utilisés comme décorations sur des vêtements funéraires ou des masques de chamans.

— Ah ? dit Carson en se redressant dans son fauteuil. Comme celui-là ?

Il leva le doigt vers le masque accroché au-dessus de son bureau, et plissa les yeux comme s'il essayait de lire dans ses pensées.

— Kate, si jamais tu réussis à trouver un masque identique, ou même similaire à celui du Beastmaster, ta carrière est faite ! Tu dois bien avoir un plan de la dernière chance pour jeter un œil à ce tombeau, avant de quitter la région ? Kaitlyn me dit que l'entrée du passage n'est fermée que par quelques arbres morts. Qu'est-ce qu'on attend pour passer à l'action ?

— C'est une haie d'aubépines que quelqu'un a empoisonnées, et ce n'est pas moi.

— Kaitlyn me l'a dit, oui. Les résultats du labo nous indiqueront le poison, mais pas le coupable. N'empêche que si c'était toi, je te donnerais une médaille. Une de ces fameuses étoiles trempées dans du sang humain, par exemple. Tu as du nouveau à ce sujet ?

— Pas vraiment. Je suis plus ou moins certaine que c'est le chef de la secte qui les a déposées, avec l'espoir de sauver ou de damner les âmes des morts. Mais toi, Carson, tu ne penses pas sincèrement que des Toltèques sont remontés jusqu'ici pour se transformer en Adenas, puis qu'ils ont ensuite engendré les Aztèques ?

— Ça se défend autant que ta théorie des Celtes, que tu n'as aucun moyen de prouver. Quand j'étais à Washington pour ma conférence, j'ai fait un tour au Musée d'histoire naturel. Là-bas, j'ai vu un incroyable récipient toltèque en terre cuite, qui pourrait être rapproché du chaman de la pipe adena. Les boucles d'oreilles sont identiques, les traits du visage sont similaires. On sait que les deux groupes pratiquaient le sacrifice humain en brisant le crâne de leurs victimes. Ecoute, ma chérie, je n'ai pas envie qu'on se dispute pour ça… Et si je redescendais avec toi à Cold Creek et qu'on faisait tous les deux une ultime tentative pour convaincre Grant Mason ?

Kate se sentait presque submergée par le désarroi. Elle aimait Grant de tout son cœur ; elle voulait travailler avec lui, non contre sa volonté. Mais lui, s'il l'aimait aussi, pourquoi lui refusait-il ce qu'elle désirait le plus, à savoir étudier ce tumulus ? Il avait tout fait pour lui faciliter ses recherches sur la paroi de mica… Etait-ce simplement le tombeau qui était tabou ?

— Kate, répéta Carson en tendant l'index tout près de son visage, rentre dans ce tombeau ou fiche le camp d'ici — de Cold Creek, et même de Colombus. Retourne sur ton chantier en Angleterre. Ton avenir est là-bas.

Elle le fixa d'un regard furieux. Il avait raison. N'avait-il pas toujours raison, d'ailleurs ? Mais il était aussi maître dans l'art de la manipulation, comme l'Etoile Lumineuse. Et, même si elle ne pouvait faire totalement confiance à Kaitlyn Blake, elle avait envie de la tirer des griffes de Carson, afin qu'elle ne perde pas les dix prochaines années de sa carrière à « partager ses ressources » avec lui.

— C'est ta dernière chance, Kate. Soit tu réussis ton coup maintenant, soit tu déclares forfait et je reprends les choses en main. Mon avocat a déjà commencé à rédiger une déposition, que je vais utiliser pour accéder au tumulus en élargissant la définition de l'utilité publique. Tu te rends compte qu'avec une équipe de mes étudiants, tu pourrais être à l'intérieur du tombeau en quelques heures ? Mais si tu ne réagis pas, je vais y aller sans toi…

Kate ramassa son sac, se leva et s'éloigna vers la porte. Elle retira la grande clé en fer forgé de la serrure et revint la jeter sur le bureau de Carson.

— Au cas où Kaitlyn s'enfermerait accidentellement à l'intérieur.

Puis elle quitta la pièce. Il s'attendait sans doute à ce qu'elle claque la porte, aussi la referma-t-elle sans faire de bruit.

En descendant les quatre étages, elle se rendit compte qu'elle venait de tourner la page sur Carson, en tout cas sur l'emprise qu'il exerçait sur elle. S'il empêchait ses étudiants de revenir l'aider samedi, tant pis. Pour la première fois depuis des années, elle avait le sentiment d'avoir retrouvé son indépendance dans sa carrière et dans sa vie privée. En revanche, elle n'était pas sûre d'avoir la force de mettre Grant au pied du mur… ni de tourner la page sur lui.

Avant de repartir à Cold Creek, elle commanda des plats à emporter dans son restaurant chinois préféré. Elle calcula qu'elle avait juste le temps d'arriver à la maison avant Grant, du moins s'il était à l'heure. C'était peut-être la dernière fois qu'elle jouait le rôle de l'épouse modèle attendant son mari avec un repas sur la table, en s'inquiétant de savoir pourquoi il rentrait si tard. Quand elle lui aurait demandé des explications sur l'histoire de Jason, il risquait d'exiger qu'elle quitte les lieux. Elle n'avait aucune envie de retourner dans la maison de son enfance, mais elle s'en accommoderait pendant les quelques jours qui restaient jusqu'au retour de Tess. Peut-être demanderait-elle à Nadine si elle envisageait toujours d'acheter la maison, en passant chez elle, ce soir, pour lui régler la sculpture. Au moins garderait-elle une œuvre d'art de son séjour à Cold Creek.

En arrivant devant la maison, elle vit la voiture de Grant déjà garée dans l'allée. Elle attrapa les sacs de victuailles et entra rapidement.

— Grant ? lança-t-elle.

Elle posa la nourriture et son sac à main dans l'entrée et passa dans le séjour. Pourquoi ne répondait-il pas ? Et s'il lui était arrivé quelque chose, comme à Paul et à Todd ?

L'instant d'après, elle l'aperçut par la baie vitrée. Il se tenait à côté du tumulus et semblait furieux. Avait-on de nouveau volé un arbre sur sa propriété ?

Kate sortit par la porte de derrière et s'avança vers lui.

— Je ne t'avais pas autorisée à faire ça ! explosa-t-il en l'apercevant.

— A faire quoi ? s'écria-t-elle.

En arrivant à sa hauteur, elle suivit le doigt qu'il tendait vers la tombe. La haie d'aubépines avait été arrachée, exposant à la vue la partie du tumulus où, à coup sûr, était située son entrée. Kate repérait d'ici un affaissement dans la pente dénudée, qui correspondait certainement à un trou pratiqué des décennies auparavant, peut-être du temps de Hiram Mason.

— Ce n'est pas moi ! protesta-t-elle. Et même si je l'avais fait, ce ne serait pas un drame, non ? Ces arbustes étaient morts, il aurait bien fallu les enlever un jour. Tu ne crois tout de même pas que j'ai prévu de m'introduire dans la tombe pendant ton absence, alors que tu m'as clairement demandé de ne pas le faire ? Je suis partie depuis ce matin, Grant. Je ne ferais jamais une chose pareille sans ton autorisation, tu ne l'as pas encore compris ?

— Je… D'accord. Je suis peut-être allé un peu vite. Mais alors… qui a pu faire ça ?

Kate sentit sa colère s'évaporer quand elle vit son expression désemparée. L'espace d'un instant, elle aperçut le petit garçon qu'il avait été, bouleversé comme Jason par des pertes et des deuils.

— Tu es partie depuis longtemps ? demanda-t-il plus calmement. Tu n'as rien vu ni entendu ? Ça ne peut quand même pas être les voleurs de bois qui sont revenus…

— Je suis restée un moment ici, ce matin ; ensuite, j'ai rendu visite aux enfants de Todd et d'Amber. Todd devait se faire enlever la rate, aujourd'hui.

— Je sais, soupira Grant en se passant la main dans les cheveux.

— Je suis aussi allée jusqu'à Columbus pour rendre visite à Carson.

— Sympa.

— Non, ce n'était pas sympa du tout. Tu sais quoi, Grant ? Tu ne me fais pas confiance, et donc je ferais mieux de repartir chez Tess. Cette histoire ne va nulle part, notre relation non plus, et…

— Hé, salut, vous deux !

La voix de Brad s'éleva depuis l'arrière de la maison ; l'instant d'après, il s'avançait vers eux.

— Grant, je voulais arriver avant toi, mais Keith

m'a dit que tu avais quitté la scierie plus tôt que d'habitude… Ah ! Je vois qu'ils ont enlevé les buissons morts, mais pas encore livré les nouveaux. Je me suis dit que tu voudrais remettre de l'aubépine, comme grand-père. Kate, figure-toi que je me suis renseigné sur l'aubépine avant de passer ma commande. *Crataegus monogyna*, en latin. Pas mal, hein ? J'imagine que tu connais sa signification pour les Celtes ? Je dois avouer que je n'en avais jamais entendu parler, mais la fille qui a pris ma commande à la pépinière s'y connaissait.

Kate se rappela le cours de paléobotanie de Carson, qu'elle avait suivi des années auparavant.

— Oui, dit-elle, mais tu crois vraiment que ton grand-père avait la mythologie celte en tête, quand il a planté cette haie ?

— C'est une des fameuses ironies de l'histoire, répliqua Brad, tout sourires, en s'approchant. Grant, tu as l'air contrarié… Je pensais vraiment arriver avant toi, excuse-moi. Je voulais te faire la surprise pour te remercier de m'avoir donné le poste de contremaître, même si c'est juste temporaire. Histoire de te filer un coup de main. Je sais qu'il y a beaucoup de choses qui te préoccupent, en ce moment.

— Ça, c'est sûr, dit Grant en regardant Kate plutôt que son frère.

— Bref, reprit Brad en tapant dans ses mains, je vais aller passer un coup de fil pour savoir pourquoi les nouveaux arbustes ne sont pas arrivés. Je reviens tout de suite.

— Je suis désolé de t'avoir accusée à tort, dit Grant en prenant Kate par le bras. Je te demande pardon. Je suis vraiment tendu, en ce moment…

— Je comprends.

— Qu'est-ce qu'il racontait au sujet du symbole de l'aubépine ?

— Comme il l'a dit, c'est un symbole celte, pas adena — sauf, bien sûr, si les Celtes sont les ancêtres des Adenas. Je me demande si ton grand-père a planté ces aubépines parce qu'elles poussaient déjà à l'entrée du tombeau depuis des années.

— Tu veux dire que des Indiens préhistoriques les auraient plantées à cet endroit et qu'elles se seraient ressemées au fil des siècles ? Et c'est quoi, la signification dont parlait Brad ?

— Dans la croyance celte, l'aubépine est associée à la mort. En Europe, on en trouve parfois autour des tombes celtes. Je n'y avais pas pensé, mais le fait de planter de l'aubépine à proximité des lieux de sépulture pourrait être un élément commun aux deux cultures ! Comme les armes surdimensionnées placées dans les caveaux !

— C'était quoi, le lien, pour les Celtes, entre les aubépines et la mort ? Les épines ?

— C'est vrai qu'elles ont l'air menaçantes. Mais nous, les chercheurs spécialisés dans la civilisation celte, on pense que c'est plutôt parce que les branches fraîchement coupées sentent la chair en décomposition. Tu sais, comme pour rappeler aux fidèles ou aux intrus ce qui les attend dans le tumulus — et ce qui nous attend tous dans l'avenir.

— Oui, en effet… J'avais déjà remarqué, tout petit, que les branches d'aubépinier coupées sentaient horriblement mauvais. Mais… tu vois ? Tu as trouvé encore un autre lien entre les Celtes et les Adenas sans devoir arracher des morts à leur tombe.

— Grant, avant que Brad ne revienne, je veux te dire que je sais pourquoi Jason a dessiné son père en train de se faire découper par une hache géante. Il a trouvé cette hache dans leur grenier, s'est coupé et a eu besoin de points de suture. Il m'a dit que son père lui avait raconté qu'il l'avait découverte des années plus tôt, avec son oncle Grant.

Grant s'assit lentement sur la souche géante de son érable volé.

— Grant, cette tête de hache est précieuse et importante !

— La pépinière vient de me dire qu'il faut attendre plus tard dans l'été pour replanter, dit soudain Brad en réapparaissant. Je leur ai dit que c'était d'accord.

Grant marmonna quelques syllabes incompréhensibles. Allait-il se fâcher contre son frère, alors que celui-ci faisait tout pour renouer avec lui ? Ou contre elle, parce qu'elle avait tiré les vers du nez à Jason ? Dire qu'elle était prête, quelques minutes auparavant, à laisser tomber Grant et son tombeau adena… et que son frère venait d'en faciliter l'accès, volontairement ou non !

En vérité, elle n'avait qu'une envie : rester ici et s'expliquer avec Grant. Même s'il constituait le principal obstacle à ce qu'elle désirait le plus. A moins que ce ne soit *lui*, ce qu'elle désirait le plus ?

25

Après le départ de Brad, Kate et Grant dînèrent ensemble en discutant. Il essayait de prendre garde à ce qu'il disait. D'un côté, il était confus d'avoir accusé Kate d'avoir arraché la haie d'aubépines. De l'autre, depuis que l'entrée du tumulus était dégagée, il avait l'impression d'être le seul rempart qui se dressait entre elle et le tombeau.

— C'est la vérité, admit-il quand elle reparla de l'histoire de la hache. On l'a découverte derrière la maison, Todd et moi. On était encore à l'école primaire, c'était notre secret, et on trouvait ça très cool…

— Tu ne devais même pas savoir que c'était un objet adena. Quand j'ai parlé à des groupes d'enfants des temps préhistoriques, ils n'arrivent même pas à concevoir un passé aussi lointain.

Grant hocha la tête devant tant de bienveillance. Pour la première fois, il était tenté de tout lui avouer… sauf que cet aveu aurait des répercussions sur Todd et Brad. Parfois, il aurait bien voulu qu'ils puissent vendre leurs objets, tous les deux, afin d'assurer leur avenir. Quand ils les avaient pris dans le tombeau, ils savaient que c'était mal, mais pas que c'était interdit par la loi. N'empêche qu'ils l'avaient appris par la suite, et qu'ils avaient tout de même continué à les cacher. Gabe revenait dans quelques jours, et peut-être pourrait-il les aider à régler le problème en douceur… en préconisant sans doute de tout rendre à l'Etat.

Il but une grande gorgée du vin qu'il avait sorti de sa cave, et qui se mariait bien avec les plats chinois rapportés par Kate. Ils avaient déjà eu un échange assez vif au sujet du partage de la note, qu'elle avait refusé. A présent, ils s'efforçaient tous deux de garder leur calme. Bon sang, mais pourquoi tout était-il si compliqué, entre eux ? Si seulement Grant avait pu effacer les épaisseurs de mensonges qui les séparaient, la prendre dans ses bras et lui faire l'amour !

— Et Gabe, demanda-t-elle, il sait que vous avez trouvé cette hache ?

— Il n'était pas là, on ne lui en a jamais parlé…

— Quand tu dis « on », tu veux dire Todd et toi ?

— Je ne veux pas que tu ailles interroger Todd tant qu'il n'a pas récupéré.

— Je n'y songeais même pas. Et Brad, il est au courant ?

— J'aimerais bien que tu le laisses en dehors de tout ça. Ça va le perturber, et j'ai besoin qu'il garde son équilibre, en ce moment. Cette histoire est entre toi et moi.

— J'aimerais bien le croire, Grant, mais tu réponds à toutes mes questions par des faux-fuyants.

Elle se leva et jeta sa serviette en papier sur la table. Elle était manifestement sur le point de se remettre en colère. Son verre de vin se renversa, mais il était vide.

— Puisque c'est vraiment entre nous, cette histoire, reprit-elle, j'ai un aveu à te faire. Parce que, contrairement à toi, j'ai envie de te dire toute la vérité.

Il s'attendait à ce qu'elle lui demande s'il cachait lui aussi un objet adena, mais elle n'en fit rien.

— Hier soir, quand tu es rentré de la scierie, je t'attendais devant la maison. Je t'ai vu partir dans les bois et je t'ai suivi, parce que je croyais que tu allais voir la veine de mica. Je t'ai vu déterrer la boîte vide à l'endroit où Brad a enterré son chien.

Il se redressa d'un bond et prit appui avec raideur sur la table. Brad lui avait bien dit que Kate l'avait espionné… et si elle savait que la boîte était vide, cela voulait dire qu'elle l'avait déterré à son tour, et vu la silhouette de la grande pointe de flèche.

— Tu n'en as pas marre, s'écria-t-il, de t'acharner comme ça ? D'accord, tu as gagné. Brad a eu autrefois une pointe de flèche qu'il avait trouvée chez nous. Mais à partir de maintenant, notre propriété et tout ce qui s'y trouve est zone interdite pour toi, tu as compris ? Fini d'aller fouiner dans la veine de mica ou sous des tas de pierres. Ça suffit !

— Tu me flanques à la porte parce que tu me caches quelque chose.

— Oui ! Je te cache que je t'aime et que je te désire, et que je n'ai aucune chance pour que ça marche, comme tu le sais très bien !

Kate semblait trop éberluée pour répondre, et Grant était sous le choc, lui aussi, de sa propre déclaration. Pourtant, c'était la vérité : il était bel et bien amoureux d'elle, et il savait que cela ne marcherait jamais entre eux.

— Grant, dit-elle enfin, je veux que tu saches…

Une sonnerie retentit à ce moment. Grant mit quelques secondes à identifier la mélodie familière de son téléphone portable, qui lui semblait venir d'un autre monde. Il se tourna vers le buffet en noyer et jeta un œil à l'affichage.

— C'est Keith, dit-il. Il m'appelle de chez lui. Tu peux… euh… me laisser une minute ? Allô, Keith ? Que se passe-t-il ? Tu as reçu les échantillons d'érable du Wisconsin ?

— Grant, les voleurs de bois… ils sont passés chez nous ! Ils m'ont piqué des arbres ! Trois chênes presque centenaires, derrière la maison ! Tu m'avais dit de te prévenir, s'ils refaisaient un mauvais coup, que tu avais peut-être une piste…

— Quoi ? C'est arrivé quand ?

— On ne sait pas trop, Velma n'était pas à la maison aujourd'hui. Je dirais que ça doit faire cinq, six heures au moins.

— Appelle le 911 et demande à Jace de venir. J'arrive,

moi aussi, mais je vais d'abord faire un tour sur Shadow Mountain.

— Qu'est-ce qui se passe ? demanda Kate tandis qu'il fourrait son téléphone dans sa poche poitrine.

— Les voleurs de bois ont coupé des vieux chênes chez Keith. Je vais remonter sur Shadow Mountain pour voir s'ils l'ont planqué au même endroit que la dernière fois.

— Mais… puisqu'ils savent qu'on a trouvé leur cachette, ça n'est pas trop risqué ? Je te rappelle que la dernière fois, on s'est fait tirer dessus !

Grant se précipita dans la cuisine et attrapa ses clés de voiture. Il avait beau être furieux contre les voleurs d'arbres, il était aussi soulagé d'avoir une excuse pour échapper à l'interrogatoire de Kate. Elle le suivit jusque dans le vestibule, où il fouilla dans un placard et sortit un fusil et une boîte de cartouches.

— On ne sait pas qui nous a canardés, rappela-t-il. Les voleurs de bois ne se doutent peut-être pas qu'on a trouvé leur planque. L'arrestation par un citoyen, ça te dit quelque chose ?

— Grant, tu ne peux pas faire ça ! Je t'accompagne…

— Hors de question. C'est trop dangereux.

— Je te dis que je t'accompagne !

Elle attrapa son sac à main sur la console du couloir. Grant faillit se mettre à rire. Il avait une arme et des munitions. Et elle, elle prenait… du rouge à lèvres ? son portefeuille ?

Mais il était las de se battre contre elle, et il n'avait pas vraiment envie de la laisser seule ici. Kate avait raison, il lui fallait un système d'alarme et un détecteur de mouvement à l'arrière de la maison, surtout si, un jour, le bruit courait qu'il y avait un trésor enfoui sur sa propriété.

— D'accord, dit-il en s'avançant vers la porte. Mais à certaines conditions. Tu restes dans la voiture, même si je descends. Tu te mets au sol dès que je te le demande. C'est bien compris ?

— Bien sûr. Tu vois comme on forme une bonne équipe, tous les deux ? Et, au cas où il nous arriverait un autre accident, là-haut, sur Shadow Mountain, je tiens à te dire que, moi aussi, j'ai des sentiments pour toi.

Cette annonce acheva de bouleverser Grant. Kate était tout près de découvrir ses plus sombres secrets, et pourtant il sentait ses défenses s'effondrer. Il savait qu'il risquait de la perdre, s'il continuait à refuser de répondre à ses questions. Mais il le risquait tout autant s'il lui avouait la vérité.

Kate trouvait que Grant conduisait beaucoup trop vite. Le temps d'arriver à Shadow Mountain, la nuit était tombée, ce qui rendait la montée sur cette route étroite et sinueuse d'autant plus angoissante. Le pick-up prêté par le garage vibrait avec un bruit de ferraille ; Grant lui expliqua qu'il avait besoin de nouveaux pneus. Peut-être avait-elle eu tort de venir, après tout.

Il restait silencieux, mais elle avait besoin de parler. Elle savait cependant que ce n'était pas le moment de reprendre les accusations et les controverses.

— Je n'arrive pas à croire que quelqu'un ait pu faire monter des chevaux de trait, plus leur attelage et plusieurs grands arbres, sur cette route. Tu as réfléchi à ça, Grant ? Il faudrait être fou pour le faire une deuxième fois. Je ne vois même pas comment ils ont fait pour monter ton arbre.

— L'accès est plus facile depuis le versant nord, mais moins direct. Du coup, il est possible qu'on arrive à temps. Keith pense qu'ils ont fait le coup il y a cinq ou six heures.

— On ne va pas pouvoir appeler les secours, à moins que les parents de Lacey nous laissent utiliser le fixe qui était coupé il y a trois jours… si jamais ils l'ont fait réparer entre-temps. Keith devait être dans tous ses états, non ?

— D'après sa voix, il était fou de rage. J'ai de plus en plus l'impression qu'on est frères, tous les deux, autant que Brad et moi. Je vais me garer dans l'allée de la ferme démolie, histoire de garder mes distances. Et toi, tu vas rester dans la voiture.

— Peut-être qu'en arrivant on verra les chevaux dans le pré. Dans ce cas, on pourra redescendre chercher Jace, puisqu'on sera sûrs que les voleurs sont dans le coin. S'il te plaît, Grant, promets-moi d'être prudent.

— Toi aussi. Tu restes dans la voiture et tu ne bouges pas.

Il coupa les phares, éclairant le chemin de la ferme détruite de ses seuls feux de position. Ils avancèrent au pas, en cahotant, cachés du pré par une haute haie de pins. Quand il coupa le contact, l'obscurité se referma autour d'eux comme un mur impénétrable.

— Je n'en ai pas pour longtemps, reprit Grant. Soit ils sont déjà là, soit ils ont changé de planque. Toi, tu t'enfermes à clé et tu ne bouges pas. Je reviens tout de suite… sauf si je les trouve. Dans ce cas, je te jure que je les ramène au bout d'une corde !

Il s'avança dans l'obscurité entre les arbres, une lampe torche à la main, trois rouleaux de corde sur l'épaule. Si ces salopards étaient bien là, il les obligerait à se ligoter les uns les autres.

Il longea le pré dans le noir, en suivant la clôture. Bientôt, il se prit le pied dans un trou et tomba à genoux, évitant par miracle de se tordre ou de se casser la cheville, mais il ne pouvait prendre le risque de se faire repérer en allumant sa torche. Il se releva et continua vers la lisière des bois et l'appentis où il s'était réfugié avec Kate, le jour où ils avaient essuyé des tirs.

Il n'entendait autour de lui que des bruissements de feuilles et quelques criquets. Il n'y avait même pas de lucioles, et d'ailleurs on en rencontrait rarement en altitude. Rien ne laissait penser que les voleurs de chênes se trouvaient dans les parages, eux non plus. Grant était profondément désappointé, et en même temps soulagé de n'avoir pas à utiliser son arme.

Il attendit un moment, guettant le moindre bruit, le moindre éclat de lumière. N'étaient-ils pas des voleurs, Brad, Paul, Todd et lui ? Cette pensée le mettait au supplice. Il aurait été capable de rester à faire le guet toute la nuit, sauf que Kate se rongerait les sangs. Pour ne pas trébucher de nouveau, il alluma sa torche et avança en balayant le sol devant lui. Jace avait retrouvé des cartouches vides, mais elles correspondaient à une marque de fusil de chasse très courante, et ne constituaient pas un élément de preuve contre qui que ce soit.

Le faisceau de sa lampe éclaira soudain un petit carré rouge au milieu de l'herbe. Grant le reconnut à quelques pas et se pencha pour le ramasser. Un emballage de chewing-gum au clou de girofle. Depuis toujours, l'haleine de Lacey sentait ce parfum un peu acide. Autrefois, il lui arrivait, juste à cause de son odeur, de se rendre compte qu'elle s'avançait derrière lui. Etait-elle venue rôder dans ces bois avec Brad ? Avaient-ils simplement voulu jeter un œil aux traces de l'arbre dont Grant leur avait parlé ?

Il rangea l'emballage dans sa poche, sortit des bois et revint vers la voiture, marchant d'un bon pas et gardant le faisceau de sa lampe baissé. Il se fraya un chemin à travers la haie de pins et, arrivé devant le pick-up, s'arrêta net.

Elle n'y était plus !

Il parcourut les derniers mètres en courant.

Dieu merci ! Pour une fois, Kate Lockwood avait obéi aux consignes. Elle s'était tassée sur son siège pour qu'on ne puisse pas la repérer de l'extérieur.

Grant dut reconnaître que, dans les grandes lignes, elle essayait de se plier à ses exigences. Elle avait respecté son interdiction d'entrer dans le tombeau alors que c'était ce qu'elle désirait par-dessus tout. La phrase qu'elle avait prononcée quelques instants plus tôt résonna alors dans son esprit.

Je veux que tu saches que j'ai des sentiments pour toi, moi aussi…

Il approcha son visage de la vitre pour qu'elle voie que

c'était bien lui, mais elle déverrouillait déjà les portières. Grant fit le tour jusqu'au côté du conducteur, glissa les cordes et le fusil derrière son siège et s'installa au volant.

— Je n'ai rien vu du tout, dit-il en verrouillant de nouveau les portières. Si ce sont les mêmes qui ont pris mon arbre, on dirait qu'ils ont changé de planque. Avec un peu de chance, ils essaieront de l'écouler dans la même scierie du Wisconsin, mais, à mon avis, ils sont plus malins que ça. Au départ, je pensais à un gars du coin qui avait perdu son boulot, ou un routier, par exemple, qui pouvait utiliser son camion entre les longs trajets, mais maintenant, je n'en suis plus si sûr… Ça m'angoisse de me dire que c'est quelqu'un que je connais, qui sait abattre correctement un grand arbre et qui a accès au matériel qu'il faut.

— Tu veux dire quelqu'un de la scierie ? Quelqu'un dans la place, qui saurait quand toi et Keith n'êtes pas chez vous…

Grant se tourna brusquement vers elle.

— Tu penses à Brad ?

— Je ne pensais à personne en particulier, mais je suis en train de m'apercevoir qu'on ne peut pas toujours faire confiance aux gens juste parce qu'on en a envie. Carson Cantrell en est un bon exemple.

— A ce propos… Ça ne veut peut-être rien dire, mais je viens de trouver un emballage de chewing-gum de la marque préférée de Lacey.

— Au clou de girofle, c'est ça ? J'ai remarqué qu'elle en mâchait tout le temps.

— Exactement. Mais je n'ai pas non plus envie de tirer des conclusions hâtives sous prétexte que j'ai trouvé un objet associé à quelqu'un que je connais.

— A qui le dis-tu !

— Kate, ce n'est à moi que tu pensais, quand tu disais que tu ne pouvais pas faire confiance aux gens même si tu en avais envie ?

— Euh… Je ne sais pas. L'avenir nous le dira, sans doute.

Ne trouvant rien à répondre, Grant tourna la clé de contact.

— En parlant de confiance, reprit Kate, est-ce que tu t'inquiètes pour ta sécurité, après ce qui est arrivé à Paul et à Todd ?

— Tu veux dire… est-ce que j'ai l'impression d'être le suivant sur la liste ? Disons que je trouve un peu préoccupant que mon petit frère ait tout à gagner à ma disparition. J'ai l'impression qu'il écoute un peu trop Lacey. Quand un homme a une liaison avec une femme, il baisse ses défenses.

Etait-ce pour cela, songea Kate, que Grant n'avait même pas essayé de lui faire l'amour, alors qu'il en avait visiblement envie ? De peur de devoir céder à ses désirs à elle… des désirs qui le concernaient évidemment, lui, mais qui concernaient aussi le tombeau ?

26

Kate attendit dans la maison avec Velma pendant que Keith, Grant et Jace sortaient constater le vol d'arbres à la lumière de lampes torches. A leur retour, ils s'écroulèrent sur des chaises autour de la table de la cuisine. Velma disposa un grand bol de glace à la fraise maison devant chacun d'entre eux.

— Il est trop tard pour vous servir du café, dit-elle. On a beau nous avoir volé nos arbres, et fait déplacer le suppléant du shérif en pleine nuit, on a quand même tous besoin de dormir, sinon on ne vaudra rien demain matin.

Grant lança un regard oblique à Kate. Il se sentait physiquement et psychologiquement épuisé, et elle semblait être dans le même état. Il prit néanmoins sa cuillère et la plongea docilement dans la glace.

— Gabe va être sous le choc, en arrivant. La mort de Paul Kettering, l'accident de Todd…

— Je me demande si la mort de Paul n'était pas un accident aussi, dit Keith. Il paraît que sa femme ne veut pas en entendre parler, mais à mon avis il a dû perdre la boule pour une raison ou une autre. Et puis ce tronc qu'il était en train de sculpter lui est tombé dessus, voilà tout…

Kate étouffa un grognement. Elle s'était promis de passer chez Nadine, ce soir, pour lui payer la fameuse sculpture dont parlait Keith ; mais cela lui était complètement sorti de l'esprit. Elle résolut de s'en occuper le lendemain matin à la première heure. Elle revit mentalement la représentation très fine que Paul avait faite du chaman adena. Carson disait que les boucles d'oreilles et le visage de cette célèbre figurine ressemblaient de près à une tête toltèque qu'il avait vue à Washington. Il fallait absolument qu'elle pense à le vérifier ce soir sur internet, si fatiguée soit-elle.

Ils finirent leur glace et remercièrent Velma. Jace promit de revenir le lendemain matin pour essayer de relever des traces de pneus ou de sabots. Grant parla quelques instants à Keith, à mi-voix ; il semblait essayer de le réconforter de la perte de ses arbres.

Arrivés chez Grant, ils descendirent du pick-up devant la maison plongée dans l'obscurité.

— D'habitude, je laisse toujours une lampe allumée, dit-il, mais on est partis tellement vite…

Il sortit son fusil de la voiture et passa son bras libre autour des épaules de Kate, puis ils se dirigèrent tous deux vers la maison. D'un seul coup, il s'arrêta brusquement.

— C'est quoi, ce bruit ?

Kate inclina la tête. La nuit était tiède, le vent faisait bruire les feuilles des arbres. Une sorte de bourdonnement diffus flottait dans l'air.

— Je crois que ça vient de loin, dit-elle.

— J'ai plutôt l'impression que ça vient de derrière la maison. Viens, on rentre, mais on ne va pas allumer…

Ils entrèrent dans la maison obscure et verrouillèrent la porte derrière eux. Au bout de quelques secondes, ils s'habituèrent à l'obscurité et se dirigèrent vers la baie vitrée du salon. Le bourdonnement était un peu estompé, à l'intérieur de la maison, mais il restait très perceptible. Etait-ce un chant ? Une incantation ? Les bras de Kate se couvrirent de chair de poule. Pouvait-il venir du monticule ?

L'instant d'après, elle vit de petites lumières scintiller entre les arbres. Des lumières qui se déplaçaient sur la pente du tumulus ! Une idée folle lui passa à l'esprit :

et si Carson avait envoyé une équipe pour s'introduire dans la tombe pendant la nuit ? Sur certains chantiers particulièrement importants ou dangereux, cela se faisait... Mais les lueurs semblaient regroupées au sommet du monticule, et elles étaient si étranges...

— Bon sang ! s'exclama Grant en attrapant dc nouveau son fusil. Ne me dis pas que ce sont des fantômes adenas ! Même si cette tombe me hante depuis des années...

Il se dirigea à toute vitesse vers la porte arrière. Kate lui emboîta le pas.

Elle sentait des frissons glacés parcourir son dos. Le mystérieux bourdonnement ressemblait de plus en plus au battement d'un tambour, mêlé au tintement d'un carillon aérien. Et il était à présent accompagné d'une sorte de chant. Il y avait presque de quoi croire aux fantômes, pensa-t-elle. Elle n'aurait pas été étonnée de voir un chaman déguisé en Beastmaster danser au sommet du monticule, et l'entrée de la tombe ouverte comme une gorge tranchée qui laissait ressortir son cortège de morts-vivants. Quoi que Grant pût en penser, il fallait qu'elle entre rapidement dans ce tumulus pour en avoir le cœur net. Sans quoi elle risquait de se laisser gagner par la folie, comme la pauvre grand-mère de Grant, qui s'était crue traquée par des fantômes. Commençait-elle déjà à perdre la tête ? Et Grant aussi ? Etaient-ils victime d'une hallucination collective ?

Ils montèrent lentement vers le sommet du monticule, comme ils l'avaient fait quelques jours auparavant pour vérifier si des étoiles y avaient été déposées. D'un seul coup, Kate eut l'impression de deviner qui était derrière cette fantasmagorie.

Arrivée en haut, elle vit sa prémonition se confirmer. Brice Monson, alias l'Etoile Lumineuse, dansait au sommet du tertre, entouré de trois femmes, dont Grace. Autour d'eux étaient agenouillées une vingtaine de personnes qui tenaient des bougies entourées d'abat-jour en papier et chantonnaient à voix basse. Les grandes ombres projetées par les danseurs se mouvaient sur l'assistance. Pendant quelques instants, Kate et Grant restèrent cloués sur place, à écouter la voix mélodieuse et presque envoûtante de l'Etoile Lumineuse qui s'élevait sur fond de percussions et de carillons. « Les chèvres mortes vont aux ténèbres, mais mes brebis n'y descendront pas, car elles sont dans ma lumière, et ma lumière ne s'éteint pas… » Et ça continuait, encore et encore, enfilades d'insanités psalmodiées au milieu du cercle des fidèles captivés.

Et malgré leurs robes amples qui cachaient leurs formes, les femmes avaient toutes l'air enceintes. Grace aussi ! Même si ce n'était que de quelques mois.

Kate lança un regard à Grant. Il écarquillait les yeux, l'air à la fois sidéré et furieux. Elle voulut lui prendre le bras, mais il monta rapidement jusqu'au sommet.

— Vous êtes sur une propriété privée, Monson ! s'écria-t-il. Désolé d'interrompre la fête, mais vous risquez de foutre le feu à ma forêt, avec toutes vos bougies. Je vais vous demander de quitter les lieux, sinon j'appelle la police.

Les bruits cessèrent aussitôt. L'Etoile Lumineuse eut l'air de se réveiller brusquement ou de sortir d'une transe. Se pouvait-il que cet homme et tous ses disciples soient sous l'effet d'une drogue ? Avant que Grace et les deux autres danseuses aient pu se détourner, Kate aperçut les étoiles dorées qu'elles portaient sur la poitrine. L'Etoile Lumineuse avait menti. Il ne faisait d'ailleurs que ça. Mais jusqu'où allait-il pour asservir ses adeptes ?

Il s'avança vers eux d'un pas chancelant. Pour une fois, il était entièrement vêtu de noir, comme les autres membres de la secte.

— Ah, dit-il d'une voix qui restait un peu chantante. Je vois que la femme est encore auprès de vous, monsieur Mason.

Il se retourna et lança aux autres :

— Protégez vos flammes !

Puis, se tournant de nouveau vers Kate et Grant :

— Et vous, gardez-vous du mal. On ne sait jamais quand on va rejoindre les rangs des morts païens. Quel beau spectacle que de voir les chèvres adenas séparées par la terre des brebis de mon peuple…

— Des brebis, répéta Kate, c'est une bonne façon de les décrire. Je dirais même des agneaux menés à l'abattoir, s'ils restent avec vous.

— Passez votre temps à vous battre contre tout, si cela vous chante. Moi, je prépare un royaume pour les miens.

— Sur l'emplacement de l'ancien asile d'aliénés, rétorqua Kate. C'est bien trouvé.

— Revenez au bus ! lança l'Etoile Lumineuse à ses disciples. On rentre à la maison !

Ils se levèrent alors et descendirent les uns après les autres du monticule, passant par l'endroit où Kate et Grant étaient montés. Le gourou se retourna vers eux et les transperça d'un regard menaçant.

— Je vois que vous avez une arme de guerre, de destruction, entre vos mains, monsieur Mason… Vous, le propriétaire de ce lieu d'empoisonnement païen. Et vous, femme, vous avez toujours l'âme d'une infidèle. La mort surgit comme un voleur dans la nuit, prenez garde de ne pas finir aux côtés des sauvages qui dorment dans cette tombe…

Il s'éloigna d'un pas furieux. Se tournant vers Kate, Grant s'aperçut que des larmes coulaient sur ses joues. Sauf qu'elle ne pleurait pas, mais qu'elle était gagnée par un rire hystérique.

— *Revenez au bus ?* répéta-t-elle avec incrédulité. Il les abreuve de toutes ces âneries pseudo-religieuses, et ensuite : Revenez au bus ! Il se voit comme un messie, il parle de séparer les brebis des boucs, comme le Christ, et puis, pof, revenez au bus, on rentre à la maison !

Grant posa son fusil et la prit dans ses bras.

— Tu perds les pédales, Kate. On est tous les deux K.-O. debout, à cause de la fatigue… et de tout le reste.

Kate passa alors ses bras autour des épaules de Grant et se serra contre lui de toutes ses forces.

— J'ai l'impression d'être dans *Alice au pays des merveilles*, dit-elle. Je m'attends à me réveiller d'une minute à l'autre…

— Sauf que c'est un cauchemar, pas un rêve. Tu parles d'une malédiction ! C'est une vraie plaie, ce type. Allez, viens, on rentre. On a tous les deux besoin de se reposer.

Elle répugnait à le libérer du cercle de ses bras. Il avait beau être son ennemi par certains côtés, il était aussi son plus bel amour. Ils descendirent du tumulus d'un pas précautionneux. Kate retint Grant par le bras le temps de lancer un regard rapide sur l'entrée, pour s'assurer que les membres de la secte ne l'avaient pas ouverte. Non, la partie affaissée paraissait toujours aussi dénudée, sans sa haie d'aubépines protectrice, mais elle était visiblement scellée. Encore une raison de mener le plus vite possible des fouilles en bonne et due forme. Elle s'imaginait sans peine les zinzins télécommandés par Monson — dont son cousin Lee et sa pauvre femme enceinte — revenir profaner les vestiges préhistoriques du lieu.

Le lendemain matin, sur la route qui menait chez Nadine, Kate fut prise d'une idée un peu folle. Et si l'Etoile Lumineuse était aussi responsable des vols d'arbres ? Plusieurs membres de sa secte, dont Lee, étaient des travailleurs manuels. Des gardes veillaient sur l'entrée de la communauté jour et nuit : il aurait facilement pu y stocker le bois débité. Il y avait des chevaux et d'autres animaux sur leur propriété. Peut-être avait-il prévu que Grant partirait à la recherche des arbres de Keith, laissant la voie libre au rite bizarre qu'ils voulaient célébrer sur le monticule.

En parlant de cauchemars… La nuit précédente, pendant que Grant montait la garde devant la baie vitrée, Kate s'était écroulée dans son lit et avait rêvé qu'il dansait avec elle sous le regard d'Indiens adenas, puis qu'il avait revêtu un masque du Beastmaster avant de l'entraîner dans les ténèbres du tombeau.

Kate frappa le volant du poing : elle venait de rater l'embranchement qui menait chez Nadine. Elle dut faire demi-tour dans un chemin privé. Elle n'était pas très réveillée, et pourtant la journée était déjà bien entamée. Tant de choses la tourmentaient ! Tout ce qui concernait ce tombeau et son précieux contenu… Le fait que Grant prétende n'avoir aucun objet du tumulus en sa possession… Le fait qu'il lui ait demandé de ne pas en parler à Brad… Et, pour couronner le tout, les recherches qu'elle avait faites la veille au soir sur internet, avant de tomber d'épuisement… La tête sculptée toltèque sur laquelle Carson appuyait sa théorie présentait effectivement certains points communs avec le chaman que Paul avait reproduit, et que Kate espérait maintenant acheter à Nadine. Elle avait promis à Grant de ne pas essayer de l'emporter tout de suite, mais d'attendre le soir pour qu'il puisse l'aider à la charger dans son coffre. Elle était impatiente de mettre la photo de l'œuvre sur son site internet, à côté de celle du masque qu'elle avait réalisé en fac-similé — même s'il n'y avait que des ressemblances d'ordre général entre les deux objets. Pour l'instant, sa théorie du lien entre Celtes et Adenas était aussi valide que celle de Carson avec ses Toltèques.

Elle avait prévenu Nadine qu'elle était en route, et elle l'aperçut qui la guettait par la fenêtre. Cela lui fit un drôle d'effet d'entrer dans la maison par la porte principale, plutôt que par l'entrée latérale qui donnait sur l'atelier de Paul.

— C'est encore le bazar, dit Nadine en la faisant entrer, mais un bazar organisé.

Kate remarqua qu'elle avait perdu du poids. Son jean était trop grand, et elle portait une chemise de Paul.

— Ma sœur est là depuis quelques jours. Elle m'a aidée à faire des cartons, à préparer des affaires à donner et à m'organiser pour que le neveu de Paul mette les œuvres qui restent en vente sur eBay. Elle est sortie faire des courses. C'est dommage, j'aurais aimé vous la présenter.

— Si vous avez besoin d'un coup de main, dit Kate, n'hésitez pas. Je reste dans le coin au moins quelques jours de plus. Vous n'êtes pas trop fatiguée ?

— Je prends mes médicaments. J'ai des bouffées d'énergie et des accès de larmes, ça dépend des moments. Je ne sais pas ce que je ferais sans ma sœur… mais je n'ai pas besoin de vous le dire, puisque vous en avez deux.

— C'est sûr. Tess et Char me manquent dès qu'on est loin les unes des autres, c'est-à-dire la plupart du temps. Vous n'envisagez pas de vous installer plus près de votre sœur et de votre médecin, à Chillicothe ?

— Peut-être un jour. Pour l'instant, je ne suis pas prête à partir, après toutes les années qu'on a passées ici. J'ai tellement de souvenirs liés à la région…

— Dans ce cas, vous seriez toujours intéressée par la maison de ma sœur Tess ? Si oui, je me ferais un plaisir de vous la faire visiter.

— Vous croyez qu'elle accepterait de me la louer, en attendant de trouver un acheteur ?

— C'est possible. Je lui poserai la question, en tout cas.

— Venez voir la sculpture qui vous intéresse. Grant m'a appelée pour me dire que vous ne deviez surtout pas la déplacer, qu'il passerait ce soir pour vous aider.

Avec un petit sourire, elle ajouta :

— J'ai l'impression qu'il ressent le besoin de vous protéger. Prenez ce café, on va aller bavarder dans l'atelier. Vous voulez de la crème ou du sucre ?

— Non, merci, c'est très bien comme ça.

Kate prit le grand mug entre ses doigts et sourit en lisant l'inscription qui y était imprimée. *Atelier Paul Kettering, sculptures de bois au naturel.*

Elle fut un peu étonnée de constater que la porte de l'atelier était fermée à clé. A l'intérieur, toutes les œuvres étaient couvertes de draps blancs.

— Ça va vous paraître bizarre, expliqua Nadine, mais le regard de ces sculptures me met mal à l'aise. Surtout celles qui représentent des êtres mythologiques aux formes étranges. Celles qui sont inspirées de la nature, je les garde fièrement, mais le fantastique, ce n'est pas mon truc. Je suis soulagée que vous preniez celle du bonhomme adena.

Kate doubla le prix que Nadine lui proposa.

— Cette œuvre signifie beaucoup pour moi, dit-elle en sortant son chéquier.

— Alors je vais vous donner autre chose en plus. J'ai failli oublier, je voulais vous montrer une page des carnets que Paul avait rangés dans son armoire. Il a marqué dessus « artefacts adenas ». Elle est datée d'il y a vingt ans, et il a dessiné ça quand il était adolescent. Attendez, où est-ce que je l'ai rangée ?

Kate contemplait la sculpture qui lui appartenait désormais. Nadine allait-elle lui donner un dessin préparatoire de l'œuvre ? Ce serait un très beau cadeau…

— Ah, la voilà ! Heureusement, parce que je commence à fatiguer. Une sieste, voilà ce qu'il me faut. J'en fais beaucoup dans la journée. Voilà, c'est pour vous.

Kate prit la feuille de papier parchemin que Nadine lui tendait. L'instant d'après, un petit cri lui échappa, et elle posa le mug qu'elle tenait dans sa main libre, en tremblant si fort qu'elle répandit du café sur le sol.

C'était un dessin à la plume et à l'encre. La feuille était divisée en quatre parties. Sur un quart, Paul avait dessiné une pointe de flèche en forme de feuille qui correspondait parfaitement à la boîte vide que Brad avait enterrée. A côté, il y avait une tête de hache adena qui rappelait la forme creuse dans la veine de mica. Et, en bas à droite, un pendentif en forme d'aigle qui aurait pu être aussi bien d'origine celte qu'adena… ou même toltèque, sans doute.

Le dernier dessin, quoique réalisé sans doute à une échelle bien plus petite que les autres, était de loin le plus élaboré, avec des détails très fins et des ombres hachurées qui soulignaient le relief des éclats de mica et des bois de cerf. Il fixait Kate de son regard vide : c'était le masque sans yeux du Beastmaster celte.

27

— Kate ? Ça va ? Vous vous sentez bien ?

La voix de Nadine la ramena à la réalité.

— Je… je vais très bien. Très, très bien.

Elle avait l'impression qu'elle allait soit tomber dans les pommes, soit sauter en l'air d'euphorie.

— Nadine, dit-elle en lui montrant le parchemin, vous voyez ce masque ? Je sais que Paul l'a dessiné il y a vingt ans, mais vous ne savez pas où il a pu le voir ? Ça, ou même les autres objets qu'il a représentés ?

— Ah, c'est un masque ? Comme un truc de chaman, vous voulez dire ? A mon avis, il a dû le voir dans un livre.

— Sauf que la hache et la pointe de flèche qu'il a dessinées ont été retrouvées sur la propriété de Grant. Quant à ce pendentif, il est similaire à ceux des Celtes, l'ancien peuple européen sur lequel je fais mes recherches. Je me demande bien où Paul l'a vu.

— Je n'en ai aucune idée. Je le connaissais à peine, à cette époque. Il était toujours à chercher de nouvelles idées à gauche et à droite.

Nadine se laissa tomber dans la seule chaise de l'atelier, l'air perplexe et épuisée. Kate s'en voulait de la presser de questions, mais si deux de ces objets existaient vraiment, pourquoi pas les deux autres ? Si le pendentif et le masque provenaient de sites adenas, ils suffiraient à confirmer sa théorie, quoi qu'en dise Carson.

Nadine poussa un énorme soupir, un peu comme si elle se dégonflait.

— Ecoutez, le pauvre Paul n'est plus là pour vous répondre… Mais si vous dites que deux de ces objets ont été retrouvés chez Grant, pourquoi ne pas lui poser la question ?

— Ne vous inquiétez pas, répondit Kate d'un air sombre. Je compte bien le faire.

Autrefois, Kate aurait appelé Carson pour lui demander conseils et soutien. Mais à présent, elle retourna directement chez Grant et descendit au sous-sol récupérer sa copie du masque. En dépit de ses protestations, Grant ne l'avait jamais déplacée de la table de ping-pong.

Elle déballa le masque et le posa sur la grande table basse du séjour. Elle prit un chevalet miniature qui soutenait une photo des parents de Grant, mit la photo sur le côté et disposa le dessin de Paul à côté du masque. Puis elle se mit à marcher de long en large en essayant à haute voix différentes manières d'aborder le sujet avec Grant.

Il fallait qu'elle s'y prenne avec doigté, tout en restant ferme. Elle se prépara une collation pour ne pas être en position de faiblesse au moment de l'affronter. Malgré l'épuisement qu'elle ressentait depuis le matin, une bouffée d'énergie et d'adrénaline monta en elle.

Elle continua à arpenter le séjour en préparant son attaque, tout en jetant des coups d'œil par la baie vitrée en direction du monticule.

Il était un peu plus de 17 heures quand elle entendit Grant arriver ; le pick-up qu'on lui avait prêté était beaucoup plus bruyant que son véhicule habituel. Il y eut le fracas de la porte du garage qui se relevait, un claquement de portière, le bruit d'une clé dans une serrure, puis la porte entre le garage et la cuisine s'ouvrit. Kate demeura immobile devant la table basse. Elle s'était placée entre Grant et le masque, pour éviter qu'il aperçoive l'objet avant d'arriver jusqu'à elle. Elle ne voulait pas qu'il pique une colère et batte en retraite avant qu'ils se soient expliqués une fois pour toutes.

— Kate, dit-il en entrant dans le séjour, j'allais t'appeler, mais on a eu une tonne de livraisons aujourd'hui, et en plus, j'étais au téléphone avec cette scierie du Wisconsin et avec la police de la route au sujet de mon arbre. On le leur a vendu sous un faux nom, mais ils ont promis de prévenir la police dès qu'ils recevraient de grandes longueurs de chêne ancien.

Il lança ses clés sur la console et s'avança vers elle. Il ne prit même pas la peine de sortir son téléphone portable pour le poser, comme il le faisait généralement pour marquer la fin de sa journée de travail.

— Quoi ? dit-il en s'arrêtant à deux mètres d'elle. Il s'est passé quelque chose… Dis-moi.

Elle s'écarta au moment où il allait la serrer dans ses bras. Il fronça les sourcils, puis son regard se posa sur la table basse.

— C'est ton masque ? demanda-t-il d'une voix entrecoupée. Celui que tu as fabriqué ?

— Que veux-tu que ce soit d'autre ?

— Tu m'as dit que l'assistante de Carson en avait fabriqué un, elle aussi. Quoi qu'il en soit, je n'en veux pas ici !

— Tu as cru que c'était celui que Paul a dessiné ? demanda-t-elle en prenant le dessin sur le chevalet pour le lui montrer.

La surprise de Grant se mua en colère froide.

— C'est Nadine qui t'a donné ça ?

— Oui. Je ne lui avais pourtant rien demandé. Elle ne sait rien de ce dessin, mais je me suis dit que, toi, tu devais savoir pas mal de choses.

Il jeta le dessin sur la table basse et se laissa tomber sur le canapé. Incapable de garder son calme, Kate se mit à agiter frénétiquement les mains.

— Parle, Grant ! Dis quelque chose ! Je te signale que je viens de percer à jour ton tissu de mensonges !

— Et alors ? répondit-il sur un ton de défi.

— Et alors, pour commencer, il est où, ce pendentif en forme d'aigle ? Et ce masque ? Je veux bien croire que vous ayez trouvé une pointe de flèche et une tête de hache en dehors du tombeau, mais vous n'êtes quand même pas tombés par hasard sur ce bijou magnifiquement sculpté ou ce masque à cornes de bois et en mica ! Je ne crois pas qu'ils seraient restés aussi intacts, s'ils étaient simplement enterrés dans les bois. Il fallait qu'ils soient protégés des éléments et des générations d'habitants qui se sont succédé au fil des siècles. Une seule de ces reliques serait mon eldorado, l'aboutissement de toutes mes recherches, la preuve que les Adenas descendent des Celtes. C'est ton grand-père qui a sorti ces objets du tombeau, en 1939 ? Vous vous les transmettez de génération et génération, comme l'argenterie, sauf que vous êtes obligés de les cacher ?

— Je n'ai pas la pointe de flèche. Brad l'a changée de place et il ne veut pas me dire où elle est. Par contre, il n'y a jamais eu de chien enterré dans la forêt… pas plus que de squelettes adenas dans ce tombeau, si tu veux mon avis.

— Alors, comme ça, Brad aussi m'a menti ? C'est ton grand-père qui t'a dit qu'il n'y avait pas de restes humains dans le tombeau ?

— Il ne m'a rien dit du tout. Je sais juste que je lui ai promis de ne laisser personne y entrer.

— C'est ça, dit Kate en se remettant à marcher de long en large. De laisser les morts en paix. Mais les trésors, c'est comme la vérité, ça refuse de rester enterré.

Elle se rendit subitement compte qu'elle citait Carson.

— Tu crois que ton grand-père a fait du bien à ta pauvre grand-mère, en s'entêtant à garder le secret sur ce qu'il avait vu ? Tu ne crois pas que s'il avait laissé quelqu'un vider correctement cette tombe, ça l'aurait rassurée ? Elle n'aurait plus eu peur que des Indiens en sortent pour la tuer. Peut-être même qu'elle n'aurait pas eu cette mort tragique.

— Tu peux parler ! Qui a cru voir le Beastmaster rôder autour du garage de Tess ? Qui l'a entendu grogner devant la fenêtre, il y a deux jours ?

— C'est vrai, ce tombeau me rend dingue, moi aussi. Même toi, tu as dit qu'il te hantait, alors pourquoi ne pas…

— Todd a bien une tête de hache, mais il l'a rangée ailleurs depuis que Jason l'a trouvée dans le grenier.

— Tu es en train de me dire que tu ne sais pas où est la hache, non plus ?

— Ecoute, on a fait un pacte, tous les quatre, un pacte de sang. On était des gamins. On a juré de ne jamais montrer à personne ce qu'on avait trouvé…

— « Trouvé », répéta Kate. Si vous avez *trouvé* le pendentif et le masque que Paul a dessiné, ça veut dire que vous êtes entrés dans la tombe.

— On a juré de ne jamais en parler à personne et de ne jamais les vendre, quoi qu'il arrive. Assieds-toi, Kate. Tu me rends dingue, à aller et venir comme ça…

Elle se percha sur le coin de la table basse, face à Grant, mais assez loin pour qu'il ne puisse pas la toucher. Avait-elle commis une erreur en se liant à cet homme ? Etait-ce une folie de croire qu'elle l'aimait, alors qu'il faisait barrage à tout ce qu'elle désirait… ou croyait désirer ? Le plus fou, c'était qu'elle avait envie de se jeter dans ses bras, en cet instant.

— Mais vous n'êtes plus des gamins, dit-elle en essayant de rester calme. Les temps ont changé. Qu'est-ce qui vous empêche de rendre les objets que vous avez pris, puis de laisser des archéologues soigneux et respectueux faire l'inventaire de ce qu'il reste d'autre ? Combien d'objets ton grand-père a sorti du tumulus ? Il les avait cachés au grenier, lui aussi ? Quand vous les avez trouvés, Todd a pris la hache et Brad la pointe de flèche, mais Paul et toi, vous avez eu quoi ? Grant, est-ce que tu possèdes ce masque que Paul a dessiné ? Réponds-moi !

— Tu n'as qu'à me le dire, puisque tu es si maligne. Autant que tu inventes les réponses à tes propres questions, non ?

— Je n'arrive pas à croire que tu sois aussi entêté.

— C'est l'hôpital qui se moque de la charité !

— D'accord. Puisque tu refuses de me donner les faits, j'ai une autre théorie. Tu devais être le mâle dominant de ta bande de copains, non ? Tu étais plus vieux que Brad, et tu étais sur ton territoire. Tu as eu la priorité pour choisir ton objet.

— J'adore le vocabulaire. « Mâle dominant », « territoire »… ça fait très « Madame l'anthropologue chez les sauvages ».

— N'essaie pas de changer de sujet. En plus, tu commences à ironiser, comme Carson, alors que je croyais en avoir fini avec lui.

— Enfin une bonne nouvelle.

Sans tenir compte de cette remarque, Kate continua sur sa lancée.

— Donc, entre le petit pendentif en forme d'aigle et le grand masque qui faisait peur, tu as choisi le masque. C'est ça ?

Grant poussa un énorme soupir.

— Oui, répondit-il. C'est ça.

Kate laissa échapper un petit hoquet. C'était une bonne chose qu'elle soit assise, en cet instant où il lui disait enfin la vérité, où il ouvrait enfin une brèche dans les défenses qu'il avait érigées contre elle. Ils se dévisagèrent durant quelques secondes.

— Tu veux le voir ? demanda-t-il enfin. Suis-moi.

Il se leva et quitta la pièce si vite qu'elle en resta abasourdie. Puis elle attrapa le masque qu'elle avait fabriqué, à titre de comparaison, pour le cas où il essaierait de lui refourguer une imitation.

Il ouvrait déjà la porte du sous-sol et descendait les

marches deux à deux. Au sommet de l'escalier, Kate hésita une fraction de seconde. Pourquoi avait-il tout d'un coup cédé ? Elle pouvait tout de même lui faire suffisamment confiance pour l'accompagner à la cave… non ?

Elle descendit rapidement les marches et le suivit dans la salle de jeux, où le fac-similé était resté quelques jours. Il avait allumé le plafonnier ainsi qu'une lampe de poche, et il était agenouillé sous la chaudière, d'où il sortit une petite boîte métallique contenant une clé. Kate resta un instant sur le pas de la porte, puis alla remettre son masque dans son carton, sur la table de ping-pong, avant de rejoindre Grant.

Ce dernier déplaça un buffet chargé de trophées sportifs. Kate s'attendait à voir apparaître un coffre-fort mural, mais elle ne vit que des lambris en chêne. Il ôta cinq lattes de bois sous lesquels se trouvaient des parpaings. Puis il prit un énorme crochet qui ressemblait à une arme. Même si elle voulait regarder de tous ses yeux, Kate recula d'un pas.

Une terrible éventualité lui vint à l'esprit. Et si Grant et Paul s'étaient disputés au sujet de leurs reliques ? Paul avait besoin d'argent… Peut-être que Brad et Todd aussi ? Peut-être qu'ils menaçaient de vendre leurs objets et que Grant avait dû les en empêcher ? Non, c'était de la folie. Mais n'était-il pas aussi fou de penser que Grant Mason était sur le point de sortir un authentique masque de Beastmaster d'une cachette dans sa cave ? Qu'elle dormait depuis dix jours si près de l'unique objet de ses désirs… hormis Grant lui-même, bien sûr !

Elle le regarda glisser le grand crochet rouillé dans une petite fente de la maçonnerie. Une fissure s'ouvrit le long de trois parpaings, qu'il dégagea avec précaution. De l'espace derrière la paroi, il tira une boîte métallique qui devait mesurer environ un mètre sur un. Elle n'avait pas l'air très poussiéreuse : il devait l'avoir ressortie récemment. A la stupéfaction de Kate, cette boîte était surmontée d'un objet qu'elle connaissait bien.

— Qu'est-ce que ma carte de visite fait là ? articula-t-elle.

— Je ne sais pas, je dois être dingue… Ou amoureux. Je me suis dit que, s'il m'arrivait quelque chose, il fallait que cette boîte et son contenu te reviennent.

Si furieuse soit-elle, Kate fut bouleversée par cet aveu. Elle cligna des yeux pour retenir ses larmes, et garda le silence tandis qu'il déverrouillait le cadenas de la caisse et soulevait le couvercle. Kate s'approcha si près qu'elle cacha la lumière du plafonnier. Elle saisit la lampe de poche sur le sol et la braqua sur la boîte tout en s'agenouillant à côté de Grant, qui en sortait des épaisseurs de papier de soie. Le faisceau lumineux rebondissait, tant sa main tremblait.

— C'est donc ça que tu attendais de moi ? demanda-t-il. Ça, et puis l'accès au tombeau ? J'espérais que c'était autre chose, imbécile que je suis…

Il glissa la boîte vers elle. Elle souleva la dernière épaisseur de papier de soie et poussa un petit cri.

Le masque qui la fixait était tellement énorme, affreux, et magnifique ! Elle s'était complètement trompée dans l'échelle de son fac-similé, mais puisque cet objet était destiné à la tombe et à la vie après la mort, il fallait nécessairement qu'il ait des proportions impressionnantes.

— Oh ! Grant…, murmura-t-elle.

Puis elle éclata en sanglots.

Elle tenta de se reprendre, mais elle tremblait comme une feuille. Grant ne pouvait tout de même pas le replacer dans sa boîte, à présent, et la mettre à la porte de chez lui ? C'était la réponse à tous ses rêves, à toutes ses années de travail ! Elle aurait pu embrasser ce visage féroce vieux de plusieurs millénaires, malgré sa peau grotesque en cuir huilé, hérissé d'éclats de mica, et ses dents cassées qui avaient dû appartenir à une bête préhistorique abattue par une flèche en silex. Le plus incroyable, c'était que la base, formée d'un crâne humain — le crâne d'une personne de grande taille, comme l'étaient les Adenas — semblait intacte, et que les pointes de la ramure de cerf étaient encore visiblement teintées. Les larmes aux yeux, Kate contempla les trous par lesquels un vrai chaman avait regardé — un chaman qui descendait des Celtes, pas des Toltèques ni de qui que ce soit d'autre !

Pour se convaincre qu'il était réel, elle toucha du bout du doigt le museau en cuir qui surgissait du crâne à l'emplacement du nez. Cet objet avait besoin d'être conservé avec soin. Au moins, les quatre amis n'avaient-ils pas joué avec, quand ils étaient enfants.

— Grant, un objet pareil, en aussi bon état… c'est une découverte comparable au chaudron de Gundestrup ! Il était forcément conservé dans le tumulus, pas simplement enterré…

— Oui, répondit-il comme s'il était sous l'effet d'un sortilège, lui aussi.

Kate vit qu'elle n'était pas la seule à avoir les larmes aux yeux.

A cet instant, une sonnerie s'éleva. Grant sortit son téléphone de sa poche.

— C'est Keith.

Il prit l'appel pendant qu'elle continuait à contempler le masque avec ravissement. Grant avait enfin avoué qu'il provenait du tumulus ! Mais que lui voulait donc Keith ? Chaque fois qu'il l'appelait, c'était avec de mauvaises nouvelles. Le gang des voleurs de bois avait-il encore sévi ? La scierie du Wisconsin avait-elle une piste au sujet de ses chênes ? Rien de tout cela ne comptait, comparé à la découverte monumentale qu'elle venait faire, le fameux chaînon manquant qu'elle cherchait depuis si longtemps.

— Quoi ? Bon sang ! Il allait tellement bien ! Tu crois que Lacey l'a quitté ? Peut-être qu'il lui était plus attaché que je ne le croyais, après tout… Ne bouge pas, j'arrive.

— Quoi ? demanda Kate en sortant de sa transe. Il est arrivé quelque chose à Brad ?

— Il avait dû planquer des bouteilles à la scierie, parce qu'il est soûl, et qu'il fait une grande tirade à Keith depuis la passerelle au-dessus de la chaîne de sciage. Il prétend apparemment qu'il a son mot à dire dans la gestion de l'entreprise, puisque Todd ne reviendra jamais. Kate, il faut que j'aille le faire descendre de là. Remettons le masque en lieu sûr. Maintenant que tu sais où il est, on a le temps de réfléchir à ce qu'on va en faire.

— Je ne peux pas le regarder encore un peu ?

— Tu veux bien accepter un petit compromis, là ? demanda-t-il en remettant le couvercle sur la caisse. Et si Brad est suicidaire ? Il risque de sauter de la passerelle, ou simplement de tomber. Il faut que j'y aille !

Sans ajouter un mot, il replaça le masque dans la caisse. Kate glissa sa carte de visite dans l'espace vide juste avant qu'il ne remette les parpaings en place. Elle se rappela l'horreur de la chute de Todd, et se mit à aider Grant. La vie de Brad était en jeu, après tout. Les vivants comptaient, eux aussi. Ils comptaient même plus, elle s'en rendait compte subitement, que les plus merveilleux trésors enfouis.

Grant glissa la clé de la caisse dans sa poche, et ils se relevèrent tous deux.

— Ne t'en fais pas, dit-il, on va s'occuper de ce masque ensemble. Mais là, il faut absolument que j'aille protéger Brad contre lui-même.

Il la serra fort dans ses bras avant de remonter au rez-de-chaussée en courant. Restée seule, Kate se mit à replacer les lambris devant les parpaings. Elle ne replaça pas le buffet, cependant, mais s'assit par terre, dos à la cachette, comme pour monter la garde devant le précieux trésor qu'il contenait. Elle n'en voulait pas à Grant pour le délit qu'il avait commis, ni pour les mensonges qu'il lui avait racontés. Après tout, il lui avait montré le masque. Il venait de la serrer dans ses bras pour lui dire au revoir. A partir de maintenant, tout allait s'arranger. Ils travailleraient ensemble, main dans la main.

Elle resta ainsi, sans bouger, à attendre que Grant l'appelle, bouleversée par tout ce qui s'était passé, et ébahie de constater qu'elle n'avait aucun désir d'appeler Carson, en dépit de l'ampleur de sa découverte. Elle savourait la sensation d'être si près du but, de justifier enfin ses années de travail et de recherche. Au bout d'une quinzaine de minutes, elle entendit des pas au rez-de-chaussée. Oh ! non ! Keith avait-il rappelé Grant avec de mauvaises nouvelles ? Ou bien Brad était-il descendu de la passerelle et rentré avant même que Grant n'arrive à la scierie ? Qui d'autre, à part la femme de ménage, avait la clé de la maison ?

Elle remonta rapidement vers la cuisine.

— Grant ? dit-elle en entrant dans le séjour.

Un homme se tenait devant la baie vitrée, et pointait un pistolet vers elle d'un geste un peu raide. C'était Carson Cantrell.

28

Pendant quelques instants, Kate ne réussit pas à réaliser que Carson se tenait vraiment là, chez Grant, tout près du tumulus. Ni qu'il braquait une arme sur elle. *Trop de chocs dans la même journée. Trop de choses à digérer.*

— Carson, tu es venu essayer de forcer Grant à nous laisser fouiller le tombeau ? Comment est-ce que tu es entré ?

— Disons simplement que je suis là, ma chérie, et que ton Grant ne l'est pas.

Il ramassa le dessin des quatre objets, qui était resté sur la table basse.

— Paul Kettering n'était pas un mauvais artiste. Sa mort est une tragédie. Il m'a contacté au sujet d'un pendentif qu'il voulait vendre, et a insinué qu'il pouvait avoir accès à un masque à bois de cerf.

— Dont tu as omis de me parler, sachant que c'était l'élément qui me manquait pour étayer ma théorie.

— Et faire ta réputation plutôt que la mienne. Il a d'abord dit qu'il voulait l'opinion d'un expert, puis il a changé d'avis en dépit de la somme colossale que je lui avais offerte. Ensuite il a menacé, si je refusais de garder son secret, de me dénoncer pour avoir voulu acheter ces objets pour ma collection personnelle. Il n'y avait plus de retour en arrière possible.

— Tu… tu as tué Paul ?

— Le suppléant du shérif a décidé que c'était un accident, et à raison, puisqu'on s'est battus. Mais ensuite, manque de bol, je n'ai pas réussi à trouver la cachette de ce maudit pendentif. Je ne pouvais plus compter sur toi, non plus, puisque tu me préférais Grant. Quelle ingratitude, après tout ce que j'ai fait pour toi ! Tu crois vraiment que tu serais montée si rapidement au sein du département de recherche et du milieu universitaire, sans mes conseils et mon soutien ?

— Je… Non, bien sûr que non. Range cette arme, Carson, s'il te plaît. On peut encore trouver une solution, tous les deux.

— Trop tard, ma chère Kate. Tu m'as complètement déçu, mais j'ai encore bon espoir pour Kaitlyn. Alors dépêchons-nous d'aller chercher le masque à la cave, et d'entrer dans ce tombeau avant que la nuit tombe.

Kate eut un coup au cœur. Comment pouvait-il savoir où était caché le masque ? Tout allait trop vite, et elle n'avait pas le temps de comprendre.

— Tu m'as demandé comment j'étais entré, reprit Carson avec un sourire. Keith a fait un double de la clé, il y a quelque temps. Il lui a suffi de la prendre dans le bureau de Grant à la scierie.

Keith ! Si Keith était à la solde de Carson, Grant courait un grave danger.

Grant sauta de sa voiture et se précipita à l'intérieur de la scierie. Arrivé dans la grande salle des machines, il balaya du regard la passerelle. *Personne.* Les lieux semblaient déserts. Au moins Brad ne s'était-il pas donné en spectacle devant les autres employés.

— Keith ? Brad ? Vous êtes là ?

Il entendit alors la voix de Keith s'élever au loin. Elle semblait venir de derrière les grandes portes coulissantes qui donnaient sur la cour arrière, où étaient stockées les palettes de bois sec à traiter ou à débiter.

Aussitôt, Grant se mit à courir. Il contourna les grandes scies suspendues et le tapis roulant, et se dirigea vers les portes de la cour. Il craignait à chaque instant de découvrir dans un coin le corps sans vie de Brad. Des images lui revinrent des restes longtemps décomposés des Adenas, ceux qui étaient honorés dans la mort, et les autres, serviteurs ou esclaves, qui avaient été sacrifiés en même temps qu'eux, étendus sur des couches au ras du sol, le crâne brisé... Un cauchemar resurgi des tréfonds du passé.

Il s'arrêta devant les portes qui donnaient sur la cour et les colonnes de palettes empilées. Dieu merci, Brad n'était pas tombé de la passerelle... Mais où était Keith ?

Il était sur le point de l'appeler quand il entendit un petit bruit non loin de lui. Le chevron que Keith brandissait le heurta à la tempe. D'instinct, il tenta de l'esquiver, alors même que sa tête explosait déjà de douleur. Tout devint noir, et il s'effondra.

— C'est grâce à cette même clé, déclara Carson de son ton pontifiant, que Keith s'est introduit dans la maison pour y cacher des micros.

— Quoi ?

Kate en suffoquait presque.

— Parfaitement, ma chère. Velma s'est rendue très utile en écoutant et en me tenant au courant de tout ce qui se disait dans cette pièce. Elle qui n'avait jamais écrit un SMS de sa vie, elle a accepté de se prêter au jeu en échange de quelques petits cadeaux, et elle a fini par se découvrir une vocation.

En plus de l'appât du gain, pensa Kate, Keith et Velma devaient avoir envie de s'en prendre à Grant pour atteindre Gabe. Keith n'était finalement resté à la scierie que pour mieux se venger, et Carson lui en avait fourni les moyens et une motivation supplémentaire.

— J'ai promis à Keith de retirer les micros, poursuivit tranquillement Carson, au cas où ce minable suppléant s'aviserait de les remarquer.

Ebahie, Kate le regarda retirer un objet de derrière une photo encadrée au mur, puis du feuillage d'une plante verte.

— C'est pratique, ce petit format plat, expliqua-t-il. L'enregistrement est activé par la voix, et si par malheur quelqu'un tombe dessus il croit que c'est une simple clé USB.

Il les glissa dans sa poche et ajouta d'un air agacé :

— J'ai dû annuler une importante vidéoconférence pour descendre ici. Velma m'a prévenue que tu répétais ton discours à Grant au sujet des quatre reliques adenas. Je suppose que l'une d'entre elles est mon fameux aigle, mais je veux les autres aussi, en particulier le masque.

— Keith aussi est donc prêt à tuer…, murmura Kate avec horreur. Todd l'a emmené grimper peu avant sa chute. Ce salaud a dû faire des incisions dans son harnais, et elles se sont ouvertes la fois d'après. Mais pourquoi ? Pour angoisser Grant, et qu'il accepte de nous ouvrir son site ? Le pauvre Todd était tellement sûr de lui qu'il n'a même pas vérifié son matériel…

— L'orgueil précède la chute, déclara Carson avec satisfaction. Et toi, tu commences enfin à montrer une lueur d'intelligence, dans cette histoire. Je te l'ai déjà dit, ce sont tes sentiments pour Grant qui t'aveuglent.

Il secoua la tête.

— Je pensais que Grant craquerait sous la pression. D'abord la perte de ce grand arbre qui montait la garde au-dessus du tumulus… Ici, dans les Appalaches, les familles comme celles du clan Simons sont très unies. Pour le meilleur et pour le pire.

— Quoi ? Keith est aussi le voleur de bois ? C'est lui qui nous a criblés de balles, sur Shadow Mountain ?

— C'est la seule initiative personnelle qu'il ait prise, et je dois dire que c'était complètement idiot. Il pensait que, s'il vous supprimait, je pourrais négocier directement avec Brad Mason. Mais la dernière chose dont on avait besoin, c'était d'avoir la police sur notre dos, surtout ton nouveau beau-frère, qui n'aurait eu de cesse avant d'avoir traîné vos meurtriers devant la justice. Par contre, Keith a bien joué le coup, avec l'abattage de ses propres arbres.

— Il a coupé ses propres arbres pour que Grant ne le soupçonne pas ?

— Oui, une fois que j'ai réussi à lui faire entrer dans le crâne qu'il ne devait pas vous éliminer pour ne pas exciter le shérif. Toi et Grant, vous n'avez vraiment rien compris au film, n'est-ce pas ?

— Le prodigieux Carson Cantrell a encore des choses à m'apprendre, apparemment. Mais pourquoi abattre cet arbre magnifique chez Grant ?

— Keith pensait que c'était pour le déstabiliser. C'était en fait pour dégager le terrain autour du tumulus et y installer ce qui aurait pu être ton chantier. Ce sera le mien, en définitive. Je le paye bien, Keith, mais de toute façon, avec son frère, celui qui travaillait autrefois pour Grant, ils se faisaient déjà de généreux à-côtés avec leur trafic d'arbres. Je vais devoir leur interdire de repasser par la filière du Wisconsin.

Continue à le faire parler, pensa Kate. *Il a envie de se vanter.*

— Tu dis que Paul t'a contacté, demanda-t-elle, mais comment est-ce que tu as rencontré Keith ?

— Je sais que tu cherches à gagner du temps, mais je dois avouer que je suis assez fier d'avoir réussi mon coup en dépit de ton comportement déloyal et sournois. Quand j'ai appris l'existence du Mason Mound grâce à des documents d'archives, aujourd'hui en ma possession…

— J'aurais dû me douter que quelqu'un les avait volés à la bibliothèque de l'université !

— Ne m'interromps pas. A cette même époque, le *Chillicothe Gazette* et le *Columbus Dispatch* étaient remplis d'articles sur la série de kidnappings dans la région, dont celui de ta sœur. Moi, je cherchais quelqu'un qui puisse faire pression sur le shérif pour qu'il incite Grant à me laisser fouiller son tumulus. J'ai repéré le nom de

Keith. Il était cité comme « seul survivant » de la série d'arrestations dans sa famille, et il travaillait pour Grant Mason, propriétaire du terrain sur lequel se trouvait le tumulus et meilleur ami du shérif qui avait procédé aux arrestations. De fil en aiguille, j'ai engagé Keith et l'ai convaincu de ne pas démissionner de la scierie.

— Grant le considérait presque comme un frère…, soupira Kate.

— Voilà pourquoi tu aurais dû rester avec quelqu'un qui avait un cerveau, ma chérie. De préférence, moi. Parce que maintenant, tu m'as comme ennemi.

Kate était abasourdie par l'erreur que Grant avait commise au sujet de Keith, mais elle en avait fait une bien pire en se fiant à Carson durant toutes ces années. C'était un maître manipulateur, un voleur d'idées et un meurtrier… et surtout, il était fou, elle le voyait clairement, à présent. Il prenait plaisir à jouer au plus fin, à connaître toutes les réponses, à lui expliquer les tenants et les aboutissants de l'affaire avec arrogance, comme il le faisait toujours avec ses étudiants.

— Carson, je sais qu'on dirait une mauvaise réplique de film noir, mais tu ne passeras jamais entre les mailles du filet. Gabe, ou quelqu'un d'autre, découvrira ce que tu as fait, et tu finiras ta vie en prison. A supposer que tu échappes à la peine de mort, ce qui n'est pas sûr si tu as tendu un piège à Grant et que tu me fais du mal…

— Personne ne découvrira quoi que ce soit. Toi qui es une fille intelligente, tu ne m'as pas soupçonné un instant, n'est-ce pas ? Pas Carson l'intellectuel, installé dans sa tour d'ivoire. Parce que j'avais Keith et Velma pour se charger du sale boulot sur le terrain.

— C'est Keith qui m'a enfermée dans le garage de Tess et qui m'a fait peur en portant mon masque de Beastmaster ?

— J'étais tenté de m'en occuper, mais Keith connaissait mieux les lieux. Enfin, tout ça, c'est de l'histoire ancienne. Ton « hallucination » du Beastmaster, c'était une idée à moi pour te pousser à accélérer tes recherches, mais tu as totalement échoué. Maintenant, allons chercher le masque au sous-sol, puis on ira voir ce fameux tombeau.

— Mais l'entrée est encore scellée, protesta Kate sans bouger.

— Ma chérie, je l'ai fait ouvrir ce matin pendant que tu étais en vadrouille. Le frère de Keith a presque fini de dégager un passage étroit qui a dû être creusé il y a des décennies.

— Alors c'est toi qui as détruit les aubépines devant l'entrée ?

— Par l'intermédiaire de Keith, répondit Carson en faisant un moulinet avec son arme.

Elle était tellement choquée par cette cascade de révélations qu'elle en avait presque oublié qu'il était armé. Cette réalité glaçante la rendait d'autant plus furieuse.

— Tu vas dire que le tumulus était vide, lança-t-elle. C'est ça ? Puis tu vendras tout ce que tu y auras trouvé. A moins que tu ne gardes tout pour ta fameuse collection.

— Dépêche-toi, Kate. Va chercher ce masque, maintenant, sans quoi tu ne seras plus là pour entrer dans la tombe avec moi.

Elle devait absolument le retenir ici, l'empêcher de piller la tombe. Keith avait dû attirer Grant dans un piège… un piège mortel. Mais son téléphone était resté dans sa chambre, et il était de toute façon trop tard pour l'avertir. Elle aurait volontiers renoncé pour toujours à entrer dans le tombeau si ce geste avait pu sauver Grant.

Grant revint à lui dans l'obscurité. On le traînait par les pieds, et l'arrière de son crâne heurtait un sol en béton. Etait-il tombé d'un arbre ? Apparemment, il se trouvait dehors. Il sentait le vent sur son visage. La nausée était telle qu'il ne parvenait pas à ouvrir les yeux. Etait-ce l'heure de se lever pour aller au travail ? Il avait mal à la tête. Très mal.

On lui lâcha brusquement les jambes. Kate avait-elle appelé les secours ? Ils viendraient le chercher en hélicoptère, elle leur montrerait le chemin. Elle portait un enfant dans ses bras. Elle adorait les enfants — quelle surprise… Et les enfants l'adoraient aussi. Grant l'aimait, il voulait des enfants avec elle…

Etendu au sol, à moitié conscient, il entendit un grand bruit et sentit une odeur de sciure. Son arbre, on lui volait son arbre ! Il devait les arrêter, ces salauds, mais il avait peur pour Kate. Il fallait qu'elle reste dans la voiture. Il était prêt à tout pour garder cette femme, même au prix du masque, même au prix du tombeau…

Il ouvrit alors un œil. Keith était là. Au volant du transpalette, chargé d'une énorme pile de bois, et il avançait vers lui. Il avait peut-être réussi à récupérer son érable, et sa cabane aussi…

Attends… Keith ne l'avait pas frappé avec un chevron, quelques instants plus tôt ? Ou bien il avait rêvé ?

Keith fonçait droit sur lui. Au dernier moment, il pila.

— Ça, hurla-t-il, c'est pour ce que tu as fait à ma famille ! Et je te jure que ton copain shérif va bientôt te rejoindre en enfer !

Les bras métalliques du transpalette s'élevèrent et s'inclinèrent pour déverser leur chargement sur lui.

Carson agita de nouveau l'arme, puis la tendit en direction de la cave.

— Je dois dire que je savoure ta stupéfaction, Kate. Tu as eu ta chance, ma chérie, tu l'as laissée passer. Tu aurais pu m'avoir, moi aussi, mais il est trop tard, maintenant. Emmène-moi à la cave et donne-moi ce masque.

Kate réfléchit à toute vitesse. S'il n'avait fait placer des micros que dans le séjour, il ne savait pas exactement où était caché le masque.

— Grant a pris la clé de la boîte, dit-elle.

— Peu importe. Montre-moi où il est caché, je ferai

venir quelqu'un pour le sortir de la boîte. Il est dans un coffre-fort ?

— Tu n'avais qu'à poser des micros dans la cave, Carson. Et pourquoi pas dans ma chambre à coucher, et dans celle de Grant ?

— Pour que la pauvre Velma ait droit à des enregistrements pornographiques ? A moins que vous ne vous soyez contentés de vous tenir la main en roucoulant ? Quoi qu'il en soit, on y va, Kate. Tout de suite. Tu ne m'es plus indispensable, si tu ne m'obéis pas à la lettre. Et je suis sûr que tu as envie de jeter un œil dans ce tombeau, même si tu n'as rien fait pour y arriver.

Kate voyait les choses clairement, à présent… trop clairement. Carson avait prévu que Grant serait victime d'un accident, comme Paul et Todd. Il avait raté son coup avec Todd, mais l'avait néanmoins éliminé de l'entourage de Grant, qui ne pouvait plus compter sur son soutien. Carson estimait sans doute qu'il serait plus facile de négocier avec Brad, seul héritier de la propriété des Mason. Le pistolet qu'il braquait sur elle ne devait pas seulement servir à se faire obéir. Il lui en avait trop dit, à présent, et il n'avait plus vraiment besoin d'elle. Il avait prévu de la tuer, elle aussi.

Grant roula rapidement vers le mur tandis que les lourdes planches s'abattaient sur lui. Dans un nuage de poussière, il rampa vers une palette de bois et se réfugia derrière elle. Il avait la tête qui tournait, mal partout, une douleur lancinante lui trouait le crâne. Il se sentait à la fois vaincu et fou de rage. Il avait failli se faire enterrer vivant ! Ce salaud avait manqué de lui briser tous les os du corps… y compris le crâne, comme les squelettes dans le caveau souterrain.

Il calcula qu'il faudrait un certain temps à Keith pour s'apercevoir qu'il ne se trouvait pas enseveli sous le tas de bois. Il l'entendit couper le moteur du transpalette.

Depuis sa cachette dans l'ombre, il le vit descendre de son engin, se pencher sur la montagne de planches et en déplacer quelques-unes.

Grant se toucha alors la tête, et s'aperçut que sa main était couverte de sang. Il l'essuya sur sa chemise et s'éloigna furtivement derrière une autre palette de bois non débité. La poussière commençait à retomber tandis que Keith soulevait les planches les unes après les autres, comme un fou, à la recherche du corps de sa victime.

Grant était complètement dans le cirage, mais il savait que ce serait suicidaire de rester et de tenter de se battre. Il se déplaça en diagonale, pour le cas où Keith jetterait un œil à l'allée entre les piles de bois. Il fallait impérativement qu'il appelle du secours. Mais son téléphone avait dû tomber de sa poche.

Il glissa la main dans l'autre poche pour voir si ses clés de voiture s'y trouvaient encore. Oui ! Il suffisait donc qu'il arrive à sa voiture, qu'il sorte d'ici et qu'il aille chercher de l'aide.

Un juron sonore se fit entendre. L'instant d'après, le moteur du transpalette redémarra. Keith était habile avec son engin, et rapide. Etait-ce lui qui avait provoqué un glissement de terrain, quand Kate et lui étaient allés voir le filon de mica ? Travaillait-il pour Brad, ou de concert avec lui ? Brad avait tout fait pour se lier avec Keith, ces derniers temps, et Grant les avait souvent vus parler ensemble.

Chancelant, suivant un itinéraire en zigzag entre les hautes piles de troncs et de planches, il tenta désespérément de rejoindre sa voiture sans se faire repérer par son adversaire.

29

Même si Carson devait la tuer, Kate ne voulait pas qu'il mette la main sur l'authentique masque du Beastmaster. En descendant les marches vers le sous-sol, le pistolet de Carson braqué sur sa nuque, elle se demanda si elle oserait faire passer son fac-similé, resté sur la table de ping-pong, pour le masque de Grant. Ou bien elle lui montrerait le masque véritable, en espérant qu'il serait assez éberlué par sa magnificence pour baisser sa garde. Elle saisirait alors son arme, lui tirerait dessus s'il le fallait, et remonterait en courant appeler des secours pour sauver Grant.

Elle décida de ne pas prendre le risque de lui présenter son fac-similé. Carson le connaissait bien, et il y avait des éclairages, au-dessus de la table de ping-pong, qui lui permettraient de le distinguer clairement. Elle pouvait toujours essayer d'atermoyer, dans la mesure où Grant avait la clé de la boîte métallique, mais il était sans doute possible de l'ouvrir par la force.

Elle conduisit Carson jusqu'à la salle de jeux et retira les cinq lambris qu'elle venait de remettre en place. Grant avait laissé par terre le grand crochet métallique. Et si elle l'utilisait pour essayer d'assommer Carson ? Elle prit son temps pour déloger les parpaings, tout en réfléchissant.

Une idée épouvantable lui vint à l'esprit. Elle était en train de révéler à Carson l'objet que Grant avait confié à ses soins. Si par miracle ils survivaient tous deux à cette histoire, Grant parviendrait-il à croire qu'elle avait livré son trésor à Carson contre sa volonté ?

Elle espérait que Carson s'impatienterait, lui proposerait de l'aide, poserait son arme ne serait-ce qu'un instant, mais en vain.

— Ces parpaings sont très lourds, et la boîte métallique aussi, dit-elle.

— Heureusement, tu as beaucoup de force. Prends ton temps. J'ai des lampes à arc dans le jardin, au cas où il nous faudrait entrer dans le tombeau après la nuit tombée. Je suis très patient, et mon Glock aussi. Velma m'a dit que Brad était parti s'installer chez l'ex de Grant. Je ne m'attends donc pas à ce qu'il repasse ici ce soir. On a tout notre temps, toi et moi.

Elle sortit la boîte métallique avec difficulté, en se tordant le poignet et, se cassant les ongles. Elle réussit à repousser sa carte de visite tout au fond de l'espace sombre. Le fait que Grant ait voulu qu'on la prévienne, au cas où il lui arriverait quelque chose et que quelqu'un trouve le masque, ne regardait en rien Carson. Elle chérissait l'idée que Grant ait fait ce geste pour elle, avant qu'elle ne le force à lui avouer la vérité.

— Comme je te l'ai dit, Carson, c'est Grant qui a la clé…

— Mais tu es douée avec les instruments de dentiste, je t'ai déjà vue à l'œuvre sur des chantiers. Tiens.

Il lui lança une fine curette métallique.

— Tu vas l'utiliser pour crocheter la serrure. Dire qu'on y est enfin, ma chère ! La preuve du fameux lien Celtes-Adenas. Ça rend la pilule moins amère, de savoir que tu avais raison ? Si j'en crois la taille de la boîte, l'objet doit être assez spectaculaire.

— Je ne sais pas crocheter les serrures.

— Peu importe. Improvise. Fais-le !

Elle haïssait cet homme. Et elle était résolue à l'arrêter, coûte que coûte.

*
* *

Dès que Grant eut passé le coin du bâtiment, il se mit à courir tout droit vers sa voiture. C'est à ce moment qu'il se rendit compte que ses vertiges l'empêchaient de tenir debout. Il tangua d'un côté à l'autre et se rétablit de justesse.

Le bourdonnement du transpalette cessa. Il entendit un cri derrière lui, puis un bruit de pas rapides.

Il porta une main à sa tête, comme s'il pouvait faire cesser les vertiges, et continua à courir tout en cherchant ses clés dans sa poche. Si Keith le rattrapait ici, il n'avait aucune chance de lui tenir tête. Et puisque son employé avait déjà essayé de le tuer, tous les coups seraient permis.

Ses doigts ne fonctionnaient pas comme d'habitude, et quand il regarda sa voiture, elle s'inclina jusqu'à se tenir presque à la verticale.

La clé serrée dans sa main, il visa la serrure, mais celle-ci n'arrêtait pas de bouger. Il érafla la peinture et réessaya.

Keith était là, tout près de lui. Grant fut envahi par une rage sans bornes. Cet homme à qui il faisait confiance avait essayé de lui briser le crâne, comme quelqu'un l'avait fait à Paul et aux anciens Adenas dans leur tombe.

A l'instant où Keith se ruait vers lui, Grant fit un geste désespéré vers les plantes suspendues dans des vasques devant la façade de la scierie. L'une d'entre elles se détacha de son support. En la tenant par sa chaîne métallique, Grant la fit voler vers Keith et le cueillit à la mâchoire. Ce dernier tomba à genoux, puis se releva tant bien que mal et revint à la charge.

Kate ne parvenait pas à crocheter la serrure de la boîte métallique, mais Carson ne posait toujours pas son arme pour l'aider.

— Bon, marmonna-t-il enfin. Donne-moi cette boîte.

Plus de questions-réponses, on a assez perdu de temps. Je la prends comme ça.

La boîte était incroyablement lourde, mais Kate réussit néanmoins à la soulever. Sa peau était tellement moite qu'elle faillit lui échapper des mains. Elle fit glisser la curette de dentiste dans sa paume, même si elle ne savait pas trop à quoi elle servirait, face à un pistolet. N'empêche qu'elle la serra entre ses doigts en montant les marches, et se promit d'essayer d'attaquer Carson dès la première occasion. Elle ne cessait de lutter contre un puissant réflexe de lutte ou de fuite. Il fallait qu'elle garde son calme et qu'elle cherche le moyen de se montrer plus maligne que cet homme, l'un des plus intelligents qu'elle connût.

Quand ils sortirent de la maison, elle vit avec ébahissement que l'entrée du monticule n'était gardée que par un seul homme, un grand gaillard musclé qui ressemblait beaucoup à Keith. Et le tombeau était ouvert ! Elle voyait le passage étroit qui s'y enfonçait !

— Prends cette boîte, dit Carson à l'homme, et garde-la au péril de ta vie.

Elle réussit à dissimuler la curette de dentiste avant qu'il ne lui prenne la boîte des mains. Elle tremblait à cause de l'effort qu'elle venait de fournir, et d'un mélange d'excitation et de terreur. Si elle entrait dans la tombe avec Carson, elle savait qu'elle n'en ressortirait pas. Elle qui avait tant désiré en voir l'intérieur, elle n'avait plus qu'une envie, à présent : s'enfuir en courant. Devait-elle en prendre le risque ? Serait-il capable de lui tirer dans le dos ? Gabe réussirait peut-être à utiliser la balle pour remonter jusqu'à lui… sauf qu'il ne retrouverait sans doute jamais son corps.

— A toi l'honneur, dit Carson en tendant son arme vers l'entrée du passage obscur. Tu ne disais pas, autrefois, que tu voulais explorer des choses avec moi ?

— Vous allez avoir besoin de lumière, là-dedans, dit l'homme devant l'entrée.

Il posa la boîte métallique et tendit une grande lampe torche à Kate et une petite à Carson.

— Vous allez pas croire les trucs qu'il y a à l'intérieur. Un vrai film d'horreur. Il me tarde de refermer ce passage, pour tout vous dire. Je vous attends ici.

Kate comprit alors le destin que Carson lui réservait. Il avait prévu de l'abandonner à l'intérieur de la tombe quoi qu'il arrive. Même s'il ne la tuait pas, elle manquerait rapidement d'oxygène. Carson, qui serait bientôt de retour pour vider la tombe de ses objets, feindrait d'être stupéfait de trouver son cadavre… à moins qu'il ne s'en débarrasse sans en parler à qui que ce soit. Il procéderait à des fouilles minutieuses qui consacreraient sa réputation, et reprendrait sa théorie des Celtes et des Adenas comme s'il en était l'auteur.

Grant frappa de nouveau Keith avec la vasque en terre, lui assenant un second coup au visage. Son employé tomba en arrière sur les fesses, roula sur le côté et se rua vers lui. Cette fois, Grant réussit à l'esquiver. Peut-être commençait-il à retrouver un peu son sens de l'équilibre. A cet instant, un Klaxon retentit, et une portière claqua. Un automobiliste avait vu la bagarre en passant et s'était arrêté.

— Keith ! Grant ! Nom de… Arrêtez !

C'était Brad.

— C'est lui ! grogna Grant. Lui !

— Comment ça, lui ? s'écria Brad en les séparant.

Keith se tourna vers Brad et lui décocha un coup de poing à la mâchoire.

— Il a essayé de me tuer ! cria Grant.

Malgré les vertiges qui le reprenaient, il attrapa Keith par le bras, l'écarta de son frère et lui porta un puissant coup de genou à l'aine. L'homme à qui il avait fait confiance se plia en deux et se mit à vomir. Grant le poussa à genoux, face contre terre.

— Il a grimpé avec Todd la veille de sa chute, et je parie qu'il a saboté son harnais ! Il m'a appelé pour me dire que tu étais sur la passerelle, ivre mort… C'était un piège pour essayer de me tuer !

Brad se releva tant bien que mal et aida son frère à maîtriser Keith. Grant arracha la chaîne de la vasque et l'utilisa pour lui attacher les mains dans le dos.

— Et tu l'as cru, quand il t'a dit que j'étais encore soûl ? grommela Brad en crachant une dent ensanglantée. Merci beaucoup !

— Non, merci à toi de m'avoir aidé… Quand les frères Mason se serrent les coudes, les autres n'ont qu'à bien se tenir.

— C'est clair, répondit Brad avec un sourire. Tu m'as quand même l'air sacrément amoché.

— J'ai la tête qui tourne. Je ne peux pas conduire. Ramène-moi à la maison. Il faut que j'appelle Kate, que je la prévienne…

— Tu as surtout besoin d'un médecin. Mais d'abord, je vais appeler Jace pour qu'il vienne arrêter cette ordure. Son plan, ça devait être de tuer les copains de Gabe les uns après les autres pour se venger. Comme quoi les frères Simons se serrent les coudes, eux aussi. Je parie que j'étais le suivant sur sa liste. Pas vrai, Keith ?

Brad ramassa sa dent tombée et la mit dans sa poche. Un filet de sang coulait de sa bouche.

— Prête-moi ton téléphone, dit Grant. Je vais appeler Jace, mais d'abord, il faut que je parle à Kate.

Il composa son numéro, mais elle ne répondit pas. Avait-elle quitté la maison ? Elle n'avait tout de même pas ressorti le masque de sa cachette pour l'apporter à son maudit professeur ? Il continuait à espérer que c'était lui-même, la réponse à ses prières, plutôt que ce masque horrible.

*
* *

La curette serrée au creux de son poing droit, la lampe de poche braquée devant elle, Kate entra dans le boyau exigu et poussiéreux qui menait au tombeau. Carson la suivit en la poussant du bout de son pistolet. Le passage était bien trop étroit pour lui permettre de se retourner et de le poignarder avec son arme ridicule.

L'instant magique de la découverte, celui dont elle rêvait depuis si longtemps, était horriblement gâché. Que ce soient les Adenas qui aient percé ce passage des siècles auparavant, le grand-père de Grant au début du siècle, quatre écoliers effrayés, ou simplement le larbin de Carson, elle ne voulait qu'une chose : en ressortir le plus vite possible. Son désir passionné de savoir ce qu'il y avait dans la tombe n'était rien, comparé à sa rage de vivre.

Ici, dans ce même passage qui reliait la vie à la mort, quelles pensées avaient habité les esclaves ou les prisonniers qui faisaient un dernier voyage jusqu'au lieu de leur sacrifice ? Que croyaient-ils trouver à l'intérieur ? L'honneur ? La gloire ? Une vie après la mort ? Une chose était sûre : quand elle arriverait dans le caveau, elle devrait faire abstraction des merveilles ou des horreurs qu'elle y verrait, et se concentrer pour trouver le moyen de s'échapper.

Elle était en sueur, et en même temps parcourue de frissons glacés, l'estomac contracté par des crampes. La poussière lui brûlait les narines, la terreur lui serrait le cœur. Sa respiration devenait de plus en plus difficile, dans cet espace confiné.

L'instant d'après, le passage étroit s'ouvrit sur une grande salle au plafond bas soutenu par des poutres de bois.

Elle faillit trébucher sur une pioche que l'homme de Carson avait dû oublier.

— Ah ! dit Carson. Evidemment, il n'a pas suivi mon cours sur la sécurité dans le module « Archéologie sur le terrain ».

Si Kate n'avait pas été au bord des larmes, elle aurait

éclaté de rire. Autrefois, comme une idiote, elle aurait trouvé sa remarque spirituelle. A présent, son heure de gloire à l'intérieur du tombeau se révélait un désastre mortel.

Ils balayèrent la salle du faisceau de leurs lampes et poussèrent ensemble une exclamation de surprise. Deux squelettes intacts, somptueusement vêtus, entourés d'armes et de bijoux poussiéreux, étaient gardés par un grand cercle de morts aux crânes fracassés.

L'idée de la vie, celle qu'elle pourrait mener au côté de Grant, n'avait jamais paru aussi douce à Kate. *C'est maintenant ou jamais*, pensa-t-elle.

— Oh ! Carson ! s'écria-t-elle. Regarde, un autre masque du Beastmaster !

Elle braqua sa torche sur les yeux de Carson et se baissa vivement. Une détonation déchira l'air et sembla faire trembler le caveau. Kate s'écarta en rampant. Elle s'attendait à sentir une douleur atroce… Mais non, elle n'était pas touchée. *Pas encore*. Carson étouffa un juron, agita sa lampe de poche, puis se rua vers son arme, qui lui avait échappé. Le pistolet avait atterri sur le banc de bois où étaient étendus les deux squelettes au centre du cercle. L'espace d'un instant, à la lumière vacillante de la lampe, leurs dépouilles semblèrent presque remuer. *Ça ne sert à rien de se précipiter,* pensa Kate, *vu que l'acolyte de Carson se trouve devant l'entrée.* Une fraction de seconde plus tard, elle vit tout près d'elle une arme bien supérieure à sa curette de dentiste.

Quand Carson tourna son pistolet vers elle, elle se jeta sur lui, une grande tête de hache à la main, et le toucha au cou. Il poussa un cri et un juron, projeta Kate contre un pilier de bois et pointa de nouveau son pistolet vers elle.

Comme le jour où Grant et elle s'étaient embrassés devant la veine de mica, un petit filet de poussière se mit à couler du plafond. Puis il y eut un grondement. Une main collée sur son cou ensanglanté, Carson leva la tête ; le nuage de poussière laissa place à un écoulement de terre. Kate s'écarta d'un bond tandis qu'il tentait désespérément de se protéger les yeux. Une pluie de poussière et de mottes de terre s'abattit sur lui. Il s'accroupit et se couvrit la tête des mains.

Il tira de nouveau en visant l'endroit où Kate se trouvait quelques secondes avant. Un hurlement lui échappa quand il vit les deux grandes poutres au-dessus de leur tête fléchir en grinçant, puis céder. Kate crut sentir la terre bouger sous ses pieds. Il y eut comme une éructation de terre et de poussière, et le plafond du caveau s'effondra.

Kate se jeta sous le banc funéraire et se couvrit la tête. Quand le grondement cessa enfin, elle releva un peu la tête, toussant et crachant de la poussière, et ouvrit les yeux. Le faible rayon de lumière qui avait marqué la sortie s'était éteint, enseveli sous le glissement de terrain. Elle était piégée dans l'obscurité totale, enterrée avec les morts.

30

Après l'arrestation de Keith par Jace Miller, Grant insista pour que Brad passe par chez lui avant de l'emmener au Centre médical adena.

— Sa voiture est là, dit Grant tandis qu'ils arrivaient devant la maison.

— Tu vois ? C'est bon signe, non ?

— Mais alors, pourquoi est-ce qu'elle ne m'a pas rappelé ?

Il avait mis Brad au courant du fait qu'il avait montré le masque à Kate. Son frère lui avait confié que sa pointe de flèche se trouvait maintenant dans son coffre-fort, à la banque. Ils descendirent de la voiture et s'avancèrent côte à côte, clopin-clopant, vers la maison.

— Kate ! rugit Grant.

Le fait de crier lui donnait encore plus mal à la tête. Au moins ses vertiges s'étaient-ils plus ou moins apaisés. Il ne prit pas le temps de laver son visage ensanglanté ni de changer de chemise. Dans la voiture, il avait encouragé Brad à appeler le dentiste de Cold Creek en urgence pour voir s'il pouvait lui réimplanter sa dent. Mais à présent, rien d'autre ne comptait que Kate.

Il descendit au sous-sol en courant. La lumière était allumée. Sa cachette était ouverte et la boîte métallique avait disparu. Kate l'avait-elle trahi ?

— Grant ! s'écria son frère au sommet de l'escalier. Tu ne vas pas le croire ! Il y a le frère de Keith devant le monticule ! Ned, celui dont tu m'as parlé, celui qui a démissionné !

Malgré son épuisement, Grant remonta en courant et se précipita dehors. Le crépuscule laissait doucement place à l'obscurité.

Ned le vit arriver.

— Hé ! s'écria-t-il, c'est pas ma faute ! C'est le professeur qui m'a engagé pour rouvrir le passage ! Elle est avec lui !

Il leva les deux mains et s'éloigna à reculons. Grant supposa qu'il allait essayer d'attraper la pelle derrière lui pour s'en servir comme d'une arme. La boîte métallique du masque se trouvait là, elle aussi. Kate avait-elle retourné sa veste ?

— C'est lui, bégaya Ned, je veux dire… non, c'est elle ! C'est elle qui m'a demandé d'ouvrir le tombeau ! Hé, qu'est-ce que vous avez à la tête ?

— Fous le camp de chez moi, Ned. Et commence à rassembler de l'argent pour payer la caution d'un autre frère cinglé, parce que Keith vient d'être arrêté.

— Quoi ? Juste pour avoir piqué des arbres ?

Cette information acheva d'atterrer Grant. Keith et Ned étaient les voleurs de bois ! Mais c'était secondaire, par rapport à la question de savoir qui avait payé Ned pour ouvrir l'accès à la tombe. Grant avait espéré ne plus jamais y entrer de sa vie, mais il était bien obligé d'aller chercher Kate et Carson. Il espérait seulement n'avoir pas à se battre contre Ned, aussi. Le grand type lança un dernier regard à la pelle derrière lui, puis disparut en courant entre les arbres.

Grant se tourna vers le monticule, et faillit s'étrangler. Le passage qui menait au caveau avait bien été rouvert, mais il était bouché à trois ou quatre mètres ! Kate était-elle piégée à l'intérieur ? Il savait à quel point elle brûlait de voir la salle funéraire, mais il n'arrivait pas à croire qu'elle avait fait une telle chose. Comment Kate ou Carson avaient-ils pu contacter Ned, de toute façon ? Kate prétendait qu'elle avait rompu avec son mentor, mais…

Non, il la croyait. Il l'aimait.

Il retourna chercher la pelle en courant et attaqua le tas de terre qui bouchait le passage. Dans la nuit tombante, Brad lui apparut.

— J'ai rappelé Jace. Il arrive dès qu'il aura enfermé Keith.

— Appelle les pompiers volontaires. Et allume ces lampes, là. Je crois que Kate est piégée à l'intérieur, peut-être avec Carson.

— D'accord… d'accord ! Je reviens tout de suite pour t'aider.

Le cœur et les tempes battantes, Grant déblaya la terre à grands coups de pelle furieux… avant de se heurter à un mur de poutres brisées.

En attendant que le bruit et les tremblements du monticule cessent tout à fait, Kate resta recroquevillée, les mains sur la tête. Elle avait bien cru qu'elle allait se faire broyer le crâne, elle aussi, comme Paul, comme les squelettes qui l'entouraient. Mais le banc qui soutenait les deux dépouilles nobles l'avait protégée contre l'éboulis. Carson, en revanche, avait certainement été écrasé. Elle prononça son nom, mais il n'y eut aucune réponse.

Combien de temps cette petite poche d'air poussiéreuse lui permettrait-elle de respirer ? Elle s'avança à tâtons dans le noir absolu. Où était passée cette hache ? Si elle la retrouvait, elle pourrait l'utiliser pour creuser… Elle passa la main sur le banc au-dessus de sa tête, à la recherche d'une autre arme, d'un autre instrument en mica. Ses doigts n'accrochèrent que des ossements, et elle la retira en frissonnant. Ses grandes inspirations pénibles résonnaient étrangement, comme si les morts au-dessus d'elle respiraient aussi.

Elle n'y voyait rien et, pourtant, il fallait qu'elle trouve un outil pour se dégager un passage. Tandis qu'elle rampait précautionneusement à travers l'obscurité en agitant une main devant elle, ses pensées s'éclaircirent. Elle avait tant de raisons de vivre… Elle aimait Grant, et elle priait pour qu'il veuille d'elle. Elle allait pardonner son père et se réconcilier avec lui. Faire connaissance avec ses jeunes demi-frères, passer plus de temps avec Tess et Char, se marier et avoir des enfants, à son tour. Sa carrière était importante, mais en cet instant, piégée dans ce tombeau, il lui apparut nettement que l'objectif principal, c'était la vie. Il fallait impérativement qu'elle sorte d'ici.

Avec un sentiment d'impuissance, elle se mit à creuser à l'aide de ses mains. Elle aspira une grande bouffée d'air chargé de poussière. La devise de la famille de Grant, *laisser les morts reposer en paix*, ne cessait de lui revenir à l'esprit. Elle avait envie de respirer de nouveau l'air frais, de revoir la lumière du soleil. De tenir Grant dans ses bras. L'instant d'après, un cri lui échappa : un nouveau grondement s'élevait, et de nouvelles pluies de poussière et de terre s'abattaient juste devant elle.

Grant et Brad creusèrent comme des fous jusqu'à l'arrivée de neuf pompiers volontaires armés de pioches et de pelles.

— J'ai l'impression que certaines poutres se sont effondrées, leur dit Grant. On pense qu'il y a deux personnes piégées à l'intérieur.

Il sentit une douce brise du soir sur son visage et se rendit compte que des larmes coulaient sur ses joues. Les pompiers apportèrent d'autres lampes à arc ; les environs du monticule furent bientôt éclairés comme en plein jour.

Il reconnaissait tous les pompiers sauf un. Hors d'haleine, priant pour que Kate puisse encore respirer, il se mit un peu à l'écart, à côté de Brad, et les regarda travailler.

Le chef de la brigade, Mike Thomas, qui tenait également la pharmacie du centre-ville, vint lui parler.

— Vous avez l'air d'avoir perdu pas mal de sang,

Grant. Vous voulez que j'y jette un œil, ou que j'appelle une ambulance ? Il vous faut des points de suture, je crois.

— Appelez toujours, parce qu'il nous faudra une ambulance pour s'occuper de Kate quand on la sortira. Et si on essayait de rentrer par le sommet ?

— Je viens d'envoyer un gars pour regarder si c'était possible. Il a vu un affaissement, mais pas de trou… Il pense qu'on risque de causer un nouvel effondrement, si on y met du poids. Tout dépend de l'endroit où les victimes sont piégées.

Où les victimes sont piégées… La phrase résonna dans l'esprit abasourdi de Grant. Il tenta de se convaincre que ce n'était pas parce qu'ils étaient enfermés dans une tombe qu'ils étaient morts. Il fallait que Kate soit vivante ! Ce serait insupportable qu'elle meure à l'endroit précis où elle souhaitait si ardemment faire des découvertes capitales ! Ils ne faisaient que commencer à se connaître, elle et lui. Si elle était enterrée avec ses Adenas, il ne s'en remettrait pas.

Kate continuait à creuser à mains nues à l'endroit où elle espérait trouver le passage étroit vers l'extérieur. Quelle cruelle ironie ! Elle qui avait tant voulu entrer ici, voilà qu'à présent elle ne parvenait plus à en sortir. Ses bras faiblissaient, elle avait mal au dos… et le plus douloureux, c'étaient les regrets. Sa réserve d'air diminuait vite, parce qu'elle respirait trop fort. C'était dur, de creuser… Et pourtant les efforts ne lui avaient jamais fait peur… Les heures passées à aider sa mère, après le départ de son père… Les études… Les petits boulots pour se payer la fac… Les objectifs à atteindre… Respirer… Elle n'arrivait plus à respirer… Epuisée… La tête qui tournait…

Quelqu'un creusait à côté d'elle.

— Carson ? marmonna-t-elle avant de s'affaisser contre le mur en terre.

Pas de réponse : elle n'entendait que sa respiration haletante et les bruits de quelqu'un qui creusait.

On la soulevait à présent, on la déposait sur le banc de bois avec les squelettes adenas. Elle flottait au-dessus d'eux, entourée de visages couverts de mica, et quelque chose de brillant lui couvrait le visage, à elle aussi… Une espèce de masque… Un masque de Beastmaster…

Elle entendit des voix inconnues, pas celle de Grant… ni celle de Carson…

— O.K., je l'ai. Elle s'était déjà frayé un chemin vers nous. Allez, on l'évacue !

— Elle respire ?

— Je viens de lui mettre un masque. Envoyez l'oxygène, vite !

— Kate ! Kate, c'est moi, Grant ! Respire, ma chérie. Respire, s'il te plaît.

— Grant, est-ce que ça va ? Elle a été écrasée ?

— Pas elle, répondit Grant, tu la connais.

Mais sa voix était entrecoupée, et il ravala un sanglot.

Kate ouvrit les yeux et cligna des cils pour chasser la terre et la suie qui couvrait son visage. Elle ne se trouvait pas sur le banc avec les squelettes adenas, mais sur un brancard, portée par des hommes bien vivants. La lumière était tellement vive qu'elle lui faisait mal aux yeux. On était déjà le lendemain matin, ou quoi ? Depuis combien de temps était-elle bloquée dans ce tombeau ? Elle regarda autour d'elle, hébétée, et reconnut certains visages des hommes qui avaient réussi à la sortir du tombeau. Elle aspira une grande bouffée d'un délicieux air pur, puis une autre.

Quand Jace et Brad apparurent au-dessus d'elle, elle enleva son masque à oxygène.

— Jace, dit-elle, Carson Cantrell est à l'intérieur. Sous un tas de poutres et de terre. Il avait un pistolet. Il a ouvert la tombe et m'a forcée à y entrer.

Jace se retourna vers les autres en criant, pour les prévenir qu'il y avait une deuxième personne à l'intérieur.

— Grant, dit Kate d'une voix éteinte, le masque n'a rien ?

Il sourit à travers ses larmes et prit sa main crasseuse. Il avait un pansement à la tête, et sa chemise était couverte de sang. Kate était d'une saleté répugnante, elle aussi, mais une joie folle jaillit en elle. Elle était vivante, et Grant aussi.

— Le masque est en sécurité, dit-il. Et je suis prêt à le donner à toute personne qui consent à rester vivre ici et à m'épouser… et à fouiller cette tombe de manière un peu plus réglo. Maintenant, remets ce masque à oxygène, s'il te plaît.

— Et moi, je compte épouser l'homme que j'aime, même s'il ne possède qu'une fourmilière et qu'il refuse de me laisser m'en approcher.

Grant serra sa main entre ses doigts et l'embrassa doucement avant de lui remettre son masque.

Deux jours plus tard, à 21 heures, Kate et Grant attendaient Tess et Gabe à l'aéroport de Columbia. Des flots de voyageurs descendus d'avion passaient autour d'eux. Ils assistèrent aux retrouvailles d'un soldat en treillis couleur sable avec sa famille. Kate réprima ses larmes devant leur bonheur, et devant celui qu'elle éprouvait. Elle avait appelé son père et lui avait parlé pendant deux heures. Il lui avait proposé de venir chez lui cet automne, avec Grant. Dès que la police aurait enlevé les scellés sur le tumulus, elle commencerait à diriger le chantier de fouilles. Lundi, elle avait rendez-vous à Columbus pour témoigner lors d'une audience sur la mort de Carson. On avait récupéré son corps, écrasé sous des tonnes de bois et de terre, et la police avait retrouvé quelques antiquités volées dans sa maison. Pour l'instant, Kate n'éprouvait rien d'autre que du soulagement.

Quand les méfaits de son ancien mentor avaient fait les gros titres des médias locaux, puis nationaux, Char lui avait téléphoné, très inquiète, prête à voler à son secours. Kate l'avait remerciée, puis lui avait expliqué qu'elle avait désormais quelqu'un pour prendre soin d'elle.

— Waouh ! s'était écriée sa sœur. Je me demande si je ne ferais pas mieux de me rapatrier à Cold Creek, moi aussi. Ça m'a l'air d'être un point névralgique pour se trouver des chéris ! Ce n'est sûrement pas ici que je vais rencontrer l'homme de ma vie, hein… J'arrive à peine à les empêcher de boire et de battre leurs femmes et leurs enfants.

Kate et Grant se prirent la main en cherchant les jeunes mariés du regard, puisque le tableau des arrivées indiquait que leur avion avait atterri. Un petit groupe de voyageurs s'avança vers eux, puis soudain Tess et Gabe apparurent, radieux.

— Hé, vous deux, merci d'être là ! s'écria Gabe.

Kate et Tess s'embrassèrent pendant que les deux hommes se serraient la main.

— Mais, dites donc, vous vous teniez la main, non ? Et vous avez ce fameux air… Tu ne trouves pas, Tess ?

— Je crois bien, répondit-elle avec un grand sourire. Je suis bien placée pour le reconnaître. Attendez qu'on vous raconte notre voyage, c'était carrément fabuleux et tellement… Quoi ? *Quoi ?* Il s'est passé autre chose pendant qu'on était partis ? Oh ! Grant, tu as des points de suture !

— Est-ce que tout va bien ? demanda Gabe. Qu'est-ce qui s'est passé ? Est-ce que tout le monde va bien ?

Kate et Grant avaient décidé de ne pas leur annoncer de but en blanc la mort de Paul et l'accident de Todd. Mais par où commencer ? Une seule chose venait à l'esprit de Kate : en dépit des événements terribles qui s'étaient produits, Grant et elle avaient pris un nouveau et merveilleux départ.

Si vous avez aimé ce roman,
découvrez sans attendre le premier tome de la série
« Cold Creek » :

L'étau du passé

Disponible dès à présent sur www.harlequin.fr

Et ne manquez pas la suite
dans votre collection Best-Sellers

Composé et édité par HARLEQUIN

Achevé d'imprimer en août 2015

BRODARD & TAUPIN

La Flèche
Dépôt légal : septembre 2015

Pour l'éditeur, le principe est d'utiliser des papiers composés de fibres naturelles, renouvelables, recyclables, et fabriquées à partir de bois issus de forêts qui adoptent un système d'aménagement durable. En outre, l'éditeur attend de ses fournisseurs de papier qu'ils s'inscrivent dans une démarche de certification environnementale reconnue.

Imprimé en France